neue frau
herausgegeben von
Angela Praesent

Judith Beth Cohen

Jahreszeiten

Roman aus Vermont

Deutsch von
Irmela Brender

Rowohlt

Umschlagentwurf Isa Petrikat-Valonis
Originalausgabe

Veröffentlicht im Rowohlt Taschenbuch Verlag GmbH,
Reinbek bei Hamburg, Januar 1979

Gesetzt aus der Aldus (Linotron 505 C)
Gesamtherstellung Clausen & Bosse, Leck
Printed in Germany
580-ISBN 3 499 14313 5

Die rororo-Reihe «neue Frau» legt erzählende Texte aus den Literaturen aller Länder vor, deren Thema die konkrete sinnliche und emotionale Erfahrung von Frauen und ihre Suche nach einem selbstbestimmten Leben ist. Die monatlich erscheinenden Bände wenden sich an alle, die mit Spannung verfolgen, wie sich die Beziehung der Geschlechter und das Selbstverständnis der Frau wandelt.

I
Frühling

. . . Das ist Vermont, das Land, von dem es heißt,
es verberge sich vor wilden Zeiten und sei weit
vom Zentrum des Lebens entfernt.
This Song von Hayden Carruth

Der Bach besiegelte unsere Entscheidung. Das Haus am Teich zwischen Abfall und Müll, rostenden Autowracks und einer baufälligen Scheune wirkte eher wie eine Bruchbude. Wir würden einiges an Arbeit hineinstecken müssen: Wände verputzen, eine Heizung einbauen, Leitungen legen und Installationen montieren. Doch zwei Leute konnten das wohl schaffen, und der Bau selbst war stabil. Zu dem Grundstück von rund dreihunderttausend Quadratmetern gehörten Wald, freies Feld, ein paar Hügelketten mit schöner Aussicht, also vielfältige Landschaft und Vegetation. Das Haus lag an der Straße, dem Teich zugewandt, dahinter erstreckte sich das Land. Wir folgten dem Pfad durch das erste Feld, wo ein alter Garten gewesen war, durch ein Kiefernwäldchen zum zweiten Feld, einem Kreis, von immergrünen Pflanzen umsäumt, dann zurück durch sumpfigen Wald mit Farnen und Pilzen am Wegrand und Bäumen, die sich aus abgestorbenem Unterholz reckten. Da hörten wir den Bach rauschen. Der Pfad war zu Ende. Vom Geräusch des Wassers angezogen, bahnten wir uns einen Weg durch den Wald und stießen auf einen herrlichen Bach, der im Frühling zu einem sprudelnden Wasserfall und im Sommer zu einem friedlichen Bächlein werden würde. Er trennte das Grundstück in zwei Teile und verführte uns dazu, den Besitz zu kaufen. Doch meine Gefühle waren noch immer widersprüchlich.

Am Tag, als wir die Farm kauften, strömte der Regen so über die Windschutzscheibe, daß wir kaum die ungepflasterte Straße vor uns ausmachen konnten. Auf dem Weg zur Bank fuhren wir an einem Reh vorbei, das neben der Autobahn äste, und wenn wir miteinander gesprochen hätten, dann hätten wir es ein gutes Omen genannt. Wir schoben papierene Schecks über einen Tisch und erhielten dafür wieder Papier; die vieldiskutierte Transaktion wurde zur Scharade, eine nicht gewünschte Wahl, der ich erlaubt hatte, mein Leben zu prägen. Am Tag, als wir die Farm kauften, ließ das nasse Aprilgras kommende Kälte ahnen, während ich in einer Parka warm zu bleiben versuchte und darauf wartete, Besitz zu ergreifen. Am Abend in unserem gemieteten Zimmer schrieb ich, um nicht zu streiten, und verzeichnete meine Kränkungen.

Ich bog den Einband des neuen schwarzen Buches zurück und dachte an die schlummernden Tagebücher, die ich als junges Mädchen geführt hatte, einen Band für jedes Jahr. Jetzt fallen die losen, vergilbenden Blätter aus ihren Ringbindungen. Ich habe sie in Kisten immer mitgeschleppt, von zu Hause ins College und dann in Häuser, die ich mit Sam bewohnte; hineingesehen habe ich selten, ich war zufrieden in dem Bewußtsein, daß meine gesammelte Vergangenheit mir eine Identität gibt. Im College hörten die Tagebücher auf, und Arbeiten für

meine Englisch-Seminare traten an ihre Stelle – «Die Sentimentalität von Greys Elegie» statt meiner eigenen Trivialitäten. In den ersten Jahren meiner Ehe führte ich kein Tagebuch. Wenn man neben einem anderen wacht und schläft, dessen Stunde und Tage mit den eigenen verstrickt sind, dann bleibt kein privater Raum zum Schreiben. Hatte ich nicht einen Gefährten für meine Bekenntnisse? Um Tagebuch zu schreiben, würde ich mich von ihm entfernen müssen.
Ich schreibe auf meinem Schoß im Bett, während er neben mir liegt, Nachrichten hört und den bildlosen, kaputten Fernsehschirm anstarrt.
Der Kauf der Farm ist keine drastische Veränderung, die unsere Zukunft besiegelt, sagen wir uns. Wir sind immer noch frei, wir können jederzeit das Haus an andere vermieten, wenn wir beschließen sollten, Vermont zu verlassen. Wir haben uns in keine größere Abhängigkeit von einem Ort oder voneinander begeben, sagen wir. Es ist das gleiche Ritual wie bei unserer Heirat: Wir sagten uns, die Zeremonie sei für unsere Angehörigen, nicht für uns. Welche falsche Tapferkeit! Welche Lügen! Wir gleichen so sehr unseren Eltern.

Vor sieben Jahren, als wir in Bill Knapps Restaurant Hamburger aßen, sagte ich, wir sollten heiraten. «Der Eltern wegen.»
«Wir brauchen keine gesetzlichen Rituale, um unsere Verbindung zu sanktionieren», sagte Sam.
Wir kamen überein, es wegen unseres beruflichen Fortkommens zu tun. Wenn wir unverheiratet zusammen lebten, würden wir kaum eine Anstellung als Lehrer bekommen. Wir warteten eine Woche und prüften uns, dann brachten wir zögernd unsere Vorstellungen in Einklang und teilten die praktische Arbeit auf. Ich übernahm Sams politische Einstellung und seine Liebe zu den Wäldern; er ließ sich von meinem Interesse für Kunst anstecken. Er verhielt sich väterlich während meiner emotionalen Krisen und machte Zerbrochenes wieder ganz. Ich schrieb seine Arbeiten, füllte seine Bewerbungsformulare aus und sorgte dafür, daß die Rechnungen bezahlt wurden – eine zufriedenstellende Arbeitsteilung. Sechs Jahre lang zogen wir im Nordosten umher und mieteten die Häuser anderer Leute. Im Staat New York war es ein Sommerhaus, das ein ehemaliger Gouverneur für seine zwergenhafte Frau gebaut hatte, die Decken und Waschbekken entsprachen ihrer Größe. Unsere hochgewachsenen Freunde mußten im Wohnzimmer gebückt gehen, doch Sam und ich, beide kleine Menschen, fühlten uns darin wohl. Auf dem Lande in Massachusetts war es ein Haus, das hübsch im Wald versteckt lag; wir hatten eine lange, ungepflasterte Zufahrtsstraße und fanden die Ab-

geschnittenheit romantisch, bis der Tankwagen nicht mehr durch den Matsch kam und wir bis zum Frühling das Heizöl kanisterweise anschleppen mußten. Häuser anderer Leute. Sechs Jahre lang unterrichteten wir, reisten, studierten, lebten bescheiden; wir engagierten uns stark in politischer und sozialer Arbeit.

In diesem Frühling 1972, zwei Jahre nach der Invasion in Kambodscha und den Morden bei der Studentendemonstration an der Kent State University, fuhren wir durch den Norden von Vermont. Wohin sollten wir als nächstes? Wir waren ausgelaugt von den Protesten und suchten ein einfacheres Leben, doch wir wollten vor Konflikten und unserer Verantwortung nicht davonlaufen. Während wir über die Landstraßen fuhren und uns nach einem Haus umschauten, das wir uns leisten konnten, sprachen wir über den nächsten Schritt.

Wir laufen nicht davon, Sam ist sich sicher, wir schaffen etwas Besseres. Nicht nur in den Städten kann man wirkliche Arbeit leisten. Sich der Natur und dem Klima zu stellen, mit wenig Geld auszukommen, eine Gemeinschaft zu finden, in der Politik menschlich sein kann – das sind lohnende Ziele. Ich widerspreche. Ein Haus zu besitzen, erinnert mich an unsere Eltern.

«Wir wollen lieber noch reisen. Laß uns eine Zeitlang in Europa leben.»

«Das geht nicht. Wir hätten bald kein Geld mehr. Wenn wir es in Grund und Boden anlegen, haben wir etwas dafür vorzuzeigen.»

Für Sam war der Kauf der Farm, vereinfacht gesagt, ein Akt der Zweckmäßigkeit. Ich habe Angst. Das Haus am Leech Pond droht wie eine Falle, nicht mehr benutzt, rostig und dennoch gefährlich, aber ich folge Sam hinein, wiederhole seine vernünftigen Sätze, um meine Ängste zu betäuben, versuche, mich für eine einfache Existenz zu begeistern, für den Anbau der eigenen Nahrung, für die Suche nach anderen, die unser Leben begleiten. Die grünen Hügel, verwitterten Scheunen, gefleckten Kühe und ein knorriger Baum, der plötzlich hinter der nächsten Straßenkurve auftaucht, ergeben ein gut zusammengestelltes ländliches Idyll, und das macht es leichter, ihm zu folgen.

Er zündet sich eine Zigarette an. Ich fahre wütend auf. «Wie oft habe ich dich schon gebeten, im Bett nicht zu rauchen.»

«Entschuldige», sagt er, nimmt noch einen Zug und drückt die Zigarette im Aschenbecher auf dem Boden aus.

Morgen werde ich darüber stolpern, denke ich. Ignoriert er mich absichtlich, um mich zu verletzen? Beachtet er meine Wünsche so wenig, daß er sie gar nicht wahrnimmt?

Ich ahne einen kommenden Streit. Er erzählt mir, die Scheibenwischer des Landrovers funktionierten nicht mehr; er habe im strömenden Regen kaum hierher zurückgefunden. Er schaltet den Fernseher aus, ohne sich weiter um mich zu kümmern. Ich möchte, daß er sich mein Tagebuch ansieht, daß er fragt, was ich schreibe. Statt dessen greift er nach der *New York Review* auf dem Boden neben dem Bett und liest.

Ich weiß, was er sagen würde, wenn ich ihn zum Reden zwingen würde: «Du denkst, der Kauf der Farm wird dir deine Freiheit nehmen, aber du irrst dich. Ich werde dich nicht unterdrücken. Du kannst deine Unabhängigkeit haben, deine Phantasien, deine geträumten Liebhaber. Eine Ehe ist nicht unbedingt die beste Lebensform, sie ist anderen nicht überlegen, aber dazu haben wir uns nun mal entschlossen. Warum machen wir nicht das Beste daraus? Warum sollen wir uns beklagen?»

Vor sieben Jahren saß ich mit flatternden Haaren hinter Sam, die Beine über seine BMW gespreizt, die Arme eng um ihn geschlungen, und fuhr mit ihm über die Landstraßen bei Madison. Er brachte mich an geheime Plätze, wo wir uns auf welkes Laub legten und darüber diskutierten, ob die letzte Wahrheit in den Naturwissenschaften oder in der Kunst zu finden sei. Sam trat für Vernunft und Naturwissenschaften ein, ich stritt für Leidenschaft und Kunst.

«Mit einem Eimer dazustehen und Geld für eine Bürgerrechtsbewegung zu sammeln ist sinnlos. Das Böse hat es immer gegeben, es ist Teil der menschlichen Existenz, es wird nicht verschwinden», sagte ich.

«Kunst ist Luxus. Die Naturwissenschaften enthüllen die Geheimnisse des Lebens. Hast du jemals durch ein Mikroskop Chromosomen betrachtet? Künstler sind reaktionär.»

Verbale Gymnastik, lustvoller als unsere ersten Nächte im Bett, als ich meinen Schlüpfer anbehielt und meine Jungfräulichkeit für meine erste Liebe aus der Oberschule bewahrte, die ich heiraten wollte. Sam akzeptierte mich mit meinen Grenzen; er ließ mich sein Bett teilen trotz meiner Vorschriften – ein bißchen Petting, mehr nicht. Morgen um Morgen schaltete ich den Wecker ab und schlief neben ihm wieder ein, schwänzte die Anthropologie-Vorlesung um acht. Zwei Jahre lang ging es so, er warb um mich, ich blieb unentschieden.

Bedauernd sagte ich ihm: «Wenn ich mit dem College fertig bin, werde ich Mitchell heiraten.» Dennoch schrieb mir Sam von seinem Sommerjob lange Briefe. Ich zog mich in mein Zimmer zurück, um sie zu lesen, und sehnte mich nach Sam, obwohl Mitchell unten auf mich wartete. Ein weiteres Jahr lang trafen Sam und ich uns einmal in der Woche keusch bei Bier und Pizza. In lebhaften Gesprächen diskutierten wir über den dunklen Tisch hinweg alles außer unseren Gefühlen füreinander.

«Meine Mutter ist wieder im Krankenhaus, ihre Depression. Ich wollte, ich könnte ihr helfen.» Ich vertraute mich ihm an, er hörte zu. Sein Mitgefühl gab mir Stärke.

Als ich mit dem College fertig war, endete auch mein Verlöbnis. Obwohl wir uns beide dazu entschlossen hatten, weinten Mitchell und ich, als wir uns trennten; wir trauerten mehr um unseren romantischen Jugendtraum als um einander. Es fiel uns schwer, das Drehbuch zu verbrennen, das wir uns gemeinsam geschrieben hatten. Er ging nach Kalifornien, ich raste zu Sam ins Bett.

«Ich will dein Freund sein, aber weiter sollten wir jetzt nicht gehen, wo du gerade diese Beziehung beendet hast», wehrte sich Sam.

«Aber es war deinetwegen, verstehst du das nicht?» Ich blieb hartnäkkig, lieferte den konkreten Beweis: Zum erstenmal gab ich mich ihm sexuell hin, ich drängte mich ihm praktisch auf. Es war unbefriedigend und peinlich, und wir machten unsere Verkrampfung dafür verantwortlich. Wir versicherten einander, daß es besser werden würde. Im Laufe der Monate wurden wir entspannter im Bett, doch nie wurde Sex für uns einfach oder natürlich. Wir unterdrückten unsere Enttäuschung und wandten uns höheren Zielen als der fleischlichen Befriedigung zu; wir maskierten unsere Unwissenheit mit Idealismus.

Wenn wir jetzt miteinander schlafen, geschieht es gezwungen, mechanisch. Ich lasse zu, daß er mich liebt, als würde ich ihm einen großen Gefallen erweisen, und sage ihm durch meinen Körper, daß ich unzufrieden bin. Er ist schuld. «Wir fangen immer an zu streiten, bevor wir ins Bett gehen», sagt er. Seine Einsicht fasziniert mich. Ich warte auf mehr, hoffe auf eine ungeheure Enthüllung, die alles besser macht, aber für ihn ist das Thema beendet. Ich ziehe mich in meine Phantasien zurück. Jedes Jahr wähle ich einen anderen Mann als Helden, gewöhnlich einen gemeinsamen Freund. Das Drama bleibt in meinem Kopf; die Szenen, die ich mir vorstelle, erregen mich intensiver als alles im wirklichen Leben.

Ich höre auf zu schreiben. Er legt die Zeitung weg. Er liegt auf dem Bauch, schließt die Augen, dann schiebt er seinen Arm um meinen Bauch. Er schiebt mein Nachthemd hoch, streichelt die Innenseite meiner Schenkel, dann fängt er an, seine Finger zwischen meine Beine zu stoßen. Ich reagiere nicht. Ich ignoriere seine Einladung. Sam

schaut mich nicht an, er sagt kein Wort. Er zieht seinen Arm zurück, dreht sich herum. Nach wenigen Minuten schläft er.
Wir fahren an einem einsamen Haus vorbei, es steht auf einem Hügel neben einem krummen Baum, ein weißes Pferd posiert daneben – ein vollendet komponiertes Stilleben. «Herrlich», sagt Sam und macht ein Foto. So hätte er uns gern, gelassen, in vollendeter Pose, aber ich schaffe es nicht. Er will meine dunkle Seite nicht wahrhaben, will nicht akzeptieren, daß ich komplizierter, widersprüchlicher bin als er. Seine Mutter ist nicht seit zwölf Jahren krank gewesen wie meine, die jetzt wieder depressiv im Krankenhaus liegt. Heute abend habe ich meinen Vater angerufen, um das Neueste zu hören, obwohl ihr Schmerz mich auch ohne Hilfe von Telefondrähten erreicht, der Bote ist in mir. Mein Sicherheitsgefühl war schon immer dünn, zerbrechlich. Wenn in den Nächten meiner Kindheit Daddy noch spät im Büro arbeitete, warf ich mich im Bett hin und her, unfähig, zu schlafen oder bei meiner Mutter Trost zu suchen. Ich stellte mir vor, wie er zusammengebrochen über seinem Schreibtisch hing, tot durch Herzinfarkt, oder wie er nach einem Überfall zusammengeschlagen auf seinem Parkplatz lag. Ich erwartete Unheil, rechnete damit, daß das zarte Gespinst unserer kleinen Familie zerriß, war das Reservoir unartikulierter gemeinsamer Ängste, die als Tränen ausströmten.
Dann Daddys Schlüssel an der Haustür. Erleichterung. Ich drehte mich herum, schlief und träumte. Morgen würden Sam und ich zum Leech Pond ziehen. Konnten wir unsere Entscheidung noch ändern? Können Verpflichtungen rückgängig gemacht werden? Er schläft neben mir, während ich dem Regen lausche.

Ich träume von Häusern – von einem bescheidenen Ziegelhaus im Mittleren Westen, hinlänglich, aber mit Mängeln; die Räume sind zu eng, um gemütlich zu sein, das große Fenster in der Fassade liegt hinter einer spindeligen Blautanne versteckt. Der Rasen ist ordentlich gemäht, doch der Keller bleibt unfertig, Generationen unserer vernachlässigten Katzen und Hunde stolzieren darin umher und «machen ihr Geschäft», wie mein Vater es nennt, auf unsere Kisten mit Büchern und Porzellan. Das Haus meiner Kindheit. Als Bubbe gestorben war, zogen wir aus ihrer Etagenwohnung hierher. Davor verbrachten wir viele Sonntage mit der Suche nach einem Haus. Ich war sieben, meine Schwester drei, wir rutschten auf dem Rücksitz unseres Plymouth, Baujahr 49, hin und her, während unsere Eltern stritten. «Drei Schlafzimmer und eine Diele. Das Haus muß eine Diele haben», verlangte meine Mutter.

«Immer in den Wolken», sagte mein Vater. «Du mußt denken, ich könnte Geld zaubern.»
«Andere Anwälte können sich hübsche Häuser leisten. Warum du nicht?»
«Habt ihr gehört?» Er wandte sich zu uns um. «Sie hätte einen dieser reichen Anwälte heiraten sollen.» Er wartete und hoffte auf Gelächter.
«Ach, Molly, Molly, mein Liebes, immer in den Wolken.»
Es war nicht lustig, wir hörten die Bitterkeit.
Obwohl Mutter nie ihre Diele bekam, stellten wir eine Couch ins Eßzimmer und schoben den Ausziehtisch unters Fenster, damit wir gemeinsam Platz zum Fernsehen hatten.
Ich sehnte mich nach einem Zimmer, in das ich meine Freunde bringen, wo ich hinter ihnen die Tür schließen konnte. Meine Klassenkameraden hatten weitläufige Häuser mit Dielen im Obergeschoß, Hobbyräumen und Bars im Keller, mit phantastischer Innenausstattung: zebragestreiften Hockern, Lampen mit Hularöcken und Glühbirnenbrüsten. In unserem Keller breitete ein riesiger Heizofen seine Rohre über ein Bügelbrett aus. In einem verschlossenen Abstellraum bewahrte mein Vater Lebensmittelvorräte auf. Er hortete Sonderangebote von Konservendosen, jede Woche durchstöberte er die Supermärkte danach. Meine Schwester und ich gingen mit Schlüssel und Einkaufstasche in den Vorratsraum und taten, als enthalte er Schätze. Wir wählten Dosen aus, Tomaten, Mais, grüne Bohnen, Reichtümer, die wir Mutter an den Herd brachten.
«Euer Vater könnte einen Laden aufmachen. Er kauft Sachen, die wir nie verwenden. Er denkt, er macht ein gutes Geschäft. Seine Familie war nie sehr intelligent, ich hätte es wissen müssen.» Doch mir kamen die Stapel weißer Bohnen tröstlich vor.
Ich träume von Häusern – fern von den Ziegeln und Bäumen und Rasen meiner Kindheit durchstreife ich die Korridore einer eleganten Villa, Raum um Raum voller unbekannter Gemälde und Möbel, Dielen, Bibliotheken, Zimmer mit Türen, unauffällige Refugien, private Nischen.
Ich schaue hoch und suche Bestätigung, möchte meine Eltern fragen: Gehört das wirklich uns? Sie verschwinden und machen Fremden Platz. Ich gehöre nicht hierher. Ich muß nach Hause. Wo das ist, wie ich dort hinkomme, weiß ich nicht mehr.

An unserem ersten Abend in der Leech Pond-Farm standen wir in der Küche und betrachteten die vermoderte Decke, von der Gipsbrocken auf den unebenen Linoleumboden fielen, die dunkelgrünen Wände mit den Wasserflecken, an denen sich die verschimmelte Tapete wölbte. Nur wenig Licht drang durch das eine niedrige Fenster. Bei Tag hatten Bach und Hügel uns verzaubert, bei Nacht ist das Haus so elend wie ein Slum in der Stadt.

«Was haben wir bloß getan?» frage ich ihn halb kichernd, halb schluchzend.

«Mein Gott, ich hoffe, das war kein Fehler.» Er schaudert.

Wir legten unsere Matratze auf den Boden des einzigen Raumes mit intakten Wänden und schliefen dann kaum, sondern warteten auf die Sonne, damit wir an die Arbeit gehen konnten.

Leech Pond ist ein seichter Teich, der von Algen und Sumpfsträuchern ausgetrocknet wird. Sie gedeihen, während der Teich schrumpft. Schnappschildkröten sind hier zu Hause. Ein paar Hechte paaren sich hier noch, unser Abwasser ernährt sie. Von einer Quelle auf einem der Hügel führt ein leckes Rohr unter Wasser durch den Teich, unter der Straße durch und in unser Haus.

Der einarmige Clyde hat mit seiner Hacke den Rasen vor dem Haus aufgerissen, die Erde zur Seite geworfen, einen sechs Fuß tiefen Graben hinterlassen und die Wurzeln der Weide verletzt, nur damit ein neues Wasserrohr uns mit unserer Quelle verbinden kann. Wir betreten das Haus durch einen unverputzten Raum, der jetzt mit Werkzeug, zerrissenen Gummistiefeln und sechsundfünfzig Kaffeedosen voller Schrauben, Stifte und Nägeln in verschiedenen Größen angefüllt ist. Isoliermaterial hängt tropfend an der eingedrückten Decke. Wenn es regnet, hallt das laute Tropfen im Wohnzimmer wider. Das Dach kommt als nächstes dran.

Buck hat uns die Leech Pond-Farm verkauft. Er stammt aus einer der ältesten Familien dieser Stadt, die einst eine wohlhabende Gemeinde von Granitarbeitern und Farmern mit Milchwirtschaft war. Doch der Steinbruch wurde geschlossen, und die Bevölkerungszahl sank ständig, bis Städter wie wir anfingen, hier Grundbesitz zu kaufen. Buck versagte in seiner kurzfristigen Tätigkeit als Straßenbeauftragter. Seine Frau verließ ihn, seine Farm verfiel. Jetzt fährt er sein Snowmobile über die winterlichen Hügel, das er jedes Jahr gegen ein größeres, schnelleres Modell eintauscht, und verschandelt die Wälder mit weggeworfenen Öl- und Bierdosen, die wir aufsammeln, bevor sie unterm Laub verschwunden sind. Buck lebt mit seinem halbwüchsigen Sohn ein paar Meilen entfernt bei der Autobahn in einem neuen Wohnwagen mit Teppichboden und gerüschten Vorhängen.

Er kommt oft vorbei, um zu sehen, was wir «seinem Haus» antun. Unter der Küchenspüle tauscht Sam den alten Gartenschlauch, der als Abflußrohr diente, gegen ein neues Plastikrohr aus.

«Was machst du da drunten?» fragt Buck. Das Bier hat ihn leutselig gemacht.
«Buck, warum hast du mir nicht gesagt, daß hier unten nur ein Gartenschlauch ist?»
Er lacht. «Oh, das hab ich vergessen.» Sam kriecht unter der Spüle hervor. Buck nimmt eine Bierdose aus seiner Sechserpackung.
«Hier, trink ein Bier. Immer mit der Ruhe. Hab ich's dir nicht gesagt? Bist du fair zu mir, bin ich fair zu dir.»
Ich mische mich ein. «Buck, in der Scheune standen ein paar alte Milchkannen. Ein Trödler kam vorbei, und ich habe sie ihm gegeben. Er hat mir zwei Dollar dafür gezahlt.»
«Verdammt noch mal! Die kann er nicht haben. Ich werd sie zurückholen.»
«Also, hier ist das Geld.» Ich gebe ihm die zwei Dollar.
«Ihr zwei habt eine Menge Kram.» Buck betrachtet unsere Kisten. «Ich hätte für die Farm mehr von euch verlangen sollen. Ihr habt ein gutes Geschäft gemacht.» Er blinzelt mir zu.
«Was habt ihr mit meiner Diele gemacht?» Er sieht sich das winzige Viereck neben dem Bad an, dessen schiefe Wände mit Sprüchen auf Holztäfelchen bedeckt gewesen waren, mit Warnungen, nicht die Frau zu schlagen, seine Dummheit nicht zu zeigen, bei der Arbeit nicht einzuschlafen – der Humor der Besitzlosen.
«Wann läßt du dir mal die Haare schneiden?» fragt Buck Sam.
«Und du, Buck?» Bucks kurzgeschorener Kopf wird kahl, sein Bauch wölbt das Hemd.
«Warum gibst du mir nicht etwas davon?» Buck packt eine Handvoll von Sams dickem Haar.
Sam weicht aus. «Du hast mir bei unserem ersten Besuch hier versprochen, die Grenzen des Grundstücks mit mir abzugehen. Wann machst du das?»
«Ich hab dir gesagt, ich mach's, also mach ich es. Bist du fair zu mir, bin ich fair zu dir.» Bevor Buck geht, erinnert er Sam: «Mir ist es egal, wie einer seine Haare trägt.»
Auf wackeligen Leitern stehend, reißen wir grüne Asphaltschindeln vom Dach. Darunter kommen verwitterte Holzschindeln zum Vorschein; viele sind verfault oder zerbrochen. Aufgescheuchte fette weiße Spinnen, so groß wie ein Silberdollar, retten sich an langen, seidigen Fäden in die Tiefe.
Vorübergehende Nachbarn halten uns für töricht, weil wir aus ästhetischen Gründen eine Isolierschicht entfernen. Sie finden verwitterte Holzschindeln nicht hübscher als eine grüne Verkleidung. Aber wir werden Isolierstoff in die Wände spritzen lassen, erklären wir ihnen.

Von außen sieht das Haus schon besser aus. Ich streiche die Fensterrahmen in einem Kastanienbraun, zu dem ich Braun und Rot mische. Die große Weide auf dem Rasen verdeckt schadhafte Stellen; unser steiles Dach erhebt sich malerisch über den Bäumen.
Drinnen kommt die Küchendecke herunter, mit ihr Klumpen von altem Isoliermaterial, das uns auf der Haut klebt. Glasfasern zerkratzen uns die Arme, verstopfen uns die Lungen. Besucher, ehemalige Schüler von Sam, helfen, die neue Decke einzuziehen. Sie machen das Dach höher – die Speichertür wird nun ein großes Fenster. Licht dringt herein und trocknet Bucks Muffigkeit aus. Auf den Dachsparren balancierend, verputze ich die Risse in der Trockenmauer und streiche dann die Decke weiß. Die Wand zwischen den beiden Zimmern im Erdgeschoß reißen wir heraus und haben nun einen großen Raum. Unsere freiwilligen Helfer schleppen handgesägte Scheunenpfähle herbei, die jetzt aussehen, als hätten sie das Haus seit hundert Jahren getragen. Zwischen den Fenstern baut Sam Bücherregale ein, sie dienen als weitere Isolationsschicht. Als letztes nehme ich mir das widerliche Bad vor, danach soll das Obergeschoß an die Reihe kommen. Ich streiche Wände und Boden in strahlendem Orange und bedecke die Kunststofffliesen mit Holzbrettern aus der Scheune. Das Bad wird erträglich, und ich kann es jetzt benutzen, ohne jedesmal eine Grimasse zu schneiden.
Unser Arbeitsrhythmus wird zwanghaft, wir unterbrechen ihn nur, um zu essen. Es ist unmöglich, einen Augenblick der Ruhe, Einsamkeit zu finden, einen Raum für sich allein, eine Möglichkeit, allein mit Sam zu reden oder übers Land zu gehen. Entscheidungen haben ihr Eigenleben. Die alten Schüler und neuen Nachbarn, die kommen und gehen, besprechen sich mit Sam, wenn sie Fragen haben, nicht mit mir. Ich spüre meine Unfähigkeit und halte mich an das, was ich kann – streichen, abreißen. Ich verschwinde im Hintergrund. Sam entwickelt sich zum Pseudochef. Manche Helfer bleiben über Nacht, schlagen ihre Zelte im Freien auf oder legen ihre Schlafsäcke irgendwo auf den Boden. Obwohl ich mich vor unserem Publikum still verhalte, sieht Sam den Zorn in meinen Augen und meinen Bewegungen.
Im Bett fragt er: «Was ist los mit dir?»
«Niemand bespricht irgendwas mit mir. Es ist, als würde ich noch nicht mal hier wohnen.»
«Du bist nie da, wenn wir etwas bereden, du bist immer mit anderem beschäftigt. Außerdem habe ich nicht angenommen, daß du dich für Leitungen und Installationen interessierst.»
«Ich weiß nichts. Wenn ich etwas lernen will, bin ich im Weg. Was soll's!»

«Bitte, sprich leiser. Sollen dich alle unten hören? Was würden wir ohne diese Hilfe tun? Wir können niemanden bezahlen.»
Ich ersticke meinen Widerspruch im Kopfkissen, damit ich unsere Gäste nicht in Verlegenheit bringe.

Sam und ich flüchten allein zum Holzplatz. Über die Route 15 folgen wir einem Lieferwagen, seine Ladung besteht aus zwei kleinen Kindern und einem schwarz-weiß gefleckten Kalb. Die Kinder spreizen ihre Finger zum V und winken uns zu. Wir fahren an einem wild gewordenen Pferd vorbei, das einen Zaun entlanggaloppiert; es rast bis zum nächsten Zaun, macht kehrt, rast zurück. Hinter ihm reckt sich ein glänzendes Metallsilo zum Himmel und reflektiert in der Sonne. In Wolcott durchstöbern wir die Trödelläden nach einer Marmorplatte für unser Bad. Wir mögen Wolcott; hier findet man meilenlang abmontierte Installationen, Toilettenschüsseln, gebrauchte Badewannen auf Klauenfüßen, glänzende Porzellanbecken, sie stehen unbeholfen nebeneinander auf dem Kies und werden wahrscheinlich nie wieder Wasser auffangen.
Im General Store, dem Laden für alles, kaufen wir ein paar Dichtungen und noch einen Pinsel. Ed verschwindet im dunklen Hintergrund, um das Gewünschte zu suchen. Ed und Edna führen den Laden in einem alten Haus, dessen weiße Schindeln mit häßlichen grauen Abdeckplatten beklebt wurden, um die Kälte abzufangen. Reklameschilder aus den vierziger Jahren werben für Red Rose-Tee und Philipp Morris-Zigaretten, sie rosten schon und werden teilweise von Handzetteln verdeckt, die zu Versteigerungen und kirchlichen Gemeindefesten einladen. Eine Reihe weißer, handgeschriebener Schilder zählt alles auf, was man hier findet: Textilien, Angelgerät, Eis und Munition, Werkzeug und Jagdscheine, Toiletten, Lebensmittel und Tiefkühlkost. Die Waren sind abenteuerlich in Regalen und auf den Theken gestapelt.
Ich lese die handgeschriebenen Notizen über dem Ladentisch: ein Lagerplatz zu vermieten, Fahrräder und Herde zu verkaufen, ein Abendessen zugunsten der Parteikasse der Demokraten, eine Sammelbüchse für die Familie, die gerade abgebrannt ist, eine Mitteilung: «Kinder, spielt bitte nicht in dem Lastwagen, der neben dem Laden steckengeblieben ist. Danke.» Allen wird der gleiche Raum zur Verfügung gestellt. Über den Ladentisch hinweg gibt Edna einem anderen Neuankömmling Ratschläge zur Frühjahrsbepflanzung.
«Vor dem 30. Mai sollte man nichts in die Erde stecken», sagt sie.
Es herrscht wieder Friede. Sam und ich planen unseren Garten. Wir sind uns einig, daß wir mit dem Haus rasche Fortschritte machen.

Roy, ein Original der Gegend, ist der Besitzer der Esso-Tankstelle in der Stadt. Diese Tankstelle ist mehr als eine Werkstatt, mehr als eine Zapfstelle für Diesel und Benzin, sie ist der gesellschaftliche Mittelpunkt des ganzen Gebiets. In seinen fettverschmierten Fingern hält Roy eine Bierdose; die Zigarette, die an seiner Lippe klebt, deutet auf eine zackige Narbe aus einem längst vergessenen Kampf. Er zieht Männer und Frauen an, Einheimische und Neuankömmlinge. Wir bitten ihn, die Autowracks abzuschleppen, die Buck uns hinterlassen hat.

«Das ist wirklich eine Schweinerei», sagt Roy. «Mit Buck und Flora stand es ziemlich schlecht, bevor er die Farm verkaufte. Es heißt, sie hat ganz schön herumgeschlafen. Jetzt schaut mich nicht so an, ich wiederhole nur, was ich gehört habe. Den Jungen hat sie bei ihm gelassen. Aber man kann ihr eigentlich keine Vorwürfe machen. Buck hat seinen Job verloren und ganz ordentlich gesoffen. Schlimm, wenn so was passiert. Kennt ihr Carl, Bucks Bruder? Die beiden reden nicht miteinander. Letztes Jahr hat jemand Buck als Carls Gegenkandidaten für den Magistrat aufgestellt. Das war vielleicht ein Witz. Carl ist ein richtiger Politiker. Zwei Brüder, und so verschieden. Man weiß wirklich nicht, warum manche Leute sind, wie sie sind, stimmt's?»

Roy läßt sich zu einem weiteren Bier einladen, bevor er sich an die Arbeit macht.

«Ich sag euch, ich werde jedes Jahr um mehr als tausend Dollar betrogen. Esso droht mir dauernd, nicht mehr zu liefern, weil ich so viele Schulden bei ihnen habe. Das kommt davon, wenn man Kredit gibt. Es sind nicht die jungen Leute, die mich übers Ohr hauen. Es sind die anderen, die ihr Leben lang hier gewohnt haben. Mann, in dieser Stadt habe ich vielleicht Feinde! – Also, Sam, wir kümmern uns jetzt besser um die Wracks, wenn ich heute noch was tun soll.»

Ich schaue zu, wie der Kran auf Roys Lastwagen verrostete Autoskelette aus dem Sumpf zieht. Wenn es am Haken hängt, erlebt jedes Wrack eine kurze Auferstehung, dann wird es auf die Ladefläche des Lasters gelegt, und der Haken holt sich das nächste. Fünfzehn verrottete Fahrzeuge verließen ihr Grab. Buck wollte sie mit dem Bulldozer tiefer in den Sumpf pressen, damit man sie nicht sah. Es ist befriedigend zu beobachten, wie der Schrott verschwindet, aber nachdem die größeren Ruinen entfernt sind, tauchen neue Stücke auf, als wären sie die Nachkommen der Wracks – Auspuffrohre, Auspufftöpfe, Räder.

Sobald die Laster beladen sind, wirkt Roy wieder entspannt. «Hier wird es wirklich anders aussehen, wenn ihr zwei zugepackt habt. Buck wird seine Farm nicht wiedererkennen. Sag mal, kennst du Sarah?» Roy schaut mich an. «Die bei mir Benzin zapft. Sie ist eine großartige

Frau, hat das College abgeschlossen. Sie schreibt ein Buch, aber sie sagt, sie will alles über Autos lernen. Ich hab nichts dagegen, wenn Frauen an Autos arbeiten, du, Sam?» Er blinzelt mir zu.

«Ich habe versucht, ihr was beizubringen, aber sie hat kein Interesse», sagt Sam.

Die Geschichten über Roy und Sarah gehören zur örtlichen Folklore. Sarah, eine zweiundzwanzigjährige Radikale, wohnte neben der Tankstelle und besuchte sie oft, trank dort Bier und machte Späße mit Roy. Eines Tages schnitt sie ihr taillenlanges Haar ab und signalisierte damit ihre Emanzipation von den asketisch wirkenden, bekifften jungen Männern in ihrem Leben. Sie lud Roy zum Bridge ein. Jetzt ist sie stolz auf ihre Affäre mit Roy, einem Hiesigen, einem Arbeiter.

«Ich leiste mehr für die Beziehungen zwischen Neuankömmlingen und Vermontern als alle Politiker mit ihrem rhetorischen Geschwätz.»

Roys Frau plaudert mit Sarah an der Tankstelle, manchmal spielt sie mit den beiden Bridge und tut, als wisse sie nichts. Samstag abends führt Roy Sarah zum Tanz, wenn seine Frau keine Lust dazu hat. Meistens hat sie keine.

Im Obergeschoß fing ich damit an, die alten Tapeten und den Verputz zu entfernen. Während ich arbeitete, fielen große Brocken von den Latten dahinter und rissen mir die Haut auf. Grauer Staub füllte den Raum und meine Lungen und rieselte durch das Kaminloch, so daß auch der untere Fußboden mit einer dünnen weißen Puderschicht bedeckt wurde. Schweigend reiße ich die schadhafte, verblaßte Tapete mit ihren Rosensträußen, hingekritzelten Telefonnummern, mit Herzen umrahmten Initialen ab und denke dabei über das Leben nach, das Unbekannte in diesem Zimmer, in diesem Haus geführt haben mögen. Mülleimer voll Verputz werden auf den Abfallplatz geschleppt. In einem hastig angefertigten Trog mische ich neuen Gips und rühre ihn, damit er glatt wird. Ich werfe ihn so an die Wand, daß eine Struktur entsteht. Es dauert so lange, bis der Gips dick wird, und dann ist er so schnell verbraucht, daß ich einen weiteren Fünfzig-Pfund-Sack die Treppe heraufschleppen und wieder mischen muß. Die Arbeit geht langsam voran. Es dauert Wochen, bis die Wände trocken sind und ich den Boden und die Leisten abkratzen kann. Eifrig bemüht, meine Arbeit ordentlich zu machen, male ich die Ränder braun, die Wände weiß und fahre mit meinem Pinsel sorgsam über jede Wölbung. Es wird ein schlichter Raum daraus, ich möbliere ihn mit einem schmalen Bett, einem Larkin-Schreibtisch, den ich auf einer Versteigerung gefunden habe, einem Schaukelstuhl, den jemand weggegeben hat, auf den Boden lege ich das Zebrafell, das ein Freund aus dem Peace Corps in Kenia mitgebracht hat. Endlich habe ich ein eigenes Zimmer, wo ich allein sein, denken oder schreiben kann, wo meine Stimmungen und Rhythmen maßgebend sind. Doch wir haben endlich warmes Wetter, und es fällt schwer, im Haus zu bleiben. Neue Besucher kommen, und wo sonst sollten sie schlafen als in diesem Zimmer, das ich vollendet habe?

Meine Freundin aus Kindertagen und ihr Mann besuchen uns, bevor sie nach Afghanistan reisen, wo er als Arzt im öffentlichen Gesundheitswesen arbeiten wird. Debby und ich werden zu neunundzwanzigjährigen Schulmädchen, wandern gemeinsam meine Landstraße entlang und rufen alte Erinnerungen wach, um unsere Geschichten bis zu diesem Augenblick fortzuführen.

«Ich hätte mir dich nie als Farmersfrau vorgestellt», sagt sie.

Wir lachen. Obwohl das Bild romantisch ist und ich nicht genau weiß, was ich eigentlich bin, paßt ihr Etikett nicht.

Zum erstenmal sind Debby und ich als Achtjährige so zusammen gegangen, damals die langen, baumgesäumten Gehwege entlang, die von unserer Grundschule zu meinem Haus führten. Sie kam zu mir «zum Spielen», ich lud sie am Telefon ein, von meiner Mutter unterstützt, die mein gesellschaftliches Leben in die richtigen Bahnen lenken wollte. Mit zwölf schlossen Debby und ich hinter uns die Schlafzimmertür; heimlich, beschämt und erregt erkundeten wir unsere Körper. Ich erinnere mich an ihre langen, spitzen Brüste, die so anders waren als meine runden, an die Berührung ihrer rauhen, krausen Haare; ihr Geruch blieb an meinen Händen haften. Was wir taten, war nicht wirklich, beschwichtigten wir uns, nur eine harmlose Übung für später. Abwechselnd spielten wir den Jungen, dem wir den Namen unseres neuesten Schwarms gaben. Jetzt versuchen wir, den Menschen zu entdecken, der jeder von uns geworden ist, durch die Schichten erworbener Neurosen zu stochern, uns von den Männern abzusetzen, die wir gewählt haben.

«Schreibst du noch?» fragt sie.

«Ich habe gerade wieder ein Tagebuch angefangen. Jahrelang habe ich nichts geschrieben außer Briefen.»

Samstag nachmittags saßen Debby und ich am Küchentisch in dem stillen Haus, während mein Vater schlief und meine Mutter einkaufte. Stundenlang schrieben wir kichernd in linierte Hefte, bis wir den Drang nicht mehr zurückhalten konnten, unsere Geschichten vorzulesen.

«Ich erinnere mich noch an deine Erzählung mit dem Titel ‹Abenteuer im Puff›, über das junge Mädchen, das zur Prostitution gezwungen

wurde. Es hat mich schockiert, daß du wußtest, was das bedeutet», sagte ich.
«Hätten wir nur Kopien behalten! Stell dir den Spaß vor, sie jetzt zu lesen. Weißt du noch – die Idee mit dem Puff kam von einem Schnappschuß, den wir entdeckten; mein Vater stand da während des Kriegs mit ein paar orientalischen Frauen vor einer Hütte.»
«Ja, genau, wir überlegten, was das wohl zu bedeuten hat, und fragten uns, ob wir es deiner Mutter zeigen sollten.»
Wir suchen unseren Weg zwischen den Pfützen auf der Straße.
«Ich fand deine Geschichten immer viel besser als meine», sagt Debby.
«Du hast mich inspiriert. Ich hätte nie etwas geschrieben, wenn du mich nicht dazu ermuntert hättest.»
«Und was ist daraus geworden?» fragt sie.
«Im College habe ich alle meine kreativen Energien in Englisch-Aufsätze gesteckt, dann wurde es wichtiger, die Gesellschaft zu verändern. Geschichten zu schreiben erschien so eigennützig, so elitär.»
«Glaubst du das immer noch?»
«Ich bin mir nicht mehr sicher. Vielleicht ist es von größter gesellschaftlicher Relevanz, etwas zu schaffen, was anderen Freude macht.»
«Wie Kinder machen?» Sie lacht.
Früher sagten wir, daß wir Kinder haben wollten, bevor wir dreißig seien, doch wir gebrauchen sorgsam unsere Pessare, obwohl unsere Geburtstage näher rücken. Wir sind uns einig, daß jetzt nicht die richtige Zeit für Kinder ist; wählen zu können ist unser Luxus.
«Jeder wählt sich seine Arbeit aus persönlichen Gründen, egal, für wie politisch er sich hält», sagt Debby. «Es sieht aus, als gingen wir nach Afghanistan, weil wir den Menschen in den Entwicklungsländern helfen wollen, aber im Grunde kommt dieser Job unseren egoistischen Reisewünschen entgegen.»
Ich lehne ihren Mann ab, den Fremden, der mir in unserem vorletzten College-Jahr ihre Freundschaft entzog. Sie beendete ihr Studium nicht, heiratete und folgte ihm nach Kalifornien. Ihre Wahl enttäuschte mich.
Vor ihrer Hochzeit verbrachte ich einen Tag mit ihnen; sie stritten sich über Vorbereitungen und Verwandte wie ein altes Ehepaar. Ich kam mir betrogen vor. Debby verriet unsere Träume – akademische Titel, berufliche Karriere – wegen eines Mannes, gab unsere frühe Intimität so leicht wegen eines Gefährten auf, der teilweise vielleicht bot, was sie brauchte, aber nie jene gegenseitige Anerkennung und jenes Verständnis, die in weiblicher Gleichheit wurzelten.
Obwohl er ein Eindringling ist, wirkt ihr Mann auf mich anziehend. Er ist rothaarig und drahtig, in seinen festen Muskeln steckt ruhelose

Energie. Daß er mir gefällt, macht mich gelassener, distanzierter. Wenn wir einen Augenblick allein sind, neckt er mich: «Wie wär's mit uns, sie sind nicht da.» Dann lacht er und parodiert sich selbst, er ist sicher, weil er es nicht ernst meint. Aber mich macht er verlegen mit seinen fiesen Andeutungen. Ich finde sie nicht komisch.
«Weißt du», erzählt mir Debby, «wir waren beide unerfahren, als wir heirateten, und keiner von uns hat seither mit jemand anderem geschlafen.»
Ich kenne ihre Geschichte, aber die seine überrascht mich. Welch ein gefährdeter Zustand, wo die Medien, die Jugendkultur und unsere Zeitgenossen alle den Sex verherrlichen.
«Ich will ihn nicht verlassen, aber ich bin von Neugier besessen. Ich frage mich, wie es mit einem anderen wäre. Ich wünsche mir diese Erfahrung. Er sagt, er ist mit mir zufrieden, er will keine anderen, das Risiko lohnt sich nicht.»
Sie beneidet mich um meine Liebhaber. Ihretwegen hält sie mich für weise und erfahren. Ich versichere ihr, daß es kaum etwas bedeutet, es ist so lange her. Mit Mitchell war ich so sehr mit Empfängnisverhütung beschäftigt, daß unser Liebesleben ein medizinisches Problem wurde. Ich vertraute nie der Flasche voll Schaum, die er mir brachte. Als ich einen Blasenkatarrh bekam, bat ich den Arzt um Sulfonamide und die neu herausgekommenen Pillen zur Empfängnisverhütung und rechnete mit seinem Tadel, weil ich nicht verheiratet war.
Während Sam auf mich wartete, hatte ich eine kurze Affäre mit einem geschiedenen älteren Studenten. «Macht dir Sex Spaß?» fragte er, und ich antwortete verlegen: «Ich weiß nicht. Ich nehme es an.» – «Meiner geschiedenen Frau hat es keinen Spaß gemacht», sagte er. Es war anders, unter ihm zu liegen, weil er magerer und leichter war als Mitchell oder Sam; es war einfacher, wenn kein schwerer Mann mich niederdrückte, aber ich brauchte eher Fürsorge als Sex. Meine Mutter war wieder im Krankenhaus wegen ihrer Depression, und entsetzt stellte ich mir ein Leben vor, in dem ich hoffnungslos versuchte, andere Leben in Ordnung zu bringen. Sam bot mir Schutz, und das war viel wichtiger als Sex.
Der starke Geruch von feuchtem Mist schlägt uns entgegen, als wir am frisch gepflügten Feld des Nachbarn vorbeigehen.
«Als wir in Arizona waren, gab es da ein paar Nacktparties», sagt Debby. «Wahrscheinlich hatte es mit der Abgeschiedenheit auf der Navajo-Reservation zu tun. Alle Ehepaare, die da im Gesundheitswesen arbeiteten, kamen sich sehr nahe. Uns war gar nicht klar, was geschah. Zuerst berührten sich die Leute nur. Wir taten nie mehr, zu richtigem Sex kam es nicht, aber zwei Ehen gingen auseinander.»

Ich versuche mir die Szene vorzustellen, die sie beschreibt: Ein Spiel, als sei Sex harmlos, die Rückkehr zu den sündenlosen Tagen der Kindheit. Doch Debby und ich könnten uns jetzt nicht mehr so liebkosen wie damals, als wir zwölf waren.

Sie stimmt mir zu. «Wahrscheinlich wollen wir alles auf einmal. Wir wollen den Spaß, aber nicht die Folgen. Ich mache meine Eltern dafür verantwortlich. Ihre Verbote haben mich daran gehindert, Erfahrungen zu machen, als es Zeit dafür war.»

«Unsere Eltern haben uns gelehrt, die Welt sei gefährlich und bösartig. Sie haben uns beigebracht, wir seien verletzlich und brauchten Schutz. Ich komme mir immer noch sehr verwundbar vor, ein Opfer auf eigene Gefahr.»

«Sie waren selbst so unsicher», sagt Debby. «Die Wirtschaftskrise, Antisemitismus, ihre eingewanderten Eltern . . .»

Die Kühe der Nachbarn grasen neben der Straße.

«Ich habe mir überlegt, daß eine Trennung nach zehn Ehejahren gesund sein könnte. Bald sind wir zehn Jahre verheiratet. Was meinst du?»

«Bei uns sind es erst sieben Jahre.» Ich prophezeie ihr, daß sie bald einen Seitensprung arrangieren wird. Sie widerspricht nicht.

«Dein Leben kommt mir jetzt so friedlich vor.»

Ainsley sammelt seine Herde. Er ruft die Tiere mit einem hohlen Schrei, einem Signal, das sie verstehen, dann lächelt er und winkt uns zu. Wir bleiben stehen und lassen die schwarzweißen Hereford-Rinder über die Straße gehen.

«Ich beneide dich um deine Reisen. Ich würde Leech Pond sofort verlassen und nach Asien gehen. Ich bin noch nicht bereit, seßhaft zu werden.»

Wir nähern uns dem Haus. Die Männer beugen sich über Sams neues Motorrad und sprechen über Maschinen.

«Vielleicht sollte ich nicht mit ihm nach Afghanistan gehen», sagt sie und bricht ab, als wir in Hörweite unserer Männer sind.

Meine Eltern, unsere nächsten Gäste, kommen nach kurzfristiger Voranmeldung. «Mit Mutter kann man nie vorausplanen», erinnert mich Daddy. Seit über zehn Jahren hat sie alle zwei bis drei Monate «ein Tief», ist depressiv. Trotz einer Serie von Psychiatern, Drogen, Lithium, Schocks geht es Jahr um Jahr so weiter. Sie entfernt sich und tritt in einen depressiven Stupor ein, als wäre er ein Zimmer, das für sie hergerichtet ist und auf sie wartet. Wir versuchen sie zurückzuhalten, aber sie entzieht sich immer mehr, bis ein Zwangsaufenthalt im Krankenhaus ihr Halt gebietet. Ich stehe am anderen Ende der Telefonverbindung und versuche, meinem Vater Rat und Trost zu geben. «Was kannst du tun?» sagt er. «Du lebst nicht hier.» Ja, ich bin erleichtert, daß ich nicht dort bin, dankbar, daß ich mit Sams Hilfe entfliehen konnte.

In ihren Stadtkleidern folgen sie mir durch den Wald zum Bach; sie sind nicht zimperlich. Wir sprechen weder über Mutters Krankheit noch über ihre vier Schwestern, die alle an Krebs starben, bevor sie fünfzig waren. Zwischen den Depressionen ist Mutter normal, so normal, wie ich sie in Erinnerung habe. Sie ist noch immer schön, die Drogen und Schocks konnten dem Glanz ihres Haars, der Farbe ihrer Haut oder dem Strahlen ihrer Augen nichts anhaben. In der Depression streikt ihr Körper, sie bekommt Falten und schrumpft sichtbar; sie kann nicht auf die Toilette, nicht essen, nicht schlafen. Sie geht auf und ab, sie bleibt stehen, wiegt sich hin und her, verzieht den Mund, doch wenn sie ein oder zwei Monate später aus diesem Zustand auftaucht, ist sie verwandelt, auf geheimnisvolle Weise ist der Bann gebrochen.

Meine Eltern haben beide einen Zwilling, meine Mutter einen Bruder, der Herrenbekleidung in Colorado verkauft, allein lebt und nie nach Hause kommt, mein Vater eine Schwester, blond wie er.

«Er kümmert sich mehr um sie als um mich», beschwert sich meine Mutter. Der Zwilling meines Mannes, sein Gegenstück, ist so dunkel, wie er blond ist. Sam und ich sind mehr wie Zwillinge. Wir gleichen uns in unseren Unterschieden, sind einander ähnlich geworden. Einer hat vom anderen Redeweise, Meinungen, Gewohnheiten übernommen, wir wissen nicht mehr, von wem die Regeln stammen, nach denen wir leben, doch wir versuchen uns zu erinnern. Während wir einander ähnlicher werden, versucht jeder verzweifelt, sich zu behaupten. Manchmal meine ich, unser Blut hat sich vermischt – er ist mein Bruder geworden. Ein Inzest-Tabu entsteht zwischen uns; wir schaffen Distanz, um unsere Getrenntheit zu erhalten, wir reagieren allergisch aufeinander, und jeder hüllt sich in durchsichtige Schleier. Nachts verschweige ich mein Bedürfnis, umarmt zu werden. Ich packe ein zerknülltes Taschentuch unter meinem Kopfkissen und sehne mich nach einem geträumten Fremden.

Durch unsere dünnen Wände kann ich hören, wie meine Eltern in die Nacht reden.

«Warum kann ich keinen Nerzmantel bekommen?» fragt meine Mutter. «Alle anderen Anwaltsfrauen haben einen.»

«Schlaf jetzt», sagt mein Vater. «Meinst du, jetzt sei der richtige Zeitpunkt, darüber zu reden?»

Unterdrücktes Leid, Geheimnisse gehören zum Zusammenleben mit ihr. Geflüster bewohnte unsere Räume – was ist aus ihrem Vater geworden? Warum ist ihr Bruder im Krankenhaus? Woran leidet ihre bettlägerige Mutter, die unter uns wohnt? Geheimnisse, die ich nicht verstehen konnte. Eine Reihe schwarz gekleideter Schwestern, fünf waren es und meine Mutter in der Mitte, stiegen in einen Wagen. Ich wußte, daß meine Großmutter tot war, aber ich war noch nicht alt genug, um mehr tun zu können als diese fremden Erwachsenen anzustarren, schwarze zerbrechliche Museumsstücke, die ich betrachten, aber nicht berühren durfte. In den nächsten zehn Jahren starben dann meine Tanten eine nach der anderen.

Nach dem Tod ihrer zweiten Schwester blieb meine Mutter den ganzen Morgen im Bett. Wie Krankenschwestern versuchten meine Schwester und ich, sie zum Aufstehen zu bewegen.

«Bitte», bat ich, «bitte, zieh dich an.»

«Ich kann nicht», sagte sie. «Ich habe keine Kraft.»

Am späten Nachmittag schaffte sie es, einen Pullover und einen Rock anzuziehen. Ich hatte Bohnen und Hamburger gekocht, sie saß mit uns am Tisch und rührte das Essen nicht an.

«Es wird schon wieder», sagte sie. «Es geht mir jetzt besser. Ich finde nur keinen Schlaf.»

Immer wieder hofften wir, jetzt sei es vorbei mit ihrer Apathie, unseren Wachen, unserer Ohnmacht ihr gegenüber. Eines Morgens regte sie sich nicht. Mein Vater entdeckte das leere Röhrchen Schlaftabletten. Aus Filmen wußten wir, was zu tun war: Mein Vater an ihrer einen, ich an der anderen Seite zwangen sie, hin und her zu gehen, während Linda unten Kaffee kochte. Der Arzt schickte sie in die psychiatrische Abteilung eines Privatkrankenhauses. Einen Monat später kam sie nach einer Reihe von Schockbehandlungen wieder nach Hause und war normal. Wir sprachen nicht über das, was geschehen war.

Aber ich änderte meine Pläne. Ich würde nicht, wie jahrelang geplant, an ein auswärtiges College gehen, sondern zur Universität in der Stadt. Täglich fuhr ich mit dem Bus hin und ging durch die heruntergekommenen Gassen rund um die Universität. Weiße, moderne Gebäude, innen sauber und sicher, wuchsen aus dem Boden. Die Straßen der Umgebung blieben unverändert.

An der Theke eines Drugstores trank ich neben Arbeitern und Schwarzen meinen Kaffee, Studenten ging ich aus dem Weg. Mein Mittagessen zog ich aus einem Automaten im Keller eines dunklen, unheimlichen Gebäudes, das Old Main hieß; ich genoß die Düsternis wie eine viktorianische Heldin.

Zwischen den Vorlesungen wanderte ich suchend durch Buchhandlungen. Ich nahm gebrauchte Psychologie-Lehrbücher vom Regal und las stehend die Kapitel mit der Überschrift «Manisch-depressive Psychosen», ohne etwas daraus zu lernen. Tauben huschten davon, wenn ich an einer dunklen Ecke auf meinen Vater wartete, der mich im Wagen mit nach Hause nahm. Es wurde dunkel, er verspätete sich immer. Ich war müde, brauchte Schlaf. Das Studium und der Briefwechsel mit Mitchell in Kalifornien erschöpften meine Energie. Ich hatte keine Verabredungen, ging zu keinen Parties. Ich fuhr zur Uni und zurück, schrieb Briefe und schlief. Wenn mein Vater schon jemanden im Wagen hatte, war ich erleichtert. Waren wir allein, fürchtete ich, er könne in Tränen ausbrechen und seinen Schmerz zeigen, statt ihn zu verbergen.

Allmählich gab mir Mutter meine Rolle als Kind zurück. Sie beugte sich über mein Bett.

«Mach dir keine Sorgen», sagte sie. «Es wird dir bald bessergehen.»

Ich wußte, das würde es auch, als ich nach Kalifornien ging und mich mit meiner Liebe tröstete.

Mitchell und ich, mit achtzehn Jahren unfähig, Tabus zu verletzen, lagen angezogen auf der Couch und liebten uns, wenn seine Mutter schlafen gegangen war. Er zeigte mir, wie ich ihn zum Orgasmus brachte, damit er nicht mit Schmerzen umhergehen müsse, wie er sagte. Obwohl ich es ihm nicht eingestand, empfand ich eine kurze, aber angenehme Erregung, wenn er sein Knie zwischen meine Beine preßte. Die Weihnachtsferien waren zu Ende, ich fuhr wieder nach Hause. Monatelang war ich noch müder und fragte mich, wie ich es schaffen sollte, meine Arbeiten zu schreiben, meine Prüfungen zu bestehen, doch ich bekam lauter Einsen – Leistung war die einzige Quelle von Sicherheit, auf die ich mich verlassen konnte. In Briefen an Mitchell plante ich die Flucht aus der Familie.

Am Morgen stellt meine Mutter, die vor uns aufgewacht ist, Möbel um und verändert die Einrichtung des Hauses.

«Ihr braucht hier einen Teppichboden und in der Küche einen Kunststofftisch, dann wird es nicht mehr so schmutzig sein.»

Sam wird wütend. «Wie fändest du es, wenn ich das in deinem Haus tun würde?»

Sie lacht. «Mein Haus sieht nicht so aus. Es ist blitzsauber.»

Mein Vater spricht über Juden. «Wie viele Juden gibt es in Vermont?» Er durchsucht das Telefonbuch nach jüdischen Namen. Ich erzähle ihm von der Synagoge in Montpelier in Vermont, er ist beeindruckt. Wir bannen eine Tischszene auf Polaroidfilm; unser künstliches Lächeln strahlt und erzählt eine unwahre Geschichte. Mutter macht viel

Aufhebens von dem Foto, dann steckt sie es weg, um es mit nach Hause zu nehmen und aufzubewahren.

Eine Meile bergaufwärts liegt die einzige bewirtschaftete Farm, die es an dieser Straße noch gibt, auf einem Fleck, der es an Schönheit mit den Alpen aufnehmen könnte. Zwischen grünen Hügeln hoch über einem See ist dieser Besitz die Sehnsucht aller Grundstücksmakler, doch Ainsley, der Farmer, grinst nur und weigert sich zu verkaufen. Bis zum Tod seiner Frau haben die beiden das Land gemeinsam bewirtschaftet. Die Nachbarn erzählen, sie habe hinter ihm auf dem Traktor gesessen, wenn er Mist aufs Feld fuhr. Sie haben keine Kinder, die nach ihrem Tod die Farm übernehmen könnten; der einzige Sohn, Geschäftsmann in der Stadt, ist nicht daran interessiert. Jetzt hilft Seth bei der Arbeit, Ainsleys einziger Angestellter. Bei einem Spaziergang auf dem Friedhof sah ich Ainsleys Grabstein aus Vermont-Granit neben dem seiner Frau, sorgfältig gepflegt und mit einem Plastikkranz geschmückt.

Seth, ein Möchtegern-Erfinder und Dichter, hat ein Foto von sich in seinem Kampfanzug aus dem Ersten Weltkrieg in der Scheune aufgehängt. Perlhühner und eine Schar Gänse rennen frei über die ungepflasterte Straße und zwingen vorbeikommende Autos zum Halten. Manchmal wohnt ein Student, der sich für Landwirtschaft interessiert, oder ein alter Rentner bei Ainsley. Sam und ich treffen Seth vor einem Schrotthaufen an der Scheune.

«Das wird ein hydraulischer Holzhacker», erklärt uns Seth. «Dampf kann Motoren antreiben, warum nicht auch Holz hacken?» Er zeigt es uns.

«Seht her, wenn es mal läuft, wird der Dampf durch diese Vorrichtung hier einen Holzklotz gegen die Schneide pressen, und wutsch, schon habt ihr zwei Scheite. Jetzt muß ich bloß noch rauskriegen, wie diese Dampfmaschine funktioniert.»

Ainsley kommt zu uns.

«Wir wollten ein Paar Gänse kaufen», sagt Sam.

«Dann muß ich sie euch einfangen.» Ainsley grinst langsam. «Seth hat so viel mit seiner Erfindung zu tun, daß er sich noch nicht mal mehr um seinen Hund kümmert, um Lily. Der Feldhüter hat sie mitgenommen. Jetzt muß ich vor Gericht.»

«Ist mir ganz egal, was der Feldhüter sagt. Diese Lily hat noch nie ein Huhn oder ein Reh getötet. Den Hund kenne ich», protestiert Seth.

«Genau das hab ich ihm gesagt», erklärt Ainsley. «Ich wäre der erste hier, der einen Hund erschießt, wenn er meine Tiere anfällt. Lily hat die Viecher immer in Ruhe gelassen. Ich muß wohl oder übel aufs

Gericht und dem Richter das erzählen, sonst brummen sie Seth noch hundert Dollar Strafe auf.» Ainsley lacht in sich hinein.
«Ich zahle nichts», sagt Seth und hantiert mit der Schneide seines Geräts.
Ainsley hat es nicht eilig, die Gänse zu fangen. Er führt uns durch den Stall und zeigt uns seine Kühe.
«Als ich in den dreißiger Jahren hier anfing, gab es im Bezirk dreiundsiebzig Farmen, die Milchwirtschaft trieben. Heute sind es noch acht oder zehn. Die Farmer sind einfach vertrieben worden. Wenn ein Farmer in den Ruhestand geht, kann er sein Land an Spe-ko-lanten verkaufen, die hier mehr zahlen als sonstwo. Und weil die Regierung Pfusch macht, können sie noch zehn Dollar pro Acre dafür kriegen, daß sie nichts damit anfangen. Die Steuern wachsen in den Himmel, weil die Regierung Pfusch macht. Bis nach Montpelier muß man fahren, wenn man sein Auto zulassen will. Und diese Landesbediensteten haben immerzu Kaffeepause. Im Rathaus können sie Hundemarken und Trauscheine ausgeben, warum dann nicht auch Autozulassungen? Das würde uns eine Menge Geld sparen.»
Ich frage ihn, wie es in den dreißiger Jahren auf der Farm war.
«Wir haben alles angebaut, was wir brauchten. Damals gab es keine teuren Maschinen – bis auf eine Mähmaschine, einen Kippwagen und ein paar Mistgabeln. Heute hat man eine Heupresse für fünftausend Dollar, zwei oder drei Traktoren, die acht- bis zehntausend das Stück kosten, und eine Menge anderer Geräte. Mein Vater wollte keinen Traktor. Er hatte immer ein paar Fohlen, und im Winter, wenn der Schnee hoch lag, ritt er sie zu und fuhr sie ein, und dann wurden sie eingesetzt. Damals sorgte jeder für sich selbst. Man hatte einen Garten, einen großen Garten. Ich habe im Keller noch zweitausend Gläser mit Eingemachtem gesehen. Sie hatten alles, von Bohnen über Rhabarber bis Apfelkuchen. Als ich ein Kind war, hatten meine Leute und ihre Nachbarn gemeinsam eine große Dreschmaschine, und jeder half dem anderen. Selbstgedroschenes Getreide ist viel besser, egal ob Hafer oder Gerste oder Roggen.»
«Sieht so aus, als würden manche wieder damit anfangen. Hast du von der Lebensmittel-Kooperative gehört?» frage ich.
«Ja, sie sind gekommen und haben gefragt, ob ich daran interessiert bin, und das bin ich. Eines Tages wird das wieder gefragt sein, wir müssen wieder darauf zurückkommen.»
Ainsley erläutert weiter seine wirtschaftlichen und politischen Ansichten, während er die Gänse fängt und sie in Säcke steckt. Seine Stimme hebt und senkt sich in einem musikalischen Singsang, der an die schottisch-irischen Pioniere, die ersten Siedler hier, erinnert.

«Heute haben die Leute Angst vor dem Dollar. Sie stecken ihn überallhin, nur um ihn aus der Bank herauszukriegen. Sie haben auch Gründe für ihre Angst. Klar ist, daß wir diesen Krieg verloren haben. Es war kein erklärter Krieg, wir waren, wo wir nicht sein sollten, und wir haben ihn verloren. Wir hätten zu Hause bleiben und uns um unsere eigenen Angelegenheiten kümmern sollen, wir hätten eine gute Wirtschaftskrise haben können, und die hätte uns allen genutzt.» Er schaut uns an und wartet auf eine Reaktion, dann fährt er fort, bevor wir etwas sagen: «Wir Farmer werden vielleicht ein bißchen herumgestoßen, aber das Land steuert in eine Revolution, weil es von großen Geldinteressen regiert wird. Die Politiker und das große Kapital haben verdient an diesen Kriegen, aber zahlen wollen sie nicht dafür. Die Öffentlichkeit soll dafür zahlen, und uns hängt's allmählich zum Hals raus. Die Jungen, die vom Militärdienst kommen und keine Stellen haben, die wollen ihr eigenes Leben, und sie haben ein Recht darauf. Aber sie kriegen es nur, wenn sie die Bosse, diese Geldmänner, von ihren Posten stoßen und sie dorthin schicken, wo sie hingehören.» Er hätte noch gern weitergeredet, wir hätten noch gern zugehört – aber wir mußten die Gänse nach Hause bringen. Wir dachten, die Gänse seien ein Paar, aber es waren zwei Weibchen, weiß, mit Schwanenhälsen und orangefarbenen Schnäbeln. Sie halten den kleinen Rasen vor dem Haus kurz und warten an der Tür auf Leute; Besucher kündigen sie schnatternd an, Fremde versuchen sie zu picken. Ihre Hälse stoßen dabei in einer ritualisierten Geste der Rivalität nach vorn. Genau wie Menschen verlieben sich auch Gänse; und genau wie Menschen sind sie besitzergreifend. Unsere gestatteten uns, ihre weichen, glatten Brüste zu streicheln, und sie gaben Antwort, wenn wir uns zu ihnen knieten und mit ihnen redeten.

Unsere nächsten Nachbarn wohnen auf einer alten Farm, auf der einst Milchwirtschaft betrieben wurde. Der Stall mit dem verblaßten roten Anstrich und das hübsche weiße Farmhaus sind von sorgsam gepflanzten Blumen umgeben, Tulpen und Narzissen, hinter den Frontfenstern leuchten Geranien. Phoebe und Basil Morgan leben hier mit ihren beiden heranwachsenden Kindern, Martin und Rosemary, drei Pferden, Schafen, vielen Enten und Gänsen und einem riesigen Schwein, das «Offizier» heißt. Von ihrer Terrasse hinter dem Haus schauen wir hinaus auf das schöne Tal. Zwei Lämmer mit bimmelnden Glocken kommen herauf und leisten uns Gesellschaft, ihr Kot fällt uns zu Füßen.
«Lucia hat prophezeit, daß ich hierher zurückkommen werde», sagt Phoebe.

«Lucia ist die hiesige Hellseherin. Ihr müßt mal zu ihr gehen. Sie ist eine alte Farmersfrau. Die Leute rufen sie, wenn sie etwas verloren haben – einen Hund, ein Armband, ein Kind. Sie sieht Hinweise und sagt, wo man suchen soll. Wir kennen sie seit Kindertagen. Vor etwa zwanzig Jahren, bevor ich nach Kalifornien ging, saß ich an ihrem Küchentisch. Ich weiß noch, wie Lucia ihre Hände an der Schürze abwischte, meine beiden Hände ergriff und lachte. ‹Ich nehme an, du gehst nach Kalifornien›, sagte sie. ‹Aber Vermonter werden in Kalifornien nie seßhaft.› Sie sagte mir, sie sehe einen kleinen roten Wagen, einen Hund und einen Wissenschaftler mit den Initialen RL. In Kalifornien habe ich mich dann in einen Psychologen mit diesen Initialen verliebt. Ich dachte, es sei nur ein Zufall, denn es gab weder einen roten Wagen noch einen Hund oder ein Kind. Eines Tages erzählte er mir, er habe seinen roten Sportwagen zu Schrott gefahren, der Hund saß darin und wurde getötet. Und das geschah, kurz nachdem er erfahren hatte, daß er Vater eines Kindes sei, von dem er nichts wußte.»

Ich höre mir ihre Geschichte an, aber ich hätte Angst, Lucia aufzusuchen, Angst, daß sie etwas Schreckliches in meiner Zukunft sehen könnte. Sie würde es wissen, auch wenn sie es mir vielleicht nicht sagt.

«Komm, Sam, ich will dir etwas zeigen.» Sam folgt Basil, der noch etwas an einen schlaksigen Jungen erinnert; er geht so elastisch, daß man meinen könnte, gleich springt er wie ein Schachtelmännchen hinauf in sein Arbeitszimmer unter dem Stalldach.

Im Herbst wird Phoebe nach Cambridge gehen und sich auf ihre Doktorarbeit in Psychologie vorbereiten. Basil und die Kinder bleiben in Vermont. An den Wochenenden will Phoebe dann nach Hause fahren.

Martin, ihr fünfzehnjähriger Sohn, fährt ein Einrad und wirkt bei einer örtlichen Theatergruppe als Clown mit. Er läuft zu uns.

«Schnell, Mutter! Die Bienen schwärmen.»

«Oh, diese verdammten Bienen.» Phoebe hängt sich einen Schleier über und zieht schulterlange Handschuhe an. Martin folgt ihr mit einem weißen Hemd über dem Kopf. Ich bleibe am Zaun und beobachte aus einiger Entfernung, wie sie sich den Schwärmen nähern.

«Hol den Räucherer», ruft Phoebe. Martin stopft welkes Laub und Zweige in den langen Gegenstand, den er trägt, aber die Zweige fangen kein Feuer. Der Bienenschwarm läßt sich auf einem höheren Ast nieder. Phoebe schaut hinauf.

«Du kannst näherkommen», sagt sie. «Der Rauch soll sie apathisch machen, dann stechen sie nicht mehr. Diesen Bienen bin ich nicht

gewachsen, fürchte ich. Egal, wie viele Bücher ich lese, sie überraschen mich immer wieder. Es ist komisch, mein Vater hielt Bienen, als wir Kinder waren, aber ich habe mich nie sonderlich dafür interessiert. Wir nahmen den Honig einfach als selbstverständlich hin.»
Sam und Basil kommen zurück, um mit uns zu überlegen, was wegen der fliehenden Bienen getan werden sollte.
«Man muß sie fangen und in einen neuen Korb bringen. Sie schwärmen, wenn die Königin sie verläßt. Die Königin ist der einzige Grund für ihre Existenz», sagt Phoebe.
Basil hüllt sich in ein weißes Hemd, dessen Ärmel ihm um die Ohren flattern, Martin setzt eine Taucherbrille auf, und beide nähern sich dem Baum mit Handsäge und Leiter. Wir weichen zurück, während Basil den von Bienen bedeckten Ast absägt. Unter dem Baum fängt Phoebe den Zweig in einem Mülleimer auf.
«Kommt, wir trinken etwas», sagt Phoebe. «Die Bienen können warten.»
Bei Gin Tonic erklärt sie: «Die Arbeiterinnen wissen, wann eine alte Königin unfruchtbar wird. Dann bauen sie neue Königinnenzellen. Manchmal gefällt das der alten Königin nicht, und sie versucht die neue zu töten. Das ist alles sehr faszinierend, aber vielleicht sind Bienen doch zu kompliziert. Momentan ist ihr Leben unbeständiger als unseres. Weißt du, wie sie sich paaren?»
Ich weiß von Bienen nur, daß sie stechen, daß ich einen geschwollenen Finger hatte, nachdem ich das letzte Mal in ihre Nähe gekommen war.
«Die Drohnen», erklärt Phoebe, «haben die Aufgabe, die Königin zu befruchten. Sie werden mit besonderem Honig gefüttert und haben keinen Stachel. Die Drohne explodiert buchstäblich im Flug in die Königin hinein, dann fällt sie zu Boden und ist tot. Manche Bienenhalter sagen, man kann den Paarungslärm hören. Die Königin fliegt dann zurück zum Schwarm und ist ihr Leben lang fruchtbar; sie kann den Samen jederzeit ausscheiden. Viele Bienenhalter töten danach die anderen Drohnen. Sobald die Königin befruchtet ist, sind sie nutzlos. Wie gefällt euch dieses Modell von Mann-Frau-Beziehung?»
Phoebe schaut von Sam zu Basil.
«Phoebe und ihre Projekte!» sagt Basil. «Als nächstes bekommen wir ein Lama.»
«Rosemary bekommt ein Lama», korrigiert Phoebe. «Sie lernt in der Schule Weben. Sie weiß, wie man ein Schaf schert, wie man Wolle kämmt, webt, spinnt und färbt. Sie hat sich sogar ihren eigenen Webstuhl gebaut. Peruanische Lamas geben die beste Wolle. Sie hat etwas Geld gespart, also hat sie sich eines bestellt. Ich werde mit einem Pferdeanhänger nach Boston fahren und es abholen müssen.»

«Es muß zwei Wochen in Quarantäne oder so, bevor wir es herbringen können, stimmt's, Mutter?»
«Wer hilft mir mit dem neuen Bienenkorb?» fragt Phoebe. Wenn wir uns nicht eilen, verlieren wir alle Bienen.»
In improvisierter Imkerkleidung wartet Sam auf Anweisungen. Nachdem Phoebe den Korb hergerichtet hat, heben Sam und sie vorsichtig den Mülleimer hoch und schütteln die Bienen hinein. Irrläufer summen ihnen um die Köpfe, landen auf ihren Handschuhen.
Basil und ich schauen von der Veranda aus zu. Er erzählt mir von seiner Arbeit; er unterrichtet Psychologie im Fernstudium.
«Meine Studenten tauchen ständig hier auf, um zu sehen, ob ein wirklicher Mensch hinter all der Post steht, die sie bekommen. Ich glaube nicht mehr an konventionelle Psychotherapie. Ich meine, ein Wochenende im Wald kann therapeutischer sein als eine Menge Analyse.»
«Die meisten sind ertrunken», berichtet Phoebe und zieht ihre Imkerkleidung aus. «Auf dem Boden des Mülleimers war Wasser.»
«Oh, Scheiße!» sagt Basil.
Sam zeigt mir die Stacheln in seinem Handschuh. Sorgfältig zieht er sie heraus.
«Sam ist reizend», flüstert Phoebe mir zu, als wir gehen.
«Ich könnte keine Bienen halten», erkläre ich Sam. «Ich glaube, ich bin allergisch – weißt du noch, wie es anschwoll, als ich gestochen wurde?»
«Das ist bestimmt psychisch», sagt Sam. «Du reagierst allergisch, wenn du daran glaubst.»
«Wie wäre es mit wilden Bienen? Warum streifen wir nicht durch den Wald und sammeln Honig von wilden Bienenstöcken wie die Bären?»
Ich lache.
«Wir würden sie nie finden», sagt Sam. «Das ist eine große Kunst.»

Verwirrte Lebensläufe kommen hier wieder ins Gleis. Ruth hat das alte Schulhaus zwei Meilen weiter an der Straße gekauft. Vor ihr hatte eine Witwe es so renoviert, daß es möglichst einem Haus in den Vorstädten glich: künstliche Holztäfelung, Kunststoff-Tischplatten, das großfenstrige Klassenzimmer in winzige Abteilungen für ihren Nippes abgetrennt. Jetzt reißt Ruth diese Verbesserungen heraus, stellt die ursprünglichen Eigenheiten des Gebäudes wieder her, legt Holzbalken und Bretterböden frei. Ruth ist allein von Washington hierhergezogen. Sie verließ ihre Frauengruppe, die radikale Zeitung, die sie mitbegründete, ihren Mann Stephen und ihre dreijährige

Tochter Sherry. Das Kind wird zwischen Vermont und Washington hin- und hergeschickt. Sie will über die Frauenbewegung schreiben, sagt Ruth, darstellen, warum es so schwierig ist, in einer Kommune zu wohnen, warum Klassenunterschiede und sexuelle Präferenzen unlösbare Konflikte verursachten, warum sie jetzt weder mit Männern noch mit Frauen leben kann.

Ich gehe zu Ruth an Ainsleys Weide vorbei, den Hügel hinauf und komme atemlos oben an. Von hier aus wirkt Ainsleys Farm wie ein Bild aus dem Kalender *Leben in Vermont.* Rebecca baut Ruth eine hölzerne Wendeltreppe, die vom Wohnzimmer zum Speicher führt. Als wandernder Zimmermann reist Rebecca von Job zu Job, Reißschienen und Hammer hängen wie zusätzliche Gliedmaßen von ihrem Overall. Sie renoviert alte Häuser, errichtet Wände, rahmt Fenster, deckt Dächer. Essen und Unterkunft genügen ihr als Lohn, denn sie lernt noch, sagt sie. Wenn nicht alles glattläuft, wenn sie ein Fenster fallen läßt oder ein Brett zur kurz sägt, bekommt sie einen Anfall von Selbsthaß und sagt Ruth, sie solle jemand anderen einstellen.

«Ich schmeichle ihr, bis sie weitermacht», sagt Ruth. «Ich will das ganze Haus ohne die Hilfe eines einzigen Mannes in Ordnung kriegen.»

Ruth geht ruhelos auf und ab; ihre weiche Haut ist mit Sägemehl und Farbflecken bedeckt, ihr üppiger Körper steckt in einem Overall. Rosa Isoliermaterial aus Fiberglas liegt auf dem Boden wie Zuckerwatte.

«Ich wollte, das Haus wäre schneller fertig, damit ich an meinem Buch arbeiten kann.» Auf einer Tabelle an der Wand verbinden schwarze Linien Frauennamen mit Daten und Orten.

«Ich dachte, wenn ich es vor mir sehen könnte, würde mir klarer, was ich sagen will. Ich habe Tonbänder von allen unseren endlosen Treffen. Ich habe angefangen, sie abzuschreiben, aber ich weiß nicht, wo ich anfangen soll.»

Sie holt Rebecca Werkzeug, dann schenkt sie uns Tee ein.

«Das alles verwirrt mich so. Plötzlich bin ich in Vermont, ich besitze ein Haus, mein Kind ist nicht bei mir. Wie, zum Teufel, bin ich hierhergekommen? Ich frage mich, was ich tue.»

Als ich Ruth vor einigen Wochen kennenlernte, wirkte sie zäh und zuversichtlich, ohne Selbstzweifel. Ich machte aus ihr eine Ikone auf dem Hügel, eine Heroine, und machte mir an ihrem Beispiel klar, daß mein Leben mit einem Mann weniger authentisch, weniger aufregend ist. Es erleichtert mich, wenn sie Schwäche zeigt. Ihre gespielte Tapferkeit kommt aus ihrem Bedürfnis, sich selbst zu überlisten, ihre Angst zu verbergen.

Als Kind wohlhabender Eltern bekam sie alles, was sie wollte, Kaschmirpullover, Eliteschulen, Verehrer. Obwohl sie für ihre politische Überzeugung auf die Straße ging und verhaftet wurde, war sie nie hungrig oder in Gefahr. Dieses Vermont-Kapitel wird vielleicht nur ein weiteres Märchen, aber wie Ruth wünsche ich ihm einen glücklichen Ausgang. Seit Ruth hier plötzlich aufgetaucht ist, sehne ich mich wieder nach der verlorenen Intimität mit Mädchen, die wir aufgaben, als wir uns Gefährten suchten.

Wir reden über die Tagebücher, die wir einst führten. Sie holt aus einem Regal ein Fünf-Jahre-Tagebuch, in rosa Leder gebunden und mit einem Schloß versehen, genau wie das erste, in das ich schrieb. Sie schlägt eine Seite auf:

«Richard ist so reizend. Heute hat er hallo zu mir gesagt. Ich weiß nicht, was ich zu Jans Party anziehen soll. Das letzte Mal hatte ich den blauen Pullover an, also trage ich diesmal besser den grünen.» Ruth lacht. «Es ist so peinlich.»

«So habe ich auch angefangen, aber als ich vierzehn war, wurde es anders. Ich schrieb philosophische Ergüsse, Briefe an Gott, religiöse Überlegungen, ich schrieb Zitate ab aus allem, was ich las, zum Beispiel von Kierkegaard. Obwohl ich ihn nicht verstand, kam er mir angemessen intellektuell vor.»

«Du solltest deine Tagebücher laut vorlesen. Wenn wir unsere Frauengruppe haben, kannst du das vielleicht.»

Was wir in einer Frauengruppe eigentlich tun oder sagen sollen, ist mir immer noch nicht klar, aber auf Ruths Vorschlag hin werde ich beitreten. Sie sagt, die Unterstützung durch Frauen kann sehr anregend sein; eine neue Energiequelle, die wir noch nicht angezapft haben. Ich stelle es mir vor wie das Öffnen einer Wunschtruhe, in der verborgene Möglichkeiten ruhen. Ich kann kaum ahnen, was sie sein könnten.

Ich sehe mich als Sechsjährige am Zaun stehen und wünschen, der Junge von nebenan würde mit mir spielen. Ich fand eine weggeworfene Spielzeugpistole, nahm sie in die Hand und wartete, während er und seine Freunde an einem fliegenbedeckten Katzenkadaver herumstocherten, der im Rinnstein lag. Sie beachteten mich nicht, also steckte ich meine Pistole in den Gürtel und suchte Mädchen, mit denen ich spielen könnte. Sissy von gegenüber hatte eine nervöse Mutter, und mit Sissy stimmte etwas nicht, obwohl ich nicht wußte was. Paula an der nächsten Ecke war adoptiert, und das machte sie verdächtig, doch sie hatte geheime Kräfte. Tausende von Katzen scharten sich um sie. Paula hielt sie in ihrer Garage, fütterte sie, und alle blieben. Wenn ich eine Katze nach Hause brachte, lief sie weg, sobald sie die Tür gefunden hatte. Mit Sissy und Paula spielte ich Krankenschwester und Arzt. Grinsend vor Vergnügen kniete ich in einer Babywiege, während eine von ihnen mit einer Haarklammer rektal «meine Temperatur maß». Meine Lust an wilden Spielen im Freien wurde auf träge erotische Spiele abgelenkt, doch die Steuerung versagte. Ich bin keine Mutter, bestenfalls bin ich ambivalent im Hinblick auf Sex.

«Hast du Zeke kennengelernt?» fragt Ruth. «Den alten Mann, der bei Ainsley wohnt?»

«Ja. Er sitzt den ganzen Tag auf der Veranda und beobachtet alles, was geschieht. Einmal täglich fährt er in seinem großen weißen Plymouth, mit fünfzehn Stundenkilometern, mitten auf der Straße. Einmal bin ich fast mit ihm zusammengestoßen.»

Ruth lacht. «Weißt du, was er macht, wenn er sich die Zeitung gekauft hat? Er fährt zur High School, parkt dort und beobachtet die Mädchen, die herauskommen. Mack, der Briefträger, hat es mir erzählt. Ich bin ihm gefolgt, um zu sehen, ob es stimmt. Es stimmt.»

«Und wenn? Es ist doch nett, daß er immer noch so lebendig ist.»

«Ich habe nichts dagegen. Ich finde es komisch. Die Nachbarn machen mich neugierig.»

Draußen wird gehupt – Mack kommt mit der Post. Sam und ich finden, er hat einen guten Job, mittags ist er fertig, nachdem er morgens über die Landstraßen gefahren ist und durch die Absender und Stempel auf den Briefen, durch die abonnierten Zeitschriften alles über unsere Nachbarn erfährt. Ich begegne ihm manchmal auf der Straße, immer hat er eine Zigarre zwischen den Lippen stecken. Mit seinem Minitraktor mäht er den Rasen vor dem Haus seiner Mutter, bei der er immer noch wohnt, obwohl er über dreißig ist.

Ruth kommt mit der Post zurück; ihre weichen, losen Brüste heben sich unter dem T-Shirt. «Ein merkwürdiger Mann! Er schaut einem nicht in die Augen. Man sagt ihm nach, er sei ein richtiger Playboy, aber ich glaube, er ist harmlos. In einer Hütte im Wald veranstaltet er Junggesellenparties und Kartenspiele. Ich bin einmal dort vorbeigegangen, nur weil ich wissen wollte, wie es aussieht. Ich kam mir vor wie die kleine Lulu, die den Jungen nachspioniert. Es fehlte nur noch ein Schild: ‹Zutritt für Mädchen verboten!›»

«Das klingt, als würdest du dich für Mack interessieren. Lädst du ihn mal zum Tee ein?»

«Ich glaube tatsächlich, mit jemandem wie Mack ist man besser dran. Sein Sexismus ist so offensichtlich; er zeigt alles. Er ist weniger gefährlich als Männer, die reden können, wie es sich gehört, aber bis ins Mark Sexisten sind. Vielleicht ist er ein guter Liebhaber. Warum sollten wir nicht Männer als Sexobjekte benutzen, wie sie Frauen benutzen?» fragt Ruth.

Ich erzähle Sam von Ruth, sage ihm, wie sehr ich sie bewundere. Er kann es nicht verstehen.
«Was ist so toll daran, in einer Frauenkommune zu leben oder allein zu sein?»
«Es ist schwieriger», sage ich. «Weil die Gesellschaft nur das paarweise Zusammenleben unterstützt. Sie und Stephen scheinen gut miteinander auszukommen. Sie teilen sich in ihre Tochter. Er versteht Ruths Bedürfnis, allein zu sein.»
«Ich würde abwarten, wie sich das Kind entwickelt, bevor ich ein Urteil fälle. Glaub doch nicht, daß ihm die Situation zusagt, nur weil er sich politisch korrekt verhält.»
Ich verteidige Ruth. Sam kritisiert sie. Wir ahnen die Reaktion des anderen und bereiten unsere Entgegnungen vor. Wenn er angreift, verteidige ich – so hat es sich eingespielt. Ich benutze Ruth als Beispiel und streite für meine eigene Unabhängigkeit. Je mehr Sam Widerstand leistet, um so stärker dränge ich.
«Du verrätst deine Unsicherheit. Hast du Angst, sie wird mich dir entfremden?»
Er gibt nach, sein Ton wird ruhiger. «Du willst also in eine Frauengruppe. Wozu?»
«Um stärker zu werden, indem man erkennt, daß andere Frauen ähnliche Ängste und Probleme haben. Ich denke mir das so, ich weiß es nicht genau, ich war noch nie in einer Gruppe.»
«Die Trennung der Geschlechter kommt mir sehr seltsam vor. Ich weiß, so etwas zu sagen ist nicht ‹in›. Warum kann ich dir nicht helfen, stärker zu werden?»
«Weil du ein Mann bist. Das heißt, du warst immer oben. Unsere Beziehung beruht auf meinem Bedürfnis nach deiner Fürsorge. Davon kommen wir nicht los. Weißt du noch, wie ich im vergangenen Jahr versuchte, allein zu einer Tagung zu gehen? Ich konnte es nicht.»
«Ich habe dich nicht zurückgehalten. Ich war ganz dafür.»
«Du hast mir zu verstehen gegeben, daß es gefährlich wäre, allein zu gehen. Auch wenn du es nicht sagst – so kommt es bei mir an.»
«Ich bin überhaupt nicht deiner Meinung, das weißt du. In meinen Augen waren wir schon immer gleichberechtigte Partner. Du hast Fähigkeiten, die mir fehlen, etwa beim Briefeschreiben oder bei Auseinandersetzungen mit Behörden. Das hast du schon immer besser gekonnt. Du bist so stark wie ich, wenn nicht stärker.»
«Du meinst, ich bin eine gute Sekretärin? Du verstehst das nicht.

Meine Stärken beruhen darauf, daß ich Teil eines Paares bin, zu dir gehöre. Ich kenne mich selbst kaum außerhalb unserer Beziehung.»
«Was ist daran so schlimm? Das gilt auch für mich.»
«Ich kann es wohl nicht erklären.» Ich gebe auf, die Spannung zwischen uns verstärkt sich. Sam hält inne und überlegt etwas anderes, was er sagen will.
«Mein Gefühl der Loyalität dir gegenüber ist sehr stark. Ich würde nie mit anderen über uns reden.»
Er berührt einen wunden Punkt, eine meiner Ängste, wenn ich mit Frauen zusammentreffe. Wie kann ich über mich sprechen, ohne Sams Privatsphäre zu verletzen, sein Vertrauen zu hintergehen, ihn bloßzustellen?
«Ich hasse es, wenn du mich in aller Öffentlichkeit kritisierst. Wenigstens können wir uns gegenseitig unterstützen.»
«Ich kritisiere dich nicht in aller Öffentlichkeit.»
«Doch, das tust du, besonders vor meinen Eltern.»
«Warum soll alles im verborgenen bleiben, privat? Was ist so schlimm daran, wenn wir uns bloßstellen? Geheimnisse entstehen aus Unsicherheit. Wenn wir so leicht auseinanderzubringen sind, müssen wir uns aus Angst aneinanderklammern. Willst du das, eine Beziehung, die auf Angst beruht?»
«Das klingt so rational. Ich versuche, über ein Gefühl zu reden – ich habe kein gutes Gefühl dabei, wenn wir unsere persönlichen Angelegenheiten mit anderen besprechen. Ich kann es nicht ‹emanzipiert› ausdrücken. Aber du solltest tun, was du deiner Meinung nach tun mußt. Erwarte nur nicht, daß ich es billige, und bitte mich nicht, einer Männergruppe beizutreten.»
Darüber lachen wir beide.
«Es könnte dir guttun.» Ich will wirklich seinen Segen, ich hätte es gern, wenn er meinem Beispiel folgen und sein eigenes Leben und unsere Beziehung untersuchen würde.
«Mein Gott, jetzt klingst du wie ein Religionslehrer oder meine Mutter. Rettung durch Befreiung. Ich will nichts von diesem Befreiungsquatsch. Hilf mir lieber, diese Platte abzuschmirgeln. Ich glaube, wir haben genug darüber geredet.»
Ich helfe ihm und schmolle, weil ich diese Runde verloren habe.

Karen und Kirk haben sich wieder getrennt, zum drittenmal in zehn Jahren, sagt Kirk. Alles, was ich über ihre Vergangenheit weiß, hat Kirk erzählt, wenn er uns besuchen kam. Die Hütte, die er gemietet hat, liegt eine Meile hinter unserem Haus. Unsere Küche ist zu seinem Zwischenstopp geworden. Der zarte, schlanke, zierliche Kirk mit dem vorzeitig faltigen Gesicht und den graziösen Fingern wirkt unpassend in seinen Vermonter Schlammstiefeln, den geflickten Jeans und der Wollweste. Er hat einen Skizzenblock dabei, obwohl er sagt, er malt nicht mehr. Er kann sich das Material nicht mehr leisten. Kirk raucht und nippt an dem aufgewärmten schwarzen Kaffee, den ich ihm eingeschenkt habe. Nach ein paar höflichen Bemerkungen geht Sam, er will wieder aufs Dach. Ich bleibe, ich habe meine Arbeit in der Küche. Während Kirk redet, räume ich die Regale neu ein.

Ihr Umzug nach Vermont war ein letzter Versuch, die Familie zu retten – sie ließen New York hinter sich und wollten die Kinder gesund und friedlich auf dem Lande großziehen. Es funktionierte nicht, Karen warf ihn hinaus. Jetzt hat sie einen Liebhaber. «Einen jungen Hippie», sagt er. «Es tut weh, aber seit Jahren war zwischen uns außer Sex kaum noch etwas.»

Als ich Karen kennenlernte, staunte ich, daß diese robuste, resolute Frau Kirks Gefährtin gewesen war; mit einem kleinen Stoß könnte sie ihn zu Boden werfen. Er zeichnet auf seine Papierserviette. «Jetzt werde ich für Geld alles machen, Schilder malen oder was sonst gefragt ist. Ich habe daran gedacht, Vermont zu verlassen, aber ich will nicht zurück in die Stadt. Und wohin sollte man sonst?» Er sagt, er will mir einige seiner Gedichte mitbringen. Vielen Menschen hat er sie noch nicht gezeigt. Sicher bin ich rot geworden, gerührt, aber auch verlegen über diese Annäherung.

«Früher habe ich auch geschrieben», gestehe ich. «Jetzt, wo wir in Vermont sind, will ich wieder damit anfangen.» Wir lachen über unsere gemeinsame Illusion, auf dem Lande freie Zeit zu finden. Jeder, den wir kennen, ist hektisch damit beschäftigt, für seine Nahrung, Wohnung und das Auto zu sorgen. Er bittet mich, ihm Texte von mir zu zeigen.

«Die zeige ich niemandem», sage ich. «Sie sind zu privat.»

«Diese Einstellung ist mir verdächtig. Nur für sich selbst zu schreiben ist Selbstverzärtelung. Masturbation.»

«Für eine Frau ist es etwas anderes», sage ich unsicher in dem Versuch, mich zu verteidigen. «Geständnisse sind unsere natürliche Ausdrucksform. Man bekommt Selbstvertrauen und sieht die Dinge klarer, wenn man sich dem Papier anvertraut. Und überhaupt – warum sollte man nicht für sich selbst schreiben?»

«Als Therapie ist es bestimmt gut, aber ich halte es für gefährlich, zu eng an den eigenen Leiden oder Visionen zu kleben. Man muß sein Ego zum Schweigen bringen und seine Gefühle aus dem rein persönlichen Bereich lösen, um ihnen allgemeine Bedeutung zu geben. Du hast recht, Frauen fällt es schwerer, sich der Kritik auszusetzen, aber du mußt widerstandsfähiger werden. Ich bin genauso unsicher wie du, wenn es darum geht, anderen meine Arbeiten zu zeigen. Warum läßt du mich nicht etwas lesen? Vielleicht können wir einander helfen.» Es klingt sanft, einladend.

Ich stimme halb zu, dann wechsle ich das Thema. Die Vorstellung, ihm meine Texte zu zeigen, erschreckt mich. Wenn ich mich ihm enthülle, werde ich zu verletzlich. Vielleicht finde ich ein paar alte Geschichten aus meiner College-Zeit, die ich ihm geben kann. Einer Frau würde ich vertrauen, Kirk nicht. Doch sein Angebot besticht mich, meine Phantasien wachsen. Ich stelle ihn mir als Beichtvater vor, als Vertrauten. Sein Interesse bringt mich dazu, ernsthafter über das Schreiben nachzudenken. Ist es möglich, daß er mich nicht als Teil von Sam sieht, daß seine Freundschaft mir nicht verboten ist, weil ich einen Mann habe?

«Er wirkt einsam», sagt Sam. «Ich weiß, daß er mit jemandem reden will. Ich habe jetzt einfach keine Zeit, mich zu ihm zu setzen. Vielleicht fällt es ihm sowieso leichter, mit dir über seine Probleme zu sprechen.»

«Eigentlich sehe ich keinen Grund, warum ein Mann nicht ebenso mit mir befreundet sein sollte wie Frauen, aber es kommt mir seltsam vor. Ich spreche nie allein mit Männern, immer mit dir oder durch dich. Sollte nicht jeder von uns Freunde beiderlei Geschlechts haben?»

«Versuch's», sagt Sam.

«Aber es ist so kompliziert.»

«Ich weiß, was du meinst, und an deiner Stelle wäre ich vorsichtig mit Kirk. Seit er sich von Karen getrennt hat, war er schon mit ein paar Frauen zusammen. Er fragt mich ständig nach deiner Freundin Ruth. Ich glaube, er hat wirklich etwas für sie übrig. Also gib acht. Ich will nicht die Scherben zusammenflicken, wenn er dir was tut.»

«Es ist nichts Sexuelles, nur Freundschaft», beharre ich. Sams Andeutung verletzt mich. Auch wenn ich Phantasien nachhänge, will ich nicht zugeben, daß Kirk und ich nur flirten.

«Hör mal», sagt Sam, «von mir aus kannst du auch Affären haben, wenn es dich glücklich macht. Ich habe es satt, dich an dem zu hindern, was du wirklich willst. Seit dieser Episode mit Michael und Polly habe ich mit deinem Groll leben müssen. Jetzt mag ich nicht mehr.»

Er sagt etwas anderes, als er meint. Ich höre eine Warnung. Die Wunden, die wir bei unserer einzigen Abkehr von der Monogamie erlitten haben, sind noch nicht vernarbt.

Ende der sechziger Jahre, als wir frisch verheiratet waren und umgeben von den Parolen der Gegenkultur, schlossen wir uns Michael und

Polly an. Michael war Sams Freund seit der High School, Polly eine Frau, mit der ich über ehemalige Liebhaber und Lieblingsromane schwatzen konnte. Jahrelang unterdrückten wir unsere gegenseitige Anziehung, steuerten sie in konventionelle Bahnen. Polly und ich sprachen über unsere Vergangenheit, während die Männer an Motoren herumbastelten. Dann trafen wir vier uns in Europa und fuhren zusammen durch die Alpen. Nach Paaren getrennt saßen wir in zwei Sportwagen, schliefen in zwei nebeneinander aufgebauten Zelten. Bei einem Geburtstagsessen in Paris schlugen wir so über die Stränge, daß uns allen schlecht wurde. An der Grenze bei Sète berieten wir, ob wir nach Spanien fahren sollten oder nicht. Michael interessierte sich leidenschaftlich für Stierkämpfe, doch Sam führte politische Bedenken an, und er siegte. Wir blieben in Frankreich und leisteten uns ein Hotelzimmer, wo wir uns schamhaft hinter dem Vorhang beim Bidet auszogen und dann in dem dunklen Zimmer wach lagen und über das Paar im nächsten Bett nachdachten. Damals waren es nur Phantasien.
Später, als wir wieder am Lagerfeuer saßen, spannen wir die Gedanken weiter. Wir sprachen nicht von Sex, von Partnertausch. Statt dessen unterhielten wir uns darüber, wie es wäre, als Individuen, nicht als Paare in einer Landkommune zu leben. Unausgesprochene Phantasien von gemeinsamen Tagen, gemeinsamen Nächten ließen uns näher zusammenrücken. Polly und ich waren uns einig, daß es natürlich sei, mit dem Mann der anderen zu schlafen; wir versicherten einander, daß wir nicht eifersüchtig sein würden. Ich stellte mir sogar vor, ein Kind von beiden Männern zu haben. Unter vier Augen erzählte jede ihrem Mann von diesen Träumen.
Um zu beweisen, daß wir es ernst meinten, blieben Polly und Sam die ganze Nacht zusammen, doch Michael und ich zogen uns in getrennte Zimmer zurück. Individuen, nicht Paare. Am Morgen umarmte mich Polly und suchte nach Anzeichen von Eifersucht, doch unser Wagnis erregte mich, ich hatte das Gefühl, wir hätten etwas Einzigartiges erreicht. In den folgenden Tagen verhielten wir uns gelassen und taten, als sei unser neues Arrangement ganz normal.
Michael und Polly kehrten in die Stadt zu ihrer Arbeit zurück, Sam und ich in unser Haus auf dem Lande. Wir waren ängstlich erregt, fühlten uns einander näher, aber bedroht. Wir schliefen öfter miteinander, führten lange Gespräche auf Autofahrten, stießen die tägliche Routine um. Dann geriet Polly in Panik. Sie rief von New York an und sagte, sie würde Michael verlassen. Zuerst sprach Sam mit ihr, dann fuhren wir in die Stadt, um sie zu beruhigen.
«Du verstehst das nicht», sagte sie zu mir. «Unsere Probleme haben schon früher angefangen. Du und Sam, ihr habt nichts damit zu tun.»

Zu Sam allein sagte sie: «Ich will dich. Ich will mit dir weggehen. Ich will nicht teilen.»
Als er mir davon erzählte, glaubte ich zu verstehen – unsere alten Verhaltensmuster des Besitzergreifens standen im Wege; das würde sich geben, wenn die Sache nicht mehr so neu war. Ich weigerte mich zu glauben, daß Polly mir meinen Mann stehlen würde. Die Verwirrung war das Problem, dachte ich. An den Wochenenden lebten wir so weiter – Sam und Polly schliefen zusammen, während Michael und ich langsamer, schüchterner zueinander fanden. Nachdem auch wir ein Liebespaar geworden waren, kam das Abenteuer zu einem abrupten Ende.
Michael und ich hatten uns geliebt und lagen entspannt im oberen Schlafzimmer, als wir Sam und Polly unten heftig reden hörten. Türen wurden zugeschlagen, der Wagen fuhr davon.
«Vielleicht reißen sie zusammen aus», sagte ich im Spaß.
«Wahrscheinlich holen sie nur Zigaretten», gab Michael zurück.
Am nächsten Tag war Ruhe, bis Sam vom Unterricht kam und mich zu einem Spaziergang aufforderte.
«Das muß aufhören», sagte er. «Polly und ich haben gestern abend darüber gesprochen. Sie versteht meinen Standpunkt. Ich will nur dich, ich will keine andere. Ich habe es nie gewollt. Ich habe diese Sache nur angefangen, weil offenbar alle es wollten, aber für mich ist das nicht das richtige.»
«Aber ich bin nicht in Michael verliebt», sagte ich. «Gerade fange ich an, mich zu amüsieren. Meine Gefühle für dich sind nicht bedroht, im Gegenteil, ich bin aufgeschlossener, erregter.»
«Wenn ich dir nicht genüge, ich allein, dann sollten wir uns trennen. Ich suche mir lieber eine Frau, die mit mir zufrieden ist und findet, das genügt.»
Ich war beeindruckt von Sams entschiedenem Ton, und ich bekam Angst. Mir war zumute wie einem Kind, das ins Haus geschleppt wird, nachdem es ein verführerisches Spielzeug kaum betasten konnte.
«Aber du hast angefangen. Du hast zuerst mit Polly geschlafen.»
«Ich weiß, ich habe versucht mitzumachen, vor allem, um dir zu gefallen. Es tut mir leid. Für mich war es ein Fehler.»
Mich deshalb von Sam zu trennen erschien absurd, also akzeptierte ich sein Ultimatum. Ich rechnete mit Michael, hoffte, er werde Sam Widerstand entgegensetzen, etwas sagen, doch er fügte sich Sams Entscheidung schweigend, als wäre nie etwas zwischen uns gewesen.
Bevor das Jahr um war, trennten sich Polly und Michael. Ich machte ihr nie, auch nicht insgeheim, Vorwürfe. Wir waren Verschwörer,

aber ich trauere immer noch dem verlorenen Utopia nach, das ich einen Augenblick lang zu sehen glaubte. Jetzt ist es drei Jahre her, seit ich Polly gesehen habe. Unsere Freundschaft besteht in Briefen weiter. Sie schreibt, wenn sie ein Kind geboren hat, wenn ihr neuer Mann untreu ist, wenn sie zu viele Pillen nimmt. Jetzt, wo Michael hierher zieht, wird sie bestimmt nie zu Besuch kommen.

Während Sam am neuen Dach hämmert, reiße ich Tapeten von den Wänden, male und atme Gipsstaub ein. Kalk verwandelt meine Hände in entstellte Klauen. Michael und Kathy kommen nach Leech Pond in einem grünen Militärlaster voller Getreidesäcke, die sie von Kansas hierhergebracht haben; ein Planwagen, der in die falsche Richtung fährt. Ein Jahr lang haben sie diesen Umzug geplant, Kataloge studiert, meditiert, Yoga betrieben, Zeitschriften gelesen, bei deren Titeln ich lachen muß. Sie kommen in unser Land wie ernste, fromme Pilger, die einen Schrein suchen. Ich fühle mich wie ein Philister, nicht wie ein Konvertit. Sam und ich hatten ihretwegen eine Auseinandersetzung.

«Warum sollten wir mit unserem Land so großzügig umgehen, wenn wir von unseren Ersparnissen leben?»

«Ich würde gern alles hergeben, was ich nicht brauche. Wo sind überhaupt deine Werte? Wahrscheinlich haben wir ein unterschiedliches Wertsystem.»

«Und natürlich ist deines das bessere. Wie kannst du unsere Vergangenheit mit Michael übersehen? Das ist komplexer als das Land.»

«Wir werden hier keine Kommune haben. Sie werden unsere Nachbarn sein. Wenn du es egoistisch betrachtest, können wir nur gewinnen. Das Haus, das sie bauen, wird mit der Zeit uns gehören. Wir bekommen ein kostenloses Gebäude, sie leben mietfrei.»

Vorsichtig bestätigen wir alle, daß wir nur Nachbarn sind. Wer kann Zugeständnisse machen? Vor drei Jahren war Michael mit Polly zusammen, jetzt mit Kathy, mit wem als nächstes?

«Ihre Anwesenheit bedeutet mehr Arbeit für uns. Wir haben schon zuviel zu tun.» Ich protestiere auch noch nach ihrer Ankunft.

«Sie sind für sich selbst verantwortlich», sagt Sam. «Ich werde ihnen helfen, wenn ich Zeit habe. Du brauchst gar nichts zu tun.»

Ich habe Michael verloren, habe Polly verloren, dieser neue Fremdling Kathy wird mich ständig an meine Niederlage erinnern. Wie ich Polly vermisse – unsere langen Gespräche über Romane und Freunde, über Familienprobleme und unsere Vergangenheit. Jetzt bin ich von nichtverbalen, «geistigen» Menschen umgeben, die Sam noch in seiner Tendenz bestärken, schweigsam und fanatisch vor sich hin zu arbeiten. Trotz meiner Einwände war Sam so unerschütterlich dafür, daß Michael und Kathy kommen sollten, wie er damals für die Beendigung unserer Viererbeziehung war. Dieses neue Arrangement, das er in der Hand hat, ist sicher. Als Verbündete hatten Polly und ich Gefahren heraufbeschworen, denen keiner der Männer sich aussetzen konnte, doch mir war es so lieber gewesen.

Kathy überragt mich. Sie wirkt kräftig, trägt das Haar in zwei dicken Zöpfen, malt und zeichnet, lächelt viel, spricht wenig. Sie muß mich fürchten, sie weiß, daß ich eine Freundin von Michaels erster Frau bin. Weiß sie, daß er und ich zusammen geschlafen haben?

Michael und Sam vertiefen sich in Rex Roberts Buch *Your Engineered House*, reden von Gewichten und Belastungen. Die Schlafsäcke von Michael und Kathy liegen zwischen Staub und unausgepackten Kisten. Kathy durchstreift mit ihrem Skizzenblock die Gegend, sie bleibt dem Haus und mir fern. Ich ignoriere sie hartnäckig. Wie töricht sie ist, einem Mann auf einen einsamen Hügel zu folgen und ihre eigene Karriere als Malerin zu vernachlässigen. Mit dreißig urteile ich weise über die Fehler, die ich mit vierundzwanzig machte. Ich prophezeie, daß ihre Beziehung nicht von Dauer ist.

«Du könntest eine Menge von ihr lernen», sagt Sam.

«Wie meinst du das?» Ich nehme die Herausforderung an.

Er weicht aus. «Das gilt für sie genauso. Sie könnte auch von dir lernen. Geh nicht gleich in Verteidigungsstellung. Du verschwendest zuviel Energie auf Worte. Wenn du mehr tun und weniger reden würdest, wärst du wahrscheinlich viel glücklicher.»

Ich bin beleidigt und lasse nicht zu, daß ihre Post in unseren Briefkasten geworfen wird. Michael bastelt aus Abfällen einen eigenen und stellt ihn weiter unten an der Straße auf.

Ich gehe mit Sam, Michael und Kathy übers Land und suche mit ihnen einen Platz für ihre Hütte. Auf einem Hügelkamm überragt ein riesiger Baum die umliegenden Wälder; sein Stamm hat einen Umfang von mehreren Metern, sein Wipfel ist so hoch, daß wir ihn nicht sehen können, auch wenn wir die Köpfe in den Nacken legen. Vielleicht ist es ein Schwarzer Walnußbaum, keiner von uns weiß es genau.

«Ein heiliger Baum», sagt Michael. «Hier sollten wir bauen.»

Sam besteht pragmatisch auf einer Südseite. «Dieser Platz liegt so hoch; ihr könnt euch nicht vorstellen, wie gemein der Hügel im Winter sein wird.»

Michael gibt nach; er wählt einen tiefer gelegenen Platz mit einer weiten Aussicht auf die Hügel der Umgebung, selbst Leech Pond kann man von hier aus sehen. Wir hören auch unseren Bach. Kathy und Michael richten einen Lagerplatz her, leihen sich eine Grabmaschine und beginnen mit der Arbeit.

Ende Mai fingen grüne Flecken an, sich über das braune Land auszudehnen, dann ging es immer rascher. Über Nacht, so scheint es, ist der Frühling gekommen. Manche Farmer notieren sich den Tag, an dem die Ahornblätter sich entfalten. In der Dämmerung werden Teich und Sumpf lebendig, die Frösche stoßen ihren Paarungsruf aus; ein hoher Chor wird von tiefem Summen beantwortet. Sam und ich liegen im Bett, das Mondlicht fällt auf unsere zerknitterten Laken, und wir hören den Leech Pond vor unserem Fenster singen. Wir versuchen die Froschlaute zu verstehen und sie einander zu erklären. Draußen schwärmen junge schwarze Fliegen um Ohren und Augen. Eine Biberfamilie arbeitet viele Tage lang mit ihren sägeartigen Zähnen an den Pappeln, sie bauen im Sumpf einen Damm und stauen das Wasser auf eine gefährliche Höhe. Hochwasser droht. Schmelzwasser rinnt literweise in unseren Keller mit dem Lehmboden, wir brauchen schließlich eine Pumpe, um trocken zu bleiben.

Im März und April betrachteten wir die Kataloge, träumten von saftigen Tomaten und frischem Mangold und bestellten Samen. Am meisten hatten es uns die Schnee-Erbsen angetan: Zarte Hülsen, die man in Chinatown für drei Dollar das Pfund verkauft, sollten üppig und kostenlos auf unserem Hügel wachsen. Anfang Mai war die Erde noch zu naß zum Graben, also warteten wir unter Zeitdruck auf die Sonne, schließlich mußten wir jeden Tag unserer kurzen Pflanzzeit nutzen. Mitte Mai endlich können wir anfangen. Schwitzend graben wir die riesigen Steine aus, die alte Gletscher hinterlassen haben. Wir fragen uns, wie einst die Siedler ohne Maschinen zurechtkamen. Aus der zerfallenden Scheune schleppen wir alten Kuhdung und vermischen ihn mit der Erde, während ich an die Krankheiten denke, die ich durch den Mist bekommen könnte. Ich habe nie zuvor einen Garten angepflanzt und bin rasch erschöpft und mutlos. Zuviel körperliche Arbeit, zuviel Hetze lassen diese Tätigkeit nicht viel anders erscheinen als termingebundene Jobs mit ihrer Mühsal.

Ruth kommt, um zu helfen, und bald sitzen wir in der Sonne und dem Mist, jagen schwarze Fliegen und reden über Sex. Fasziniert entdecke ich, daß meine Freundinnen mehr Liebhaber hatten als ich.

«Als ich merkte, daß ich schwanger war, bemühte ich mich um eine Abtreibung, aber damals brauchte man ein psychiatrisches Attest. Als ich endlich einen Psychiater gefunden hatte, der dazu bereit war, war ich schon über den dritten Monat hinaus. Sie sagten, es sei zu spät. Damals hatte ich eine Affäre.»

«Du meinst, es war nicht Stephens Kind?»

«Doch, ich war schwanger, als die Affäre anfing. Stephen und ich waren damals kaum beisammen. Er war viel auf Reisen, ich arbeitete

mit Frauen. Als ich es ihm sagte, war er zuerst wütend, dann beschloß er, es genauso zu machen. Da wir einander nicht besitzen konnten, kamen wir überein, daß jeder den anderen in Ruhe läßt. Unsere Beziehung lief nicht gut. Sexuell hatten wir uns nie gut verstanden.»
«Was meinst du damit?» Ich grabe mit der Handkante eine Rinne in die Erde.
«Stephen hat mich nie erregt. Wenn er in mir war, kam ich nie. Nach einiger Zeit schaffte er es, mich mit dem Mund oder mit den Händen zum Orgasmus zu bringen. Ich weiß nicht, sehr befriedigend war das nicht. Dann entdeckte ich, daß ich mit diesem Mann wirklich den Höhepunkt erreichte. Das Vögeln machte mir richtig Spaß. Ich bin überzeugt, daß manche Menschen anatomisch einfach besser zueinander passen.»
Sexuelle Enthüllungen, die mir in der Kehle steckenbleiben würden, spricht Ruth leichthin aus; doch ich habe das Gefühl, daß ihre Offenheit mehr verbirgt, als sie offenbart.
«Ich habe auch keinen Orgasmus beim Verkehr», gestehe ich. «In den Büchern steht zwar, das sei weit verbreitet, aber ich wünschte trotzdem, es würde mir mehr Spaß machen, ich würde nicht nur darauf warten, daß es vorbei ist. Ich dachte immer, etwas sei nicht in Ordnung mit mir.» Ich zögere. «Sam hält das für ‹mein Problem›. Ich glaube, es hängt mit den vielen Jahren zusammen, in denen ich nur Petting gemacht habe, weil ich Angst hatte, schwanger zu werden. Ich habe meine Hemmungen so gut aufgebaut, daß sie jetzt automatisch funktionieren.»
Ich reiße eine Samentüte auf und betrachte die würstchengroßen, warzigen Gurken auf dem Bild.
«Meine Theorie ist», erkläre ich Ruth, «daß ich mich mehr gehenlassen könnte, wenn ich andere Liebhaber hätte. Dann wäre Sex nicht in all die komplizierten Kämpfe zwischen uns einbezogen; es stünde nicht soviel auf dem Spiel wie bei Sam.»
Samen auszusäen kann frustrierend sein; sie scheinen immer aufeinander zu landen. Vorsichtig verstreue ich Körnchen um Körnchen.
«Vielleicht wäre es mit einem Liebhaber anders, aber das heißt nicht, daß du nicht dich oder deine Ehe gefährden könntest.»
«Ich weiß.» Ich erzähle Ruth von meiner Geschichte mit Michael.
«Und er lebt jetzt hier? Gefällt er dir immer noch?»
Mir wird klar, daß ich alles, was ich vielleicht für Michael empfand, unterdrückt habe. Nichts regt sich, wenn ich ihn mir vorstelle. Wir begrüßen uns mit einer Umarmung wie Verwandte. Ich fühle nichts, wenn er mich in den Armen hält.
«Ich weiß noch, wie ich das erste Mal so wie jetzt mit Frauen über Sex

gesprochen habe», sagt Ruth. «Verblüfft erkannte ich, daß ich nicht verrückt war. Wir hatten alle die gleichen Probleme.»
«Vielleicht sind wir alle verrückt.»
Ruth lacht. «He, meinst du nicht, wir sollten die Anweisungen auf diesen Tüten lesen, bevor wir die Samen aussäen?»
«Ich pflanze sie immer viel dichter, als angegeben ist. Vielleicht geht nichts auf.»
Ruth streut winzigen rosa Spinatsamen in die Furche hinter meinem Salat. «Ich glaube, die Frauen, die behaupten, man habe gar nichts erlebt, solange man nicht mit Frauen schläft, haben vielleicht recht. Frauen gebrauchen ihren ganzen Körper als Sexualorgan; sie konzentrieren sich nicht allein aufs Vögeln. Ich habe keine sexuellen Erfahrungen mit Frauen, obwohl es einige Male dicht davor war.» Sie macht eine Pause. «Das ist etwas, was ich herausfinden möchte.»
Sie wartet auf meine Antwort. Ich breite Erde über meine Samen. «Als ich zwölf war, war ich zärtlich mit Mädchen. Ich glaube, in diesem Alter tun das alle. Ich glaube nicht, daß ich Frauen geliebt habe. Das war eine Vorübung für Männer.»
Ich stehe auf, plötzlich verlegen, und hole die Gießkanne. Tauschen wir sexuelle Signale aus, ist das ein verbales Vorspiel? Wir wenden uns wieder der Arbeit zu, die Wolken schwarzer Fliegen werden dichter, treiben uns an und scheuchen uns schließlich ins Haus. Unser Gespräch wird nicht abgeschlossen.

Da ich überzeugt war, daß nichts wachsen würde, was ich gepflanzt hatte, überraschten mich die grünen Sprossen Anfang Juni. Als wir unseren blaßgrünen, krausen Salat aßen, hatte ich mein Staunen schon vergessen. Am 9. Juni zerstörte Frost die Bohnen- und Gurkenpflanzen. Zuerst wurden die Blätter durchscheinend, dann schwarz, sie hingen herunter und wurden steif. Die winterfesten Erbsen und der Salat überstanden den Kälteeinbruch. Wir schwelgen in ihnen und pflanzen das andere neu.
Sam und ich fahren mit dem Lieferwagen voller Scheunenholz den Berg hinauf. Auf dem Weg durch den Sumpf behalte ich die Ladung im Auge, damit wir nichts verlieren, während wir uns Spuren entlangschlängeln, die bereits ins Gelände gegraben sind. Tiefhängende Zweige streifen die Windschutzscheibe und werden abgerissen. Oben arbeiten Michael und Kathy mit Handsägen an Holzbalken. Er zieht die Wände hoch, sie legt mit Spund und Nut den Boden. Verwitterte Planken und gebrauchte Fenster sind ordentlich gegen die Bäume gestapelt. Sie bauen ihr Haus aus den gesäuberten Resten zerfallener Scheunen und verlassener Gebäude. Sie riechen nach Insektenmittel

und kümmern sich nicht um Fliegen und Mücken. Ich betrachte die Landschaft und kann es kaum fassen, daß dieser Fleck auf unserem Grundstück liegt. Unten am Teich vergesse ich das Gefühl der Weite, das einem die Hügelhöhen geben. Die Arbeit von Michael und Kathy zeugt von großer Geschicklichkeit und Fleiß. Mein Zorn wird schwächer, mischt sich mit Respekt, aber noch halte ich Distanz.

Der Frühling ging in den Sommer über, als ich von Hannahs Tod erfuhr. Sie war noch nicht zwanzig und hatte in New York zu meinen Schülern gehört. Drei Jahre lang litt sie und wurde behandelt. Ihre Krankheit war ein sorgfältig gehütetes Geheimnis. Ich hatte nie etwas davon gewußt. Sie glaubte, der Krebs sei aufgehalten worden, sie würde leben. Obwohl ich nichts von ihrer Krankheit wußte, kannte ich ihre Pläne; zuerst wollte sie auf eine Farm in Vermont ziehen und eine Schule aufmachen. Dann wollte sie nach Israel in einen Kibbuz gehen. Als ich sie das letzte Mal sah, war sie nach Vermont gekommen, um sich zu verabschieden, bevor sie den Ozean überqueren würde. Statt dessen starb sie im Haus ihrer Eltern. Kurz vor dem Ende konnte sie nicht mehr zuhören, wenn ihre Freunde von ihrem Leben und ihren Hoffnungen sprachen. Sie lehnte die Kräutertees ab, die man ihr brachte, und sagte, sie könne den bitteren Geschmack nicht mehr ertragen. Im April hatte sie Pläne, sie starb im Juni.

Die Hügel sind übersät mit Ashrams. Anhänger von Kripal Singh, Trungpa Rinpoche und anderen Gurus haben Begegnungsstätten und Meditationszentren eröffnet. Vor einigen Jahren hätten wir darüber gelächelt. Jetzt gehen Sam und ich zu einem der Vorträge, weil Michael und Kathy uns dazu gedrängt haben.

«Vielleicht hat das Leben keinen Sinn», sagt Rinpoche der verwirrten Menge. Er lächelt, sein Gesicht und seine Augen strahlen, er bewegt sich sanft und anmutig. Von einem Zuhörer in der ersten Reihe nimmt er eine Kamera, und immer noch lächelnd fotografiert er uns, sein Publikum. Manche lehnen ihn ab, weil er raucht und flucht. Sie sagen, er schläft mit seinen Jüngern.

«Vielleicht sind unter uns spirituelle Materialisten, die ihre Meditationsstunden zählen, um zu zeigen, wie rein sie geworden sind. Die Suche nach dem Spirituellen ist eine Sehenswürdigkeit geworden wie Hollywood und Disneyland. Wer nach dem Sinn des Lebens fragt, trennt sich vom Leben. Sich der Verwirrung bewußt zu werden ist ein Anfang. Die Lösung unserer Probleme vergiftet uns oft», schließt er, lächelt, verbeugt sich und geht, umgeben von seinen Anhängern.

An einem Junimorgen fanden wir eine Gans dem Tode nahe, die andere blutbedeckt, aber noch auf den Beinen. Die Verletzte schlief mit dem Kopf unter dem Flügel und verbarg so das klaffende Loch, das einmal ihr Auge gewesen war. Ich dachte, wir müßten sie töten, doch sie erholte sich zusehends; bald hinkte sie ihrer Freundin hinterher, trank Wasser und zupfte Gras. Sie wurde wieder gesund, selbst das Auge kam wieder zum Vorschein.
Um sie vor ihren Verfolgern zu schützen, errichteten wir eine festungsähnliche Konstruktion, doch die Waschbären waren stärker als unsere Hammer und Nägel. Eines Morgens stand die Tür der Hütte offen, die zuvor verletzte Gans lag zerfetzt am Boden, während die andere mit verstörtem Geschnatter auf und ab lief. Um sie über den Verlust hinwegzutrösten, brachten wir ihr einen Gänserich und beobachteten ihren Paarungstanz.
Als sie zu brüten begann, wurde sie beim Überqueren der Straße zum Teich von einem Auto aus Connecticut angefahren. Der Fahrer trug die Gans zum Haus und warf sie mir vor die Füße. Ich konnte seinen Whiskyatem riechen. Als er zum Wagen zurückging, rief ich ihm weinend nach: «Sie könnten wenigstens die Gans bezahlen.» Er achtete nicht auf mich und fuhr davon, aber ich habe mir seine Zulassungsnummer gemerkt.
Der Gänserich in seinem Schmerz versucht seine tote Gefährtin zu besteigen, während Stärlinge auf den Drähten darauf warten, sich ihre Mahlzeit zu holen. Ich trage die Gans am Hals, gelber Schleim tropft von ihrem Schnabel; der Gänserich folgt uns. Ich wasche mir den Tod von den Händen und bin so verstört wie der Gänserich, der jetzt den Kadaver bewacht. Um mich in ländlichen Gepflogenheiten zu üben, sollte ich die Gans jetzt wohl rupfen, ausnehmen und braten, aber ich kann auf einen Unfall hin nicht schlemmen, selbst dann nicht, wenn ich weiß, daß Haustiere Luxus sind. Statt dessen warte ich, bis Sam nach Hause kommt. Gemeinsam begraben wir sie; der Gänserich schaut uns dabei zu. Da Gänse angeblich monogam sind, wird er sich auch dann nicht trösten lassen, wenn wir ihm einen neuen Vogel bringen.

Unser siebter Hochzeitstag – Michael und Kathy sind oben auf dem Berg, Sam und ich sind allein. Ich kaufe eine Flasche Kalte Ente und koche Lasagne ohne Fleisch. Auf ein vergilbtes Exemplar unserer Hochzeitseinladung schreibe ich die Verse, die der Rabbi auf unseren Wunsch hin damals las:

Laß mich bei der Hochzeit treuer Seelen keine Hindernisse sehen,
Liebe, die bei Veränderung sich ändert, ist nicht Liebe,
Sie läßt sich nicht zerstreuen durch den Wandel,
O nein, sie ist ein ewig fester Bund,
Der Stürmen trotzt und nie erschüttert wird ...

Ich überreiche mein Geschenk. Ich möchte, daß Sam mit mir über die Verse spricht, daß er feststellt, wie eine zufällige Wahl vor sieben Jahren erst jetzt ganz richtig wird.
«Hübsch», sagt er, küßt mich auf die Stirn, schaut mich bedauernd an und schläft dann auf dem Boden ein. Ich ziehe mich nach oben in mein Zimmer zurück und umgebe mich mit Flieder. Ich stelle die konischen Blütentrauben ins Wasser und finde einen Platz für sie auf meinem Schreibtisch neben dem Bett. Der Duft füllt den Raum, wird schwächer, dann wieder stärker. Ich erinnere mich an vergangene Freuden. Erotische Augenblicke in dunklen Ecken könnten immer noch möglich sein, ich möchte es glauben.
Wir haben wieder darüber gesprochen, ob wir Kinder haben sollten. Sam sagt, vor ein paar Jahren habe er sich eine Familie gewünscht. Jetzt empfinde er zuviel Bitterkeit. Vieles von dem, was gut zwischen uns war, ist zerstört worden, sagt er, durch ständiges Analysieren, durch Infragestellen und Konflikt. Wie haben wir es geschafft, sieben Jahre lang zusammenzubleiben? Ich dachte immer, zu kämpfen sei edel und stärkend. Jetzt frage ich mich, wann aus Kompromissen Selbstvernichtung wird. Er wäre glücklicher mit einer weniger verbalen Frau, die sich mehr für Handwerkliches, für Praktisches interessiert, fürs Pflanzen und Wachsen. Ich wünsche mir jemanden, mit dem ich über Bücher reden kann, der emotional ausdrucksfähiger ist. Obwohl ich mir beigebracht habe, ohne Luxus zu leben, hätte ich gern mehr Annehmlichkeiten, weniger Mangel.
Setze ich das Bedürfnis meiner Familie nach Leiden fort? Ist mein Verlangen nur eine neurotische Unfähigkeit, mit dem zufrieden zu sein, was ich habe? Ist es mein Problem und nicht Sams Fehler? Oder könnte ich allein oder mit jemand anderem ein intensiveres Leben führen? Vielleicht sind die Mechanismen des Verlassens alles, was bleibt. Wir trennen uns bereits. Im Augenblick ist dieser Konflikt der Leere vorzuziehen.
Braune und weiße Motten, lachsfarbene Fliegen mit durchsichtigen Flügeln umschwärmen meine Lampe. Sie hängen in meinem Haar, fallen von meinem Ärmel zu Boden, werden der Abfall von morgen.

II

Sommer

Die Ehe ist anders als alles. Es liegt sogar
etwas Schreckliches in der Nähe, die sie bringt.
Middlemarch von George Eliot

sollen. Sein der [illegible] Bewahren ist, wi[illegible] Fr[illegible]onen, denn

[illegible]

Der Juni brachte nach wochenlangem Regen den Sommer und warme, sonnige Tage für die Arbeit im Garten. Die Stiche der schwarzen Fliegen, Bremsen und Mücken schwellen, jucken, bluten und eitern, doch die duftende Brise und die Sonne sind zu verlockend, ich muß hinaus. In den Tälern liegen Nebelschleier, durch die das Licht schimmert. Ich fahre mit Ainsley auf seinem klapprigen Traktor, Baujahr 47, den Berg hinunter. Der Traktor hat keine Bremsen, also schleichen wir im ersten Gang nach Hause. Zu Fuß wäre ich schneller, doch dann würde ich Ainsleys Geschichten über seine Kiesgrube, über das Land, das er gekauft und verkauft hat, über die Felder, die er mit diesem Gefährt zu bestellen versucht, versäumen. Der Sonnenuntergang ist ein Klischee, aber wir kommentieren ihn gleichwohl, während wir an gefleckten Kühen auf samtgrünen Wiesen vorbeifahren. Eine rotbrennende Kugel taucht einen Augenblick lang auf und umrandet die grauen Wolken mit Licht. Die Strahlen leuchten auf und verblassen.

Unsere Helfer verlassen uns. Sie kamen in Gruppen, leisteten ihren Anteil, jetzt gehen sie, und Sam und ich sind wieder allein.

Wir ernten das Gartengemüse. Der Salat ist zart. Ich enthülse die Erbsen, überbrühe den Spinat und friere alles ein. Wir streiten uns über die Größe der Päckchen, die in den Tiefkühlschrank kommen sollen. Sam, der immer fürs Bewahren ist, will kleine Portionen, dann essen wir weniger. Ich dagegen will Großzügigkeit, Fülle, Überfluß. Brokkoli und Blumenkohl sind kleine, schwache Pflanzen geblieben; im nächsten Jahr müssen wir sie besser pflegen. Ich würde gern Fleisch oder Fisch kochen und interessiere mich bald nicht mehr für die Mahlzeiten. An heißen Tagen gehe ich zu einer ebenen Stelle am Bach, ziehe mich aus, plansche umher und versuche mich der Mücken zu erwehren. Obwohl ich die Einsamkeit dieser versteckten Stellen liebe, wünsche ich, Sam hätte Zeit dabeizusein.

Esther und Lou, Sams Eltern, kommen in ihrem luxuriösen Pontiac, sie im Hosenrock, er in Jeans; sie haben sich aufs Land eingestellt. Wir tragen Pakete ins Haus: jüdisches Maisbrot aus Goldsteins Bäckerei, Whisky- und Weinflaschen, eine alte Lampe aus dem Keller, von der Esther meint, wir könnten sie brauchen.

«Der Verkehr war schrecklich, einfach schrecklich. An der Grenze von Vermont kochte der Wagen, und Daddy mußte halten und jemanden suchen, der uns Wasser geben konnte.» Sie erzählt von dem schrecklichen Hochwasser in Maryland, der angegriffenen Gesundheit ihrer Freunde und Verwandten. Lou setzt sich still mit seiner Pfeife in einen Sessel und begleitet Esthers Redestrom mit ein paar Worten. Sie ist

der Alleinunterhalter. Mit feuchten Augen spricht sie von ihren Eltern. «Ich werde meinem Vater nie verzeihen, daß er uns verlassen hat, aber man muß ein gewisses Verständnis für seine Mitmenschen haben.» Sie lobt ihr eigenes behagliches Haus in Westchester. Mit ihrer Leidenschaft nach Sicherheit reißt sie alles an sich, was ihre eigene Mutter nie hatte, wahrscheinlich nie wollte.
«Ich möchte gern, daß Grandma zu uns zieht, aber sie will ihr Haus nicht verlassen. Ich weiß nicht, was wir tun sollen, wenn sie älter wird.»
«Warum läßt du sie nicht in Ruhe?» fragt Sam. «Sie ist dort glücklich.»
Esther schaut Sam schmollend und verärgert an und verstummt.
«Ich hatte gehofft, ihr würdet Tania mitbringen», sage ich.
«Die Reise ist so anstrengend bei der Hitze. Wir dachten, wir warten damit, bis ihr hier richtig zu Hause seid.»

Als Sam mich das erste Mal zu Tania mitnahm, zeigte er hinauf zum dritten Stockwerk ihres Backsteinhauses in der Bronx.
«Hier haben wir gewohnt, bis wir fünf waren.»
Ich kannte die Geschichten schon gut: Mit zwei wäre er über die Fensterbrüstung gefallen, wenn ihn seine Großmutter nicht im letzten Moment festgehalten hätte. Esther schob ihre Zwillinge Sam und Sybil im Zwillingswagen durch den Park gegenüber dem Haus ihrer Mutter und wartete darauf, daß ihr Mann vom Krieg im Pazifik nach Hause komme. Unten nahm Tania Näharbeiten an, um etwas dazuzuverdienen. An der Stelle, wo er einst Himmel und Hölle und Dopsball gespielt hatte, ging Sam langsamer. Tanias Blumen wuchsen aus Erdflecken zwischen Asphaltplatten.
Sie machte uns ein kleines Mittagessen. Langsam stellte sie einen blauen Teller nach dem anderen auf den Tisch, holte Hering aus einem Glas, schichtete Mandelbrot auf. Während sie schwerfällig hin und her ging, erklärte sie: «Ich kaufe nichts mehr bei Goldman. Zu teuer, er betrügt einen. Bergers vegetarischer Laden ist immer noch gut.»
Angestrengt versuchte ich ihre leise, monotone Redeweise mit dem starken russischen Akzent zu verstehen. Ich wiederholte meine Sätze eine Oktave höher, damit sie mich hören konnte. Da meine Großeltern starben, als ich klein war, hatte ich nie jemanden aus der «alten Heimat» kennengelernt. Tania glich nicht mehr der stolzen, vollbusigen Frau auf ihren Fotografien aus jüngeren Tagen. Ihre dünnen, immer noch geschminkten Lippen zogen sich jetzt widerwillig nach oben, als zweifle sie, ob ein Lächeln die Anstrengung lohne. Ihr

dünnes weißes Haar war in festen Locken über der Stirn aufgesteckt und ließ sie größer erscheinen, als würde sie von oben gezogen.

Als Lou gesund aus dem Krieg heimkehrte und eine sichere Behördenstellung bekam, nahm Esther ihren Beruf als Lehrerin wieder auf. Sie ließen Tania in der Bronx zurück und kauften ein Haus außerhalb der Stadtgrenze. Die jungen Bäume, die Lou auf dem freien Gelände rund ums Haus pflanzte, wuchsen mit den Zwillingen. Jedes Kind hatte sein Zimmer, Sam eines ohne Schnörkel, mit praktischen Regalen für Bücher und Schachfiguren; an der Wand hingen College-Fahnen. Die karierten Volants um Sybils Schminktisch paßten zu den Falbeln an ihrem Bett. Ihr Vater nannte sie «Lady».
Sie wuchs drei Kopf über Sam hinaus, schlug ihn bei Wettrennen und tat ihm weh, wenn sie miteinander rangen. Auf seinem Bar-Mizwa-Foto überragt sie ihren Bruder, der ihr nur bis zur Schulter reicht. Sybils krinolinengestützter Rock bildet ein hübsches Dreieck; Sams Ohren stehen ab wie Tassenhenkel. Mit sechzehn hatte er sie eingeholt, dann überrundete er sie und machte seine späte Entwicklung durch verstärkte Anstrengung wett. Er gewann Preise mit naturwissenschaftlichen Forschungsprojekten, war in der Leichtathletikmannschaft der Schule, wurde zum Präsidenten seines Schuljahrgangs gewählt. Die Zwillinge pflegten ihre Unterschiede. Wenn Sybil Verabredungen hatte, blieb Sam bei den Jungen, wenn Sam die Naturwissenschaften bevorzugte, wählte Sybil Kunst. Sie gingen auf weit voneinander entfernte Universitäten, deren Sportmannschaften miteinander konkurrierten.

Wir trinken Whisky mit Esther und Lou und hören uns Geschichten über den «kleinen Schatz» an, Sybils zweijährigen Sohn Markie. Esther hält uns Sams Zwillingsschwester als Vorbild vor Augen, sie hat erreicht, was uns fehlt: Haus, Kind, eine sichere Stellung. Vorsichtig lobt sie die Täfelung aus Scheunenholz, meine strukturierten Wände, Sams Bücherregale, die Pfähle, die unsere Wohnzimmerdecke halten.
«Über Geld müßt ihr mit Daddy sprechen, nicht mit mir», sagt Esther. «Ich verstehe nicht, warum ihr beide nicht nach einem Haushaltsplan leben könnt, wie Daddy und ich das getan haben. Vielleicht geht es mich nichts an, aber ich verstehe diese Abmachung nicht, die ihr mit Michael getroffen habt . . .»
«Ich habe es dir erklärt, Mutter. Soll ich es noch mal tun?»
Geld – das ist ein gefährliches Thema. Wir nahmen ihr Angebot an, uns eine Hypothek auf unser Haus zu geben, nachdem die Bank das abgelehnt hatte. «Das ist kein Haus für eine Bank», hatte der Ange-

stellte gesagt, nachdem er die Leech Pond-Farm inspiziert hatte. Jetzt schicken wir monatlich Schecks an Esther und Lou.
Esther schaut Sam böse an, dann wendet sie sich mir zu und wechselt das Thema.
«Wie geht es deinen Eltern?» fragt sie.
Als ich Sam kennenlernte, erzählte er mir, daß seine Mutter ein Jahr lang nicht mit ihm gesprochen hatte. «Ich weiß nicht warum», sagte er. «Vielleicht sind meine Haare zu lang, vielleicht schreibe ich nicht genug Briefe. Vielleicht ist auch mein Motorrad schuld.»
Ihr Kampf dauert an, nur gelegentlich durch einen kurzen Waffenstillstand unterbrochen. Unsere Hochzeit freute sie, doch kurz darauf kam es wieder zu längerem Schweigen. Ich bin überzeugt, daß Sam es genießt, sie zu reizen. Gegenseitige Provokation scheint ihre Form von Intimität zu sein. Beide erhalten so Sams Jugendzeit lebendig.
Während wir jetzt in unserem Wohnzimmer sitzen, fällt mir wieder ein, wie Esther Sam warnte, als er mich zum erstenmal zu Weihnachten mit nach Hause brachte.
«Sei lieber vorsichtig», sagte sie zu ihm, als sie von der Krankheit meiner Mutter erfuhr. «Solche Leiden sind erblich.»
Sam zeigte mir den Raum im Keller, den sein Vater und er ausgebaut und mit Kiefernholz getäfelt hatten. Hier wurde Sybils Verlobung gefeiert; ihre jüdische Tante tanzte mit dem irischen Onkel von Sybils Verlobtem David die Hora. An der gemieteten Bar wurde Whisky mit Soda und Eis serviert. Ich schaute von einer Ecke aus zu, bis der Barmann frische Luft brauchte, ein Fenster zu öffnen versuchte und sich dabei das Handgelenk aufschnitt. Sam und ich brachten ihn ins Krankenhaus, wir zogen die Katastrophe der Party vor.
Esthers aggressive New Yorker Art schüchterte mich ein; sie war so laut und schrill, ganz anders als meine stille Mutter. Obwohl meine Vorfahren aus den gleichen russischen Städten stammten, hatten die Ebenen des mittleren Westens ihre rauhen Kanten geglättet und ihre emotionale Unbeständigkeit gemildert. Im Vergleich wirken sie höflicher, nicht so rauh. Doch im Laufe der Jahre wird die Ähnlichkeit zwischen meiner Mutter und meiner Schwiegermutter überraschend deutlich: Beide beanspruchen wie Königinnen Dienstleistungen von ihrer Umgebung, sind jedoch nie zufrieden, beide gehen geschickt mit der Schuld um, sie sind psychisch Schwestern, auch wenn die eine depressiv ist und die andere hysterisch.
«Ich will mich nicht einmischen», sagt Esther jetzt, «aber ihr beide wißt nicht, was ihr versäumt, indem ihr keine Kinder habt.»
«Was ist so großartig an Familien?» fragt Sam. «Schau dir nur all die gestörten Kinder an, die wir kennen.»

«Es gibt viele prächtige Kinder und vorzügliche junge Eltern wie deine Schwester und David, sie sind so gute Eltern. Der kleine Markie ist eine Wonne, eine reine Wonne, der einzige Sonnenstrahl in meinem Leben.»
Ich stürze mich in die Schlacht und versuche mit Sam ein paar Punkte gegen die Konvention zu erringen.
«Ich glaube, es ist besser, Kinder in einer größeren Gemeinschaft zu erziehen. Zwei Erwachsene allein können einen so starken negativen Einfluß haben.»
«Es tut mir leid, das hören zu müssen.» Esther benimmt sich, als hätte ich sie absichtlich verletzt. Sam und ich wechseln einen Blick. Es ist Zeit für ein anderes Thema.
Esther kehrt zu dem Gesprächsstoff Tania zurück.
«Ich mache mir Sorgen um sie, so allein in dem Haus. Das Viertel hat sich verändert. Es ist dort nicht mehr sicher.»

Als wir Tania das letzte Mal besuchten, erzählten Sam und ich ihr von unseren Plänen, nach Vermont zu ziehen, Gemüse ohne Chemikalien anzubauen und so einfach wie möglich zu leben. Sam zeigte ihr einen Schnappschuß der Leech Pond-Farm; die ursprünglichen Schindeln waren noch unter der Abdeckung verborgen.
«Du warst schon immer gern auf dem Land.» Sie lächelte Sam zu. «Erinnerst du dich noch an deine Wanderungen als Pfadfinder?»
Sam war ein Pfadfinder vom Stamme der Adler gewesen und wäre fast auf die Kadettenschule nach West Point gegangen. Schließlich entschloß er sich für die Universität Wisconsin, weil sie zu den «zehn großen» Universitäten gehörte. Er gab das Ingenieurstudium auf, nahm an Demonstrationen der Bürgerrechtsbewegung teil und entdeckte Marihuana. Als ich ihn in seinem letzten Studienjahr kennenlernte, hatte er viermal das Fach gewechselt. Damals war er bei Biologie gelandet.
«Es ist zuviel Land für uns beide», erklärte Sam Tania. «Ich hoffe, wir können es mit Freunden teilen.» Ich behielt meine Zweifel für mich und sagte nichts.
«Wir sind einmal fast einer Anarchistenkommune beigetreten», erzählte uns Tania sachlich. «Fragt Lupkin nicht danach, er wird es nie zugeben.»
Tania hatte Lupkin geheiratet, als sie junge radikale Einwanderer gewesen waren. Auf Fotos wirkt er stolz und gelassen, das Kinn steif vorgereckt; er hält Sams Onkel eher erdrückend als liebevoll im Arm. Esther lehnt sich an Tania, die streitlustig aussieht, als hätte der Fotograf gerade eine Auseinandersetzung unterbrochen. Sam hat mir

erzählt, daß Lupkin sonntags in eleganter Tenniskleidung in den Park zu gehen pflegte, wo er sich mit weiblichen Partnern traf. Er verließ Tania und die beiden kleinen Kinder und heiratete eine wesentlich jüngere Frau.

Als ich ihn an jenem ersten Weihnachten bei Sybils Verlobung kennenlernte, prahlte er: «Ich bin Schachmeister, ein recht guter Maler und immer noch Kommunist.»

Tania schüttelte ihm höflich die ausgestreckte Hand.

Das von Esther so gut geplante Fest im Hobbyraum ihres Hauses in Westchester, ihre vorbildliche Ehe und ideale Familie machen die Verirrungen ihrer eigenen Eltern wett – nur das zerbrochene Fenster und der verletzte Barmann trüben das Bild.

«Wir glaubten, Besitz sei die Wurzel aller Übel», erzählte uns Tania bei unserem letzten Besuch. «Wir glaubten an gegenseitige Hilfe, keine Regierung, jeder sollte für den anderen arbeiten und bekommen, was er brauchte, mehr nicht. Wir wollten im mittleren Westen eine Farm betreiben. Ich glaube, Lupkin gefiel daran am besten der Gedanke der freien Liebe!» Ohne zu lächeln, fuhr sie fort: «Dann wurde ich schwanger. Lupkin wurde Kommunist. Wir gingen nie in den Westen.»

Tania wünschte uns Glück am Leech Pond. Obwohl sie zerbrechlich wirkte, als ich mich zu ihr beugte und sie küßte, versprach sie, uns in Vermont zu besuchen. Ich bezweifelte, ob sie ihr Wort würde halten können, doch als wir gingen, legte sie im Garten neue Blumenbeete an und war froh, daß das Schneeschippen ein Ende hatte. Vielleicht habe ich mich getäuscht.

Jetzt beim Abendessen werden persönliche Auseinandersetzungen zwischen Esther und Lou in intellektuelle Meinungsverschiedenheiten übersetzt.

«Nicht alle Kunststoffe sind schlecht», sagt Lou.

«Du kannst den Fortschritt nicht aufhalten», fügt Esther hinzu. «Sag mir nur, welches Land besser ist als dieses.»

Nach einem weiteren Tag, neuen Babyfotos, stundenlangem zeremoniellem Essen, Fahrten über die Landstraßen unter politischen Streitgesprächen umarmen wir einander zum Abschied. Esther präsentiert ihr letztes Geschenk, einen Kaktus in einem Glaswagen, der von einem braunen Esel gezogen wird. Sie fahren nach Süden, und ich erneuere meine Weigerung, so zu werden wie sie.

Hühner sind unser nächstes Projekt. Die unliebenswürdigen Kreaturen kreischen und wackeln mit den Köpfen wie mechanisches Spielzeug; ihre blinzelnden Augen starren steif in entgegengesetzte Rich-

tungen; ihr Gackerchor klingt wie ein elektronischer Synthesizer. Auf der Hühnerfarm wurden sie mit Hormonen und Antibiotika so vollgepumpt, daß sie teilweise synthetisch sind. Tagsüber hackten sie aufeinander los und jagten den mageren Hahn über den Hof. Nachts kuschelten sie sich der Wärme wegen aneinander.
Es machte mir Spaß, jeden Morgen frische Eier einzusammeln, und allmählich hörte ich sie sogar gern vor dem Küchenfenster kreischen, während ich die gelben Dotter briet. Als ihr Gegacker uns eines Nachts weckte, kamen wir zu spät. Hühnerkadaver lagen im ganzen Stall verstreut, an jeder Oberfläche klebten Federbüschel. Die Körper waren unversehrt bis auf ein kleines Loch am Hinterkopf, aus dem ein Wiesel ihr Blut getrunken hatte. Wir begruben die Hühner in einem großen Grab und haben es seitdem aufgegeben, Geflügel zu halten, von dem einsamen überlebenden Gänserich abgesehen.

Um einen Holzschuppen errichten zu können, braucht man eine Baugenehmigung. Wir begrüßen die Gesetze, die es erschweren, Land zu teilen und neue Häuser zu bauen, doch Spekulanten können Anwälte und Lobbyisten bezahlen; sie umgehen die Bestimmungen und legen auf einem Berggipfel einen Wohnwagenpark an. Eingefleischte Alteingesessene wollen keine Gesetze und keine Bebauungspläne.
«Ein Mann sollte mit seinem eigenen Land tun können, was er will», sagen sie. «Selbst wenn er einen Wohnblock baut.»
Unser Baugesuch für den Holzschuppen wurde abgelehnt. Nach dem neuen Gesetz wäre er zu nahe an der Straße, obwohl er genau dort schon vor hundert Jahren stand. Wenn der Holzschuppen nicht ans Haus grenzt, ist er unzugänglich. Da der Schnee im Winter über einen Meter hoch liegt, würden wir einen Schneepflug brauchen, um zum Schuppen zu kommen.
Um die Baugenehmigungen kümmert sich Clyde, zugleich Magistratsperson und Polizist. Wenn er auf der Landstraße einen Lastwagen mit Bauholz antrifft, muß er herausfinden, was da gebaut wird und ob eine Genehmigung vorliegt. Er kommt in seinem verstaubten Lieferwagen vorbei und sagt, wir müssen eine Anhörung veranstalten, bevor wir den Schuppen bauen können. «Das bedeutet, ihr gebt für fünfzehn Dollar eine Anzeige in der Zeitung auf, dann kommt niemand, und ihr könnt bauen», erklärt er. Wir sagen ihm, der Schuppen selbst werde noch nicht einmal fünfzehn Dollar kosten, weil wir das Holz von anderen abgerissenen Schuppen verwenden wollen.
Wir bieten Clyde unsere Hilfe bei der Heuernte an. Bis jetzt ist es ein

schlechter, verregneter Sommer gewesen. Die Tiere ahnen einen hungrigen Winter. Clyde erzählt uns von der Zeit, in der er in unserem Haus gewohnt hat, damals in den zwanziger Jahren. Er glaubt, er hat sogar noch ein paar Fotos, die zeigen, wie es einst ausgesehen hat. Schließlich ist er mit uns einer Meinung: Den Holzschuppen wieder dahin zu stellen, wo er schon einmal gestanden hat, ist nicht dasselbe wie bauen. Ein paar Tage später kommt der staubige Lieferwagen wieder. Clyde beugt sich grinsend aus dem Fenster und winkt mit einem amtlich aussehenden Papier.

«Sieht so aus, als ob ihr mit dem Schuppen anfangen könnt», sagt er.

Wir haben Clyde bei der Heuernte geholfen. Das Haus der Bakers, vier Meilen von uns entfernt, hat verwitterte Holzwände; die Scheune ist voll mit altem Gerät. Clyde, seine Frau Anne und zwei halbwüchsige Töchter bewirtschaften die Farm. Sie verkaufen ihre Milch an die kooperative Molkerei, wo sie zu Butter verarbeitet wird; den staatlichen Vorschriften, die zu erfüllen sind, wenn man die Milch in Tankwagen nach Boston transportieren und dort verkaufen will, können sie nicht genügen. Im März setzen sie ein Pferdegespann für die Zuckergewinnung ein, den Sirup verkaufen sie den Läden auf dem Lande. Die Familie arbeitet schwer nach primitiven landwirtschaftlichen Methoden und kauft so wenig kostspieliges Gerät wie möglich, doch Clyde gibt zu, daß sie ohne Annes kleine Erbschaft nicht überleben könnten.

Wir gehen die Reihen entlang, lockern das frischgeschnittene Heu mit einer Gabel und wenden es, damit es richtig austrocknet. Wenn man es feucht in Ballen packt, verfault es. Clyde fährt mit der Ballenpresse die trockenen Reihen entlang, nimmt das Heu auf, und hinten am Gerät fällt ein ordentlich gepacktes Bündel von der Rutsche. Die Ballen sind klein, so daß auch Frauen leicht helfen können. Die Halme zerkratzen meine bloßen Arme, als ich die Bündel auf den Wagen werfe. Wenn er voll ist, sieht es aus, als würde die oberlastige Ladung den Wagen umkippen. Wir folgen ihm zu Fuß in die Scheune, treten berauscht auf gestapelte Ballen und stopfen weitere in die Tenne. Es ist anstrengende Arbeit, aber alle sind fröhlich und energisch; wir ignorieren die Hitze, die Insekten, die sich rötenden Kratzer. Gesprochen wird nicht viel. Clyde schaut nach uns und erwartet beinah, Sam oder mich im Gras neben der Straße zu finden. Einen Tag lang ist diese Arbeit eine vergnügliche Beschäftigung, die wir so ordentlich wie ein Handwerk zu erledigen versuchen, aber die Erfahrung kann nicht mit der täglichen Mühe des Farmers verglichen werden, dessen Existenz von seinem ständigen Einsatz und der Plackerei bei der Versorgung der Tiere abhängt.

Die Bakers haben eine romantische Geschichte. Anne war Ärztin und gab ihre Praxis auf, um Farmersfrau zu werden. Jetzt erteilt sie keinerlei medizinische Ratschläge mehr. Wenn jemand sie danach fragt, sagt sie, sie habe inzwischen alles vergessen. Ihr Leben erscheint so einfach – Kinder, Tiere, die Anforderungen der Natur. Aber wer weiß, was Anne denkt, wenn sie die Kühe melkt, welche geheimen Leidenschaften mit dem Heu in der Scheune gestapelt sind.

Unsere Frauengruppe sitzt an einem heißen Abend in Ruths Wohnzimmer beim Wein. Sarah, Roys Freundin, überlegt laut, warum Liebe zu dritt ihr mit zwei Männern besser gefallen hat als mit einer anderen Frau und einem Mann. Sie hockt im Schneidersitz im Sägemehl auf dem Boden, ihre Beine unter den abgeschnittenen Jeans sind glatt und kräftig. Die weniger Erfahrenen unter uns, ich zum Beispiel, fragen sich, wie man das macht, wer was mit wem macht? Beide Männer, sagt sie, haben sich auf sie konzentriert, sie gestreichelt, massiert, vier Hände, zwei Münder haben stundenlang ein unbeschreibliches sinnliches High geschaffen.
Liebe zu dritt mit zwei Männern hat ihr nichts gebracht, sagt Ruth. «Wir dachten, wir seien so überlegen, aber hinterher waren wir verlegen. Wir wußten nicht, was wir miteinander reden sollten.»
Phoebe, Jenny und ich, die Verheirateten, sind merklich still. Ruth sagt, sie wünscht sich Liebhaberinnen, aber sie kommt immer wieder auf ein hoffnungsloses Interesse an Männern zurück. Warum?
«Mit meinem letzten Liebhaber habe ich sogar eine Prostituierte gespielt. Ich winde mich, wenn ich daran denke.» Ruth lächelt, als sie uns das erzählt.
«Ist es nicht merkwürdig», sagt Phoebe, «daß wir weiter passiv davon träumen, von einem Mann überwältigt zu werden, obwohl wir im wirklichen Leben überhaupt nicht passiv sind?» Obwohl sie fast ein Jahrzehnt älter ist als wir anderen, hat Phoebes strahlendes, cherubinisches Gesicht einen alterslosen, hermaphroditischen Ausdruck. Im Gegensatz zu uns anderen ist sie hier aufgewachsen und dann weggegangen, um in Städten zu leben, akademische Titel zu erwerben. Jetzt wohnt sie knapp eine Meile von der Farm entfernt, auf der sie ihre Kindheit verbrachte.
Ich denke an meine eigenen Phantasien: unmögliche Leidenschaften nach großartigem literarischem Vorbild, Männer wie mittelalterliche Ritter, die bereit sind, alles für mich zu riskieren. Ich bin eine allmächtige Emma Bovary, Anna Karenina mit Happy-End. Ich stelle mir vor, wie ich nackt neben dem versteckten Bach liege, von den Bäumen verborgen, von der Sonne gewärmt. Ich springe ins Wasser, um mich

abzukühlen. Unsichtbare Frösche knabbern an meinen Zehen. Meine Nacktheit ist mir ungewohnt, jede Ader, jeder Makel scheint durch die Sonne vergrößert zu sein. Ich rutsche von meinem Handtuch und presse mich an die Erde, als wäre sie ein Liebhaber. Ich streichle mich, meine Hüften bewegen sich rhythmisch. Vorstellungen wirbeln mir durch den Kopf: Ein Mann hinter den Büschen beobachtet, wie ich mich selbst liebe. Er entkleidet sich. Wortlos faßt er mich um die Hüften und dringt von hinten in mich ein. Könnte mein Körper je ein Genuß sein, das Lieben eine Kunst? Meine hungrige Sexualität macht mich verlegen. Ich verberge sie hinter Schüchternheit und enthülle meine Begierden noch nicht einmal Sam. Wenn man um Sex bittet, wird er billig. Ich tue, als mache ich mir nichts daraus; ich zeige meine Lust nur den Bäumen. Obwohl ich entblößt und verfügbar bin, suche ich niemanden, keiner sucht mich. So ist es sicherer. Die Phantasien bleiben von Leidenschaft ungetrübt.

«. . . unsere Konditionierung», sagt Ruth. «In matriarchalischen Gesellschaften konnten Frauen so viele Liebhaber haben, wie sie wollten. Die Monogamie wurde von Männern erfunden, damit sie Kontrolle über den Besitz hatten und wußten, welche Kinder von ihnen waren. Frauen haben viel stärkere sexuelle Bedürfnisse. Wären wir nicht von Männern unterdrückt, wäre unsere Sexualität völlig anders.»

«Glaubst du das alles wirklich, Ruth?» Phoebe lacht. «So langsam komme ich mir hier wie eine alte Spießerin vor, so ohne lesbische Verhältnisse, ohne Kommunenerfahrung, nur mit meinen Kindern, Basil und einer Menge Tiere.»

«Nach meiner Erfahrung», sagt Ruth, «sind bei Ehepaaren Frauen der ruhelosere Partner, falls sie ehrlich sind. Sie wären für Liebhaber bereit, während die Männer im Gegensatz zur landläufigen Vorstellung zufriedener sind.»

«In dieser Gegend stimmt das jedenfalls», gibt Jenny zu. «Die Männer haben alle mit Hausbau oder Dachreparaturen zu tun, sie bauen die Nester, während die Frauen wieder studieren und Affären haben.»

«Als ich vor hunderttausend Jahren eine Affäre hatte, hat Basil durchgedreht und darauf bestanden, daß wir zum Psychiater gehen.» Phoebe lacht vor sich hin. «Man kann es sich kaum vorstellen, aber ich trieb es tatsächlich mit dem Mann, der unser Haus angestrichen hat. Den ganzen Tag war ich mit den beiden Kleinen ans Haus gefesselt. Der Maler war der einzige Erwachsene, den ich je sah. Eigentlich war es ziemlich schlimm. Ich habe Basil versprochen, es nie wieder zu tun.»

«Ich bezweifle, daß es biologisch ist, Ruth», sage ich. «Meiner Meinung nach bin ich an Liebhabern und Sex interessiert, weil ich keine sinnvolle Arbeit habe. Statt meine Leidenschaft in einer großen Auf-

gabe zu investieren, in Kunst oder Wissenschaft, stecke ich sie in Phantasien über Beziehungen.»
«Warum sitzen wir hier alle herum und werden scharf?» fragt Sarah.
«Die meisten Männer, die in Frage kämen, sind geradezu gespenstisch, wie Jake, der Einsiedler, der mit seinen Gänsen und Ziegen lebt. Welch ein merkwürdiger Mann! Roy ist zwar verheiratet, aber immer noch besser als die Junggesellen, die ich kenne.»
«Seit Karen sich von Kirk getrennt hat, kommt er auch in Frage», sagt Ruth. «Ich glaube, er ist ganz interessant.»
«Das glaube ich auch», sage ich leise.
«Ich wäre zu groß für ihn.» Ruth lacht. «Aber du bist kleiner.» Sie schaut mich an.
Jenny raucht und blinzelt, um ihre schwimmenden Kontaktlinsen am richtigen Platz zu halten. Sie hat eine tiefe, autoritäre Stimme. «Art weiß Bescheid über meinen Liebhaber, aber dessen Frau weiß nichts. Sie leben nach der alten doppelten Moral. Die Heimlichkeiten sind mir unbehaglich. Ich habe ihn gebeten, ihr alles zu sagen.»
«Du meinst, Art ist damit einverstanden, daß du einen Liebhaber hast?» frage ich.
«Zuerst war er wütend, und wir hatten ein paar Auseinandersetzungen. Wir gingen zu einem Eheberater. Nach einiger Zeit hat Art eingesehen, daß ich das brauche, genau wie er das Bauen braucht. Jeder von uns braucht etwas, das der andere ihm nicht geben kann. Wir versuchen, mit dieser Realität zu leben.»
Ich glaube Jenny ihre doppelte Moral nicht. Wie kann sie ihr Leben aufteilen, als wäre es eine Torte, ein Stück für Art, ein Stück für ihre Kinder, ein anderes Stück für ihren Liebhaber, wieder ein anderes für ihren Beruf? Das ist mir zu abgeteilt, zu manipuliert. Es klingt leidenschaftslos. Ich kann mir vorstellen, daß sich die Stücke einmal nicht so ordentlich trennen lassen. Was wird, wenn sie einmal ihre ganze Zeit mit ihrem Liebhaber verbringen will?
Phoebe meint, ich fühle mich bedroht, weil ich nicht tun kann, was Jenny tut. Ich sei eine Puristin, Romantikerin, immer noch in Träumen. Ich sauge ihre Abenteuer ein, als könnten Worte meinen Hunger stillen, bald aber langweilt mich dieses endlose Gerede. Wir teilen einander unsere Konflikte und Klagen mit und zeigen unsere Geschichten vor wie Ratebilder im Kindergarten. Ich nehme wiederholt daran teil, aber hinterher bin ich unzufrieden mit mir und meine, es müsse einen besseren Weg geben.

Am 4. Juli stehen wir auf der Dorfstraße und warten auf die Parade zum Nationalfeiertag. Die Damenabteilung des Kriegervereins führt

den Aufmarsch mit weißen Handschuhen und Nationalflaggen an. «Ich frage mich, worüber sie bei ihren Vereinsabenden reden.» Ruth trägt ihre Tochter Sherry auf den Schultern. Sie wirkt verkrampft, die Mutterrolle ist ihr ungewohnt.
Der neue strahlendgelbe Feuerwehrwagen, eine radikale Abkehr vom traditionellen Rot, kommt mit heulenden Sirenen. Halbwüchsige Mädchen vom Club künftiger Hausfrauen ziehen einen Wagen. In einer Wiege sitzt zwischen rotem, weißem und blauem Kreppapier eine Puppe, dazu ein Schild: «Patriotismus beginnt zu Hause.»
Clyde, der Polizist, fährt als Frau verkleidet mit schief sitzender blonder Perücke auf einem Minifahrrad. Wir klatschen, als er eine seiner falschen Brüste verliert. Ainsley führt ein Gespann Ochsen im Joch. Die Menge applaudiert, als er sie antreibt. Die Sekte der Fundamentalisten singt Spirituals auf ihrem Wagen. Dahinter warnt uns ein Banner, daß die zweite Ankunft Christi bevorsteht. Eine Familie hat Hühnerflügel an ihr Auto geklebt und versichert uns auf ihrem Schild: «Wir sind stolz darauf, Amerikaner zu sein.» Teenager reiten Pferde, Clowns jonglieren mit Bällen. Phoebes Sohn Martin sitzt in einem rot-weißen Clownkostüm auf seinem Einrad. Die Truppe des Bread and Puppet Theatre beschließt den Zug. Onkel Fatso, eine riesige Puppe mit Nixons Gesicht, raucht auf einem vielfarbig bemalten Bus eine Zigarre. Hinter ihm drohen graue Kriegshetzer mit verzerrten Masken der Menge mit Fäusten. Der Chef der Truppe tanzt auf Stelzen vorbei, die Band, die ihn begleitet, spielt *Yankee Doodle*. Seine verlängerten Beine steppen anmutig, er zieht seinen Zylinderhut und verbeugt sich. Hinter ihm tragen je drei Puppenspieler die Flügel einer riesigen Taube, die hoch über dem Zug schaukelt. Niemand pfeift die radikalen Mitmarschierer aus. Wir akzeptieren die Symbole der anderen. Wie die Hügel um uns herum gefällt die Parade denen, die beschlossen haben, hier zu sein.

Kirk trinkt in unserer Küche Kaffee. Draußen sägt Sam Bretter, und Kirk und ich können einander kaum hören. Er gibt mir einen Ordner mit losen Blättern – seine Gedichte. Ich gehe hinauf und verstecke sie in meinem Schreibtisch.
«Hast du Lust, auf eine Versteigerung zu gehen?» frage ich Kirk.
«Klar.» Im Gegensatz zu Sam, den Versteigerungen langweilen, hat er nichts zu tun.
Ich habe die zahlreichen Anzeigen in den Zeitungen verfolgt. Farmen mit dem Hausrat von drei Generationen werden in wenigen Stunden von dem «Mann mit dem Derbyhut» aufgelöst. Ich habe bereits alte Schaukelstühle, eine Kommode mit Marmorplatte und eine Hänge-

lampe mit Petroleumlicht ersteigert. Jetzt bin ich hinter einem schwarzen Eisenherd her.
Ich setze mich zu Kirk in den Wagen. Obwohl wir noch nie miteinander allein gewesen sind, bin ich ganz lässig, als wäre das nichts Besonderes. Sam schaut auf, als Kirk und ich zusammen davonfahren. Er winkt und lächelt.
Ich erkläre Kirk, daß die Preise von Woche zu Woche steigen. Er braucht einen Stuhl, aber er weiß nicht, ob er ihn sich leisten kann. Die Farm in Peacham hat eine riesige Scheune, die mit wahren Schätzen vollgestopft ist. Das weiße Schindelhaus mit den grünen Fensterladen schaut vor dem Hintergrund der Berge auf friedliche Weiden. Händler aus Connecticut sitzen auf Gartenstühlen davor und fächeln sich Luft zu.
«Hier, wenn jemand das Ding nimmt, zahle ich noch etwas drauf», sagt Rudy, der Auktionator, und deutet auf einen alten Hackklotz. «Selbst ihr Händler könnt euch nicht vorstellen, daß man daraus einen Blumentopf macht, wie?» Er hält eine Klobrille aus solider Eiche hoch. Aufgeregt biete ich fünf Dollar. Sie wird für zehn verkauft, bevor ich noch die Hand heben kann.
Wir leben zwar im Jahre 1972, doch Rudys Humor stammt aus den fünfziger Jahren und ist unverblümt rassistisch. Er hält eine alte Zeitung hoch.
«Hier steht ein Artikel über ein paar Frauen, die nach Afrika gingen und mit diesen Kannibalen lebten . . . Da Damen unter uns sind, kann ich nicht den ganzen Artikel vorlesen, denn wenn ich das täte, wüßtet ihr, woher all die schattierten Kinder kommen.» Kirk und ich wechseln einen Blick; manche Leute zischen, doch die meisten merken entweder nichts oder nehmen seine aggressiven Blödeleien als Lokalkolorit hin. Als eine rostige Axt auf den Versteigerungstisch kommt, kommentiert Rudy: «Genau wie die bei meinem alten Freund Rabbi Goldman im Hinterzimmer.»
«Echte Unterhaltung», sagt Kirk. Wir teilen uns eine Dose Limonade. Ich warte ungeduldig darauf, daß der Herd an die Reihe kommt. Rudy versteigert ein Rollbett und erklärt: «Darin hat der Knecht geschlafen. Es ist so schmal, weil der Knecht klein war und allein geschlafen hat.» Als nächstes eine Wetterfahne, «in bester Verfassung, alles dran bis auf den Norden».
Das achtjährige Mädchen hinter mir strengt sich an, eine Miniaturnähmaschine zu bekommen. Es bietet fünf Dollar; eine alte Frau in der ersten Reihe steigert auf fünfundsiebzig.
«Wenn Sie das Herz haben, gegen ein süßes kleines Mädchen zu bieten, dann machen Sie nur weiter», sagt Rudy zu der Frau.

Ich biete gegen eine Händlerin um den schwarzen Eisenherd. Bei zweihundert Dollar bin ich bereit aufzugeben. Ich beuge mich zu ihr und sage: «An dem Herd fehlen Roste, und ich kenne jemanden, der welche übrig hat.»
«Oh, ich will den Herd nicht benutzen. Ich habe einen Laden in Connecticut und will den Herd nur zur Dekoration hineinstellen, als antiken Wertgegenstand.» Sie kauft ihn für zweihundertfünfundsiebzig Dollar.
«Sam hätte einen Anfall bekommen, wenn ich mehr ausgegeben hätte», sage ich zu Kirk.
Ich erkenne Bucks altes Rollpult, das Rudy, der Auktionator, aus unserem Haus schaffte, als wir einzogen. «Man bringt den Kram weg, und ein paar Wochen später kommen die Leute und kaufen ihn zurück», sagte er damals.
Ich lade meine Einkäufe hinten in Kirks Volvo. Es sind billige Überbleibsel: angeschlagene Ruder, die niemand wollte, ich ersteigerte sie für einen Dollar und stellte mir ein Boot auf dem Teich vor; eine verblaßte Fotografie des Abschlußjahrgangs 1917 an der Montpelier-Oberschule, wenige Jungen, vierzehn Mädchen in steifen weißen Kleidern. Der Rahmen allein ist zwei Dollar wert. Das viktorianische Faltbett, das ich bei der letzten Versteigerung für sieben Dollar fünfzig erwarb, steht noch im Einbauschrank, doch die lange Bank hat einen Platz im Wohnzimmer gefunden. Die unbequeme Sitzgelegenheit macht Gäste unruhig, doch die elementaren Linien tragen dazu bei, Ordnung in den Raum und in unser Leben zu bringen.
Obwohl Kirk damit zufrieden ist, finde ich, daß er den wackeligen Morris-Stuhl zu teuer ersteigert hat. Unterwegs essen wir noch ein Eis und verlängern unseren Ausflug mit belanglosem Gespräch. Als wir am Leech Pond ankommen, habe ich noch keine Lust, zu Hause zu sein.
Im Bett blättere ich in Kirks Gedichten, lese von geheimen Leidenschaften, unglücklicher Liebe, der verschimmelten Tasse, die neben seinem Bett steht. Obwohl ich versuche, objektiv zu sein, Vergleiche und Wortwahl zu kritisieren, suche ich nach Geständnissen. Als ich Sam kommen höre, schiebe ich die Blätter rasch zurück in den Ordner.
«Was ist das?» fragt Sam. «Was versteckst du?»
«Ich verstecke nichts. Das sind Kirks Gedichte, aber er hat sie mir gegeben. Ich nehme an, er wollte nicht, daß du sie liest.»
«Hab keine Angst, ich will sie nicht lesen. Plötzlich hast du Geheimnisse. Ich habe keine Geheimnisse vor dir.»
«Keine Geheimnisse.» Ich bin ärgerlich. «Warum kann ich nicht für mich allein eine Freundschaft haben? Was ist daran unrecht?»

«Es ist die Geheimnistuerei, die ich nicht leiden kann», sagt Sam. «Du hast nie zuvor etwas vor mir versteckt.»
Ich bin ertappt. Mein Verhalten verrät mich, aber ich streite das Offensichtliche ab und bestehe Sam und mir gegenüber darauf, daß ich mir nichts als Freundschaft mit Kirk wünsche.

Im Durcheinander von Ruths Wohnzimmer sehen wir die Fernsehübertragung vom Parteitag der Demokraten. Jeder von uns hat Ende der sechziger Jahre politisch für den Frieden gearbeitet oder an Alternativschulen unterrichtet. Jetzt sind wir dreißig, leben in Vermont und hören, wie Lawrence O'Brien von der Demokratischen Partei die Redewendungen gebraucht, die wir uns ausgedacht haben. Wir grinsen über die Schwarzen, Frauen und Puertoricaner, die in die Kamera strahlen und dem Parteitag die Atmosphäre einer Friedensdemonstration geben. Vor vier Jahren wurden unsere Freunde in den Straßen von Chicago von der Polizei geschlagen.
«Ich wäre ganz gern dort», gibt Kirk zu.
«Ich bin nicht im geringsten daran interessiert», sagt Sam. «Es ist immer die gleiche alte Politik; die Mitwirkenden haben lediglich unterschiedliche Hautfarben und tragen Hippiemoden.»
Als wir 1967 im konservativen Staat New York wohnten, widmeten Sam und ich jede Minute unserer Freizeit und unsere psychische Energie der neuen Antikriegbewegung. Wir organisierten Friedenswachen, berieten Wehrdienstverweigerer, hielten Vorträge in Kirchen und bildeten aus mittelständischen Vorortbewohnern kleine Friedensgruppen. Obwohl wir überzeugt waren, anders zu sein als die Menschen, mit denen wir vorübergehend zu tun hatten, wußten wir nicht genau, was wir eigentlich waren. Wir gehörten keiner nationalen Organisation an. Was wir taten, geschah unabhängig mit ein paar anderen Gleichgesinnten.
In unserem Wohnzimmer trafen sich Leute, um die nächste große Demonstration zu besprechen. Busse warteten darauf, IBM-Programmierer, Texaco-Chemiker und Hausfrauen, die noch nie demonstriert hatten, nach New York zu fahren, damit sie für die Beendigung des Krieges marschieren konnten. Ein kräftiger Fremder stand auf und sagte: «Ich bin hierhergekommen, um ein paar Waffen abzuholen.» Sam und ich schauten einander unbehaglich an, während der Besucher uns aufforderte, Mitdemonstranten auf die Polizisten losgehen zu lassen. «Wir wollen sie ein bißchen durcheinanderbringen. Das radikalisiert sie bestimmt.» Wir wußten, er war ein Provokateur, doch wir ließen ihn reden und vertrauten darauf, daß unsere Freunde klug genug seien, ihn zu ignorieren.

Während eines Schneesturms schob der städtische Schneepflug Schnee vor unser Friedens- und Freiheitszentrum und blockierte den Bürgersteig. Die Polizei erschien und forderte, daß wir den Schnee wegräumten. Regelmäßig bekamen wir Strafzettel wegen schlechter Reifen, ungenügender Blinksignale, erfundener Gesetzesübertretungen. Zu unseren Friedenstreffen kamen Vertreter der Neuen Linken aus Washington. Sie verspotteten die Kommunisten aus den dreißiger Jahren, die mit uns arbeiteten, und zersplitterten die Gruppe. Unser «unabhängiger» Friedenskandidat erzielte trotz unserer Arbeit nur ein Prozent der Wählerstimmen. Der Johnson-Demokrat, der in den Kongreß gewählt wurde, traf bei jeder Veranstaltung auf unsere Schilder und unseren Spott. Wir betrachteten es als unseren Auftrag, ihn zu jagen.

In der Schule sprach Sam vor seiner Mittelstufenklasse über den Vietnam-Krieg statt über Biologie und Chemie, und die dreizehnjährige Tochter des Vorsitzenden der Musterungskommission weigerte sich, den frisch gemusterten Soldaten Kaffee zu bringen, bevor sie in den Bus stiegen.

«Warum preisen Sie nicht lieber unsere Grundrechte, statt unser Land zu beschmutzen?» schrieb ihre Mutter Sam.

Sam antwortete ihr: «Haben Sie an die Rechte der Vietnamesen gedacht?» und unterschrieb seinen Brief «mit patriotischer Leidenschaft». Obwohl einige Eltern Sams Entlassung forderten, verteidigte sein Direktor ihn. Er bekam eine besondere Zurückstellung vom Wehrdienst, weil er «als Lehrer für Naturwissenschaften unentbehrlich» war.

Wir warteten darauf, daß die Jahre vergingen und Sam sechsundzwanzig wurde; dann konnte er nicht mehr eingezogen werden, und wir durften weiterwandern.

Um uns herum häuften sich die Verluste: Aus Vietnam kamen Todesmeldungen, Ehepaare trennten sich wegen politischer Meinungsverschiedenheiten. Eine Freundin, die mit uns demonstriert hatte, wurde wegen eines schlechten LSD-Trips ins Landeskrankenhaus gebracht, wo sie in ihrem Wahn glaubte, man wolle sie in die Gaskammer führen. Als das Personal sie allein ließ, sprang sie von der Heizung, brach sich das Genick und erwachte gelähmt. Verluste. Jetzt kehren wir ohne Schuldgefühle zu unseren individuellen Vorhaben zurück und sind erleichtert, daß die einfachen Lösungen, die wir forderten, nicht funktionieren. Wenn auch manche Tomaten züchten und meditieren wie Michael und Kathy, engagieren sich doch andere in der Lokalpolitik. Phoebe und Basil bekämpfen die Energiegesellschaften und Spekulanten, gründen Lebensmittel-Kooperativen, teilen sich

mit anderen in die Kinderbetreuung und manchmal in ihren Wohnraum. Kirk will für die hiesigen Künstler eine Organisation schaffen. Sam beschäftigt sich mit alternativen Energiesystemen. Obwohl wir nicht aufgegeben haben, sind unsere Pläne weniger grandios, einfacher, menschlicher geworden.
Wir schalten die Sendung vom Parteitag aus. Ruth macht sich wieder daran, Wände abzureißen. Sam und ich gehen den Berg hinunter, während Ainsley seine Kühe zusammentreibt.

Pete, der Wünschelrutengänger, bricht einen Weidenast ab. «Kirschbaum wäre besser. Jeder Obst- oder Nußbaum ist geeignet, aber manches Holz verletzt die Hände mehr.» Er geht zwischen den Bäumen hinter der Hütte zu dem Geröllsims. Den Ast hält er über den Kopf, in jeder Hand ein Gabelende – langsam senkt sich die Rute zur Erde.
«Hier habt ihr Wasser. Eine ganze Ader kommt durch diesen Berg. Seht ihr das Felsband da mit all den Furchen? Das ist ein gutes Zeichen. Es bedeutet Wasser.»
«Wie sind Sie Wünschelrutengänger geworden?» frage ich Pete.
«Ich hab mal einen geholt, der bei mir Wasser suchen sollte. Ich hab ihm Wein zu trinken gegeben. Als er einen Schwips hatte, sagte ich, daß ich ihm nicht glaube. Er gab mir die Rute und sagte: ‹Hier, versuch es selbst.› Na gut, ich ging über die gleiche Stelle, und verdammt will ich sein, wenn es mir nicht auch passierte. Die Rute schlug so kräftig aus, daß sie mir die Haut von den Händen schürfte.»
Die verborgenen unterirdischen Adern strahlen etwas aus, was Pete auffängt wie ein Magnet; die Oberfläche erscheint durchsichtig, als gäbe es keine Steine und Blätter. Die Rute dreht sich ständig, während er spricht.
«Hier müßt ihr vier oder fünf Fuß tief graben, je höher ihr kommt, um so tiefer. Dieser weiße Stein ist Quarz; wenn man draufschlägt, stieben die Funken.»
«Am besten holen wir gleich eine Schaufel und versuchen es», sagt Sam.
«Eine Schaufel nenne ich einen Idiotenstock», sagt Pete. «Als ich das letzte Mal bei der Tagung der Wünschelrutengänger war, hab ich ihnen gesagt, sie sollten nicht da graben, wo meine Rute ausgeschlagen hat. Ich hab ihnen gesagt: ‹Hier nicht, hier verläuft ein Abwasserkanal›, aber sie haben trotzdem gegraben, und natürlich hatte ich recht. Das hat ihnen nicht gepaßt. Jetzt laden sie mich zu ihren Tagungen nicht mehr ein. Ihr Präsident ist jetzt ein Vetter von mir

aus Maine. Ich hab ihn mal kennengelernt, vor etwa vierzig Jahren, aber ihr wißt ja, die Leute verändern sich.»

Pete verlangte kein Geld für seinen Wünschelrutengang. «Erzählt es keinem. Sonst kostet es fünfundzwanzig Dollar, aber ihr werdet nicht mit einem Gewehr auf mich losgehen, wenn ihr kein Wasser findet, oder?»

Als er gegangen ist, versuche ich es. Ich nehme die Gabelenden des Weidenastes, halte ihn über den Kopf und gehe langsam dort entlang, wo Pete gegangen ist. Ich warte auf den Druck nach unten, ich will ein Leiter sein, doch das Wasser weigert sich, durch mich zu sprechen.

Ruth hat mich gebeten, als Zeugin aufzutreten. Pünktlich um neun Uhr dreißig gehe ich in das strenge Gerichtsgebäude mit der neugotischen Fassade. Ruths junger Anwalt wirkt mit seinem langen Haar und dem ordentlich gebügelten Sommeranzug, als hätte er sich verkleidet. Ruth trägt ein schwarzes, schulterfreies Oberteil und flüstert, als sie aufgerufen wird. Ihr Anwalt reicht ihr die Heiratsurkunde. Sie prüft sie, wie man es von ihr verlangt, dann prüft sie die Übereinkunft, die von Stephen und ihr unterschrieben wurde. Er hat ihr die hundert Dollar gezahlt, die er ihr schuldete. Er hat ihr den Wagen übereignet und die letzte Arztrechnung beglichen. Jetzt besitzen sie kein gemeinsames Vermögen mehr. Das Sorgerecht für ihre Tochter werden sie gemeinsam wahrnehmen. Eine Zeugin wird aufgerufen. Sie kennt Ruth, sie sagt aus: «Das Paar lebt seit einem Jahr getrennt. Eine Versöhnungschance gibt es nicht.» Ja, sie hat das mit Ruth besprochen.

«Sprechen Sie bitte lauter», sagt der Richter, «ich kann Sie nicht verstehen.» Die Zeugin, Ruths Freundin aus Washington, wird entlassen. Keine weiteren Fragen. Ich werde gar nicht aufgerufen. Der Richter sieht keine Notwendigkeit für eine weitere Zeugenaussage, also kann ich nicht beschwören, daß ich Ruth kenne, daß sie allein gelebt hat, daß es keine Chance für eine Versöhnung gibt. Sie hat es mir gesagt; ich kann es bezeugen. Es ist wahr. Ruth lebt nach der Verhandlung auf. Sie lädt uns zum Essen ein, wir feiern ihre Scheidung, dann eilt sie nach Hause, um den Hund zu füttern, den Stephen in ihrer Obhut gelassen hat, während er mit ihrer Tochter verreist ist.

«Es ist zu schade um deine Gans», sagt Phoebe. «Vielleicht haben wir bald ein paar Küken. Eine meiner Gänse hat sich unter der Veranda verkrochen. Der verdammte Gänserich marschiert davor auf und ab und beschwert sich. Jedesmal wenn ich zu ihr will, beißt er mich. Ich fürchte, irgendein Tier hat sie angegriffen. Vielleicht ist sie verletzt.»

Mancher, der ein Buch liest, murrt . . .

... wenn er Werbung findet, wo er Literatur suchte. Reklame in Büchern!!!? Warum nicht auch zwischen den Akten in Bayreuth oder neben den Gemälden in der Pinakothek?

«Rowohlts Idee mit der Zigarettenreklame im Buch (finde ich) gar nicht anfechtbar, vielmehr sehr modern. Hauptsache, es hat Erfolg und nützt dem Buch, was die deutsche Innerlichkeit dazu sagt, ist allmählich völlig gleichgültig, die will ihren Schlafrock und ihre Ruh und will ihre Kinder dußlig halten und verkriecht sich hinter Salbadern und Gepflegtheit und möchte das Geistige in den Formen eines Bridgeclubs halten – dagegen muß man angehen ...»

Das schrieb Ende 1950 – Gottfried Benn.

An Stelle der «Zigarettenreklame» findet man nun in diesen Taschenbüchern Werbung für Pfandbriefe und Kommunalobligationen. «Hauptsache, es hat Erfolg und nützt dem Buch.» Und es nützt auch dem Leser. (Für die Jahreszinsen eines einzigen 100-Mark-Pfandbriefs kann man sich beispielsweise zwei Taschenbücher kaufen.)

Sie beugt sich vor und brummt den Gänserich an, der zurückzischt.
Die Morgans laden uns ein, zur Sauna dazubleiben; sie nennen es ein Sommerritual. Es dauert eine Weile, bis die Steine heiß sind. Am Teichrand schickt ein großes Feuer Funken wie einen Kometenschweif in die Nacht. Die Männer schaufeln einen heißen Stein nach dem anderen in die Mitte des kleinen Zelts, das aussieht, als gehöre es einem Nomadenstamm. Eimer voll Wasser, in denen frische Minze schwimmt, werden über den Steinen geleert. Durch den Nebel kann ich die nackten Gestalten kaum erkennen. Vom Dampf umhüllt, sind wir anonym in unserer Nacktheit und dem Dunkel. Über meinem Kopf zittert die Luft. In meinen Nasenlöchern brennt es; während mir der Schweiß ausbricht, habe ich das Gefühl, daß sich in meinem Kopf Schleim ansammelt. Im Zelt bekomme ich Klaustrophobie – ich muß hinaus, bevor ich in Ohnmacht falle. An den heißen Steinen vorbei dränge ich mich durch die Körper. Ich springe in den Teich, lasse das kalte Wasser über mir zusammenschlagen und achte nicht auf den Schlamm am Boden.
Im Teich lösen sich die Grenzen auf – Hitze, Kälte, Flüssigkeit und Fleisch vereinen sich. Als ich aus dem Wasser steige, werde ich wieder zur festen Materie und kehre zum Zelt zurück. Das Ritual geht weiter – nackte Männer heben mit Schaufeln glühende Steine aus dem Feuer und werfen sie ins Zelt. Basil überragt seinen Sohn. Sam ist kleiner als der eine, größer als der andere. Ob sich Nachbarn im Gebüsch verstecken, uns zuschauen, an Hexen erinnert werden und Böses befürchten? Gemeinsame Rituale verändern uns im Grunde wenig: ein gemeinsames Bad, eine gemeinsame Pfeife, mehr ist es nicht. Wir glauben nicht mehr an die spontane Seligkeit der Gemeinschaft, die wir uns in den euphorischen sechziger Jahren ausgemalt haben. Ich erinnere mich daran und versuche, die hartnäckigen Reste dieser utopischen Phantasien durch das Reinigungsritual loszuwerden.

Chris, ein ehemaliger Schüler von Sam, kommt unerwartet aus New York. Auch wenn Sams frühere Schüler ein paar Jahre lang keine Verbindung mehr mit ihm haben, sie finden ihn immer wieder. Seine magnetische Energie lockt sie aus der Ferne wie ein Zauber. Suchen sie einen Vater, großen Bruder, Liebhaber oder Kumpel? Sam kann das alles sein. Er legt seine Arbeit weg und findet für sie Raum und Zeit, die er mir verweigert. Ich beobachte, wie er präsent wird, verfügbar, aufnahmebereit. Er bietet ihnen einen besseren Teil von sich, als ich bekomme, und weckt meinen Unmut.
Chris wirft sein Gepäck in eine Küchenecke. Obwohl sie wenig sprechen, scheinen er und Sam in wortlosem Kontakt zu sein. In drei

Sätzen faßt Chris seine Lebensgeschichte zusammen, dann packt er die Platten aus, die er Sam mitgebracht hat, Pink Floyd, Little Feat. Sam neckt ihn wegen seines Geschmacks, dann zeigt er ihm das Land. Sie kommen zurück mit dem Plan, Chris solle eine Zeitlang bei uns bleiben.
«Wir könnten Hilfe gebrauchen», sagt Sam und schaut mich um Zustimmung bittend an.
«Wir können dir nichts zahlen», warne ich Chris.
«Ein Platz zum Schlafen und Essen ist alles, was ich brauche.» Schon hebt Chris einen Hammer und legt drei Bodenbretter in der Zeit, die ich für eines brauche. Seine blonden Locken fallen bis über die Schultern; seine nackten Zehen bohren sich durch zerschlissene Wanderstiefel. Er ist schlank, anmutig, mit zarten, vollendet geformten Gesichtszügen, zu schön, um echt zu sein, ein Hermaphrodit aus einem mittelalterlichen Gemälde. Ich bearbeite die weiße Birkenholzplatte mit Sandpapier und Öl, während er den Boden legt. Zwischen Hammerschlägen frage ich Chris nach seinen Zukunftsplänen.
«Vielleicht bleibe ich in Vermont und versuche, als Zimmermann zu arbeiten.»
«Du und eine Horde anderer Hippies.»
«Ich brauche nicht viel Geld. Einmal möchte ich gern Architektur studieren, aber momentan halte ich es auf der Uni nicht aus. Dann ist da immer noch die Musik. Damit könnte ich auch etwas machen.»
Ich frage mich, ob seine langen Perioden des Schweigens auf Unbehagen hindeuten, das er in der Gesellschaft von jemandem empfindet, der ihm nicht so spontan vertraut ist wie Sam. Gehöre ich einer anderen Art an, einer anderen Generation – bin ich eine Fremde im Vergleich zu meinem eigenen Mann? Teils möchte ich meinen Außenseiterstatus dankbar annehmen, teils will ich zu ihnen gehören.
Chris scheint herein- und hinauszuschweben, die Hügel hinauf und herunter. Er bittet um nichts und erledigt geschickt seine Arbeit. Nach Einbruch der Dunkelheit essen wir zu dritt braunen Reis und gedünstetes Gemüse an einem provisorischen Tisch. Sam und Chris sprechen über die ehemalige neunte Klasse.
«Jim und Sharon sind immer noch zusammen. Sie haben davon gesprochen, dich in Vermont zu besuchen.»
«Das wäre großartig. Für die hätten wir auch Arbeit.»
Ich stelle mir eine plötzlich entstehende Kommune vor. Sam rollt einen Joint und reicht ihn Chris. Vor kurzem war es noch tabu, mit Schülern Haschisch zu rauchen. Wir fürchteten die Autoritäten, hatten Angst um unsere Jobs. Jetzt sind die ehemaligen Schüler fast Gleichaltrige, und Marihuana ist so üblich wie ein Glas Wein. Obwohl

er mit vierzehn nur ein mageres Kind war, hat Chris uns mit neunzehn eingeholt.

Ich bewundere die Muskeln seiner gebräunten Arme, den blonden Flaum auf seinen kräftigen Schenkeln unter den engen Shorts. Plötzlich ist er kein Hermaphrodit mehr, sondern ein Mann, der mich erregen kann. Seltsam. Bleiben wir stehen, sind wir mit dreißig genauso, wie wir mit zwanzig waren, während unsere ehemaligen Schüler uns einholen, dann uns überholen? Obwohl jetzt weder Sam noch ich unterrichten, bilden seine Schüler seit 1967 eine Gemeinde, die dicht genug ist, uns ständig zu umgeben. Es sind Ersatzkinder, denen man nicht die Windeln wechseln muß, sie schränken Sams Freiheit nicht ein.

Meine Schüler wurden nie ein Teil unseres gemeinsamen Lebens. Vielleicht lag es daran, daß ich mich zuerst als Sams Frau sah und seiner Gemeinde beitrat. Die Studenten, zu denen ich mich hingezogen fühlte, bekamen Rollen in meinem Phantasieleben. Am College demonstrierten wir zusammen und protestierten gegen den Krieg. In meinen Bluejeans war ich eine von ihnen, unerkannt. Zum Unterricht kam ich verkleidet in Nylonstrümpfen, hochhackigen Schuhen, die langen Haare aufgesteckt. Ich bemühte mich, älter auszusehen als fünfundzwanzig und Distanz zu schaffen, damit ich legitim wirkte. Sie nannten mich «Mrs.», obwohl ich jeden Vornamen in jedem der vier Seminare mit fünfundzwanzig Studenten lernte. Während der Bürostunden saß ich einsam da und hoffte, sie würden kommen und mit mir plaudern. Sie sprachen nur über Noten und Scheine, dann gingen sie rasch, so herzlich ich auch sein mochte.

Am ersten Tag eines neuen Semesters fragte mich ein großer, magerer Junge mit ernstem Gesicht und traurigen Augen vor dem Unterricht: «Gehst du auch in Psycho 101?» Ich lächelte. «Nein.» Später kam er in meine Englischstunde und entdeckte mich verlegen am Pult. Weil er so schön war, glaubte ich jedesmal zu erröten, wenn ich seinen Namen nannte. Nachdem ich sie gebeten hatte, über ihre Kindheit zu schreiben, suchte ich seine Arbeit aus dem Stapel und las sie zuerst. Ich erwartete eine Mitteilung.

> Ich bin streng katholisch erzogen worden. Alles war verboten. Einmal entdeckte mein Vater mich und ein kleines Mädchen im Wald, wir hatten uns ausgezogen. Wir waren erst zehn, einfach neugierig. Aber er hat mich geschlagen. Er hat mich so gedemütigt, daß ich es nie überwunden habe. Ich fürchte, er hat mir damit mein Leben verpfuscht.

Ich schrieb eine Bemerkung darunter, in der ich dem Jungen versicherte, daß Kindheits-Traumata überwunden werden können. Wir seien alle geschädigt, schrieb ich und dankte ihm, daß er mir seine Geschichte erzählt hatte. Im Unterricht saß er grüblerisch allein, während die anderen kleine Gruppen bildeten. Ich beobachtete ihn, während ich durch die Reihen ging, und reagierte nicht auf seine stumme Bitte um Aufmerksamkeit, weil ich mich selbst zu verletzlich fühlte.

Hinterher wartete er auf mich, bis die anderen ihre Fragen gestellt hatten und gegangen waren. Stotternd sagte er: «Ich habe viele Schwierigkeiten. Die anderen Arbeiten werde ich nicht rechtzeitig abgeben können.»

«Vielleicht möchtest du später in meinem Büro mit mir darüber sprechen? Gleich kommt die nächste Klasse.»

«Es ist zu schwierig, darüber zu sprechen. Zu persönlich.» Er schaute sich um. «Immer wenn ich mit einem Mädchen zusammen bin, dann . . .» Er sprach den Satz nicht zu Ende.

Ich errötete. Er betrachtete mich als die erfahrene ältere Frau, eine Rolle, die ich nicht ausfüllen konnte. Wie anders mußte ich wirken! Wir verwandeln einander in Phantasiegeschöpfe. Bis Semesterschluß versuchten weder Tim O'Neil noch ich die Kluft zu Fleisch und Substanz zu überbrücken. Wahrscheinlich zog jeder von uns das Phantasiegeschöpf vor. Ich träumte von heimlicher Leidenschaft, wie jeder die Wunden des anderen heilte – doch nichts geschah.

Eines Abends in den Semesterferien rief er an und fragte schüchtern, ob er vorbeikommen könne. Ich schaute Sam an, der mir gegenübersaß.

«Jetzt ist es gerade nicht günstig», sagte ich, «aber ruf bitte wieder an.» Er tat es nie.

Wahrscheinlich kann Sam offen Schüler um sich sammeln, weil seine Motive gesund sind, während meine heimlich, erotisch und schuldbewußt waren. Die Kameraderie der Gruppe war mir nie angenehm, die Intimität mit einem anderen Menschen, ob Mann oder Frau, erschien mir immer verlockender. Weil eine solche Paarung unausbleiblich provokativ und ausschließlich wird, verbiete ich es mir, solche Beziehungen zu fördern. Sam überwiegt, und andere Intimitäten bleiben meiner Vorstellungskraft überlassen.

Chris baut sein Zelt auf der zweiten Wiese auf, in einem magischen Kreis zwischen Kiefern, wo Rehe äsen. Wenn er nicht am Haus arbeitet, zieht er sich hierher zurück und verhält sich so unauffällig, daß wir manchmal seine Anwesenheit vergessen.

Bei einem Spaziergang treffe ich ihn vor seinem Zelt beim Gitarren-

spiel. Ich setze mich zu ihm. «Hier wäre ein herrlicher Bauplatz, meinst du nicht auch?» frage ich.
«Nein, diese Wiese sollte bleiben, wie sie ist. Aber ihr müßt sie mähen. Die Buchenschößlinge kommen überall zwischen dem Gras hervor. Bald ist hier wieder Wald.»
«Wir haben noch keine Zeit dafür. Es ist eine Schande, daß soviel freies Land wieder zuwächst. Ich habe gelesen, daß um die Jahrhundertwende Vermont zu sechzig Prozent gerodet war.»
Chris geht mit mir durch die sterbenden Kiefern und gesunden Farne den Berg hinauf, wo der Bach sich zu einem kleinen, knöcheltiefen Teich verbreitert. Er ist jetzt niedriger als im Frühling und wirkt durstig wie wir. Ich spritze Wasser auf meine nackten Arme und scheuche die Mücken davon.
«Die wird man nur los, wenn man ins Wasser springt.» Chris zieht seine Jeans aus. Nackt setzt er sich in den Bach. Das klare Wasser bedeckt ihn kaum. Als er aufsteht, glitzern die Tropfen auf seinem Rücken in der Sonne. Vorsichtig steigt er über die Steine wie ein Satyr, dann setzt er sich auf den Vorsprung, wo der Bach zu einem kleinen Wasserfall wird. Er lehnt den Kopf zurück, schließt die Augen und läßt die Strömung über sich fließen.
«Du solltest es auch versuchen», ruft er.
Ich ziehe mich aus und beeile mich, meine verunstaltete Nacktheit, die Flecken und geplatzten Äderchen, im Wasser zu verstecken. Ich lasse mich neben ihm nieder und gebe acht, daß ich mich nicht am zerklüfteten Stein verletze. Mein Arm berührt Chris zufällig, während ich den eisigen Schaum über mich fließen lasse. Als ich hier nackt und allein war, kam es mir selbstverständlich vor. Neben Chris fühle ich mich unnatürlich, nicht wie die Waldnymphe, die zu der Szene gehört. Unser Schweigen im Bach dehnt sich unbehaglich.
Rasch ziehen wir uns an. Ich will keine Stille mehr, in der sich erotische Energie aufstauen könnte, und schnattere Banales über das kühle Wasser und die Schönheit dieses Flecks. Wir durchwaten den Bach, dann gehen wir weiter durch den Wald. Ich breche die abgestorbenen Äste ab und bahne uns einen Pfad, bis wir nicht mehr weiter können – ein dicker Stamm verstellt uns den Weg. Wir versuchen es mit einer anderen Richtung, waten diesmal durch Schlamm und lachen über unser Ungeschick.
«Ich hätte nie gedacht, daß ich mich auf meinem eigenen Grund und Boden verlaufen könnte», sage ich.
In einer Lichtung überfällt uns der starke Duft von Minze. Ich pflücke ein paar Pflanzen, um sie für Tee zu trocknen. Ein paar Meter weiter wird der Minzgeruch von der schweren, schwülen Süße von Wolfs-

milch überlagert. Hummeln saugen an den lila Blüten. Wir steigen hügelan und lassen das hohe, beklemmende Gestrüpp hinter uns. Oben legen wir uns auf den Rücken und bewundern die Aussicht. Auch ohne Berührung ist es ein sinnlicher Augenblick. Ich sage ihm nicht, wie schön er ist, daß ich weder mütterliche noch erzieherische Gefühle ihm gegenüber habe. Selbst jetzt noch verberge ich meine Lust hinter nervösem Geplapper. Er setzt sich auf. Ich verkürze den sich dehnenden Moment mit Worten: «Zeit, daß wir zurückgehen. Ich höre unten Wagen kommen.» Wir waten durch den Stau am Biberdamm und nähern uns dem Haus, vor dem Autos mit New Yorker Nummernschildern ungeschickt geparkt sind.

Sams alter Freund Frank ist gekommen, um sich an einem Banjowettbewerb zu beteiligen. An einem heißen Tag wartete er schwitzend vor Lampenfieber in der schwülen Garderobe der Schulturnhalle auf seinen Auftritt. Ein Ortsansässiger im karierten Hemd mit Hosenträgern betrachtete aus zerknittertem Gesicht Franks Banjo, eine Sonderanfertigung.
«Ganz schön heiß.»
«Stimmt», sagte Frank.
«Wirklich, Mann, heiß genug, um ein Schaf zu schwängern.»
Frank grinste, doch der Alte versicherte ihm mit unbewegtem Gesicht: «Das geht. Brauchst bloß große Stiefel dazu.»
Frank hat seine neue Freundin Cheryl mitgebracht. Schimpfend kam sie in die Küche. Sie waren in Vermont Franks geschiedener Frau begegnet. Ob wir es nicht auch beschissen fanden, daß sie einander über den Weg laufen mußten? Unsere Küche wurde zur Bühne ihres Dramas. Cheryl hüllte sich in Schweigen, beantwortete keine Frage, die man ihr stellte. Frank versuchte sie zu besänftigen. «Ich wollte euch keine Probleme anschleppen», sagte er. «Bloß ein Wochenende auf dem Land, das war alles, was ich vorhatte.»
Verärgert und ungeduldig gehe ich allein in den Wald. Zu viele verstörte Menschen kommen hier vorbei auf der Suche nach etwas, was sie nicht finden werden. Zuviel fremdes Eigentum liegt überall im Haus verstreut, zu viele zerdrückte Schlafsäcke. Der Geruch des überbeanspruchten Faulbehälters zieht über den Rasen. Ich suche Zuflucht in Chris' Zelt, wenn er nicht da ist. Sam weiß nicht, wo ich bin; er sucht mich nicht.
Als Cheryl endlich wieder redet, schaut sie Sam an. «Du hast für mich den bösen Blick», sagt sie. Am Abend deutet sie auf den Vollmond und verstummt wieder. «Fahr weg, wenn du so unglücklich bist», rät ihr Frank. Er erkundigt sich telefonisch nach dem Busfahrplan, aber sie

will nicht mit dem Bus fahren. «Er wird verunglücken», sagt sie. Dann holen sie Auskünfte über Flugzeuge ein. «Mit dieser Fluggesellschaft fliege ich nie», sagt sie. Schließlich packt Frank ihre Sachen wieder ins Auto, und sie fahren mit seinem Pokal vom Banjowettbewerb, ihrem Souvenir aus Vermont, weiter nach Süden.
«Ich kann nichts dazu, daß sie so zickig war», sagt Sam, als ich mich beklage. «Du hast keinen Sinn für Humor, das ist alles. Eigentlich war es sehr komisch.»
«Das sind deine Freunde, nicht meine.»
«Wenn es nach dir ginge, hätten wir überhaupt keine Freunde.»
«Da irrst du dich. Meine Freunde kommen nie hierher.»
«Dafür kannst du mich nicht verantwortlich machen. Bring her, wen du willst. Ich habe nichts dagegen.»
Sein Bedürfnis nach Geselligkeit bestimmt mein Leben, zwingt mich mitzumachen, ob ich will oder nicht, aber das sieht er nicht ein.

Mitte Juli tauchten die Flöhe auf. Während wir von Raum zu Raum gingen, waren unsere Knöchel mit winzigen schwarzen Flecken bedeckt, die langsam nach oben krochen. Wenn wir sie nicht schnell und geschickt fangen, springen sie fort, verschwinden und leben weiterhin von unserem Blut und dem der Katzen, Mäuse und Kaninchen. Als unsere Knöchel von Narben bedeckt sind, beschließen wir, die Katzen aus dem Haus zu verbannen. Wir haben Alpträume von Epidemien. Auch ohne Katzen werden wir die Flöhe nicht los. Ihre Eier liegen tagelang in den Bodenritzen, dann kriecht eine neue Generation aus, und die Jagd fängt wieder an. Man muß sie zwischen den Fingern zerquetschen und in ein Glas mit giftiger Flüssigkeit werfen, sonst springen sie davon und führen ihr fruchtbares Leben weiter. Wir erfahren, daß jeder im Sommer Flöhe hat. Der Fluch alter Häuser und feuchten Wetters. Täglich besprühen wir die Böden mit Insektengift. Die Gase zu ertragen scheint das kleinere Übel zu sein. Die alten Flöhe sterben, doch die Eier überleben, und eine neue Brut stürzt sich gierig auf uns.
Wir holen die Katzen zurück in der Hoffnung, daß die Flöhe ihre pelzigen Körper vorziehen, doch die Katzen bleiben nicht im Haus. Sobald sie verschwunden sind, überfallen uns die Flöhe wieder. Man erzählt uns, daß jemand sein Haus einen Monat lang leer stehen ließ, und alle Flöhe starben. Das funktioniert nur, wenn kein anderer Warmblüter dort lebt, keine Mäuse im Keller sind und keine Fledermäuse im Speicher. Jemand schlägt vor, wir sollten Flohmanschetten um die Knöchel tragen. Statt dessen reiben wir uns schon beim Aufstehen mit Insektenmittel ein. Angeblich sterben die Flöhe, wenn

es kälter wird. Jetzt haben wir August, also müssen wir nicht mehr lange warten.

Sam, ich, Chris, Michael und Kathy gehen ins Pornokino nach Hardwick. Als Tor zur Wildnis in Nordvermont, auch «Königreich des Nordostens» genannt, ist Hardwick von Holzfällern und ehemaligen Granitbergleuten bevölkert. Um sechs wird im Kino der Familienfilm gezeigt, *Flipper* oder *Gewehre am Mohawk*. Um neun gibt es bei erhöhtem Eintrittspreis die schmutzigen Filme.
Eine unscharf eingestellte Kamera nähert sich der Szene. Eine Vagina kommt ins Bild, dann die dazugehörige Frau, eine dralle Blondine. Zwei Frauen, deren Männer verreist sind, schleppen ein paar Musiker aus einer Bar ab; für jeden Geschmack ist gesorgt: Einer ist Puertoricaner, einer schwarz, der dritte weiß. Dann Schnitt zu einem schweißigen Penis, Hoden, Stoß folgt auf Stoß, das Gesicht ist unwichtig. Das Publikum, meist betrunkene Männer, hustet verlegen. Dann zeigt uns der Film, wie man eine Orgie feiert, es ähnelt der Anleitung zur künstlichen Atmung in einem Erste-Hilfe-Kurs, aber das ekstatische Stöhnen läuft mit der Handlung nicht synchron. Schlüpfrige Kommentare der Zuschauer verraten Verlegenheit, dann Langeweile. Grinsend gehen die Leute aus dem Kino, weichen den Blicken anderer aus oder erwidern sie. Wir sind wie Verschworene, die man beim Masturbieren ertappt hat.
«Ich würde gern mal einen guten Porno machen», sagt Michael. «Improvisiert, während des Drehens würde ich mir die Handlung ausdenken.» Wir sammeln Einfälle, tauschen unsere Reaktionen aus.
«Du solltest die Rollen mit Tieren besetzen», schlägt Sam vor. «Zeig die Orgien aus einem Zoo.»
«Da kann es Rassenprobleme geben. Stell dir vor, wenn es die Elefanten mit den Gürteltieren treiben.» Wir gehen zum Café von Ray und Lucy.
Der erste Gitarrist hatte früher schulterlanges Haar. Jetzt trägt er es kurz geschnitten. Wenn er den struppigen Bart nicht hätte, könnte man meinen, er hätte sein Leben lang hier gewohnt. Ray, der geigende Cafébesitzer, verkündet, daß er heute Hochzeitstag hat. «Seit einundvierzig Jahren bin ich mit derselben Frau verheiratet.»
«Aus diesem Anlaß spielen wir *Bye Bye Love*», sagt Blue, der Gitarrist. Violette und orangefarbene Lampen umgeben das Podium der Band. Die Sängerin trägt ein rotes T-Shirt; ihre Brüste schaukeln, ihr langer Rock, mit Rosenknospen bedruckt, wird in der Poritze eingeklemmt. Sie wiegt sich hin und her und singt Hank Williams-Songs. Unter ihrem Rocksaum werden zerrissene rote Halbschuhe sichtbar.

«Ich nehm meine Sorgen unter den Arm
und fahre zurück zu Papis Farm,
ich hab den Honky Tonk Blues . . .»

Tagsüber gibt sie Kurse in biologischer Nahrungszubereitung.
Die Musiker trinken Tequila. Ein verwitterter Vermonter tanzt mit einem geschmeidigen jungen Mädchen, sie hüpfen, halb ist es eine Gigue, halb eine Polka. Seine Arme berühren ihre Hüften; ihre Hände liegen auf seinen Schultern, während sie lebhaft auf ihn einredet. Ich trinke Bier aus einer langhalsigen Pfandflasche und wünsche, ich könnte hören, was sie sagt.
Die Luft ist stickig, es riecht nach Rauch und Schweiß. Ich tanze mit Sam, mit Chris, mit Michael. Zu fünft hüpfen wir im Kreis, dann drängen wir uns an die Fenster und atmen tief frische Luft ein. Ein magerer, hastiger Mann, der sich ständig bewegt, reißt sich das Hemd vom Leib und tanzt durch den Raum.

«Sun of a gun we'll have big fun on the Bayou . . .»

Eine grauhaarige Frau räumt leere Flaschen von den Tischen, wenn sie nicht gerade tanzt. Ein Einheimischer bittet mich auf die Tanzfläche. Schweigend springen und hüpfen wir und stoßen an andere schwitzende Körper. Neben uns dreht sich ein dicker Tänzer mit blonden Koteletten und vorquellendem Bauch mit einer Frau in Rosa, die eine Schleife im Haar trägt.
«Du machst das gut», sagt mein Partner. Neben uns fällt ein Tänzer zu Boden, man hilft ihm auf.

«Ich habe einen alten Ford und einen Zwei-Dollar-Schein
und weiß einen Platz, da sind wir allein . . .»

Sam ist nicht da, als ich an unseren Tisch zurückkehre. Ohne ihn stehen wir auf zum letzten Tanz; wir drehen uns ohne Partner im Kreis. Als die Musik aufhört, stolpern wir lufthungrig zum Ausgang.
Immer noch keine Spur von Sam. Michael geht zurück und sucht ihn. Er findet ihn ohnmächtig auf der Toilette. Als sie kommen, stützt sich Sam auf Michael.
«Es ist schon wieder in Ordnung», versichert uns Sam.
«Wirklich?» frage ich immer wieder. Meine Hochstimmung ist verflogen.
«Es war die Hitze dort drinnen. Ich bekam keine Luft mehr.»
«Als ich ihn fand, lag er über der Klosettschüssel.»
Wieder bei Kräften, lacht Sam über sich selbst. Zu Hause im Bett

schläft er fest. Jedesmal wenn er sich umdreht, wecke ich ihn und frage wieder, ob alles in Ordnung ist. «Wirklich?»
«Wirklich. Wirklich», murmelt er. «Geh schon schlafen, bitte.»

Ruth liest Jung. Bevor die anderen Frauen kommen, erzähle ich ihr meinen Traum: Ich warte an einem Ladentisch. Eine Verkäuferin zeigt mir ein kostbares handgemaltes Porzellanservice auf einem Tablett. Sie sagt, mein Vater habe es mir bei seinem Tod hinterlassen. Ich weiß, daß die Verkäuferin sich irrt, denn mein Vater lebt, und er hätte mir nie Geschirr vererbt. Etwas hindert mich daran zu protestieren. Ich spiele mit, nehme vorsichtig die Teller und will sie gerade in einen Safe mit einer Geheimkombination legen, als ich eine Frau bemerke, die beobachtet, wie ich die Zahlen wähle. Sie darf die Kombination nicht sehen, also höre ich auf und merke mir die Zahlen mit der Absicht, später wiederzukommen. Ich sage mir die Zahlen immer wieder vor und habe Angst, sie zu vergessen. Schließlich bitte ich die Frau, den Kopf abzuwenden, damit ich das Geschirr verstauen kann. Obwohl sie zustimmt, traue ich ihr nicht.
Ruth sagt, das Geschirr ist ein symbolisches Erbe, das mein Vater mir anvertraut, die traditionelle Ehe, empfindlich und zerbrechlich, sie muß eingeschlossen, vor Bedrohungen geschützt werden. Und die zuschauende Frau? «Eine Freundin, irgend jemand, der dir eine andere Möglichkeit zeigt – vielleicht ist sie dein anderes Ich, der rebellierende Geist, dein männlicher Aspekt.»
Ich komme mir töricht vor. «Glaubst du nicht, daß die Teller die Genitalien meines Vaters sind und daß die Frau meine Mutter ist?»
Die Gruppe kommt. Eine Zeitlang sprechen wir über Träume. «Ich erinnere mich nie an Träume», sagt Phoebe.
Heute abend sollten wir etwas mitbringen, woran wir arbeiten, und mit der Gruppe darüber reden. Ruth spricht von dem Buch, das sie schreibt. Phoebe erklärt das Thema ihrer Dissertation – wie Konflikte bei Frauen Entscheidungen beeinflussen. Bald wird aus der Diskussion eine Beschwerdelitanei.
Ruth läßt sich über Stephens Fehler aus, ich zähle die von Sam auf. Sarah berichtet von ihrer letzten Auseinandersetzung mit Roy. Jenny sagt, sie ist schwanger und weiß nicht, was sie tun soll.
«Warum können wir unsere Arbeit nicht so ernst nehmen wie unser Liebesleben?» frage ich in einer Gesprächspause.
«Es gibt nicht nur intellektuelle Arbeit», sagt Sarah.
«Ich habe keine Lust hierzubleiben, wenn wir uns auf nichts als intellektuelles Geschwätz einlassen.»
«Du wolltest uns doch etwas vorlesen, was du geschrieben hast», sagt

Ruth zu mir.
«Ich habe etwas mitgebracht.» Sie schauen mich an, es wird still. Mit Herzklopfen und brennendem Gesicht lese ich einen alten Text über meine Kindheit vor. Als ich zu Ende bin, warte ich und grinse, weil ich nicht weiß, was ich sonst tun soll.
Alle loben mich spontan.
«Schick es an den *New Yorker*», sagt jemand.
Eine Zeitlang bin ich in Hochstimmung, habe neue Energien, glaube, daß ich unabhängig von einer Institution und von Sam etwas schaffen kann. Später kommen die Zweifel. Es sind meine Freundinnen, sie sind einfach nett, zu freundlich, um kritisch oder ehrlich zu sein.

Ich verbringe einen Tag mit Phoebe, bevor sie in die Stadt zieht. Heute ist ein Lama auf der hinteren Weide. Es hält seinen steifen Hals gerade und sieht so hochmütig aus, als verachte es diese Farm von ganzem Herzen.
«Das verdammte Biest ist so gemein! Wenn du in seine Nähe kommst, spuckt es. Martin mißt, wie weit es spucken kann. Er hält das Lama für sehr begabt. Rosemary hat sich in das Problem vertieft und behauptet, man könne ein Lama nur zähmen, indem man es kastriert. Für die Tierärzte in Vermont ist ein Lama etwas Neues, aber heute will einer vorbeikommen und sein Glück versuchen. Von mir aus hätte es damit Zeit, bis ich fort bin.»
Obwohl Phoebe an den Wochenenden nach Hause kommen will, hat sie die Speisekammer für die Familie bis oben hin vollgestopft. Sie zeigt mir die Regale voll Eingemachtem; Tomaten und Bohnen leuchten in ihrem Saft.
«Sieht das nicht prächtig aus?»
«Was meinen die Kinder dazu, daß du wieder zur Uni gehst?»
«Martin findet es fabelhaft, daß ich Psychologie studiere. Er hofft, daß ich ihn dann besser verstehe. Rosemary meint, diese Familie kann man nur verstehen, wenn man sich mit der Psychologie des Abnormalen beschäftigt. Ich glaube, es gefällt ihnen, daß ich wieder studiere.»
«Und Basil?»
«Er unterstützt mich sehr, er ist bereit, hier ohne mich zurechtzukommen.» Sie deutet zum Stall. «Doch unterhalb der Oberfläche macht uns beiden das ziemlich angst. Wir sind an einem Wendepunkt angelangt. Keiner weiß, was geschehen wird. Obwohl ich Ruth nicht in allem recht gebe, wenn sie behauptet, die Männer hinderten die Frauen an ihrer Entwicklung und so weiter, muß ich doch gestehen, daß ich unter anderem auch deshalb nicht bis zum Abschluß studiert

habe, weil ich Angst vor einem Wettbewerb mit Basil hatte. Ich dachte, ich wäre vielleicht ein besserer Psychologe als er. Das wäre schrecklich.»

Ich versuche an Paare zu denken, bei denen jeder Partner den anderen unterstützt und doch seiner eigenen Arbeit nachgeht. Sosehr ich auch überlege, es fällt mir niemand ein. Einer, scheint es, muß einen Kompromiß machen, und gewöhnlich ist das die Frau.

«Während ich weg bin, wollen sie hier jemanden aufnehmen, der sich um die Tiere und alles kümmert.»

«Du meinst, eine Art Angestellten wie Seth?»

«Nein, eher einen Studenten. Es gibt schon einige Bewerber. Ich hoffe, die Hilfskraft wird nicht gerade eine hübsche Frau sein, aber das sage ich Basil nicht. Ich frage mich, ob er sich eine Geliebte nimmt, während ich weg bin.»

«Und du, Phoebe? Wirst du dir in Cambridge einen Liebhaber suchen?»

«Oh, wenn ich einen netten Menschen kennenlernen würde, wäre das reizend.» Mit einem Eimer voll Abfällen für Offizier und ihre restlichen Ferkel folge ich Phoebe auf die hintere Wiese. Offizier hat im Frühling zehn Ferkel geworfen, aber die Hälfte davon totgedrückt.

«Du bist eine miese Mutter», sagt Phoebe und schüttet dem Schwein das Futter vor. «Bevor ich gehe, kommst du zum Schlachter.»

Hinter Phoebe ducke ich mich unter dem elektrisch geladenen Zaun hindurch. Der Kopf des Lamas taucht zwischen den Bäumen auf, vor dem Ahorn wirkt er ganz fehl am Platz. Beim versteckten Teich ziehen wir uns aus und gesellen uns zu den Fröschen, um uns abzukühlen, dann sitzen wir nackt da und bemerken die ersten Herbstfarben an den Blättern.

«Immer wenn ich beschließe, mir einen Liebhaber zu nehmen», sagt Phoebe, «geht etwas schief. Habe ich dir erzählt, was mit Jake passiert ist?»

Jake, ein ehemaliger Wehrdienstverweigerer und jetziger Schweinezüchter, wohnt auf dem nächsten Hügelkamm in einem provisorischen Haus, das er sich aus Hüttenresten gebaut hat. Jake kommt mir vor wie ein Kobold in seiner Höhle. Phoebe beschäftigt ihn immer wieder bei Arbeiten auf der Farm. Nach dem zweiten Kaminbrand hat er den Schornstein gereinigt, im Winter hat er die gefrorenen Leitungen aufgetaut, vor kurzem ihre Speisekammer erweitert.

«In der Woche, in der ich mir vorgenommen hatte, ihn zu verführen, brachte ich Basil zum Zug – er mußte zu einer Tagung nach New York. Jake bestieg den gleichen Zug – er wollte den Rest des Winters in Mexiko verbringen.» Phoebe lacht sich selbst aus.

Wir sind beide von der Frauengruppe enttäuscht.
«Wir hätten uns mehr mit richtiger Arbeit beschäftigen sollen. Deine Geschichte hat mir gefallen. Hat Kirk etwas über die Texte gesagt, die du ihm gezeigt hast?».
«Ich habe ihm nichts gezeigt. Ich lese immer noch seine Gedichte, aber es widerstrebt mir, mich so zu enthüllen.»
«Meinst du, er will ein Abenteuer mit dir haben?» Phoebes Frage erregt mich so, daß ich es nicht verbergen kann. Ich erröte. «Ich traue ihm nicht. Ich weiß wirklich nicht, was er will – Freundschaft, vielleicht nur etwas Anteilnahme. Ich glaube, er ist psychisch ziemlich kaputt. In letzter Zeit habe ich ihn selten gesehen. Wir hatten ständig Gäste. Ich versuche Sam zu überreden, für ein paar Tage nach Maine zu fahren und sich eine Pause von der Arbeit am Haus zu gönnen.»
«Er arbeitet wirklich viel, nicht wahr? Ich kann mir nicht helfen, ich bewundere das.»
«Ich auch, Phoebe. Ich wünsche nur, er würde sich mehr für mich interessieren.»
«Weißt du, ich glaube, sein Mangel an Interesse würde dich weniger stören, wenn du mehr mit etwas Eigenem beschäftigt wärst, zum Beispiel mit dem Schreiben. Schließlich kannst du keine Anteilnahme fordern. Entweder sie wird dir freiwillig geschenkt, oder sie ist nichts wert.»
«Ich weiß, Phoebe. Ich wollte, sie käme von ihm spontan. Zu schreiben, um eine emotionale Leere zu füllen, erscheint mir falsch. Was ich mir wünsche, kann nur von einem Menschen kommen, nicht durchs Schreiben.»
«Warum nicht von dir?» fragt sie.
Rufe von der nächstgelegenen Wiese unterbrechen unser Gespräch. Rasch ziehen wir uns an und laufen zu Basil, den beiden Kindern und einem Fremden, die alle das Lama jagen. Basil schneidet ihm den Weg hinter einem Busch ab. Ein Strom von Lamaspucke spritzt auf seine Brille. Martin wird hysterisch. Der Tierarzt weigert sich, die Operation vorzunehmen.
«Sieht so aus, als müßte ich erst mal darüber nachdenken und ein andermal wiederkommen.»
«Aber wie wollen Sie es das nächste Mal machen, wenn Sie es diesmal nicht können?» fragt Rosemary den Tierarzt. Sie wirkt groß in ihren Reitstiefeln.
«Vielleicht ist er das nächste Mal nicht so nervös. Wahrscheinlich muß ich ihm von hinten eine Beruhigungsspritze geben, aber zuerst sollte ich sein Gewicht feststellen. Schließlich wollen wir ihn nicht für immer einschläfern, oder?»

Der Tierarzt geht zu seinem Wagen. Er will nur noch weg.
«Warum, zum Teufel, müssen wir ihn überhaupt kastrieren lassen?» fragt Martin.
«Weil er so wild ist», sagt Basil.
«Ja, und wenn du dich nicht anständig benimmst, passiert mit dir das gleiche», erklärt Rosemary ihrem Bruder, dann kriecht sie, von Martin verfolgt, unter dem elektrisch geladenen Zaun durch.
«Phoebe, ich habe dich gesucht. Sarah kommt nachher, um zu besprechen, ob sie hier wohnen kann. Sie sagt, Roy hat ihr ein blaues Auge geschlagen, und sie muß weg vom Dorf. Oh, hallo!» Basil bemerkt mich erst jetzt.
«Ich hätte nicht gedacht, daß Roy brutal ist, du?» fragt Phoebe.
«Na ja, ich weiß, daß er trinkt», sage ich, während wir zum Haus zurückgehen.
Martin fährt mühsam auf seinem Einrad an uns vorbei über den Kiesweg.
«Vielleicht sollte ich dankbar sein. Im vergangenen Sommer hat Basil jedes Wochenende Wagen voller junger Leute aus Roxbury eingeladen, in diesem Sommer sind wir unter uns. Die jungen Leute hatten Angst vor den Schmetterlingen, sie hatten noch nie zuvor so große Schmetterlinge gesehen.»
In der Küche bietet Phoebe mir ein Glas Sherry an, dann putzt sie weiter Gemüse.
«Ich kann verstehen, wie dir bei all den Gästen zumute ist», sagt sie.
«Ich glaube, eigentlich gehe ich wieder auf die Uni, um eine Zeitlang ein eigenes Zimmer und ein bißchen Ruhe zu haben.»
Ich durchsuche den Flaschenschrank und finde nichts.
«Oh, das habe ich vergessen», sagt Phoebe. «Der Sherry ist im Wäschetrockner.»
«Darf man fragen warum?» Unter trockener Wäsche hole ich die Sherryflasche hervor.
«Die Kinder haben ihn da versteckt, als Ricardo kam. Sie sagten, im Trockner würde er nie danach suchen. Wahrscheinlich kennst du Ricardo nicht. Er ist ein Schüler von Basil. Wir müssen ihn tolerieren, weil er ein Revolutionär der Dritten Welt ist.» Sie lacht. «Er will eine Arbeit schreiben über Sexualerziehung für Kinder ethnischer Minderheiten. Er versucht jede Frau zu verführen und schleppt sie in Basils Silo.»
Wir kichern noch, als Rosemary und ihr alter Hund Melanie mit deutlichem Stinktiergeruch hereinkommen.
«Ma, sie ist wieder einem Stinktier über den Weg gelaufen.»
«Ich habe mich schon gefragt, wo sie die Nacht verbracht hat. Das

arme alte Tier kann nicht mehr gut sehen und hören. Schau nach, ob wir noch Tomatensaft haben.» Rosemary tupft Melanie mit der roten Flüssigkeit ab. «Tomatensaft ist das einzige Gegenmittel. Als ich klein war, bin ich einmal einem Stinktier in die Quere gekommen. Meine Mutter ließ mich alle Kleider ausziehen und verbrannte sie. Als Melanie zum erstenmal einem Stinktier begegnete, waren wir gerade hier eingezogen. Wir hatten soviel Arbeit mit dem Haus, du kennst das ja, die Böden abschleifen, die Wände streichen – und ich hatte den schrecklichen Verdacht, wir müßten das Haus anzünden, um den Gestank loszuwerden.»
Ich verabschiede mich und verspreche Phoebe, sie in der Stadt zu besuchen, wo ihr Leben ruhiger sein wird. Sarahs Wagen fährt vor, als ich nach Hause gehe.

Sam hat einen drei Stockwerk hohen Dreifuß über der rot-weißen Karosserie seines reparaturbedürftigen Landrovers errichtet. Der Motor ist kaputtgegangen, und mit einem Flaschenzugsystem hat er ihn durch einen gebrauchten Fordmotor ersetzt, den er für knapp hundert Dollar gekauft hat. Jetzt versucht er, den neuen Motor in die klaffende Öffnung einzupassen. Nachbarn kommen und schauen zu. Ortsansässige Maschinenfans stellen Fragen. Arbeitet Sam an einem Rennwagenmodell? Nein, er will nur ein Fahrzeug haben, sagt er. Fordmotoren kann man leichter austauschen, und die Karosserie des Landrovers besteht aus Aluminium und rostet in diesem Klima nicht so schnell, erklärt er.
Ich parke neben dem Dreifuß, der aus den Motorenteilen herausragt wie ein Brandpfahl für eine Feuerzeremonie. Wie ein Hexenmeister arbeitet Sam an seinem Altar. Ich kann es kaum erwarten, bis er fertig ist, damit wir auf die versprochene Reise gehen können. Auf dem Weg ins Haus werfe ich einen Blick auf den Motor. Er sieht immer gleich aus – nicht angeschlossene Kabel hängen herunter, der neue Motor ist zu groß für den vorhandenen Platz.
«Roy war hier. Er hat mir ein paar Tips gegeben. Er sucht Sarah. Sie hatten eine Auseinandersetzung, und jetzt kann er sie nicht finden.» Sam schaut auf. «Jetzt dauert es nur noch ein paar Tage, dann sind wir unterwegs.»
«Das hast du schon einmal gesagt. Gestern war das.»
«Aber jetzt ist es wirklich bald soweit.»
Michael und Chris beugen sich über den Landrover und schauen Sam zu.
«Habt ihr Lust, zur Landesausstellung zu gehen?» frage ich sie.
«Du weißt, ich kann nicht», sagt Sam, ohne aufzuschauen.

«Kein Geld.» Michael lächelt und zuckt die Schultern.
Ich gehe zum Jäten in den Garten und knie mich neben die Brokkolipflanzen; ihre Blätter breiten sich aus wie Eselsohren. Die Tomaten und Gurken sehen krank und unterentwickelt aus; irgend etwas muß der Erde fehlen. Michael kommt zu mir, er schwitzt, trägt kein Hemd. Er jätet rund um die Tomaten, während ich starke Wolfsmilchstengel aus dem Boden ziehe; ihr klebriger weißer Saft fließt über meine Finger. Bienen, die um ihre süß duftenden lila Blüten tanzten, summen jetzt ärgerlich.
«Wo ist Kathy?»
«Bei der Heilpraktikerin. Du weißt doch, diese Frau aus Nebraska. Sie heilt durch Handauflegen.»
«Fehlt Kathy etwas?»
«Sie leidet schon seit langem unter Migräne. Jetzt hat sie schreckliche Rückenschmerzen.»
«Vielleicht kommen die Rückenschmerzen von der Arbeit an eurer Hütte.»
«Schau dir diese Tomate an», sagt Michael. «Sie fängt an, sich zu röten.»
«Glaubst du an diese Heilmethoden?» frage ich.
Grinsend hebt er die Schultern. «Ich bin ziemlich aufgeschlossen dafür. Vielleicht gehe ich morgen hin. Viele Leute warten darauf, sie zu konsultieren – gesund aussehende Neurotiker mit allen möglichen Beschwerden.»
Ich gehe hinüber zu den Bohnen und knie mich ans Ende einer Reihe. Michael arbeitet am anderen Ende. Das Unkraut hat hübsche gelbe Blüten, es tut mir leid, es herauszuziehen.
«Für Kathy muß es hier schwierig sein. Wir drei haben eine so wichtige gemeinsame Geschichte. Kommt sie sich wie ein Außenseiter vor?»
«Ja», sagt Michael. «Sie spricht oft darüber. Sie glaubt, du magst sie nicht.»
«Darum geht es nicht, mir fehlt Polly. Das macht es mir schwer.»
Michael schweigt. Wir haben nie über das gesprochen, was zwischen uns geschehen ist.
«Als ihr gekommen seid, habe eigentlich ich mich als Außenseiter gefühlt», sage ich. «Ihr beide hattet offenbar mehr mit Sam gemeinsam – euer Interesse für den Hausbau, dieser ganze Pionier-Trip. Kathy ist still wie du und Sam, nicht gesprächig wie Polly.» Ich mache eine Pause und suche Unkraut zwischen den Bohnen.
«Weiß Polly, was wir vier erlebt haben?»
«Ja, ich habe es ihr erzählt», sagt Michael.

«Ich habe bei diesem Abenteuer verloren. Du und Sam, ihr seid Freunde geblieben. Ich habe Polly verloren und dich. Deine Anwesenheit hier mit Kathy erinnert mich ständig an das, was geschehen ist.»
«So habe ich das nie gesehen.» Michael schaut mich über die Bohnen hinweg an. «Wahrscheinlich habe ich überhaupt nicht viel darüber nachgedacht. Damals wollte ich nicht monogam sein, aber inzwischen habe ich mich verändert. Kathy wird schon eifersüchtig, wenn ich nur von Frauen spreche. Einmal hat sie mich körperlich angegriffen, als sie dachte, ich würde mit einer anderen schlafen. Es war unheimlich.»
Ich betrachte die Pflanzen und versuche, meine Worte sorgfältig zu wählen. «Es wäre ein angenehmer Gedanke, daß mehr zwischen uns gewesen ist als nur ein ‹Experiment›; ich meine, mehr Gefühl.»
«Aber das war es. Ich meine, es ist noch.» Ungeschickt streckt Michael die Arme über das breite Bohnenbeet aus und zieht mich zu einer Umarmung im Garten an sich.
«Übrigens», verlegen mache ich mich frei, «habt ihr je die kupferne Badewanne gefunden, die ihr gesucht habt?»
«Wir haben beschlossen, sie nicht zu kaufen – zu teuer. Wir werden wahrscheinlich einfach einen alten Waschbottich kaufen und darin baden.»
«Du weißt, daß ihr unser Bad benutzen könnt.» Ich komme mir vor wie die Gutsherrin, die zu ihrem Diener spricht.
«Aber ich dachte, wir seien auf uns allein gestellt, wir sollten euer Haus nur in Notfällen benutzen.»
«Michael, sei nicht albern. Mir macht es nichts aus, wenn du die Badewanne benutzt.»
Wir sammeln die Gartengeräte ein und gehen hinunter. «Nur laß keinen Rand zurück», füge ich hinzu. Er lacht.

Der Blitz schlägt in den Leitungsmast neben dem Haus ein. Die Glühbirne direkt neben mir explodiert, während ich die Schlafzimmerwände orangefarben anstreiche. Das Zimmer ist voll blauer Funken. Ich rase die Treppe hinunter und weiß nicht, ob Adrenalin oder Elektrizität mich jagt. Sam steht atemlos an der Haustür und sagt, er habe sich auf den Boden geworfen, als er den Blitz sah. Er ist an ihm vorbeigestrichen und hat die Steine erst weiß, dann blau gefärbt.
Wir setzen uns an den Küchentisch und schauen dem Widerschein der Blitze zu, der durch den Raum tanzt. Ich habe Angst, auf die Toilette zu gehen, weil die Rohre den Blitz anziehen. Dann schlägt Hagel an die Fensterscheiben. Die durstigen Pflanzen im Garten werden bombardiert, nicht getränkt.

«Das passiert hier immer wieder, seit ich auf dieser Strecke arbeite», sagt der dicke Mann, der die Stromleitung repariert.
«Ist es gefährlich? Kann der Blitz ins Haus einschlagen, es in Brand setzen?» frage ich.
«Das geht hier schon so seit über hundert Jahren, und das Haus steht immer noch, oder?» sagt Sam.
Nachdem wir wieder Strom haben, streiche ich das Schlafzimmer fertig. Mit der Orangefarbe an den unebenen Wänden sieht der Raum aus wie ein geplatzter Kürbis. Unser großes viktorianisches Holzbett wirkt, von der Wand abgerückt, wichtiger, als es ist. Wenn die Farbe getrocknet ist, werde ich das Bett zurückschieben.
Als ich die kranke Katze dreimal husten höre, frage ich mich, ob das Haus besser unterkellert sein sollte. Ich ziehe einen Farn aus dem regennassen Gesims und pflanze ihn in einen Topf, den ich in unser orange Schlafzimmer stelle. An der Unterseite sehen kleine Samenhülsen aus, als würden sie gleich aufbrechen. Ich hoffe, daß die Farne den ganzen Winter über wachsen.
An meinem dreißigsten Geburtstag sitze ich an meinem Schreibtisch und arbeite heftig. Zuerst mache ich Abschriften von dem Glückskettenbrief, den ich bekommen habe, weil darin gewarnt wird: Ein General starb, als er die Kette unterbrach.
Ich schreibe Kirk einen kritischen und harten Brief über seine Gedichte, ich will ernst genommen werden. «Die selbstmitleidige Kunstperson, die du benutzt, wirkt wie eine Maske, sie verbirgt mehr echtes Gefühl, als sie zeigt», teile ich ihm mit.
Ich will den Brief mit der Post schicken, damit er ihn bekommt, während Sam und ich verreist sind. Beim Schreiben verfalle ich in Bekenntnisse:
«Heute ist mein dreißigster Geburtstag. Ich muß lernen, mit weniger auszukommen, als ich mir wünsche. Vielleicht sind meine Wünsche nur Ergebnisse der Langeweile, des Selbstmitleids. Ich muß lernen, nicht zu predigen, keine Formeln für ein besseres Leben zu suchen, aber die Formeln fallen mir ein wie Rezepte, die man sich gemerkt hat. Man nehme die Zutaten in der richtigen Menge, und das Leben wird glücklich sein. Es ist schwierig, Sam in das Rezept einzubauen. Ich denke über die Empfängnis nach, wie es wäre, ein Kind zur Welt zu bringen, ein anderes wärmendes Geschöpf zu erzeugen, aber es scheint nicht richtig zu sein. Ich klinge wie ein enttäuschtes jammerndes Mädchen, eine Prinzessin, deren Sklaven meutern, deren Diener streiken, deren Ritter die Waffen weggeworfen hat. Das ist nicht die Stimme, die ich mir wünsche. Ich möchte eine selbstbewußte Frau sein, die sich nicht als Opfer betrachtet.»

Ich lese den Brief durch und stecke ihn weg. Ich werde ihn nicht zur Post bringen, ich schreibe mir selbst.

Das Bread and Puppet Theatre veranstaltet einen Auferstehungszirkus. Wir wandern unter bewölktem Himmel über grüne Wiesen und begegnen Gestalten wie Schatten. Kostümierte Puppen spielen im Zeitlupentempo. Menschliche Marionetten ohne Fäden, mit maskierten Gesichtern, halten Kinderkörper in ihren riesigen Händen. Die Masken der Zuschauer sind komplexer. Wir gehen aneinander vorbei, nicken einander zu, sprechen wenig. Ruth winkt mit schlaffer Hand von der anderen Seite der Wiese. Kirk kommt mit seinen beiden Kindern vorbei und sagt, was er von dem Zirkus hält. Man kann nur wenig sagen. Kleine Kinder weinen, sie fürchten sich vor den riesigen Puppen. Merkwürdige Gestalten halten weiße Banner hoch; Clowns fahren auf Einrädern durch die Menge, andere tanzen auf Stelzen vorbei – Phoebes Kinder, Hanswurste und Jongleure.
Straßenhändler verkaufen braunen Reis. Für mexikanische Fleischpastete muß man bezahlen, Brot wird verschenkt, Hündchen werden kostenlos angeboten, Babies wandern von Arm zu Arm. Bei einem Mädchen schält sich die Haut im Gesicht wie eine Tapete, die sich von der Wand löst. Marihuana und Wein berauschen nicht. Ein Vollmond hängt da, er gehört zur Kulisse für das Theaterspiel. Aus einem Puppenauge fällt eine Glasträne. Später, nachdem wir gegangen sind, finden sie das Mädchen mit der fleckigen Haut bewußtlos in den Büschen. Um sich eine Überdosis zu spritzen, hat sie diesen Ort und diesen Tag gewählt – meinen Geburtstag.

Wir schlecken Eis und reden über unseren Ausflug nach Maine. «Für weggeworfene Waffeln wird keine Verantwortung übernommen», steht unter dem Schalterfenster. Eine violette Lampe auf einem Pfahl sprüht Funken, wenn Insekten ins Licht fliegen. Immer wieder stoßen sie gegen die Drähte, bis sie verbrannt sind. Die großen sterben mit zischendem Dampf, der dann in der Luft hängt.
Im Wagen neben uns bestellt ein Landespolizist Kaffee und redet über die kommende Wahl. «Mir ist es eigentlich egal, wer gewinnt. Einer ist wie der andere.»
Bevor wir abreisen, wird unsere Katze Riff-Raff von einem Tierarzt in einem gläsernen Büro eingeschläfert. Stinkend und abgemagert war sie aus dem Keller gekrochen, das Maul schwarz. Der Tierarzt holte mit einer Nadel weiße, schleimige Flüssigkeit aus ihren Lungen. «Sie erstickt», sagte er, während sie da lag. Wir sahen zu, wie er sie betäubte, dann fragte er, ob wir den Kadaver mitnehmen wollten. Wir

verneinten, doch wir mußten eine Euthanasie-Vollmacht unterschreiben. Ich denke mit Grauen an meinen eigenen Tod.

Zwei Fahrtstunden von zu Hause entfernt blieb das Auto stehen, weil eine Nuß, die Sam aus Versehen fallen gelassen hatte, in den Verteiler geraten war. Sam verflucht seine Nachlässigkeit, aber er macht mich dafür verantwortlich. Ich habe ihn zu dieser Reise gedrängt; die Hetze war schuld an seiner Unaufmerksamkeit. Auch ich lasse meinem Zorn freien Lauf und sage, insgeheim will er unsere gemeinsame Freizeit sabotieren. Der Landrover steht still mit geöffneter Haube. Ich suche ein Telefon.
«Rocky Acres heißt das hier», erklärt mir die Frau. Sie hält den großen mageren Hund zurück, der nach mir schnappt. Während ich im Telefonbuch die Nummern suche, sortiert sie rostige Nägel. Ich bewundere ihre Blumen auf der Terrasse. Sie erzählt mir ihr Leben.
«Ich bin in Ludlow geboren und später in den Norden nach Lunnenburg gezogen.» Sie berichtet langsam, in chronologischer Folge. Manchmal hält sie inne und verbessert sich. Ihre weißen Ponies bilden einen sauber geschnittenen Rahmen über ihren Augen. «Mit siebzehn habe ich geheiratet und drei Kinder großgezogen, nachdem mein Mann mich verlassen hat. Ich habe im Landeskrankenhaus in New Hampshire gearbeitet, Betten überzogen. Mein zweiter Mann, der, mit dem ich jetzt lebe, ist Holzfäller. Er kann nicht gut rechnen. Als wir unser erstes Haus hatten, behauptete jemand, er habe eine Hypothek darauf, und wir mußten vor Gericht gehen, aber wir haben gewonnen. Dort war das Wasser schlecht. Er bekam einen schrecklichen Ausschlag an den Armen, deshalb sind wir weitergezogen.»
Sie sortiert weiter ihre Nägel, während ich Münzen für die Telefongespräche zusammensuche.
«Er hat es mit der Landwirtschaft versucht, aber sein Partner hat ihn betrogen, weil er nicht gut rechnen konnte, deshalb ging er wieder in den Wald. Als wir mal herkamen, um eine Säge reparieren zu lassen, ist mir Rocky Acres aufgefallen. Ich habe durchs Fenster geschaut. Keiner hat hier gewohnt. Die Decke war fast eingestürzt. Ich habe den Gemeindeschreiber gefragt, was hiermit los ist. Sie haben gesagt, ich soll lieber wegbleiben, das Haus gehört jemand, und wenn es eines Nachts abbrennt, heißt es, ich war es. Aber dann hat sich herausgestellt, daß der Besitzer so was wie einen Hausmeister braucht, also sind wir hier. Er arbeitet im Wald.»
Ich lege meine Münzen neben ihre rostigen Nägel. «Hoffentlich bin ich Ihnen nicht zur Last gefallen.»

«Nein», sagt sie, «es kommen nicht viele Leute, mit denen ich reden könnte.»
Am nächsten Tag um die gleiche Zeit, als wir auf einer Landstraße bei Calais in Maine sind, fängt die Wasserpumpe an zu lecken. Sam macht die Motorhaube auf und gießt Öl nach. Der Motor schmatzt und keucht. Schwarzer Rauch steigt auf. Hustend weicht Sam zurück.
Eine Frau, die ihren Parkplatz kehrt, läuft schreiend davon. «Das Auto brennt, das Auto brennt! Schafft es weg! Ich will hier kein Feuer haben!»
Der Tankwart konnte kaum durch seine Zahnstummel sprechen. Was Verdichtung bedeutet, wußte er nicht. Er berührte mit seinem Schraubenzieher die Batterie, und Funken sprühten. An seiner Unterlippe hing eine Zigarette. Er grinste mich an. «Da haben Sie wirklich Ärger.»
Sam lehnt sich auf die Motorhaube, den Kopf in den Armen versteckt, und flucht. «Ich glaube, der Motor ist im Eimer, und ich weiß nicht warum.»
Ich sitze ruhig im Gras und lasse mich von schwarzen Fliegen stechen. «Was bedeutet das in Dollar und Cent?» Ich versuche ihn zu beruhigen. «So schlimm ist es nicht.»
«Aber ich mag diesen Wagen!» ruft er.
Es ist kein Totalverlust, nur die Wasserpumpe muß für fünfzig Dollar repariert werden. Endlich kommen wir an einen See in der Wildnis. Ich bade und fühle mich wieder wohl, während er versucht zu fischen. Ich frage, warum er so verstimmt ist.
«Es ist immer das gleiche», sagt er. «Du setzt mich immer unter Druck, verteilst dauernd Noten. Ich kann keinen Fehler machen, ohne daß du ihn mir vorhältst.»
Später, als wir auf unseren Wagensitzen am See liegen, greift er nach mir. Obwohl ich blute, will ich ihn, will ich, daß er in mir bleibt, bis ich komme, aber er zieht sich fast sofort zurück. Ich bin daran gewöhnt, daß es rasch vorüber ist. Den restlichen Tag am See verbringe ich in Mißstimmung. Ich gehe nicht auf seine Freude über einen Seetaucher ein, der über uns hinwegfliegt und seinen einsamen Ruf schreit.
Am nächsten Tag besuchen wir Freunde auf ihrer Salzwasserfarm an der Küste von Maine, nicht weit von der kanadischen Grenze entfernt. Ihr Nachbar, ein pensionierter neunundachtzigjähriger Kapitän zur See, hat die amerikanische Fahne gehißt. Er erzählt uns, er habe sie zurückgeschickt, als ihre Farben verblaßten – Schundware aus Japan. Das Versandhaus schickte ihm eine neue. Sein Wagen Marke De Soto, Baujahr 49, ist dagegen gute amerikanische Wertarbeit.
Unsere Freunde Dennis und Virginia laden ihn jeden Samstagabend

zu Bohnen und Fernsehen ein. Als Nixon die Nominierung zum Präsidentschaftskandidaten annahm, versäumte er darüber sein Mittagessen. Tränen traten ihm in die Augen. «So muß es in diesem Land zugehen», sagte er.
Beim Segeln in der leeren Bucht machen wir uns über Präsidenten keine Gedanken. Sendetürme des Militärs stören die Robben und Kormorane. Die Leuchttürme signalisieren die ganze Nacht, sie erinnern uns daran, daß wir nicht sehr weit weg sind.
Ich knie mich ins Heidelbeerbeet hinter ihrem Haus und bekomme dabei blaue Flecken an den Beinen. Heidelbeeren fallen wie dunkle Murmeln aus meinen zerrissenen Taschen und verschwinden im Gras. Ich sammle sie wieder ein und bringe sie ins Haus für Virginias Kuchen. Den ganzen Winter über saßen Dennis und sie bei Kerosinlicht und Holzfeuer in diesem Haus. Nachmittags um vier wurde es dunkel, er arbeitete an seinem Schreibtisch und fing etwas zu früh an, Weinbrand zu trinken, während sie Eintöpfe und Braten aus den selbstgezogenen und gezüchteten Lebensmitteln machte. Ohne Freunde oder Kinder, die sie ablenken – von den Samstagabendbesuchen abgesehen –, leben sie nach siebzehn Jahren immer noch zusammen. Früher dachte ich, sie würden aus Angst beieinanderbleiben, aber heute fand ich es schön, Heidelbeeren hinter einem Haus zu pflücken, in dem jemand wartet.
Später veranstalten wir in der dämmrigen Küche eine spiritistische Sitzung und stellen Fragen an die Alphabettafel. Virginia ist davon überzeugt, daß ein Geist im Haus wohnt. Sie sagt, er teilt sich ihnen durch die Tafel mit, die sie aus dem Sperrmüll gerettet hat. Ich überlege mir Fragen an den Geist. Obwohl wir über gemeinsame Freunde reden, erwähne ich unsere eigenen Schwierigkeiten nicht. Sie wollen nichts davon wissen. Bei Virginia und Dennis sitzen wir wie Kinder auf dem Rücksitz, sie sind die Eltern hinter und neben dem Steuer. Für Sam und mich ist es einfacher so, unsere Intimität hat sich verschlissen. Ich umarme Dennis, sage gute Nacht und schlafe dann keusch neben meinem Mann. Manchmal ist ein solches Arrangement sehr wünschenswert.

Als wir wieder am Leech Pond sind, besuchen uns Mrs. Crackney und Mrs. Stewart: «Ein Willkommen von ihrer Kirchengemeinde.» Der neue Pfarrer versucht das Gemeindeleben zu aktivieren. An fanatische Frömmelei ist dabei nicht gedacht, versichern sie. Er plant ein Café für die Jugendlichen, Eheberatung, Ausfahrten für die Senioren. Mrs. Crackney zeigt mir einen Plan, auf dem all die Projekte in kleine Vierecke eingezeichnet sind; Linien verbinden die Vierecke mit der

Kirche. Während ich ihnen zuhöre, schaue ich an die Wände und frage mich, ob sie den Kalender mit den männlichen Akten bemerkt haben, Sams verrückte Ansichtskartensammlung, das dreidimensionale Kruzifix, das Bild von einem Exhibitionisten in der U-Bahn und Davids Pietà, die leuchtet, wenn das Licht auf sie fällt.
Der Stadtklatsch weiß, daß Mrs. Crackney ihren Mann damit aufzieht, daß er nicht mehr Gitarre spielen kann – seine Finger sind zu dick. Er, ein Metzger, nennt sie hinter ihrem Rücken «eine vertrocknete alte Spinatwachtel». Mrs. Stewart unterrichtet immer noch in dem zweiklassigen Schulhaus; ihre Kinder und Enkel wohnen auf der anderen Straßenseite. Endlich kommen sie zur Sache: Geld. Ich habe bereits für die Freiwillige Feuerwehr gespendet, doch meine Schuldgefühle wegen der unfrommen Bilder machen mich großzügig. Ich versichere ihnen, daß ich ihre Arbeit unterstütze.

Die zweite Wiese wurde überschwemmt und verwandelte sich allmählich in einen See. Die Biber waren an der Arbeit. Ein Damm aus Schlamm und Zweigen zog sich über den Sumpf und wurde immer größer. Jede Pappel in Sichtweite war umgelegt worden. Wir waren vom dahinterliegenden Teil unseres Besitzes abgeschnitten. Täglich watet einer von uns in den Sumpf und reißt ein Loch in den Damm, damit der Wasserspiegel sinkt. Wir brauchen Stunden, um den sorgsam befestigten Bau aufzubrechen, doch jede Nacht wird er von den Bibern repariert. Der Wildhüter hat eine besondere Falle gebracht, mit der wir die Biber umquartieren können, ohne sie zu verletzen, doch am Morgen ist die Falle zugeschnappt, und kein Tier sitzt darin. Nachts bewachen wir den Teich. Wenn es sehr still ist, können wir sehen, wie ein Biber über das Wasser gleitet und eine dreieckige Spur hinter sich herzieht. Weil wir den Biber nicht töten wollen, schießt Sam über seinen Kopf und versucht so, unser Land unwirtlich zu machen, damit die Biber weiterziehen.

Mit einer Weinflasche gehen wir den Berg hinauf, um die Fertigstellung der Hütte zu feiern. Unterwegs werfen wir einen Blick auf den Biberdamm. Der Abfallberg von unseren Zerstörungsversuchen wächst, doch die Biber haben bereits begonnen, das Loch von diesem Morgen mit neuen Zweigen auszubessern. Sie verwenden nie bereits gebrauchtes Material. Langsam waten wir durch das knietiefe Wasser und schleppen uns dann den Berg hinauf.
Gestern haben Michael und Kathy die Türen und Fenster eingesetzt. Die Vorderseiten der Hütte sind mit Scheunenholz verkleidet, an der Rückwand ist nur Teerpappe; sie wird nächstes Jahr fertiggestellt.

Sam berichtet von den Bibern. Er macht sich mehr Sorgen als Michael, der immer noch vorwiegend mit der Hütte beschäftigt ist. «Es macht uns nichts aus, wenn wir waten müssen», sagt Michael. Sam erinnert ihn daran, daß wir die Wiese verlieren werden. «Es muß etwas geschehen.»
Die Außentoilette hat einen geschnitzten, herzförmigen Doppelsitz. Die Wände sind mit Fellen und Postkarten geschmückt. Den Weg zur Hütte hat Kathy mit wilden Blumen gesäumt. Wir essen an dem Ausziehtisch, den Michael gezimmert hat. Chris und ein ehemaliger Trappistenmönch, den Kathy bei der Heilpraktikerin kennengelernt hat, sind die anderen Gäste. Kathy schöpft Blumenkohl aus dem Garten auf unsere Teller und gießt Käsesauce darüber.
Der grauhaarige, graubärtige ehemalige Mönch spricht etwas gehemmt. Sein gelegentlicher Slang wirkt unpassend. Obwohl er es nicht bedauert, achtzehn Jahre lang studiert zu haben, interessiert er sich nicht mehr für Griechisch, Latein oder für die Übersetzung religiöser Literatur aus dem 12. Jahrhundert.
«Ich fahre mit meinem kleinen Bus übers Land und lerne Menschen kennen. Jetzt sind es menschliche Beziehungen, die mich faszinieren. Ich lebe nicht mehr im Zölibat. Sich nach achtzehn Jahren in Frauen zu verlieben ist seltsam. Das Alte Testament befürwortet nirgendwo eine Trennung von Körper und Seele. Die Absage an das Fleischliche begann mit den Scholastikern. Jetzt sind es Psychologen wie Carl Rogers, die verstehen, daß der Mensch aus Körper und Seele besteht.»
Der Hüttenraum wird von einem Herd auf geschwungenen Beinen beherrscht. Ein dekorativer Spiegel hängt darüber, und das Ganze wirkt in dieser einfachen Umgebung so deplaciert wie eine elegant aufgeputzte alte Frau. Auf den Regalen stehen Einmachtöpfe mit roten Bohnen, Feigen, Rosinen, grünen Erbsen und Körnern. Jedes Fenster ist einmalig – eines besteht aus viktorianischem buntem Glas, ein anderes ist gewölbt, ein drittes aus kleinen Vierecken zusammengesetzt. An Drähten hängen Amulette, in denen sich die sinkende Sonne spiegelt.
«Was halten Sie von Zen-Meditation?» fragt Kathy den Mönch.
«Es amüsiert mich, daß ihr Jungen euch so für geistige Übungen begeistert. Ich habe genug davon. Jetzt ist alles in mir. Ich kehre mich nicht ab von dem, was ich gelernt habe. Ich drücke es auf andere Weise aus.»
«Vielleicht wird alles sinnvoller, wenn man die geistige Disziplin hat», gibt Michael zu bedenken.
Der Mönch lächelt Kathy zu.
«Achtzehn Jahre in einem Kloster», wiederholt Chris. «Nicht vorzu-

stellen. Ich bin einmal eine Woche lang zu Exerzitien gegangen und habe es kaum durchgestanden.»
«Ich glaube, ich könnte es», sagt Sam, «wenn ich der Meinung wäre, daß es darauf ankommt.»
«Das hier ist auch eine Art Zufluchtsort», sagt der Mönch. «Man lebt hier ziemlich isoliert.»
«Aber nicht im Zölibat.» Michael lächelt.
«Beinah», sagt Kathy lachend. «Wir haben die Schlafgalerie so dicht unter die Decke gebaut, daß wir uns kaum rühren können, ohne mit den Köpfen anzustoßen.»
Wir machen einen Rundgang und bewundern ihre Arbeit.
«Morgen fange ich an, einen Kartoffelkeller auszugraben», sagt Kathy.
«Wie geht's jetzt deinem Rücken?» frage ich.
«Agnes, die Heilpraktikerin, hat mich völlig wiederhergestellt, indem sie ein paar Wirbel zurechtgerückt hat. Jetzt geht es mir prächtig.»
«Wir haben Ärger mit den Igeln», sagt Michael. «Nachts kommen sie und nagen an den Pfählen. Ich brülle, um sie zu erschrecken, aber sie kommen immer wieder.»
«Du mußt einen erschießen», sagt Sam.
«Bloß nicht», protestiert Chris.
«Ihr müßt euch entscheiden, ob ihr eine Hütte haben oder Igel füttern wollt», sagt Sam. «Was ist wichtiger? Ich glaube, wir werden auch ein paar Biber töten müssen. Alles andere haben wir schon versucht. Wer von euch will mir dabei helfen?»
«Ich nicht», sagt Chris.
«Und ich nur, wenn ich muß», fügt Michael hinzu.
«Wenn dir sonst keiner hilft, werde ich es tun», sage ich zu Sam. Er schaut mich voller Hoffnung an.
Kathy und der Mönch sind in ein Gespräch vertieft. Ich gehe mit meinem Weinglas hinaus zum Vorbau. Sam kommt mir nach.
«Es ist herrlich hier. Viel schöner als in unserer versteckten Ecke dort unten. Irgendwann sollten wir mit ihnen die Häuser tauschen und eine Nacht hier oben verbringen.»
«Du änderst deine Meinung aber schnell! Das ist jetzt ihr Zuhause. Wir können es ihnen nicht einfach wegnehmen, wenn uns danach zumute ist.»
«Ich kann zumindest hier oben sitzen. Es ist immerhin mein Land.»
«Du solltest diesen Baum fällen», sagt Sam zu Michael und deutet auf eine kranke Buche. «Er steht zu nah bei der Hütte. Wenn der Blitz einschlägt, könnte er auf euch stürzen.» Wir verabschieden uns,

gehen den Berg hinunter und durchwaten den wachsenden Biberteich, dessen Wasser uns jetzt bis über die Knie reicht.
Wir haben eine zweiundzwanziger Pistole gekauft. Zwar meinen manche, sie reiche nicht aus, einen Biber zu töten, aber etwas anderes konnten wir uns nicht leisten. Vier Tage lang übte Sam Zielschießen, reinigte die Waffe und versuchte, mir das Schießen beizubringen. Jeden Abend bei Dämmerung ging er hinaus in den Sumpf und wartete auf Biber. Ich horchte auf Schüsse. Wenn er zurückkam, überfiel ich ihn mit Fragen, bevor er auch nur die Stiefel ausgezogen hatte.
«Ich habe ihn gesehen und geschossen», sagte er. «Aber es war zu dunkel, und ich habe ihn verfehlt. Morgen versuche ich es wieder.»
Am nächsten Abend fragte er: «Willst du wirklich nicht mitkommen? Es ist wirklich unbeschreiblich draußen. Du solltest das mal sehen.» Es klang so überzeugend, daß ich nicht im Haus bleiben konnte.
Bei Dämmerung folge ich ihm in hohen Stiefeln hinaus zum Damm; alle paar Meter versinke ich im Schlamm. Wir setzen uns; er hält die Waffe im Anschlag; wir warten. Der Sumpf ist still, die Skelette toter Bäume ragen aus dem Wasser. Ich starre auf die konzentrischen Kreise, die springende Fische zurücklassen. Wildenten fliegen über uns hinweg, sie schweben, bis sie uns bemerkt haben. Es wird dunkler, und wir warten immer noch. Im Licht des halb verhüllten Mondes können wir den Sumpf sehen.
Ein Platschen, und da kommt der Biber mit einem Schößling zwischen den Zähnen auf uns zu. Er kehrt nicht um, er will zum Damm und den Schaden ausbessern, den wir verursacht haben. Sam zielt und feuert. Der Biber ist kaum eine Armlänge von uns entfernt, er kann ihn nicht verfehlen. Das Tier fängt an zu bluten. Es dreht sich auf den Rücken und will davonschwimmen, der Schößling sinkt. Das Wasser rötet sich von seinem Blut. Ich schäme mich unseres Überfalls und versuche wegzuschauen. Mit sechs Kugeln in seinem dicken Fell geht der Biber unter.
Erschüttert gehen wir nach Hause. Sam wiederholt ständig: «Es war schrecklich, schrecklich.» Und obwohl ich ihn gern trösten würde, kann ich nur zustimmen und ihn allein darüber brüten lassen, was er getan hat. Am Morgen besteht er darauf, den Biber zu begraben. Sam zieht ihn aus dem Sumpf. Er ist über ein Meter zwanzig lang, und selbst im Tod sehen seine Zähne noch gefährlich aus. Aber daß wir ihn getötet haben, ist uns schrecklich, wir wünschten, wir könnten mit den Bibern in Frieden leben. Der Mord beendet den Konflikt nicht. Die Verwandten des Bibers nehmen seinen Platz ein, im nächsten Frühjahr wird der Kampf weitergehen.

III
Herbst

Mein Haus sieht aus wie die Kulisse für eine Neuengland-Tragödie, aber das ist es nicht. Von außen wirkt es verwahrlost. Wie es innen ist, beschreibe ich aus Stolz nicht, obwohl wir ganze Augenblicke lang darin glücklich sind. Das Phänomen «Leben ist Schmerz» dauert an.

Untitled Poem von Alan Dugan

Ein kalter Wind weht, und wir sorgen uns um die Tomaten, die noch grün am Strauch hängen. In der Abenddämmerung decken wir sie mit Plastikplanen zu, dicke grüne Früchte legen wir aufs Fensterbrett, damit sie im Zimmer reifen. Am nächsten Tag ist goldener Altweibersommer. Vereinzelte Sonnenhüte, die nicht frostempfindlich sind, öffnen noch ihre Blüten. Auf den ungemähten Wiesen wird das Gras sandfarben. Rote Blätter heben sich scharf von ihrer grünen Umgebung ab. Der Sommer ist so kurz gewesen, er brachte nicht genug Spaziergänge zum Bach, Wanderungen über die Berge, Entdeckungen unbegangener Pfade. Jetzt ist es zu spät. Die Tage werden kürzer, die Kälte beginnt. Sonnenblumen sterben – ihre Blütenblätter hängen herunter wie ungekämmte Strähnen, ihre dicken Stengel beugen sich zum Gras, jetzt können die Vögel die Samen nicht mehr erreichen. Scharen von Wildgänsen sammeln sich, wir beobachten, wie sie wegfliegen. Jeder Tag bringt mehr Farbe, unglaubliche flammende Überraschungen: Ein purpurner Baum wächst aus einer alten Müllgrube, ein goldener Hügel fängt an zu strahlen, dann verblaßt er, und dünne Äste ragen über leerem Raum. Die Schönheit schmerzt. Die Ahnung stillen Schnees verringert nicht den Verlust. Manche werden von diesem Herbstschauspiel zu letzter intensiver Aktivität angeregt; mir bringt es das Bedauern.

An einem sonnigen Morgen, an dem die Espenblätter vor meinem Fenster üppig leuchten, gibt Kirk mir meine Texte zurück. «Manches ist gut, aber es fehlt an intensivem Gefühl. Du solltest dich mehr aussetzen, mehr wagen . . .»

Er kritisiert meine Zurückhaltung. Ich habe seine Selbstdarstellung hemmungslos genannt. Wir tragen einen verbalen Fechtkampf aus und verbrämen unseren Flirt intellektuell.

Er kommt mit seinem Sohn vorbei, als bestünde zwischen uns nichts als unschuldige Freundschaft. Gerade wenn ich mich ihm offenbaren will, hält mich etwas zurück. Die Spannung bleibt. Ich genieße die vielfältigen Andeutungen und Möglichkeiten und weigere mich, sie dadurch zu beschränken, daß ich sie benenne. Ich sage mir: Dein Interesse an ihm beruht nur auf Phantasie, wie Pygmalion verliebst du dich in deine eigene Schöpfung.

Ich schreibe ihm Worte, die er niemals sehen wird. Du und ich sind nicht Liebende, unsere Körper berühren sich nie. Wenn du mir nahe kommst, werde ich meine Leidenschaft in eine Geste verwandeln; meine Hände werden ein Stück Papier zerknüllen oder eine Haarsträhne zurückschieben. Ich halte meine Distanz, nur die Augen sind die Brücke. Obwohl deine Worte mutig klingen, sind deine Augen voll Trauer. Du trennst dich von allem und nennst es Freiheit. Du prahlst damit, gefährlich zu leben. Ich beneide dich um deine Hemmungslosigkeit, doch ich kann es dir nicht gleichtun. Du gibst mir deine Zeichnungen oder läßt mich deine Gedichte lesen, dann versteckst du dich, verschwindest tage- oder wochenlang. Ich empfinde den Verlust, suche die Straße ab nach deinem weißen Volvo. Ich giere nach Neuigkeiten von dir, doch ich beschäftige mich mit anderem, weil mein Bedürfnis zu schmerzhaft und zu bodenlos ist. Ich vertraue dir nicht. Du hast Frauen, die dich umarmen, mit dir lachen. Ich bin kein munterer Flirt. Ich könnte dich durchsichtig machen, alte Wunden öffnen, an ungesagte Trauer rühren. Wir sind beide so empfindlich, daß wir zerbrechen könnten.

Wir reißen die Scheune ab. Nach Hunderten anderer Winter brach sie vor zwei Jahren unter dem Gewicht des Schnees auf ihrem schadhaften Dach durch. Als wir die Farm kauften, war sie nicht mehr zu retten, also verwendeten wir ihr verwittertes Holz als Täfelung. Wir rissen eine Wand ab und benutzten drei riesige handbehauene Pfähle als Träger für unsere Wohnzimmerdecke. Jetzt leben wir zwischen tief gefurchtem grauem und braunem Holz, dessen Oberfläche von Jahren in Wetter und Wind gezeichnet ist.
Das Gebälk der Scheune stand nackt, ein Skelett zwischen alten Öfen, einem unbrauchbaren Milchkühler, altem Kuhdung und Heu. Gras wuchs auf dem Obergeschoß. Eine Sonnenblume schaute aus einem leeren Fensterrahmen.
Sam wand ein Stahlseil um den Stützbalken. Roy mit Sarah neben sich kam auf seinem Abbruchwagen. Er drehte die Winde, und in Sekundenschnelle brach die Scheune sanft zusammen, als sei sie nun erlöst. Jetzt werden wir die Reste verbrennen, die Asche wird sich mit Dung und Heu vermischen. Im nächsten Frühling wollen wir dort einen Garten anlegen.

Obwohl zu dieser Stadt mehr Seen und Teiche gehören als zu irgendeiner anderen im Staat, fließen die Bäche nur durch, um die umliegenden Dörfer zu versorgen. Unser eigenes Wasser kommt aus einer Quelle, die jenseits der ungepflasterten Straße einen Berg herabsprudelt. Aus einem leckenden, morschen, bemoosten Quellkasten führt ein Rohr, das ungeschützt zwischen Blättern und Zweigen liegt. Am Fuß des Berges wird das Rohr über den Boden des Teiches geführt, dann taucht es wieder auf und hängt waghalsig über einem Baumast. Von dort macht es eine unterirdische Reise unter der Straße hindurch zum Haus. Wir haben keine Pumpe, die kaputtgehen, keinen Brunnen, der austrocknen könn-

te, doch wenn der Zustrom bei Frost auch nur ein paar Sekunden unterbrochen wird, staut sich das Wasser, die Rohre platzen, und aus unseren Hähnen kommt nichts mehr.
An einem Herbsttag gleich nach dem ersten Frost waren wir ohne Wasser. Sam und ich gehen am Rohr entlang, schieben welkes Laub zur Seite, um die Nahtstellen zu überprüfen, und suchen nach einem Leck, nach Spuren von Tierzähnen. Ich gehe bis zur Quelle, um festzustellen, ob sie versiegt ist. Im eisigen Wasser des Quellkastens schmerzt meine Hand, dann wird sie gefühllos. Ein winziger Zweig im Zuflußrohr hat dazu geführt, daß sich Eis im Rohr ansammelt. Wir müssen rasch arbeiten und hoffen, daß die Sonne bleibt und uns hilft. Das Wasser tröpfelt langsam und zwingt das Eis aus dem Rohr. Ich folge ihm weiter und höre das Eis an die Wände klappern. Wir warten, ob das Wasser den Fuß des Berges erreicht. Es läuft, dann hört es wieder auf. Luft ist im Rohr. Wir müssen in der Nachbarschaft eine Pumpe holen. Während die anderen pumpen, stehe ich in der Küche und warte. Innerhalb von Minuten stöhnt und ächzt es in der Leitung, Wasser sprudelt. Das Rohr, das uns mit der reichen Quelle auf dem Berg verbindet, ist ungenügend isoliert, nur der Schnee schützt es und läßt es die Winter überdauern.
Bauunternehmer drohen, aus dem Kiefernberg ein sommerliches Erholungszentrum zu machen und die Bevölkerung des Gebiets zu verzehnfachen. Bis jetzt haben sie noch keinen durchführbaren Plan für die Abwasserentsorgung, und die Bürgerinitiative «Rettet den Kiefernberg» behält die Oberhand. Ruth und ich wandern den Berg hinauf, bevor er verschandelt wird. Wir haben gehört, daß dort oben im Turm eine Feuerwache ist, eine der letzten. Jetzt werden Feuerwachen durch Überwachung aus der Luft ersetzt. Als wir den Pfad verlassen, können wir über uns den Turm sehen. Der Grasweg wird steinig; vorsichtig müssen wir über Schmutzstellen springen und uns gegen die letzten Mücken des Sommers wehren. Wir verlassen den duftenden Wald und gehen steiler bergan. Zwei riesige Gletschersteine stehen wie Wachen vor dem Gipfel. Kleine Fichten wachsen aus dem Moosteppich auf den Felsen. Junge Baumgruppen stehen vor älteren, größeren. Die Schößlinge scheinen sich verzweifelt zu beeilen, den Wald neu entstehen zu lassen. Der schwarzweiße Granitsims zieht sich nach oben, er fühlt sich hart und glatt an. Wurzeln greifen über den Pfad wie vergrößerte Adern. Oben sind keine Bäume mehr, nur noch Gräser und Farne. Die Aussicht breitet sich vor uns aus. Die kühle Brise erfrischt uns nach dem Aufstieg, der uns zum Schwitzen brachte. Der junge Feuerwehrmann mit dem Vollbart bietet uns ein Glas Wasser an und bittet um unser Autogramm in seinem Logbuch.

«Ihr seid die ersten Menschen, die ich seit über einer Woche sehe», sagt er. «Der Regen hat alle Besucher ferngehalten.»
Seine Hütte mit den Taschenbüchern und den Notizheften ist die perfekte Bühne für die Rolle, die er sich gewählt hat.
«Es ist ein Klischee», sagt er. «Ich sitze hier auf einem Berggipfel und schreibe einen Roman. Im Moment versuche ich das neu zu schreiben, was ich verloren habe. Mein ganzes Manuskript ist bei einem Scheunenbrand in New Hampshire zerstört worden. Ich bezweifle, ob ich das alles ersetzen kann.»
Er gibt zu, daß er keine entsprechende Ausbildung hat, er will einfach Abenteuer erleben.
«Das alte Ehepaar, das hier oben lebte, konnte den Aufstieg nicht mehr verkraften. Er ist erblindet. Ich kam gerade im richtigen Augenblick . . . Als ich zum erstenmal hinausschaute und diese dicken weißen Wolken sah, rief ich an und wollte ein Feuer melden, aber es war nur ein Farmer, der seine Felder düngte. Jetzt weiß ich es besser. Das ist der beste Job, den ich je hatte, sogar noch besser als der auf dem Fischerboot vor Nova Scotia.»
Wir folgen ihm auf den Aussichtsturm. Die Leiter, auf der wir stehen, zittert im Wind. Er zeigt uns die Berge in der Ferne. Wir können über Lake Champlain bis zu den Adirondack Peaks acht Meilen im Westen sehen, im Osten erkennen wir Mount Washington in New Hampshire. Auf seiner Feuerkarte zeigt er uns, wie wir unsere eigenen Häuser finden. Von hier oben wirkt das Land unbevölkert, die Häuser und Straßen sind kleine, unbedeutende Kennzeichen in der Landschaft.
Die Anwesenheit von Menschen erscheint vorübergehend; sie sind Punkte in der Landschaft, die mit der Zeit vergehen oder zugedeckt werden wie Bierdosen im Wald.
Der Wind jagt mich die Leiter hinunter, mein Kopftuch wird mir davongeweht und hängt in einem Baum unter mir. Einen Augenblick lang glaube ich, es von hier aus holen zu können, doch ich weiß, daß diese Nähe eine Täuschung ist. Als wir wieder auf der Erde sind, rettet der Mann mein Kopftuch, indem er den Baum schüttelt, und reicht es mir mit einer chevaleresken Geste. Ich sage ihm, ich sei bereit gewesen, es zu opfern.
Als Ruth und ich den Berg hinunterwandern, reden wir über ihn.
«Fandest du ihn interessant?» frage ich sie.
«In gewisser Beziehung», sagt sie. «Ich glaube, mir gefällt nicht, daß er sich so zum Mythos stilisiert. Er tut, als sei er ein richtiger Einsiedler, aber ich weiß, daß er viel Zeit im Dorf verbringt.»
Mir wird klar, daß er mir begehrenswert erscheint, obwohl mich eigentlich seine Erlebnisse faszinieren: vor der Küste zu fischen,

allein auf einem Berg zu leben. Wie gut habe ich gelernt, die Abenteuer, die ich mir eigentlich wünsche, durch den Mann zu ersetzen.
Ruth sagt, physische Abenteuer, Reisen oder Eroberungen interessieren sie momentan nicht. Sie will ihr eigenes Innenleben entdecken, herausfinden, wohin das Bewußtsein sie führen kann.
Wir rutschen über den matschigen Pfad, springen von Stein zu Stein, halten uns an Wurzeln fest.
«Ich will ein Wochenende im buddhistischen Meditationszentrum verbringen. Ich brauche einen Lehrer, um in der Meditation weiterzukommen. Warum gehst du nächstes Wochenende nicht mit, wenn es dich interessiert?»
«Was macht man dort?»
«Man vertieft sich in die Lehre, nimmt an Diskussionsgruppen teil und übt die Meditation mit offenen Augen, auf den Atem konzentriert. Es kommt darauf an, daß du lernst, dich selbst zu akzeptieren – dich mit deinen Neurosen zu befreunden.»
Eine direkte Selbstkonfrontation könnte mir nicht schaden. Ich fliehe die Gegenwart, ich weiche den Ergebnissen meiner Entscheidungen aus, versuche ständig, das, was ich habe, in etwas anderes zu verwandeln. Ich bedaure die Vergangenheit und plane künftige Ausweichmanöver. Nur in der Phantasie gestalte ich mein Leben, sonst spiele ich das Opfer. Zögernd beschließe ich, mit Ruth zu gehen und mich mit meinen Neurosen auseinanderzusetzen.
Sam zuckt die Schultern, als ich ihm von dem Meditationswochenende erzähle. «Wenn du dafür dein Geld ausgeben willst, dann tu's.»
«Warum gehst du nicht mit?»
«Warum sollte ich?» Er tut, als sei der Vorschlag empörend.
Ich versuche zu erklären – es wäre etwas, was wir gemeinsam tun könnten. Wir tun kaum noch etwas gemeinsam. Vielleicht würden wir einander dadurch näherkommen.
«Es gibt genug, was wir hier in Leech Pond gemeinsam tun könnten», sagt er. «Ich gehe frühmorgens spazieren, wenn der Nebel steigt. Das ist für mich Meditation. Du bist dann noch nicht einmal wach.»
Ich habe mich seinen Bemühungen widersetzt, seine eigene Form frühmorgendlicher Disziplin auch mir aufzuerlegen. Ich will nicht nach seinem Rhythmus leben, ich will meinen eigenen wählen; dagegen könnten wir etwas, was wir anderswo lernen, nach Hause bringen und gemeinsam üben. Es wäre weder seine noch meine Sache, sondern eine neutrale Form der Begegnung. Er läßt sich nicht überreden.
«Ich dachte, du hältst soviel von weiblicher Unabhängigkeit. Warum willst du mich zu etwas zwingen, nur weil du dich dafür interessierst? Ich glaube, es ist besser, wenn du mit deiner Freundin Ruth gehst.

Außerdem – wer soll wohl das ganze Holz hacken und stapeln, wenn ich am Wochenende auch verreise?»
Sam trinkt seinen Kaffee aus, spült die Tasse und geht wieder zu seinem Holzstoß.

Vor der ersten Meditationssitzung breite ich meinen Schlafsack auf einem oberen Bett in dem zugigen Lager aus. Beim Rathaus von Barnet haben sich etwa hundert Menschen eingefunden. Manche sehen normal und gutbürgerlich aus, andere sind in Kapuzengewänder gehüllt und schauen wild und intensiv um sich. Viele haben die vertrauten Züge meiner jüdischen Vorfahren. Junge Leute aus der Gegend fahren in ihren frisierten Autos ohne Auspufftöpfe vorbei, machen obszöne Gesten und rufen: «Na los, haut euch schon rein.»
Wir sitzen reihenweise mit gekreuzten Beinen auf dem Boden und schauen zum Altar – dort hängt ein Bild von Karmoppa, dem Guru des Guru, flankiert von schlanken weißen Kerzen. Daneben liegen eine Kristallkugel und eine weiße Feder. Sieben durchsichtige Kelche, mit einer Flüssigkeit gefüllt, heben sich von dem roten Tischtuch ab. Weihrauch, eine Reisschale, drei Zinnien in Orange, Rot und Gelb – die einfachen Gegenstände bilden eine wohlüberlegte Komposition. Eine Stunde lang sitzen wir mit geöffneten Augen da. Ich strecke meine Beine aus, verändere unruhig meine Stellung, konzentriere mich zuerst auf den Raum, dann auf die Menschen. Wenn meine Gedanken wandern, versuche ich sie durch mein Atmen zurückzuholen, doch die visuellen Anregungen setzen meine Phantasie in Gang. Ich bin überzeugt, daß meine Meditation unbefriedigend ist.
Ein Assistent schlägt mit ernster Miene einen Gong. Wir erheben uns und gehen langsam im Kreis durch den Saal. Über hundert Menschen bewegen sich jetzt, stimmen ihre Schritte aufeinander ab, um in gleichem Abstand zu bleiben. Eine Stunde lang sitzen und gehen wir abwechselnd, der plötzliche Gongschlag sagt uns, was jetzt an der Reihe ist. Wir warten darauf, daß Rinpoche zu uns spricht. Je später es wird, um so stärker macht sich die gemeinsame Erwartung spürbar. Der Guru lehrt uns Geduld. Als er dann kommt, geht er langsam zu dem Klappstuhl neben dem Altar. Wir stehen alle respektvoll, bis er Platz genommen hat. Er trägt ein Hemd mit Nadelstreifen, rote Hosenträger und weiße Tennisschuhe. Schweigend schaut er uns an. Langsam nippt er an seinem Sake und schluckt merkbar, während wir ihn beobachten. Endlich spricht er, mit hoher Stimme und britischem Akzent:
«Die Sitzübung wird eure Ohren öffnen. Der Erdboden-Buddhismus hat schon etwas für sich.»

Das Publikum lacht.
«Ihr fangt an, die Welt in ihrem wahren Licht zu sehen, ungefärbt von Neurosen.»
Ein Versprechen auf Heilung. Meine Hoffnungen werden stärker.
«Unsere ganze Angeberei hindert uns daran wahrzunehmen. Wir gewöhnen uns an unsere Wahrnehmungen. Sie sind unsere Unterhaltung.»
Seine Pausen schaffen Leerstellen, Öffnungen für seine Botschaft. Alles, woran ich mich gebunden fühle, wird verzerrt, unwirklich, plötzlich weniger ernsthaft. Es wäre lustig, wenn ich ihm glauben könnte.
«Dummheit im Verein mit Leidenschaft und Aggression führt zu einer Suppe aus eingewachsenen Zehennägeln.»
Seine Anhänger lachen, und ich mache es ihnen nach. Er holt seine Beispiele aus einer unsichtbaren Trickkiste, die unsere Aufmerksamkeit wie ein Magnet gefangenhält.
«Ihr lernt die Welt lieben, wenn ihr euch selber lieben lernt. Gewöhnlich sind wir mit uns selbst gelangweilt und unzufrieden. Wir wollen uns verändern, damit wir nicht mit uns leben müssen. Wir wollen Honig auf der Rasierklinge. Den automatischen Tod um des Lebens willen.»
In meinem Mund sammelt sich der Speichel, als hätte meine Zunge die Klinge berührt.
«Ich will von den buddhistischen Symbolen sprechen – vom Stab des Bettelmönchs, von der Schale des Bettlers.»
Er macht eine Pause, lächelt, trinkt Sake, als warte er darauf, daß sich auf einer unsichtbaren Leinwand ein Bild zeige.
«Der Bettler hält seine Schale hin und nimmt, was ihm gegeben wird, mehr verlangt er nicht. Als eine Leprakranke Buddhas Schale füllte, fiel ihr Finger mit hinein. Er holte den Finger heraus und nahm die Nahrung an.» Wieder macht er eine Pause. «Nehmt, was euch gegeben wird. Seid nicht wählerisch.»
Ich denke nach über dieses Annehmen ohne Sträuben; gern würde ich meinen unstillbaren Hunger und meine Ruhelosigkeit überwinden. Ich habe kaum das Bedürfnis, mit Ruth zu sprechen, und schlafe, umgeben von anonymen Körpern, mühelos auf meinem Lager ein.
Um fünf Uhr dreißig weckt uns eine Glocke, und wieder versammeln wir uns im Meditationssaal. Meine konzentrierte Energie vertieft sinnliche Empfindungen. Erotische Bilder entstehen. Ist der schöne barfüßige junge Mann, der den Gong schlägt, ein Tänzer? Warum blähen sich seine geblümten Hosen so anmutig? Ich starre auf seine wohlgeformten Zehen. Diese Buddhisten genießen Wein und Sex, sie

sind keine Asketen. Vielleicht erwartet jeder, der hierherkommt, eine religiös begründete Orgie. Der Gong ertönt. Wieder gehen wir im Kreis. Ich habe Mühe, mit meinen Blicken nicht dem Gongschläger zu folgen.

Als mein Magen knurrt und ich das Mittagessen kaum mehr erwarten kann, bringen Helfer Essen in den Saal: Aluminiumschalen mit gelben Maiskolben geben dem grauen Raum Farbe. Paare, die vertraulich miteinander flüstern, wecken meine Sehnsucht nach Sam und meinen Schmerz, als ich an die Nähe denke, die wir verloren haben. Ich will sie wiederhaben, ich spüre die Stärke meiner Sehnsucht in jedem Muskel. Mächtig komme ich mir vor. Ich kann es geschehen lassen. Einen Augenblick später entspanne ich mich, lasse los. Ich sage mir, daß es unwichtig ist. Ich kann ihn nicht manipulieren, ihn mir nicht näherbringen, wenn er es nicht will. Während die beiden Zustände in mir wechseln, erst packen, dann loslassen, beobachte ich, wie ich versuche, «meine Neurose zu akzeptieren». Ich schaue mir zu, wie ich vorausplane, mir das Mittagessen vorstelle, das Telefongespräch mit Sam bedenke, das ich später führen will. Ich mache eine Liste der Dinge, die ich zu Hause tun muß. Einatmen, ausatmen, ich konzentriere mich auf den Atem und bringe mich in die Gegenwart zurück. Ehrfurchtslos betrachte ich das Bild des Gurus, die sieben Kelche. Törichte Frömmigkeit.

«Befreunde dich mit deinen Neurosen», höre ich Rinpoche sagen.

Nach dem Mittagessen erwarte ich eine Ablenkung durch körperliche Arbeit, doch der Jünger des Gurus teilt mit, daß wir den ganzen Tag lang mit unserer Sitzübung fortfahren werden. Die Helfer wirken mild und blaß. Ihre hageren Gesichter wie aus mittelalterlichen Gemälden sind ein guter Kontrast zu Rinpoches Glanz.

In einer Nachmittagspause treffe ich Ruth auf dem Rasen im Gespräch mit anderen Buddhisten.

«Rinpoche ist phantastisch. Gestern abend hat er während seiner ganzen Rede dauernd mich angeschaut. Ich glaube, ich werde einen Monat lang hierbleiben», sagt Ruth.

«Ich habe den ganzen Monat geweint», gesteht die Frau neben Ruth, «aber jetzt fühle ich mich völlig verändert. Es hat sich gelohnt. Ich bin durch den Schmerz gegangen und auf der anderen Seite herausgekommen.»

Eine andere Frau zeigt uns die Armmuskeln, die sie durchs Niederwerfen als Zeichen ihrer religiösen Demut entwickelt hat. «Auf hunderttausend muß ich kommen, bevor ich für die nächste Unterweisung bereit bin.» Sie berührt die grüne Kette um ihren Hals, das Symbol für ihre buddhistischen Gelübde.

Allein gehe ich durch die Stadt. Auf einer Brücke bleibe ich stehen und schaue ins eilige Wasser. Wie leuchtend klar es wirkt! Der rasche Strom scheint sich zu sträuben wie Fell, die Steine glänzen, als wären sie frisch poliert. Mein Atem geht rhythmisch. Ich habe zugleich ein kribbelndes Gefühl der Ruhelosigkeit und des Wohlbefindens. Kurz zögere ich, weil ich nicht genau weiß, was ich sagen soll, dann rufe ich Sam an.

«Rinpoche ist erstaunlich. Ich wollte, du könntest ihn hören.»

Sam klingt weiter entfernt als dreißig Meilen.

«Morgen abend bin ich zu Hause. Dann erzähle ich dir alles.»

Ich lege auf und fühle mich sehr weit weg von ihm.

Am Abend wiederholt sich die gleiche Szene, wir warten auf Rinpoche und hungern noch mehr als zuvor nach seinen Worten. Die Deprivation schafft eine Leere, die er füllen soll. Aufgestaute Energie macht sich in nervösem Kichern Luft, während wir warten. Sein Auftritt wirkt elektrisierend; Lichttropfen scheinen von ihm zu fallen. Wir bieten uns ihm dar wie Gefäße. In der Stille furzt jemand laut und deutlich.

«O mein Gott», sagt der Guru und legitimiert damit das befreiende Gelächter.

Er beginnt. «Zu viele sind von der Magie, der plötzlichen Befreiung fasziniert. Die Menschen wollen ohne Verpflichtung etwas Gutes bekommen, indem sie einfach die guten Strömungen einatmen. Wir können nicht bloß die Milch trinken; wir versuchen, die Sahne abzuschöpfen, aber Sahne allein macht krank.»

Wieder meine Lektion, die Annahme. Eine Welle der Güte schlägt über mir zusammen. Ich gelobe, Sam zu lieben und anzunehmen, wie er ist, ich will aufhören, mich zu beschweren.

«Weil wir keine großzügige Beziehung schaffen können, gehen wir auf Schaufensterbummel. Wir schlafen und haben Alpträume von Fenstern.»

Als er sich immer mehr mit buddhistischem Symbolismus befaßt, erlahmt meine Aufmerksamkeit. Ich komme mir übersättigt vor.

Auf der Heimfahrt erzählt mir Ruth von ihrer Einzelsitzung mit Rinpoche.

«Ich habe ihn mit Fragen und Kritik bombardiert. Ich habe ihm gesagt, ich halte die Organisation für sexistisch, ich hätte gehört, er schlafe mit seinen Anhängerinnen. Es war verblüffend. Er hat meine ganze Angeberei durchschaut. Er saß einfach ruhig da und akzeptierte mich. Als ich fertig war, küßte er mich auf die Wange. Er kann direkt durch mich hindurchsehen. Es ist unheimlich. Ich glaube, ich werde das Gelübde ablegen.»

«Du klingst wie eine Katholikin.»
«Ich weiß, es klingt merkwürdig, aber es ist ein Symbol. Ich sage damit, daß ich mich verpflichte, seinem Weg zu folgen . . .»
Ich meine, er ist genau wie irgendein anderer guter Lehrer, seine Religion spielt dabei keine Rolle. Ein Lehrer hält seinen Schülern einen Spiegel vor und zeigt den Weg, so daß der Schüler weiß, wo er ist, und allein weitergehen kann.
«Hinter Rinpoche steht eine jahrhundertelange Tradition», sagt Ruth.
«Das trifft auch auf unsere Religion zu. Warum beschäftigst du dich nicht mit dem mystischen Judaismus?»
«Ich habe versucht, die Kabbala zu verstehen, aber ich habe keinen Lehrer, der mir hilft. Rinpoche ist hier in Vermont.»
Je mehr sie ihn lobt, um so mehr stößt mich der Gedanke an einen Meister ab. Ich suche mir meinen Weg lieber selbst. Sie versichert mir, daß sie meine Zweifel teilt.
«Ich behaupte nicht, es sei der beste oder einzige Weg, um das zu erreichen, was ich suche, aber ich werde ihn gehen.»
Obwohl ich meine Aufnahmebereitschaft durch Kritik abzuschwächen versuche, gebe ich zu, daß ich Augenblicke großer Klarheit erlebt habe. Ich konnte die Stärke meiner konzentrierten Energie erkennen, die nicht sinnlos in tausend ziellose Richtungen verströmte. Aber Buddhist zu werden kann meine Lösung nicht sein.

Zu Hause versuche ich meine Erkenntnisse umzusetzen, Sam klar zu sehen, meine Vorurteile aufzugeben, ihn als den zu lieben, der er ist, nicht als den, den ich aus ihm machen will. Er wirkt nervös und zerstreut. Daß er raucht, irritiert mich. Ich muß die negativen Bewertungen, die sich so automatisch einstellen, niederkämpfen. Wir machen einen Spaziergang zu den Wiesen beim Biberdamm. Sam mahnt mich, leise zu sein, damit wir sehen können, wie der große blaue Reiher vom Sumpf auffliegt. Vor einer Woche hätte mich diese Mahnung gestört; jetzt weiß ich seine Übereinstimmung mit der Natur zu schätzen. Ein schwerer Nebel liegt über dem Sumpf, abends ist das ungewöhnlich. Das braune Gras vertrocknet, seine scharfen Umrisse sehen aus, als hätte jemand sie sorgfältig gezeichnet. Arm in Arm gehen wir zum Haus zurück. Obwohl Sam widerspricht, wenn ich Rinpoche lobe, beeindruckt ihn meine Heiterkeit. Im Bett bin ich liebevoll.
«Ich mag dich», sage ich und berühre ihn mit meinen Händen, erkunde mit Vergnügen seinen festen, starken Körper, an den man sich so getröstet schmiegen kann.

«Das ist schön», sagt er und wird leidenschaftlich. Seine Finger folgen rasch ihrem vertrauten Pfad, streicheln und reiben, bis ich zuerst komme, damit ich nicht enttäuscht bin, wenn er in mich eindringt. Weil ich so in meiner Liebe zu ihm verfangen bin, erscheint mir meine eigene Lust zweitrangig, ein Vorhaben für ein andermal. Jetzt ist es genug, sich zu vereinen.

«Gehst du mit mir zum Jom Kippur?» frage ich ihn.
Sam lehnt ab. Er hat nicht das Bedürfnis, mit mir zum Gottesdienst zu gehen. Wieder verhärte ich mich, schaffe Distanz, bestrafe ihn für sein Versäumnis, mir zu geben, worum ich bitte. Meine Annahme war kein Geschenk. Wieder wollte ich etwas haben und versuchte deshalb, ihn milde zu stimmen – ein Schwindel. Jetzt gehe ich allein zur Synagoge und mache ihn für meine Entbehrung verantwortlich.
Die winzige Synagoge erinnert mehr an das Vereinslokal eines Herrenclubs als an einen Versammlungsort der Juden. Die Bundeslade im Vermont-Stil mit imitierter Holztäfelung wirkt einfach im Vergleich zu der gold-samtenen meiner Kindheit. Die Gemeinde besteht aus nicht mehr als einem Dutzend Familien. Ich erkenne einige Kaufleute, die in den Einkaufszentren der Gegend Bücher, Gerätschaften und Discountwaren verkaufen. Ein rabbinischer Student aus New York leitet den Gottesdienst.
«An Rosch Ha-Scha'nah wird beschlossen und an Jom Kippur wird besiegelt, wer leben und wer sterben soll, wer durch das Feuer umkommen wird und wer durch das Schwert, wer erhöht wird und wer erniedrigt.»
Die Männer heben die schweren Thorarollen aus der Bundeslade und gehen durch den Mittelgang, von der Gemeinde stehend erwartet. Ich küsse meine Hand und berühre die Samtdecke, wobei ich die anderen sorgsam imitiere. Ich komme mir trotz unserer gemeinsamen Herkunft unter ihnen wie eine Fremde vor. Sie tragen gepflegte, gebügelte Kleidung, die Männer heftig gemusterte Jacketts, die sorgfältig frisierten Frauen Synthetic-Kostüme. Ich mußte in alten Koffern suchen, bis ich etwas Passendes fand – einen Rock, der weder zu lang noch zu kurz ist. Bevor ich aus dem Haus ging, setzte ich noch meinen Jagdhut aus rotem Filz auf, weil mir einfiel, daß verheiratete Frauen ihren Kopf bedecken sollen.
«V'al Koolom, elochai sli hos.»
Wir stehen auf und singen hebräisch. Die Melodie fällt mir wieder ein.
«Die Sünde, die wir vor dir begangen haben durch Lügen, die Sünde, die wir vor dir begangen haben durch die Härte unserer Herzen, die

Sünde, die wir vor dir begangen haben durch böse Worte, die Sünde, die wir vor dir begangen haben durch Verrat, all diese Sünden, o Herr, vergib uns.»

Ich denke an die hohen Feste meiner Kindheit, an das alljährliche Ritual neuer Kleider, in denen man zwischen den Erwachsenen saß, den Gebeten folgte, Fremden ein gutes neues Jahr wünschte, durch das Fehlen vertrauter Gesichter an die Tragödien des vergangenen erinnert wurde. Jizkor – die Tür ist geschlossen. Mutter holte ihr Taschentuch hervor. Kleine Kinder wurden hinausgeschickt, bevor die Erwachsenen den Gedenkgottesdienst für die Toten hielten.

Der Abend von Rosch Ha-Scha'nah, dem Neujahrsfest – «Te ke aw», klang die alte Melodie des Schofar klagend in all dem Luxus von Nerz und Federn, und dann kam die leidenschaftliche Aufforderung des Rabbis, israelische Pfandbriefe zu kaufen. Mein Vater kaufte immer welche. Nach dem Gottesdienst hatten wir einen langen Heimweg zum Honigkuchen, der süßen Nahrung für ein gutes neues Jahr. Am Tag von Jom Kippur und an den Fasttagen nimmt meine Mutter ihr Riechsalz mit in die Synagoge, damit sie nicht in Ohnmacht fällt. Ich eilte früh nach Hause und kochte Kartoffeln und Kaffee, die Mahlzeit, mit der sie das Fasten brachen.

Heute faste ich allein und lese die englische Übersetzung der Thorastelle. Rachel weint über ihr verlorenes, verstreutes Volk. Gott verspricht ihr streng, doch gütig, daß er es aus der Verbannung führen wird. Nächstes Jahr in Jerusalem. Als ich schlapp von der heißen Nachmittagssonne nach Leech Pond zurückfahre, denke ich an Rachel, doch der Gottesdienst hat mich unbefriedigt gelassen. Ich brauche konkretere Rituale. Vielleicht werde ich zum Teich gehen und einen Ritus wiederholen, den meine Glaubensgenossen nicht mehr ausüben: Ich werde ein totes Huhn über meinem Kopf schwenken, um das Böse zu vertreiben, darum bitten, daß meine Sünden mir vergeben werden und daß mein Name ins Buch des Lebens geschrieben werden kann.

Obwohl es bald Winter wird und Chris weder Geld noch Pläne hat, laden wir ihn nicht ein zu bleiben. Sam und ich sind uns einig, es ist unmöglich. Wir haben zuwenig Platz.

«Ich wollte, wir könnten noch ein paar Hütten bauen», sagt Sam, «damit mehr Menschen bei uns wohnen könnten, aber bei diesen Gesetzen kann man nicht bauen, ohne alle möglichen Schikanen zu überstehen, also wird sobald wohl nichts daraus.»

Chris erwartet täglich mit der Post einen Scheck, den seine Eltern ihm als Überbrückung versprochen haben, bis er einen Job oder eine

Unterkunft findet. Zögernd und beschämt nimmt er das Geld, das Sam oder ich ihm anbieten. Er verspricht, es uns zurückzuzahlen. Verpflichtungen schaffen Distanz. Selbst bei einem schrecklichen Unwetter kommt er nicht ins Haus. Wir machen uns Sorgen um ihn.
«Herrje, warum kaufst du dir nicht ein paar neue Stiefel! Deine Zehen kommen schon durch», sagt Sam. «Ich leihe dir die dreißig Dollar.»
Chris lehnt ab, aber ein paar Tage später bemerke ich neue Stiefel an seinen Füßen.
«Ich habe ihn endlich dazu gekriegt, das Geld anzunehmen. Aber sprich nicht darüber», sagt Sam.
Ich mag nicht diese Beziehung von reich zu arm, die sich zwischen Chris und uns entwickelt hat. Ich mache Sam dafür verantwortlich, aber Chris bleibt und nimmt einen Gasofen mit in sein Zelt.
Weil Sam den Film *Persona* nicht ein zweites Mal sehen will, fahren Chris und ich allein ins Kino. Während wir im Foyer auf das Ende der ersten Vorstellung warten, stelle ich fest, daß wir wie durch Zauberei ein Paar sind. Einen Augenblick lang genieße ich es: Chris in seinen zerlumpten Jeans mit dem Werkzeugbeutel am Gürtel und den blonden Locken, die gar nicht zu dem Zimmermann passen, und ich, dunkel, ordentlich gekleidet – wir sind ein geheimnisvolles, ungewöhnliches Paar. Während des Films vermisse ich Sam neben mir, der meine verkürzten Kommentare verstehen würde. An besonders intensiven Stellen schaue ich Chris an, gespannt auf seine Reaktion. Wie Sam reagieren würde, wüßte ich. Wir berühren uns nicht, jeder betrachtet den Film für sich, doch auf der zwanzig Meilen langen Rückfahrt überrascht mich Chris.
«Die eine, die stumm wird, hat mich an dich erinnert», sagt er. «Weil du so viel zu sagen hast und es doch zu verschweigen scheinst. Verstehst du, was ich meine?»
Ich schaue auf die Straße. «Komme ich dir wirklich so vor?»
«Na, jedenfalls scheint dir eine Menge nicht zu passen, was auf eurer Farm geschieht. Du sagst zwar nicht viel, aber man merkt, daß du die meiste Zeit sauer bist.»
Ich will gerade anfangen zu erklären, mich, unsere Geschichte, warum ich gegen Michaels und Kathys Nachbarschaft bin, doch ich habe Angst, daß er mich mißversteht, und tue es nicht.
«Ich hab dich gern bei uns gehabt. Du warst eine große Hilfe. Selbst wenn ich dir zickig vorkomme, dann hängt das mit Sachen zwischen Sam und mir zusammen, nicht mit dir.»
«Zum Zelten wird es jetzt zu kalt, also werde ich sowieso bald gehen. Mit Sam zusammen zu sein war großartig für mich. Er kennt sich mit so vielem aus, und was er nicht weiß, kriegt er heraus. Ich habe alles

mögliche übers Bauen und über Maschinen gelernt. Er gibt nie auf. Auch wenn er am Abend zuvor noch so zu war, am Morgen steht er auf und arbeitet. Ich wollte, ich könnte so diszipliniert sein.»

Kann ich zugleich stolz und eifersüchtig auf Sam sein? Impulsiv bitte ich Chris, in Vermont zu bleiben und etwas in unserer Nähe zu finden. «Phoebe hat von einem Anwalt gehört, der eine Art Hausmeister für eine große Farm sucht. Vielleicht könntest du freie Unterkunft bekommen.»

Weil Chris sich weigert, allein hinzugehen, besuche ich mit ihm den Anwalt. Er ist ein Millionär aus Boston, der an Wochenenden zum Vermonter wird. Winterurlaub in Bermuda und regelmäßige Tennisstunden haben seinen fünfundvierzigjährigen Körper schlank und braun erhalten. Er erzählt uns gleich, daß er eigentlich keine Zeit hat. Seine drei halbwüchsigen Söhne versorgen die Pferde, seine jugendliche Geliebte macht die Betten und kümmert sich ums Haus.

«Wir haben Karten für *Oh Calcutta* heute abend in Boston», sagt er. «Aber wahrscheinlich ist es kein großes Versäumnis, wenn wir es nicht schaffen. Ich hatte eine Menge zu tun am Wochenende, war bei Versteigerungen und habe junge Kühe gekauft. Um die Kühe hier brauchen Sie sich nicht zu kümmern. Ich habe einen Farmer aus der Nachbarschaft, der das macht. Diese Vermonter sind so schweigsam», fährt er fort, während die Frau uns etwas zum Trinken mixt. «Man weiß nie, ob sie es hinter den Ohren haben oder einfach dumm sind. Ich habe noch nicht gelernt, wie man sie behandelt. Ich bin daran gewöhnt, einen Mann für einen Job zu bezahlen, und er tut ihn, ohne daß es für mich Probleme gibt. Hier kennt man sich nie aus.»

Man serviert uns Martinis in einer Küche, in der es einen chromglitzernden Eiszerteiler gibt und die Überzüge der Barhocker zu den Gläseruntersetzern passen. Wir müssen uns daran erinnern, daß wir immer noch in Vermont sind.

«Man sollte meinen, daß ein Mann, der sein Leben lang mit Kühen umgegangen ist, die Krankheit einer Kuh erkennt. Aber dieser Kerl, der hier für mich gearbeitet hat, achtete einfach nicht darauf, und die Kuh starb. Ich bin mal gespannt, wie er mit diesen jungen Kühen vorankommt. Sie hätten sehen sollen, wie er mit seiner ganzen Familie hier ankam, um die Farm zu besichtigen. Er kam in einem Wagen ohne Auspuff, ohne Kennzeichen, ohne alles. Vater, drei Kinder, zwei Tanten quollen heraus – Erskine Caldwell hätte das nicht besser beschreiben können.»

Er leert sein Glas und trommelt nervös mit den Fingern.

«Im allgemeinen verfahre ich nach der Regel: Was denen 370 Dollar wert ist, bezahle ich mit 400. Komisch, da habe ich einen Hiesigen gefragt, wie es mit der künstlichen Besamung steht. Er sagte: ‹Es ist schwer, sie zu fangen.› Ich konnte nicht verstehen, warum es so schwierig sein sollte, eine Kuh auf einer umzäunten Weide einzufangen. Ich kannte die Terminologie nicht.»

Er führt Chris und mich über den Teppichboden durchs Haus und zeigt uns auch den Lichtblender, den er gerade eingebaut hat.

«Junge Kühe sind für mich eine gute Investition. Dieses Jahr ist wieder eine soweit. Ich kaufe quasi zwei zum Preis von einer. Mir liegt daran, diese Hausverwaltungsfrage zu klären, bevor ich nächste Woche nach Spanien und Israel reise. Sie sind also beide Lehrer.»

«Ja», sage ich, «das heißt, ich war es.»

Er hält Chris und mich für ein Paar. Bevor ich ihn aufkläre, überlege ich, wie es wäre, bei dem Irrtum mitzuspielen. Wenn Chris und ich die Rollen annähmen, würden wir sofort ein karges Auskommen mit Luxus vertauschen. In solchem Komfort zu leben gefällt mir besser, als ich zugeben möchte. Diese Frau, die unsere Gläser füllt, ist so alt wie ich, sie wird von einem Millionär ausgehalten und putzt dafür sein Schlafzimmer und seine Küche. Ich kann das Wohlleben und seinen Charme hier nicht leugnen, auch wenn ich es «ekelhaft» nenne.

«Ich habe mein Studium abgebrochen», sagt Chris. «Ich suche Arbeit als Zimmermann. Sie gehört nicht zu mir. Ihr Mann war mein Lehrer, daher kenne ich sie.»

«Das ist allerdings eine andere Situation», sagt der Anwalt. «Ich glaube nicht, daß ich all das einem arbeitslosen Ausgeflippten anvertrauen kann.»

Ich fange an, Chris zu verteidigen, seine Geschicklichkeit zu loben, anzuführen, was er hier alles tun könnte, doch der Anwalt hört nicht mehr zu.

«Ich bedaure das Mißverständnis», sagt er in seinem einwandfreien Harvard-Akzent, als wir zurück zum Wagen gehen.

«Das war vielleicht ein Schwein! Wenn ich dort leben würde, brächte ich ihn wahrscheinlich um», sagt Chris. «Bei so einem könnte ich brutal werden.»

Obwohl ich zugebe, daß alles, was er vertritt, widerlich ist, frage ich mich, ob zwischen seiner und unserer Anwesenheit in Vermont ein so großer Unterschied besteht. Chris lehnt diesen Vergleich ab. Wir beeilen uns, nach Hause zu kommen und Sam die Geschichte zu erzählen.

«Ich glaube, ich fahre nach Florida und bleibe eine Zeitlang bei meinen Eltern», sagt Chris. «Dort brauche ich mich wenigstens nicht darum zu sorgen, daß ich's warm habe.»

Verlust. Nachdem er gegangen ist, vermisse ich seine fast schweigsamen Besuche, den schwachen Kontakt zwischen uns, der zu rasch unterbrochen wurde.

Ich gehe den Berg hinauf zu Ainsley, um Milch zu holen.
«Wir warten auf den Mann. Die Kühe sind alle drei Wochen soweit», erklärt Ainsley.
«Woher weißt du das?» frage ich.
«Sie muhen viel.»
Seth, Ainsleys Helfer, grinst.
«Manchmal versuchen sie, einander zu besteigen. Wenn du genau hinschaust, siehst du es.»
«Was?»
«Eine Absonderung, dickes weißes Zeug. Dann holen wir den Mann. Stimmt's, Seth?»
«Warum nehmt ihr keinen Bullen?» frage ich in meiner Unwissenheit und überlege, wie oft er wohl diesen Vorgang erklären muß.
«Es kostet zuviel Arbeit und Geld, einen Bullen herzukarren. Und dann weißt du auch nie, ob's klappt.»
Der Mann fährt in einem Laster vor, auf dem, in Trockeneis verpackt, ein langer Tank den gefrorenen Samen enthält. Wie ein Labortechniker trägt er einen weißen Overall. Er steckt seine Hand in dem ellbogenlangen Handschuh in die Kuh. Sie muht unbehaglich. Er holt eine Handvoll Kot heraus, dann wiederholt er die Prozedur mit einem Metallkolben, und schon ist das nächste Tier an der Reihe.
Ich frage mich, ob die Kuh Spaß daran hat, ob dies besser oder schlechter ist als ein Bulle. Der Mann trägt an seiner Uniform eine Nadel mit der Aufschrift «Club der 50000 Kühe». Er führt Buch über seine Erfolge und ist stolz auf seine Geschicklichkeit. Ob er es merkwürdig findet, seinen Lebensunterhalt durch Kuhschwängern zu verdienen? Ainsley erzählt mir, daß sie eine Zeitlang Schwierigkeiten hatten.
«Der hier war eine Weile nicht im Geschäft. Damals hatten wir Schwierigkeiten mit der Zucht, denn sein Kollege hatte zuviel zu tun und kam nicht nach. Dieser hier war angeblich mit einem Nervenzusammenbruch oder so was im Landeskrankenhaus. Jetzt kommt er mir wieder ganz gesund vor.»
Ich gehe mit meiner Milch und den Eiern nach Hause, nachdem ich Ainsley versprochen habe, ihm beim Hühnerschlachten zu helfen. Dafür gibt es hier keinen Fachmann, den man holen könnte.
In einem grauen Cape gehe ich durch den leichten Regen zum Schlachtfest. Ich bin neugierig auf diese Seite des Landlebens. Sam

bleibt zu Hause. Diesmal will er am Töten nicht teilnehmen. Ich werfe mir den Sack mit gefangenen Hähnchen über die Schulter, ihre Schreie sind gedämpft. Ich trage sie zum Hackklotz, hole einen Vogel heraus und packe ihn an den schuppigen Füßen. Benommen und schlaff liegt er mit halbgeschlossenen durchsichtigen Lidern da. Ainsleys scharfes Beil saust herunter und trennt den Kopf vom Körper. Jetzt bin ich an der Reihe – ich schlage zu, aber ein glatter Schlag gelingt mir nicht. Mit einem zweiten durchtrenne ich die Sehnen, die den Kopf festhalten. Blut tropft, der Kopf fällt zu Boden. Den Körper werfe ich zu den anderen. Der enthauptete Vogel springt immer noch mit letzter Kraft, und Schreie kommen aus dem leeren Hals.

In blutverfleckten Jeans rupfe ich Federn aus den aufgereihten Kadavern und fördere magere Schlegel und Brüste zutage. Ich arbeite, bis jeder Vogel weiß und sauber ist. Bisher hat mich nichts geekelt, aber beim Ausnehmen streike ich fast, als braune Exkremente aus dem Schlitz quellen, den ich gerade erweitert habe. Ich drücke meine Finger in die Höhlung und ziehe die Eingeweide heraus. Ainsley identifiziert jedes Organ für mich. Zweiundzwanzig Tiere haben wir getötet. Gebraten sind die weißen Fleischscheiben so zart wie dicke Butter. Obwohl Sam nichts von dem Hähnchen ißt, das ich nach Hause bringe, zwinge ich mich dazu, es zu verzehren.

Wir streiten ums Essen. Sam ernährt sich von Brot, Eiern und Dosensardinen, alles andere kommt ihm extravagant vor, eine Zeitvergeudung. «Warum sollen wir uns mit Kochen aufhalten, wo wir soviel anderes zu tun haben?» fragt er. «Hast du je die Autoaufkleber gesehen, auf denen steht: ‹Iß nicht, was vor dir wegläuft›?»

«Aber du magst Muscheln», sage ich, «und die laufen weg.»

«Nein, Muscheln liest man auf wie Kartoffeln.»

«Aber sie vergraben sich im Sand, um nicht erwischt zu werden.»

«Du hast unrecht», sagt er. «Vielleicht können wir in ein paar Jahren auf dieses Gespräch zurückkommen.» Er geht davon.

Wenn ich eine Sahnesauce mache, beschwert er sich. «Warum ruinierst du dieses gute Gemüse mit dem Quatsch?»

Er gönnt mir nicht das Vergnügen, gut für ihn zu kochen, er wehrt sich, als sei ich die jüdische Mutter, aus deren Umarmung er sich befreien muß. Früher aß er, was ich auf den Tisch brachte, obwohl ich wie meine Mutter kochte: einen Abend Lamm, am nächsten Fisch, gut zusammengestellte Mahlzeiten, die er ohne Kritik akzeptierte. Jetzt lehnt er sie ab und behauptet, das gehöre zur Vereinfachung seines Lebens. Ich versuche, mich seinem veränderten Geschmack anzupassen, aber ich kann es nicht leiden, wenn er ein paar Salatblätter abbricht, Öl darübergießt und das Ganze als Abendessen bezeichnet.

Für mich koche ich Fisch oder Geflügel. Aus Maine haben wir dreißig Pfund Schellfisch in einer Kühlbox mitgebracht. Das Pfund kostete fünfzig Cent, und Sam sagte, das könnten wir uns leisten. Wir haben den Fisch auf der Treppe geschuppt und zerlegt und ihn in kleinen Päckchen eingefroren. Wenn ich jetzt ein Schellfischpäckchen auftauen will, protestiert er.

«Keinen Fisch für mich. Ich brauche keinen. Heb ihn für besondere Anlässe auf, wenn wir Gäste haben.»

Ich kann dieses armselige Essen, diesen Geiz nicht ertragen. Als Chris hier war, aßen wir besser. Sam wehrte sich nicht, weil die gemeinsamen Mahlzeiten eine gesellige Angelegenheit waren. Jetzt will er für die Zukunft horten.

«Wir brauchen das Protein», sage ich.

«Ich bin gesünder als je zuvor», behauptet er. «Ich bekomme alles Protein, das ich brauche, von Eiern und Sardinen. Ich sehe doch nicht krank aus, oder?»

«Verdammt noch mal! Ich will einfach die Mahlzeiten genießen, das ist alles.»

«Du solltest essen, was du willst. Nur für mich brauchst du nichts zu machen.»

«Aber es macht mir keine Freude, allein Fisch zu essen», sage ich.

«Na gut. Wenn es dich glücklich macht, dann esse ich auch Schellfisch.»

Wir essen schweigend, keinem von uns schmeckt der Fisch. «Warum ist diese Küche immer so unordentlich?» fragt Sam. «Mir kommt es vor, als würde ich ständig Platten abwischen und deine benutzten Löffel wegräumen. Warum räumst du nicht schon beim Kochen auf, damit es hinterher nicht ein solches Chaos gibt?»

«Der Schmutz in dieser Küche hat sich seit über hundert Jahren angesammelt. In den Bodenritzen verfängt sich der Staub. Du bringst Gänsedreck an deinen Schuhen herein. An allen rauhen Holzoberflächen klebt der Dreck. Du müßtest die ganze Geschichte sterilisieren und entgiften, um diese Küche sauberzukriegen!»

«Diese Art Schmutz meine ich nicht», sagt er und schiebt seine unberührte Portion Schellfisch auf meinen Teller.

Das Essen ersetzt andere Kontaktmöglichkeiten, es holt die Leute aus ihrer ländlichen Abgeschiedenheit. Einmal im Monat mache ich meine Lebensmittelliste für den Coop, kreuze «Haferflocken, Weizenflocken, brauner Reis, Spaghettisauce, dreierlei Käse» an. Einen Monat später kommen die Lebensmittel. Meistens habe ich zuviel bestellt. Die Bohnen bleiben monatelang verlockend in ihren Einmachgläsern, bevor ich sie verbrauche. In der alten Genossenschaftshalle kommen wir Freiwilligen zusammen, wiegen und verpacken und leeren Hundert-Pfund-Säcke mit Getreide. Ich wiege Dill und Minze ab und hoffe, daß der Duft mir bleibt, wenn ich weggehe. Aus Fünfzig-Gallonen-Behältern rinnt Honig langsam in gespülte Gläser. Männer und Frauen, die sich erst kürzlich getrennt haben, betrachten einander neugierig über Mehlsäcke hinweg. Ehen zerbrechen, während Grieß gewogen wird.

Oben im Versammlungsraum sehen die reparaturbedürftigen viktorianischen Samtsessel schäbig aus. Jeder Luftzug dringt durch die nicht isolierten Schindeln, und bei Versammlungen oder Tanzabenden wird nur durch Körperwärme geheizt. Die Organisatoren des Coop, Radikale der sechziger Jahre, konzentrieren ihre politische Energie jetzt auf Lebensmittel. Dieses Gebiet, sagen sie, kann sich selbst ernähren. Wir können wieder unseren eigenen Weizen mahlen, Apfelgelee und Apfelmus aus der hiesigen Ernte produzieren, Lebensmittel trocknen, statt sie einzudosen oder zu gefrieren, weniger Energie verbrauchen, die Nahrungsmittelerzeugung maximieren. Obwohl sie den eingeborenen Vermontern beizubringen versuchen, vom Coop zu kaufen und die Supermärkte zu meiden, betrachten die Ortsansässigen den Supermarkt als gesellschaftliche Notwendigkeit. Markenartikel sind ihr Statussymbol. Kinder, die mit dem Fernsehen aufgewachsen sind, ziehen Traumcreme dem Grießbrei vor.

Ich erkläre mich bereit, bei uns zu Hause Lebensmittelbestellungen aus der Nachbarschaft zu sammeln. Von den Bergen der Umgebung kommen Nachbarn in staubigen Lieferwagen. Manche bärtige Gesichter sind vertraut, andere kommen einmal und dann nicht mehr. Sie tragen ihre überfüllten Taschen hinaus, während ich erkläre:

«Die Erdnußbutter war nicht lieferbar, Sie bekommen also etwas gutgeschrieben. Denken Sie nächsten Monat daran, wenn Sie Ihre Bestellung aufgeben.»

Manchmal warten die Lebensmittel über eine Woche darauf, abgeholt zu werden. Ich kann riechen, wie der Inhalt der Pakete schlecht wird, aber der Besteller hat kein Telefon, und wenn ich nicht über die Feldwege fahre und ihn suche, bleiben seine Sachen hier. Ich will keine Verantwortung für die verdorbene Ware übernehmen. Als ich mich beschwere, erinnert Sam mich daran, daß ich diese Aufgabe freiwillig übernommen habe.

«Du hättest daran denken sollen, bevor du unser Haus als Sammelpunkt angeboten hast, wenn du diese Sauerei nicht haben wolltest.»

Auf einem der Pakete bemerke ich einen bekannten Namen – ich kenne ihn von der Grundschule in Cincinnati. Natürlich könnte es

Tausende anderer Ronnie Rosens geben, es besteht kein Grund anzunehmen, es wäre derselbe. Ronnie, eines der wohlhabenden Kinder, wohnte in einem schönen, geräumigen Haus im Tudorstil, sie hatten ein Dienstmädchen. Ich war mir meiner eigenen vergleichsweisen Armut bewußt und beneidete ihn um die teuren Sommerferien und den Zugang zum Countryclub. Ronnies Vater gehörte zu den jüdischen Geschäftsleuten der zweiten Generation, die Eis- und Kohleunternehmen besaßen, Farbenfabriken oder Discountläden, während mein Vater als Anwalt Scheidungen arrangierte; wenn er einmal einen Unfall zu bearbeiten hatte, war das schon ein Glück.

Unsere Grundschule aus gelbem Backstein grenzte an einen ärmlichen Vorort, doch dem Einzugsgebiet entsprechend gingen vor allem Kinder des jüdischen Mittelstands in diese Schule. Vereinzelte Schwarze blieben die Ausnahme. Wir hatten Angst vor ihrer körperlichen Überlegenheit und lernten, uns auf unseren Verstand und Witz zu verlassen. In der siebten Klasse gingen wir in die Tanzstunde, lernten den Jitterbug, folgten der Mode und machten bei Parties Pfänderspiele.

Unser Musiklehrer Mr. Sikin hatte eine große Warze auf der Stirn und quälte uns mit tyrannischen Vorschriften. «Musikstellung», verlangte er: Füße flach auf den Boden, Hände fromm auf dem Tisch gefaltet.

Ronnie Rosen, der spät in unsere Klasse kam, konnte seine Hände nicht zur Musikstellung falten. Eine seltsame, komplizierte Klammer hielt seinen schlaffen Arm an die Brust. Als er eines Tages im Straßenverkehr einem Ball nachgelaufen war, hatte ihn ein Auto angefahren. Sein Arm wurde dabei zerfetzt. Wir kindlichen Zuschauer warteten darauf, daß er heilte, daß der Verband entfernt wurde, doch während unsere Körper reiften, verkümmerte sein Arm.

Der Mann, der seine Lebensmittel aus unserem Keller holen will, ist der Ronnie Rosen aus meiner Kindheit. Sein Arm hängt ihm vor der Brust wie ein kleines Säugetier, das sich an die Mutter schmiegt. Sein langer, buschiger Bart wird grau. In unserem Wohnzimmer wecken wir Erinnerungen an Cincinnati.

Nach dem Studium arbeitete er ein Jahr lang im Geschäft seines Vaters. Eines Tages beschloß er einfach wegzugehen. Er fuhr durchs ganze Land, war eine Zeitlang in Mexiko und kam dann in den Norden. Jetzt arbeitet er bei der hiesigen Sozialbehörde und versucht die Wohnverhältnisse der Armen zu verbessern. Unsere einstigen Klassenkameraden, Juristen und Ärzte, sind in Cincinnati geblieben. Sie bekommen Kinder und kaufen in den Vororten größere Häuser als die ihrer Eltern. Obwohl es uns verbindet, daß wir beide in Vermont sind, überzeugt mich seine verspätete Rebellion wenig. Ich erinnere mich noch an seinen eleganten Bar-Mizwa-Empfang im Statler-Hotel: Es gab eine besondere Cola-Bar für die Kinder, die bis zwei Uhr blieben und tanzten. Mein Vater holte mich um elf Uhr ab, damit ich nicht die Sonntagsschule am nächsten Morgen versäumte. Im Gegensatz zu den anderen wurde meine beginnende jugendliche Energie durch die Einschränkungen meiner Eltern gedämpft. Du kannst dich nicht auf deine Instinkte verlassen, sagten sie mir. Einige Narben sind zurückgeblieben. Was uns von unseren Altersgenossen unterschied, seine sichtbare Behinderung, meine verborgenen Defekte und eine gemeinsame Andersartigkeit, brachte uns nach Vermont.

Ich frage mich, was Ronnie sieht, als er mein Haus betrachtet, sich mit meinem Mann unterhält. Ist er von mir so überrascht wie ich von ihm? Er soll wissen, daß ich nicht erst seit kurzem radikal empfinde. Erinnere dich, wie unkonventionell ich stets gewesen bin, prahle ich, während ich von den Jahren unseres politischen Engagements erzähle. «Damals warst du eine Art Beatnik», sagt Ronnie.

Er wohnt jetzt in einer abgelegenen Hütte, noch isolierter als unser Haus. Er hat weder Wasser noch Strom, er lebt allein.

«Es ist erstaunlich, wie gut man mit einem Arm zurechtkommen kann», sagt er.

Wir sind beide dafür, uns wiederzusehen. Ich höre seinen Namen häufig – er führt einen Kampf gegen die Elektrizitätsgesellschaft wegen der Tariferhöhungen. Manche Leute kritisieren, daß Ronnie zu intensiv ist und die Vermonter vor den Kopf stößt, weil er zu radikal klingt. Obwohl wir einander nicht sonderlich bevorzugen, bin ich mir bewußt, wie uns die gemeinsam verbrachte Kindheit verbindet. Jeder von uns weiß, woher der andere kommt und wie uns das von den anderen hier in Vermont unterscheidet.

Sie sagen, wenn eine Fledermaus ins Haus fliegt, muß man sie töten, sonst stirbt innerhalb eines Jahres ein Familienmitglied. Wir bewohnen unser Haus zusammen mit den Fledermäusen im Speicher. Nachts können wir ihr pfeifendes Summen hören. Wer in den Speicher geht, muß sich durch Fledermausexkremente kämpfen. An den Herbstabenden fliegen sie vor Einbruch der Dämmerung hintereinander in geordneter Formation hinaus und vertilgen Millionen Insekten, bevor das Morgenlicht sie zurückschickt. Wenn wir am Teich spazierengehen, kommen sie ganz nah, um festzustellen, ob wir eßbar sind. Eines Abends verirrte sich eine Fledermaus und landete in der Küche. Sam fing sie in einer Kaffeedose und ließ sie in die Nacht hinaus. Das war, bevor wir von dem alten Aberglauben über Fledermäuse hörten.

Sam ist für eine Woche zu einer Energietagung gereist, und ich bin zum erstenmal allein, seit ich meine winzige Studentenwohnung hatte. Der leere Raum und die Freiheit erregen mich wie ein junges Mädchen, dessen Eltern das Haus verlassen haben. Ängstlich habe ich die Liste mit Anweisungen an die Wand geheftet, die Sam mir hinterlassen hat: wie man die Heizung abschaltet, was zu tun ist, wenn das Wasser nicht mehr läuft, wie man ein kaputtes Ventil ersetzt.

Mitten in der Nacht drehe ich mich im Bett um, spüre die große leere Fläche neben mir und weiß wieder, daß ich allein bin. Einen Augenblick bekomme ich panische Angst, doch sie geht vorbei. Am Morgen wache ich fröhlich von den Rufen der Wildenten am Leech Pond auf. Weil die Entenjagd bevorsteht, hat Sam ein handgeschriebenes Schild am Teich aufgestellt: «Nicht schießen. Die Enten auf diesem Teich sind zahm.» Er hielt die Warnung für nötig, obwohl es jedem klar sein muß, daß diese Tiere kein jagdbares Wild sind.

Einmal am Tag watscheln die fünf Enten über den Pfad zu unserer Haustür, um sich ihren Mais zu holen. Sie verschlingen ihn rasch, nie trauen sie uns völlig. Eine Ente gibt das Signal, dann laufen sie zurück zum Wasser und lassen die ungegessenen Körner zurück für die Eichelhäher und Spatzen. Ich sitze auf der Treppe, so nah, wie sie es mir gestatten, und schaue ihnen zu.

Seit Sam weg ist, muß ich mich um den überlebenden Gänserich kümmern. Nachdem seine Gefährtin tot war, baute Sam ihm aus einer alten Kiste eine provisorische Hütte. Die Tür schließt nicht gut, und ich muß mit aller Kraft am Haken ziehen, um das Schloß versperren zu können. Der Gänserich regt sich schrecklich auf, wenn ich näher komme, meine Stimme ist ihm ungewohnt, er vermißt Sams Rufe. Ich jage ihn, doch seine Federn rutschen mir aus den Händen. Wie kann Sam mir vertrauen, wenn ich es nicht schaffe, sein Lieblingstier zu schützen?

Als der Gänserich sicher in seiner Hütte ist, gehe ich den Berg hinauf und verbringe einen faulen Abend bei Ruth. Wir trinken Wein und sitzen zwischen ihren Büchern: tibetanischer Buddhismus, die Kabbala, Sufi-Geschichten, daneben ihre alten Tagebücher in den rosa Ledereinbänden. Das Spielzeug von Sherry, ihrer Tochter, liegt unordentlich in den Ecken, während ihrer zweiwöchentlichen Besuche hier rührt sie es kaum an.

Ruth versteckt ihre üppige Figur in einem Farmer-Overall, doch sie kann die Eleganz nicht ganz verbergen, die ihre luxuriöse Erziehung ihr mitgegeben hat. Sie will sich einen Monat lang zu Exerzitien zurückziehen, um «geistigen Tod und Wiedergeburt durch Irresein zu erleben».

«Mit Meskalin habe ich Schimmer eines anderen Bewußtseins erlebt. Manchmal verlasse ich beim Meditieren meine Grenzen, aber nur für einen Augenblick, ich habe den Irrsinn nie erfahren. Ich bin sicher, daß ich mit einem neuen Verständnis daraus hervorkäme, wenn ich nur einmal ganz loslassen könnte.»

Ruth romantisiert den Wahnsinn. Ich habe erlebt, wie meine Mutter Halluzinationen hatte und dicht vor dem Selbstmord war. Obwohl ich gern glauben möchte, daß sie begabt und übersensibel ist und weise die gewöhnliche Realität ablehnt, weiß ich, daß ihr Zustand nicht romantisch ist. Ich beschreibe die Geschichte meiner Mutter, die Krankenhausaufenthalte, den Schmerz, die Psychiater, die keine Antwort wissen. Ihre Krankheit ist so wirklich wie Krebs, doch es gibt keine Heilung, am anderen Ende ist nicht der Friede.

Ruth widerspricht, sie sagt, ich solle mich nicht mit meiner Mutter verwechseln. «Meine Tochter wird das nie tun», versichert sie mir. «Komm, wir nehmen zusammen LSD.»

«Aber ich mag noch nicht einmal Marihuana.»

«Wenn wir zusammen auf einen Trip gingen, könnten wir einander helfen.»

Das Gespräch ist ungefährlich, denn wir haben keine Drogen. Ruths Einladung klingt verführerisch, doch in meinem Kopf höre ich Sams Urteil, eine Lektion, die ich im voraus aufgenommen habe: «Sie spielt mit der Spiritualität, als wäre es ein Zeitvertreib. Sie hat keine Ahnung, worauf sie sich einläßt.»

Wir trinken Wein, unsere Ersatzdroge. Sams Beurteilung von Ruth ist nicht ganz gerecht. Obwohl ihre Versuche frivol und undiszipliniert wirken, spüre ich die Ernsthaftigkeit dahinter. Ihre Sehnsüchte und ihre Geschichte sind mir vertraut. Ich bin versucht, mit ihr zu gehen, zu verlassen, was ich kenne, und mit ihr in ein unbekanntes, gefährliches Land zu stürzen. Mit einer Umarmung verabschieden wir uns voneinander.

«Es ist schön zu wissen, daß du allein unten am Berg bist. Wenn Sam nicht da ist, fühle ich mich dir soviel näher. Du bist viel zugänglicher.»

Mein leeres Haus wirkt kalt, aber ich habe es nicht eilig, schlafen zu gehen. Zufällig richte ich den Schein der Lampe ans Fenster und beleuchte eine Spinne, die gerade eine Motte fängt. Langsam wird die Motte in der Zwangsjacke eingesperrt, die ihr die Spinne webt; sie gibt ihren Kampf auf. Ich unterdrücke meinen Drang, das Töten zu verhindern, als ich die Tausende anderer Insekten im Licht sehe. Fasziniert gehe ich durchs Haus und untersuche die anderen Fenster. An jedem finde ich dicke, starke Spinnen, die ihre Beute fangen – dünne, zarte Motten, braune schuppige Fliegen mit durchsichtigen

Flügeln, alle schöner als die langfühlerigen Spinnen, die mir auf der anderen Seite des Glases wie Barbaren vorkommen.

Unerwartet früh fällt der erste Schnee. Am Sonntagmorgen um neun treffen Ruth und ich uns, um unsere Häuser zu schützen, zuerst ihres, dann meines. In Vermont müssen die alten Häuser unten isoliert werden, sonst strömt Wärme vom Keller durch die Ritzen hinaus. Am besten sind Heuballen rund um die Grundmauern, doch Teerpapier tut es auch. Wir rollen die schweren schwarzen Ballen auf. Ich halte sie, während Ruth das Papier um das Haus wickelt, als würde sie eine Wunde verbinden. Sorgfältig beschweren wir die Schutzdecke mit Holzstücken. Ich zögere, bevor wir die Arbeit an meinem Haus beginnen. Ich sollte warten, bis Sam da ist, doch Ruth überzeugt mich, daß wir für diese Aufgabe keine Männer brauchen. Der Wind bläst die Schneeflocken so heftig vor sich her, daß sie an unseren Wimpern kleben und uns die Sicht nehmen. Wir kichern, während wir arbeiten. Der Schnee wird schmelzen, bevor er liegen bleibt. Warum beeilen wir uns so?

Wie die beiden Frauen im *Fuchs* von Lawrence wären wir fähig, allein die Farm zu bewirtschaften, aber es zieht uns zu den Männern. Obwohl Ruth einiges gegen Lawrence hat, gibt sie zu, daß Männer sie anziehen. Erst gestern hat sie eine Fledermaus in ihrem Wohnzimmer gefunden. Sie lief hinaus und bat Mack, unseren Postboten, um Hilfe. Er protestierte zwar, er sei im Dienst, doch er fing die Fledermaus mit einem Handtuch, das Ruth ihm reichte, und stopfte sie in den Müll, während sie ihm zusah. Später in der Nacht kam er zurück, sagt sie, und hupte vor ihrem Haus. Sie hat getan, als merke sie es nicht.

«Er würde es wahrscheinlich abstreiten, aber ich weiß, daß es Mack gewesen ist. Vielleicht sollte ich ihn einfach zum Tee einladen, damit er sich nicht mehr benehmen muß wie ein Teenager.»

Zögernd verlasse ich Ruth. Sie drängt mich, über Nacht bei ihr zu bleiben, doch ich muß mein eigenes Haus bewohnen. Wenn ich bei ihr bliebe, würde ich diese vorübergehende Einsamkeit nicht bestehen.

Nachdem die Blätter gefallen sind, füllen die goldenen Lärchen das Tal – sie sind die letzten Bäume, die ihre Farbe wechseln, die einzigen Koniferen der Region, die ihre Nadeln verlieren. Surreale Farbflecke springen aus dem Novembergrau. Die Tage werden immer kürzer, der Nachmittag wird zum Abend, der Abend zu Mitternacht. Dünn gesponnene Wolken hängen sanft über den Bergen, die Gipfel sind mit dünnem Neuschnee überpudert. Ein Vollmond verwandelt die

Nacht für einen Augenblick in Tag, bis eine graue Wolkenwand ihn verhüllt, ein sichtbarer Geist, den das Licht erschreckt.
Am nächsten Tag höre ich Schüsse am Teich. Ich laufe hinaus, um den Jägern Sams Nachricht zu wiederholen, sie wegzuschicken, doch die Übeltäter sind schon verschwunden. Am Morgen kommen nur drei Enten zur Maisfütterung. Den Mörder habe ich nicht gesehen. Das Gemetzel gibt mir einen Grund, Kirk aufzusuchen. Ruth ist nicht zu Hause, und jemandem muß ich es erzählen.
Nachdem er Karen verlassen hatte, zog Kirk in eine mit Teerpappe verkleidete Hütte hinter einem Wohnwagen. Daneben steht eine leere Militärbaracke, in der einmal die Adventistensekte untergebracht war. Obwohl unsere Küche den ganzen Sommer über sein Zwischenhalt auf den Fahrten zu und von der Stadt gewesen ist, habe ich Kirk nicht mehr gesehen, seit ich seine Gedichte kritisierte. Etwas Zerbrechliches in ihm entspricht meiner Verwundbarkeit, und ich fühle mich noch immer von ihm angezogen. Ob die wachsende Beziehung zwischen uns eine Probe aushält?
Kirks Wohnung ist düster. Eine Wand ist in einem stumpfen Rot gestrichen, die anderen Wände zeigen ein blasses Rosa, das aus Farbresten gemischt wurde. Sein Bett, einst ein Regal, steht vor der roten Seite. In seinem provisorischen, mit Teerpappe beklebten Badezimmer kriechen die Rohre des Boilers wie Fühler gefährlich über den Boden. Gräser in Flaschen und Steine auf Regalen zwingen ein bißchen Schönheit in den Raum. Kirk sucht die Dunkelheit, obwohl er die mangelhafte elektrische Installation dafür verantwortlich macht. Er bemalt nicht mehr die großen Leinwände, die er einst in New Yorker Galerien ausstellte. Jetzt macht er kleine, komplizierte Federzeichnungen, deren Einzelheiten man nur unter dem Vergrößerungsglas erkennen kann. Mit Stecknadeln heftet er sie an die Wände.
Als ich ihm erzähle, daß Sams Schild die Jäger nicht zurückgehalten hat, zuckt Kirk die Schultern. «Wahrscheinlich waren sie zu betrunken, um darauf zu achten.» Obwohl ich nicht danach frage, erzählt er mir mehr über seine Ehe, als ich hören möchte. Das Ende, sagt er, war schrecklich. «Wir haben nicht mehr miteinander geschlafen, obwohl am Anfang nichts zwischen uns war als Sex.» Als er in New York unterrichtete, verliebte er sich in eine Schülerin, doch er konnte von Karen nicht loskommen. Zweimal versuchte er es. Jedesmal kam er zurück, bis sie ihn schließlich hinausschmiß.
Er lacht finster. Welch eine seltsame Kombination die beiden waren – Karen robust und stark, Kirk zierlich und zart. Mit einem kleinen Stoß hätte sie ihn umgeworfen. Jetzt würde ich gern die Hand ausstrecken und ihn sanft streicheln, aber ich bin wie erstarrt. Die

körperliche Schranke zwischen uns scheint unüberwindbar. Für mich ist jede Geste gegenüber einem Mann eine sexuelle Aufforderung.
«Du wirkst unberührbar», sagt er. «Ich kann mir nicht vorstellen, dich anzufassen. Selbst eine freundschaftliche Umarmung erscheint unmöglich.»
Es tut mir leid, daß du es so empfindest, möchte ich sagen, aber die Worte kommen nicht heraus.
«Ich respektiere deine Ehe», sagt er. «Ich fühle mich zu dir hingezogen, aber das wird nichts ändern.»
Ich möchte ihm sagen, daß wir trotz Sam gut befreundet sein können. Ich brauche ihn, brauche diese weibliche Qualität, die er hat und die Sam fehlt, doch ich bleibe stumm. Mein Mann ist fort, ich bin in seinem Haus, mehr Verantwortung kann ich nicht übernehmen. Wir trinken langsam Wein und reden über seine Zeichnungen, meine Enten.
«Laß uns morgen abend zusammen essen», sagt er, bevor ich gehe.
Auf der Heimfahrt kommt mir der Kies unter den Rädern erstaunlich weich vor; er trägt den Wagen mühelos.
Der Gänserich spaziert im Dunkeln über den Hof. Mit schlagenden Flügeln läuft er mir davon. Ich stolpere über verborgene Werkzeuge und Teller, treibe ihn in eine Ecke, packe ihn und werfe ihn wütend in seinen Stall. Es ist mir egal, wenn ich ihn verletzt habe.
In der Nacht wecken mich seltsame Geräusche, doch ich zwinge mich, wieder einzuschlafen. Im Traum ruft Kirk mich an und bittet mich unter Tränen, mit ihm zu reden. «Du kannst verstehen», sagt er.
In der Morgendämmerung gehe ich widerstrebend zum Fenster und sehe den leeren Gänsestall. Entweder habe ich den Riegel nicht sorgfältig genug festgemacht, oder irgendein Tier ist dennoch hineingekommen. Vorsichtig gehe ich näher. Der zerfetzte Körper liegt ein paar Meter hinter der Hütte. Seine Federn sind von Blut und Dreck verschmutzt, Kopf und Hals sind verschwunden. Mitten in meiner Verwirrung klingelt das Telefon – Kirk fragt nach unseren Plänen fürs Abendessen. Ich erzähle ihm von der Gans, doch nicht von meinem Traum. Obwohl ich härter sein und allein damit fertig werden sollte, nehme ich gern sein Angebot an, mir zu helfen, den Gänsekadaver loszuwerden.
«Sam wird denken, es war mein Fehler», sage ich.
«Natürlich war es nicht dein Fehler. Kein Mensch wird das denken. Sei nicht töricht.»
Als Kirk am Abend zum Essen kommt, bin ich ruhig. Ich habe bewußt meine Jeans angelassen und keine Kerzen auf den Tisch gestellt. Ich maskiere unsere gemeinsame Mahlzeit, sie soll unschuldig wirken, nichts anderes, doch Kirk redet.

«Ich wollte dir etwas über dieses kleine intellektuell-sexuelle Spiel schreiben, das wir da miteinander treiben, aber ich konnte es nicht in Worte fassen.»
Ich bekomme mein Gemüse nicht hinunter.
«Ich bin mit Frauen aufgewachsen», fährt er fort. «Drei ältere Schwestern, zwei Tanten, meine Mutter und ich. Mein Vater war sehr schwach und nie da. Ich bin eigentlich von Frauen abhängig, ich glaube, ich war nie eng mit einem Mann befreundet. Selbst mein Psychotherapeut war eine Frau.»
Ich gieße Wein nach.
«Seit ich Karen verlassen habe, verfange ich mich ständig in seltsamen Beziehungen. Es ist, als könnte ich nicht dagegen an. Ich will es nicht, doch Frauen verfolgen mich, und ich kann nicht widerstehen. Ich bin nie derjenige, der anfängt.»
Schweigsam beschäftige ich mich mit dem Essen.
«Und wie ist es mit dir?» fragt er sanft.
«Was meinst du?»
«Du versteckst dich wie ein Tier unter einem Stein und hast Angst hervorzukommen.»
Ich kämpfe um Haltung und erzähle Kirk, daß Sam und ich einmal versuchten, andere Sexualpartner zu haben, daß es aber nicht funktionierte. Jetzt hätte ich mich für die Monogamie entschieden, auch wenn ich ihre Grenzen kenne. Alles andere sei zu kompliziert.
«Das ist schade. Es gibt bestimmt Empfindungsstärken, die du und Sam zusammen nie erreichen. Ich sage das aus Erfahrung. Die Ehe verhindert, daß man Risiken eingeht. Aber», fügt er hinzu, «einen Ehebruch mit dir könnte ich nicht verkraften. Im Grunde sind wir sehr konventionell. Keiner von uns könnte es mit Anmut tun.»
Ich wünschte, die Leidenschaft zwischen uns sei so heftig, daß Fragen nach Recht und Unrecht keine Bedeutung hätten. Wenn wir einander so begehrten, hätten wir keine Zeit, über das Schickliche zu diskutieren. Aber ich muß mich mit dem auseinandersetzen, was ich vor mir habe und was anders ist als meine Träume.
«Was sollten wir tun?» Er versucht, spielerisch zu sein, und bedeckt meine steife Hand mit der seinen. «Zusammen ins Bett gehen?»
Ich bleibe bei meiner Ernsthaftigkeit.
«Das wäre unrecht», sage ich.
Er zieht seine Hand zurück. Ich will nicht zu den Frauen gehören, die ihn verfolgen. Ich werde die Regeln nicht verändern. Er redet weiter, macht Geständnisse: seine Frauen, seine Therapie. Ich spiele den Kritiker, analysiere, gebe Ratschläge, bis es so spät geworden ist, daß wir beide merken: Er muß jetzt gehen. An der Tür bleiben wir einen

Augenblick stehen, keiner rührt sich. Dann lege ich zu unser beider Überraschung meine Arme um ihn. Mein Gewicht bringt ihn aus der Balance. Ich bin erstaunt, wie leicht, wie zerbrechlich er sich anfühlt. «Siehst du, ich bin nicht unberührbar», sage ich. Dann bleibe ich stehen und höre seinem Wagen nach, bis das Geräusch hinter der Kurve verschwindet.
Am nächsten Morgen fehlen zwei weitere Enten. Die überlebende verbirgt sich im Schilf und kommt nicht zur Fütterung.

«Diese gottverdammten Entenjäger!»
Sam ist wieder zu Hause, er hat mir Lesestoff über Solarenergie mitgebracht und läßt seine Frustration an den Jägern aus. Er macht mich nicht für den Tod des Gänserichs verantwortlich. Ich bin überzeugt, daß ich den Stall verriegelt habe, ein Tier muß trotzdem hineingekommen sein.
«Wir werden dieser armen überlebenden Ente einen Stall bauen, damit sie sich verstecken kann, wenn die Jäger wiederkommen.»
Ich zeige ihm die Teerpappe, die Ruth und ich ums Haus gewickelt haben.
«Gut, daß ihr nicht mehr getan habt. Wahrscheinlich muß ich das alles noch mal machen, es ist nicht fest genug. Schau dir das an. Damit kannst du die Kälte nicht abhalten.»
Ich widerspreche nicht. Statt dessen erzähle ich ihm von meinen Gesprächen mit Ruth, meinem Abendessen mit Kirk, entlaste mich, indem ich nichts auslasse.
«Das klingt, als wärst du ohne mich bestens zurechtgekommen.» Ich weiß nicht, ob der Sarkasmus, den ich heraushöre, von ihm gemeint ist, oder ob ich ihn erfinde. Bevor er auspackt, ist er schon wieder beschäftigt.
«Komm, hilf mir einen Stall für die Ente zu bauen. Zuerst wollen wir mehr Warnschilder um das Haus aufstellen.»
Die Ente hat den Stall nie benutzt, den wir für sie ins Schilf gestellt haben. Als Jäger wieder schossen, verfolgte Sam ihren Wagen, aber er verlor sie. Er konnte auch die Zulassungsnummer nicht aufschreiben, weil sie absichtlich unkenntlich gemacht war. Wir wußten, daß die Ente noch lebte, als wir sie am Morgen rufen hörten, doch sie blieb im Schilf versteckt. Wochenlang beschützten wir sie und legten ihr Futter ans Ufer des gefrorenen Teiches. Wir verwarfen den Gedanken, sie zu fangen und ins Haus zu bringen. Ich wollte ihr Gefährten verschaffen, doch Sam meinte, das würde bedeuten, sie dem sicheren Tod auszusetzen. Wie ein Gefangener, der auf Exekution oder Strafaufschub wartet, hielt die Ente weiter durch. Wieder schoß jemand.

Tagelang schwieg sie, dann sagte uns ihre Stimme mit wütendem Quaken, daß sie überlebt hatte.
Vor dem Thanksgiving-Fest am letzten Donnerstag im November schneite es. Täglich watschelte die Ente langsam über den Teich zu ihrem Mais und zog eine Schwimmfußspur nach sich. Wenn sie der Kälte oder den Jägern nicht erlag, würde bestimmt irgendein Tier sie fangen. Unsere Bemühungen waren sinnlos, sie blieb das einzige wilde Geschöpf in einer Welt, die Frost und Stille sich zurückeroberten. Am Thanksgiving-Tag war die Ente verschwunden. Ihren Kadaver fanden wir nie.
«Vielleicht ist sie nach Süden geflogen», sagte ich zu Sam.

Der Vollmond bescheint eine nackte Landschaft, die für den Winter bereit ist. Mildes Wetter mit Temperaturen um 15 Grad täuscht uns, doch nachmittags um vier ist es dunkel. Leuchtend orangefarbene Kürbislaternen grinsen aus jedem Fenster eines einsamen Hauses an der Landstraße. Bald wird ein großer Schneemann aus Neonlichtern mit bunten Glühbirnen sie ersetzen, und an der Tür des Hauses, das sich so nach den Lichtern der Großstadt sehnt, wird ein rot-weißer Nikolaus grüßen.
Auf dem Weg nach Norden komme ich an einem Grundstück vorbei, auf dem alte Heugabeln vor sich hinrosten. Ein handgeschriebenes Schild verkündet: «Gegen Angebot zu verkaufen.» Ein paar Meilen weiter steht an einem verwitterten, verlassenen Haus:

> «Privatbesitz. Dieses Haus gehört Thomas Lane. Bitte, verwüstet es nicht noch mehr, als es schon ist. Einmal komme ich zurück und reiße es ab. Danke.»

An der Kurve zu unserem Dorf steht ein hübsches weißes Haus mit einem professionell gearbeiteten Schild, dessen eingebrannte Buchstaben mitteilen: «Hier wohnen die Beals.» Im Fenster zur Straße sitzen das ganze Jahr hindurch zwei weiße Porzellantauben in stiller Zuneigung.

Obwohl wir uns seit dem Sommer nicht getroffen haben, kommen die Frauen in Phoebes Haus zusammen, um Geschenke für Jennys Baby zu bringen. Da Phoebe in der Stadt studiert, Ruth sich dem Buddhismus widmet, ich über unseren Zweck desillusioniert bin, hat sich die Gruppe aufgelöst. Verglichen mit der Beziehung zu einem neuen Menschen erscheint eine Gruppe oberflächlich, zerfleddert, mehr fordernd als gebend, aber bei einer Party sollte es anders sein.
Wir essen von Ruths schönem Kristall, einem alten Hochzeitsge-

schenk, das sie weggepackt hatte. Wir übersehen die Einzelheiten von Jennys Schwangerschaft: Das Kind ist unerwünscht, Jenny und Art haben bereits zwei, Jenny hat einen Liebhaber. Sie und Art haben erwogen, sich zu trennen, doch schließlich beschlossen sie, zusammenzubleiben und in ihrem selbstgebauten, unfertigen Haus mit Hilfe von Freunden und einer Hebamme im März das Baby zu bekommen.

Jenny packt unsere Geschenke aus – Windeln, Decken, auch einige Geschenke nur für sie: einen Begonienkorb, ein duftiges Nachthemd, meine eigene Gabe – ein Druck von der Jahrhundertwende, auf dem eine madonnenähnliche Mutter und ein rundliches Kind in einem runden Schmuckrahmen zu sehen sind. Das sentimentale Bild drückt aus, was ich nicht sagen kann. Wir plaudern, trinken Wein und reden über Hausentbindungen.

«Es kann schiefgehen», sagt Ruth. «Bei manchen Babies ist die Nabelschnur um den Hals gewickelt. Der Kopf kann an der falschen Stelle liegen und muß dann von einem Arzt gedreht werden. Du könntest Blutungen haben. Ich wußte bis zur allerletzten Minute nicht, daß ich einen Kaiserschnitt brauche.»

Jenny macht sich keine Sorgen. «Die beiden anderen habe ich im Krankenhaus zur Welt gebracht, und das will ich nicht mehr durchmachen. Dort behandeln sie dich, als würdest du ihnen absichtlich das Leben schwermachen.»

«Wenn ich es noch einmal damit zu tun hätte», sagt Phoebe, «würde ich sie zu Hause bekommen. Rosemary hätten wir fast durch einen Fehler des Arztes verloren. Er hat nicht gemerkt, daß sie nicht richtig atmete.» Phoebe trinkt einen Schluck Wein. «Ich bin so froh, daß ich die Babywirtschaft hinter mir habe. Es ist schön, zu meiner eigenen Arbeit zurückkehren zu können.»

Geschichten über Geburten und Katastrophen vermischen sich – was macht man bei Brustentzündungen, Knoten, wie steht es um die Empfängnisverhütungsmittel, die uns vielleicht vergiften? Die Einzelheiten multiplizieren sich, bis jemand Einhalt gebietet:

«Das ist zu deprimierend. Reden wir lieber von etwas anderem.»

Jetzt, nachdem wir unsere Ängste mitgeteilt haben, können wir das. Ich bin neidisch auf Jennys dicken Bauch und sage ihnen, daß ich mich ausgeschlossen fühle.

«Bloß nicht!» rufen Ruth und Jenny einstimmig wie die Furien. «Wenn du denkst, dein jetziges Leben engt dich ein, dann hast du keine Ahnung, wie isoliert und gefangen du dich erst mit kleinen Kindern fühlen wirst. Das war die einsamste Zeit meines ganzen Lebens», sagt Phoebe.

Obwohl ich Grund genug habe, die Gene nicht zu reproduzieren, die für Krebs und psychische Krankheit verantwortlich sind, und auch mein eigenes neurotisches Erbe nicht weitergeben will, macht mich mein kinderloser Zustand dennoch zu einer Anomalie – einer biologischen Seltsamkeit. Die Zeiten der fraglosen Mutterschaft wären für mich einfacher gewesen.
Während wir Phoebes dekorative Erdbeertorte essen, gibt der Kaffeetisch, der aus einer Baumscheibe besteht, unter Tellern und Kristall nach. Kelche zerbrechen, roter Wein läuft über den blonden Holzboden.
«Ist das ein schlechtes Omen?» fragt Jenny über nervösem Gelächter.

Ende Oktober beteiligen Sam und ich uns am Wahlkampf für die Demokraten; wir machen Hausbesuche. In fast völliger Dunkelheit fahren wir nach East Hill und versuchen die Briefkästen zu finden, die zu den Namen auf unserer Liste passen, doch die meisten sind in der sternenlosen Nacht nicht zu entdecken. Wir finden ein paar namenlose, die Häuser, zu denen sie gehören, sind hinter Bäumen versteckt. An einer verwahrlosten, unfertigen Hütte halten wir. Im Hof stapelt sich Trödel, räudige Hunde beschnüffeln unsere Beine, als wir zur Tür gehen. Bevor wir dort sind, bemerkt uns eine ältlich wirkende Frau, die aber wahrscheinlich noch nicht vierzig ist.
«Was wollen Sie?»
Ihre grauen strähnigen Haare hängen ungepflegt herunter, vorzeitige Falten zerfurchen ihr Gesicht. Ihre kaum verständlichen Worte kommen aus einem zahnlosen Mund.
«Haben Sie sich in die Wählerlisten eintragen lassen?»
«Hab ich nie gemacht, weil ich nie weiß, wann ich zu Hause bin», antwortet sie.
«Sie können sich jederzeit vor dem Wahltag eintragen lassen», erkläre ich. «Wenn Sie keine Fahrgelegenheit haben, können wir Sie ins Gemeindeamt bringen.»
Was ich sage, ist ganz gleichgültig. Sie wiederholt ihre Erklärung, daß sie nicht wählt, weil sie nie zu Hause ist. Auf meinen Vorschlag brüllt sie ins Haus, ob ihr Mann an der Sache interessiert sei. Ich komme mir vor wie ein Hausierer mit einer unbrauchbaren Ware.
«Nicht interessiert», kommt die Antwort durch die beschädigte Haustür. Ich danke der Frau, lasse ihr ein paar Flugblätter über die Kandidaten da und gehe. Wir fahren weiter und kommen uns töricht vor.
Bei dem Haus, in dem Kinder von der staatlichen Fürsorge untergebracht sind, halten wir. Es müssen wohl freundliche Leute sein, wenn sie unerwünschte Kinder aufnehmen. Die vielen Wagen in der Ein-

fahrt deuten darauf hin, daß hier ein Treffen stattfindet. Unentschlossen sitzen wir im Auto: Sollen wir hineingehen und stören? Diesmal wäre Sam mit dem Reden an der Reihe. Ein Auto trägt die Plakette: «*Mein* Gott ist nicht tot, deiner?»
Auf unser Klopfen öffnet ein Mann im frischgebügelten Hemd, sein Haar ist pomadisiert, und er duftet nach Rasierwasser.
«Wir sind Nachbarn von Ihnen und besuchen Wähler», erklärt Sam. «Sind Sie in die Wählerlisten eingetragen?»
Stumm winkt er uns herein und holt seine Frau. Auch sie ist sorgfältig gekleidet, das Haar hat sie mit einem schwarzen Ripsband zurückgebunden. Sie begrüßt uns mißtrauisch.
Ich bewundere ihren hübschen Kachelofen.
«Wir stehen in den Wählerlisten», sagt sie.
Sam bietet ihr Prospekte über die Kandidaten der Demokraten an. Wir betonen, daß der Gouverneur dazugehört, und erwähnen McGovern nicht.
«Wir sind mitten in einer Bibelstunde», sagt sie. «Ich will mal fragen, ob sich noch jemand dafür interessiert.»
Rasch kommt sie zurück. Kein Interesse.
Ed vom General Store sagt, er wählt die Demokraten. «Aber alle anderen hier wählen die Republikaner, egal, wer kandidiert, nur weil ihre Väter es schon genauso gemacht haben.» Trotz des Erdrutsches für Nixon wählt Vermont einen Gouverneur der demokratischen Partei, und unsere Stadt fällt mit drei Stimmen Unterschied an McGovern.
Als wir bei Roy Sams Lieferwagen holen, warnt er uns: «Seltsame Burschen haben hier eine Menge Fragen gestellt. Vielleicht sind sie vom FBI. Wenn ich ihr wäre, dann wäre ich vorsichtig.»
Warum wir, überlegen wir auf der Heimfahrt. Seit wir in Vermont sind, haben wir uns politisch nicht betätigt. Obwohl Freunde häufig wegen radikaler Untergrundaktivisten verhört worden sind, die sich angeblich in Vermont oder in Kanada verbergen, haben wir zu diesen keinerlei Verbindung. Sam meint, es muß etwas mit Stephens Ernennung zum Sonderberater des neuen demokratischen Gouverneurs zu tun haben, obwohl wir Ruths ehemaligen Mann kaum kennen. Er ist hierhergezogen, um den Gouverneur in wirtschaftlichen Fragen zu beraten. Unsere Verbindung zu Ruth mag ausgereicht haben, Verdacht zu erregen. Die hiesigen Zeitungen beschäftigen sich ausführlich mit der Auseinandersetzung um Stephens Berufung. Jede Episode seiner radikalen Vergangenheit – sein Amt als Vorsitzender des SDS, seine Reisen nach Kuba und Nordvietnam – wurde von den republikanischen Gegnern des Gouverneurs an die Öffentlichkeit gebracht. Der

Gouverneur hat sich bereit erklärt, Stephens endgültige Berufung vom Ausgang einer Untersuchung abhängig zu machen. Offenbar betrifft diese Untersuchung auch uns.
Wir sehen ein Fernsehinterview mit Stephen. Sein Haar ist ordentlich geschnitten und reicht kaum bis zum Kragen. In der Zeitung steht später, er habe Arbeitsstiefel getragen. Er gibt zu, einst Vorsitzender des SDS gewesen zu sein, doch er habe die Organisation verlassen, als sie zu gewalttätigen Taktiken überging. Er sagt, er unterstütze keine Untergrundorganisationen, und Kuba und Nordvietnam habe er als Angehöriger einer Quäker-Friedensinitiative besucht.
«Vor ein paar Jahren war es radikal, wenn man gegen den Krieg in Vietnam war. Heute ist das eine sehr populäre Position. Viele Politiker haben sich öffentlich gegen den Krieg erklärt.»
Der Interviewer fragt: «Stimmt es, daß Sie eine Revolution im Staate Vermont befürworten?»
Wir brechen in Gelächter aus.
«Ich habe gesagt, Vermont braucht einen neuen Ethan Allen. Diese Vermonter Pioniere würden sich im Grab herumdrehen, wenn sie wüßten, wie wir finanziell von Auswärtigen ausgebeutet werden, denen die meisten Unternehmen hier gehören. Sie wissen, daß es in der Verfassung von Vermont eine Bestimmung gibt, die es dem Staat erlaubt, sich von der Union zu trennen, falls die Bundespolitik den Bürgern des Staates unannehmbar erscheint. Das ist nicht mein Standpunkt, aber ich glaube, viele Vermonter Staatsmänner waren wesentlich radikaler als ich.»
Radikale beschuldigen Stephen in überörtlichen Publikationen des Verrats.
«Sie verstehen Vermont nicht», sagt Sam. «Hier kann man in der etablierten Politik etwas erreichen, weil alles im kleinen Maßstab geschieht und überschaubar ist. Großstadtmenschen verstehen das nicht.»
Im General Store von Ed und Edna reden die Leute über Stephen und den Gouverneur.
«Er ist in Nordvietnam gewesen, und meiner Meinung nach bedeutet das, den Feind zu unterstützen», sagt Clyde, der Polizist.
Ainsley widerspricht. Aus der Zeitung zitiert er, was in einem von Stephens Flugblättern steht:
«‹Vermont ist ebenso eine Kolonie des amerikanischen Kapitalismus, wie es die Staaten in Afrika, Asien und Lateinamerika sind . . . Hier beuten Weiße andere Weiße aus . . . Ich spreche von den Banken mit Sitz in Boston, Philadelphia oder Chicago, von den Versicherungsgesellschaften und Konzernen, aus denen der amerikanische korporative

Kapitalismus besteht.› Die sind es», sagt Ainsley, «die uns aus unserem eigenen Staat vertreiben. Dieser Gouverneur will versuchen, dem ein Ende zu machen.»

Während ich zuhöre, suche ich langsam die Waren zusammen, die ich brauche, ich lasse mir Zeit, um mehr mitzubekommen. An der Kasse fragt mich Ed: «Glaubst du, es stimmt, daß er Kommunist ist?»

Ich versuche zu erklären: «Menschen, die in diesem Land eine Veränderung wollen, sind keine Kommunisten. Viele Radikale wollen nichts anderes, als zur Verfassung zurückkehren.»

Weil ich weiß, daß sie jetzt alle neu Zugezogenen als eine Gruppe betrachten, versuche ich, besonders objektiv zu klingen.

«Solange keine fremde Regierung dahintersteht, sehe ich nichts Falsches daran, Dinge in diesem Staat verändern zu wollen», sagt Ed.

Buck, von der Diskussion erregt, tut, als erkenne er mich nicht. «Wenn ihr mich fragt, dann sind es diese gottverdammten Hippies, die den Staat ruinieren. Sie kommen hierher und leben von der Sozialhilfe, die aus meinen Steuergeldern bezahlt wird. Lumpen sind das, Arbeitsscheue. Und ich muß sie ernähren.»

Bevor ich zum Wagen gehe, versuche ich seinem Blick zu begegnen, doch Buck schaut mich nicht an.

Auf dem Postamt hängen immer neue Fahndungsplakate. Wir machen Witze über den Abhördienst am Telefon und die Unterkunft der Agenten – verstecken sie sich auf einem Floß im Teich oder im Biberbau?

Im Dorf begegne ich immer häufiger den Wagen der Landespolizei. Wenn ein Gast sich am Fenster einen Joint anzündet, bitte ich ihn, außer Sichtweite zu gehen. Sam macht sich über meinen «Verfolgungswahn» lustig.

«Sei nicht lächerlich», sagt er. «Niemand wird hier einbrechen und sich über einen Joint aufregen. An uns sind sie nicht interessiert.»

Als wir eines Tages ausgegangen sind, läßt Mack ein Paket auf dem Küchentisch zurück, und ich frage mich, ob er das Haus nach irgend etwas durchsucht hat. Wenn ich Clyde begegne, habe ich das Gefühl, daß er mich kritisch betrachtet. Bucks Sohn, der unseren Müll abholt, könnte die Kippen von Joints herausfischen, um Beweismaterial gegen uns zu haben.

«Du bist so schlimm wie deine Mutter», sagt Sam.

Ich lache über meine Ängste und suche mir einen anderen Grund zur Beunruhigung: das alte Isolationsmaterial, das noch in Ecken und Nischen steckt. Seit Monaten leben wir damit und atmen es ein. Es ist gefährlich, die Asbest- und Fiberglaspartikel stecken in unseren Lungen und vergiften uns langsam, unser eigenes Haus wird zu unserem Mörder.

«Ich möchte Ihnen ein paar Fragen stellen über einen Mann, der unter dem Verdacht steht, an New Yorker Bombenattentaten beteiligt gewesen zu sein», sagt der FBI-Agent am Telefon zu Sam. Er nennt einen Namen.

«Ich habe nie von ihm gehört», antwortet Sam.

Solange man nicht von einer Jury vorgeladen wird, braucht man keine Fragen zu beantworten. Wir wissen das aus den Jahren unserer politischen Aktivität im Staate New York. Ich erinnere mich an den armen, verängstigten Jungen, der wegen Drogenhandels zu Gefängnis mit Bewährung verurteilt worden war und auf unseren Friedenstreffen ungeheuerliche provokative Behauptungen aufstellte. Wir betrachteten ihn als bezahlten Spitzel und lachten über die Dummheit und Unfähigkeit des FBI, das sich solch erbärmlicher Helfershelfer bediente.

Die Jahre der Unruhe sind wieder da. Wir haben ein harmloses Fluchtspiel inszeniert und kamen uns politisch viel wichtiger vor, als wir waren. Dann der Unfall. Der LSD-Trip unserer Freundin, ihre Verletzung zogen einen Schlußstrich unter diese ganze Zeit. Sie war ein Kriegsopfer im eigenen Land, so wirklich wie die einarmigen, beinamputierten, blinden Soldaten.

«Beachte sie einfach nicht», sagt Sam, als wir unbekannte neue Wagen beobachten, die an unserem Haus vorbeifahren.

Michael schlägt vor, daß Sam sich zu einem Gespräch mit dem FBI-Mann bereit erklären soll. Er wird das Treffen filmen und das Material veröffentlichen. Wir haben nichts zu verbergen, warum sollten wir nicht mitspielen und ihre Taktiken bloßstellen?

Zuerst kommt uns die Idee wie ein Witz vor, aber je länger wir darüber reden, um so ernster wird sie. Ich habe Angst, daß der Schuß nach hinten losgeht, doch Kathy ist bereit, auf dem Dach die Kamera zu bedienen.

«Du wirst im Freien mit ihm reden müssen», sagt Michael, «sonst ist das Licht zum Filmen zu schwach.»

Als der FBI-Agent kommt, begrüßen wir ihn an seinem Wagen. Er ist ein adrett wirkender junger Mann, unglaublicherweise trägt er den sprichwörtlichen Trenchcoat. Er hat eine lederne Aktentasche dabei und schüttelt Sam und mir die Hand. Sam und er müssen etwa gleichaltrig sein. Wären sie nicht so unterschiedlich gekleidet, könnte man sie für Zimmergenossen aus College-Zeiten halten.

«Ich möchte Ihnen ein paar Fragen über Arnold Fein stellen», sagt der Agent. Er schaut sich um. «Können wir uns im Haus unterhalten?»

Dann entdeckt er Kathy mit der Kamera auf dem Dach. «Was macht sie dort oben?» Er lächelt.
«Das ist unsere Freundin», sagt Sam mit unsicherer Stimme. «Sie wird dieses Interview filmen. Wir sind der Meinung, daß solche Dinge öffentlich geschehen sollten, nicht heimlich. Wir werden hier draußen mit Ihnen reden.»
«Tut mir leid», sagt der Agent. «Unter diesen Bedingungen kann ich nicht mit Ihnen sprechen. Ich fürchte, ich werde das meinen Vorgesetzten melden müssen.»
Höflich wie zuvor schüttelt er Sam nochmals die Hand, steigt in seinen Wagen und fährt davon.
«Ich glaube, ich habe alles auf dem Film», ruft Kathy vom Dach.
«Aber wir haben noch nicht einmal herausgefunden, warum er glaubt, daß wir Arnold Fein kennen», sage ich.
Michael und Sam meinen, das mache nichts. Der Film würde phantastisch sein.
Wir haben die Episode mit dem Agenten schon fast vergessen, als ein an Sam adressierter Umschlag eintrifft, in dem sich ein feinkörniges weißes Pulver befindet. Sam riecht die Droge und weiß nicht, ob er lachen, sie probieren oder sie in die Toilette werfen soll.
«Irgendein ehemaliger Schüler, der in Südamerika herumreist, muß sich das zum Spaß ausgedacht haben. Wie dumm! Wer könnte das nur gewesen sein?»
«Vielleicht ist es kein harmloser Witz. Vielleicht sind die Drogen absichtlich geschickt worden, damit man uns überführen kann. Das ist die Rache des FBI», sage ich.
Horrorgeschichten wie diese gehören für die Radikalen der sechziger Jahre zur Legende. Sam will es nicht glauben. Wir rufen einen Anwalt an.
«Vernichten Sie, was Sie bekommen haben, und öffnen Sie solche Umschläge nicht mehr. Man kann Sie nicht festnehmen, wenn Sie sie nicht geöffnet haben», rät er.
Während ich von Anrufen und Telegrammen immer die schlimmsten Nachrichten erwarte und glaube, ich sei wie durch Zauberei noch einmal davongekommen, wenn meine Befürchtungen nicht eintreffen, ist Sam genau das Gegenteil. Vertrauensvoll glaubt er, daß alles sich zum Guten wendet, daß seine Verdienste anerkannt werden, daß er Böses nur erleiden muß, wenn er schuldig ist. Das Universum, in dem er aufgewachsen ist, war gütiger als mein eigenes. Er sagt, meine schlimmen Ahnungen seien immer falsch, ich schaffte absichtlich Ängste, um die Erleichterung genießen zu können, wenn sie sich als unnötig herausstellen.

Ein Wagen der Landespolizei und zwei neutrale Autos kommen mit einem Durchsuchungsbefehl zur Leech Pond-Farm. Methodisch durchsuchen sie das Haus. Der uniformierte Polizist, der sich das Gewürzbord vornimmt, wirkt unsicher, als er die Gewürze auf den Tisch leert, an einigen schnuppert und Proben in Plastiksäckchen packt. Ich schaue zu, wie sich die Dosen leeren, wie die Puderhäufchen größer werden. Ich will laut protestieren, doch ich bewahre meine Ruhe und weiß, daß diese Szene eines Tages komisch wirken wird.
Die Beamten in Zivil sind selbstbewußter. Einer widmet sich den Bücherregalen, schüttelt Bücher am Einband auf und kümmert sich nicht darum, wenn die Rücken reißen. Die durchsuchten Bücher wirft er auf den Boden.
«Jetzt wollen wir mal sehen, was in diesem Ofenrohr ist», verlangt der Anführer.
Sam schraubt das Knierohr ab, und schwarzer Ruß rinnt auf den Boden. Der Mann schnüffelt und starrt mißtrauisch ins Rohr.
Sie finden eine Tabakspfeife mit möglichen mikroskopischen Spuren von Marihuana, sonst nichts.
«Sie müssen mit uns zum Gericht gehen», sagen sie Sam.
«Bin ich verhaftet?»
«Zuerst müssen wir untersuchen, was wir hier gefunden haben. Jetzt sollen Sie nur zu einem Verhör mitkommen.»
«Dann fahre ich in meinem Wagen», sagt Sam.
«Wir können Sie festnehmen wegen mangelnder Unterstützung der Staatsgewalt. Wenn ich Sie wäre, würde ich keine Schwierigkeiten machen und einfach mitkommen.»
Sam geht mit. Ich rufe den Anwalt an, der mich bittet zurückzurufen, falls Sam verhaftet wird.
«Die Beschuldigung kann niemals aufrechterhalten werden. Die Sache wird niedergeschlagen.» Er sagt, er wird die Bürgerrechtsbewegung verständigen wegen der Belästigung.
Ich fahre nach Montpelier und suche Sam im Gericht. Ein Polizist bringt ein Paar in die Eingangshalle. Die Frau schreit: «Er hat versucht, mich umzubringen.»
«Tätliche Beleidigung», sagt der Wachhabende, «Ehestreit, so was passiert dauernd.»
Sie lassen mich nicht zu Sam. «Er wird bald frei sein», sagen sie.
Nach zwei Stunden wird Sam freigelassen, die Beschuldigungen gegen ihn werden nicht aufrechterhalten.
«Sie haben mich bewacht, als wäre ich ein Schwerverbrecher, und plötzlich haben sie mich laufenlassen.»
Zwei Tage lang läutet unausgesetzt das Telefon. Beratungen, Anteil-

nahme, Klatsch. Stephen sagt vergnügt, er kann den Vorfall ausschlachten, um seine Opponenten in Verlegenheit zu bringen.
Ainsley kommt vorbei, weil er gehört hat, was geschehen ist. In seinem Overall und den Arbeitsstiefeln sitzt er am Küchentisch und trinkt Kaffee. «Mir ist es scheißegal, was eure politischen Überzeugungen sind. Niemand hat das Recht, so einzudringen und herumzuschnüffeln. Jeder hat ein Recht auf seine Privatsphäre.»
Wir erzählen ihm von der Drogensendung, die mit der Post kam, und sagen, daß wir befürchten, man wolle uns eine Falle stellen.
«Das alles wäre wahrscheinlich nicht passiert, wenn der Gouverneur nicht angefangen hätte, Radikale in Ämter zu berufen. Wenn so etwas geschieht, muß man mit Reaktionen rechnen. Versteht mich nicht falsch – ich meine nicht, daß er den Job nicht haben sollte, falls er der richtige Mann dafür ist. Die Leute hier werden ziemlich nervös, wenn sie glauben, daß sich die Dinge zu sehr verändern. Wenn dann ein paar Langhaarige wegen Drogen verhaftet werden und die Zeitungen darüber berichten, beruhigen sie sich wieder und hören auf zu protestieren. Es ist eine Art Schlagabtausch. Ihr seid halt dazwischengeraten. Die Leute hier reden nicht schlecht über euch. Sie finden, ihr kümmert euch ordentlich um die Farm, selbst Buck, der über keinen was Nettes sagt, kann da nicht widersprechen. Er meint, er hätte mehr Geld von euch verlangen sollen. Die Leute sind ein bißchen unruhig geworden, als sie sahen, daß ihr diese Hütte baut und daß im Sommer all die Hippies hier sind, aber wenn ihr euch um euren Kram kümmert, dann werden euch die Leute hier in Frieden lassen.»
Vorsichtig kehren wir zum Alltag zurück. Das Gefühl der Solidarität, das wir in unserer ersten gemeinsamen Zeit empfanden, ist verstärkt wieder da. Damals war das Bollwerk, das wir gegen die Gefühllosigkeit und Korruption um uns errichteten, nur eine jugendliche Abstraktion, die unser Bündnis stärken sollte. Jetzt sind die Gefahren von draußen für kurze Zeit wirklich.

In jedem Winter töten die Hunde fast so viele Rehe wie die zünftig gekleideten Jäger mit den Zulassungsnummern anderer Staaten an ihren Wagen. Die Ortsansässigen jagen im Winter ihre Nahrung und beobachten geduldig die großen Böcke, denen es gelingt zu entkommen. Wer nachts dabei erwischt wird, wie er die Rehe mit Lichtern blendet, um sie an der Flucht zu hindern, und sie dann erschießt, der muß hohes Bußgeld zahlen. Doch mit den Hunden ist es eine andere Sache. Ein Hund trieb ein junges Reh auf unserem eisbedeckten Teich in die Enge. Es war früh, das Eis war waffeldünn, doch Hunde können schwimmen. Sie schnappen zuerst nach den Beinen, so daß das Reh nicht mehr laufen kann. Dann beißen sie ihr Opfer und quälen es. Wenn das Reh stirbt, lassen sie es liegen, die Jagd ist zu Ende, an der Beute sind sie nicht interessiert. In ihren warmen Häusern bekommen sie so viel Futter, wie sie nur fressen können. Dieses Reh versuchte, auf seinen verletzten Beinen zu fliehen, brach durch das Eis und ertrank unter dem Gekläff der Hunde. Sam versuchte über das Eis zu kriechen und das Reh in Sicherheit zu ziehen. Doch das Eis konnte sein Gewicht nicht tragen, und das Wasser war zu kalt, als daß er es darin lange genug ausgehalten hätte. Als der Wildhüter kam, bot er uns den Kadaver des jungen Tieres an. Ich zögerte. Sam lehnte ab, also nahm der Mann das Reh mit.

Michaels grüner Jeep steht in unserem ungepflegten Vorgarten neben den anderen Wagen, die sich in verschiedenen Stadien der Reparaturbedürftigkeit hier eingefunden haben. Ich stelle meinen funkelnden japanischen Kleinlieferwagen neben den Jeep und gehe zu Michael. Ein seltener Augenblick der Intimität.
«Ich versuche den Jeep soweit instand zu setzen, daß er durch die Inspektion kommt», erklärt er.
Wir reden über Finanzen: Wie er und Kathy mit ihren Ersparnissen auskommen, wieviel die Unterhaltung des Wagens kostet, die unerwarteten Ausgaben durch eine verlorene Plombe. Wir unterhalten uns über den Haushalt: Wie viele Gläser Eingemachtes sie haben, wie lange ihrer Schätzung nach die Vorräte reichen, was sie an Thanksgiving machen.
Er unterbricht seine Arbeit nicht, unsere Blicke treffen sich selten. Ich stehe da mit leeren Händen und biete ihm keine Hilfe an. Statt dessen trete ich von einem Bein auf das andere, stoße einen Stein gegen eine Kamille und frage mich, ob meine Anwesenheit ihn stört.
«Ich habe einen Brief von Polly bekommen. Sie erwartet ein Baby.»
Als ich ihn an seine Vergangenheit erinnere, verlangsamt sich sein Arbeitsrhythmus, und in seiner Stimme liegt Anteilnahme. «Ist sie noch mit demselben Mann zusammen?» fragt er, und dann: «Ich glaube, das ist es, was sie schon immer wollte, ein Baby. Das freut mich für sie. Ich kann mir nicht vorstellen, jetzt selbst ein Kind zu haben. Zuviel Verantwortung.»
«Wenn wir mit dreißig nicht alt genug dafür sind, wann dann?» frage ich.
«Man muß seßhaft sein, wenn man Kinder hat», sagt er. «Ich komme mir nicht sehr seßhaft vor, du?»
«Wenn ich mich Sam nahefühle, erscheint es mir fast richtig, ein

Kind zu haben, aber wenn ich mich innerlich von ihm entferne, ist der Gedanke an ein Kind unmöglich.»

«Was meint Sam?»

«Warum fragst du ihn nicht?» Die Frage liegt auf der Hand: Er und Sam reden nie über anderes als über Motoren oder Biberdämme. Michael widmet sich wieder seinem Wagen und scheint keine große Lust mehr zu haben, sich weiter zu unterhalten.

«Glaubst du, Kathy und du, ihr werdet zusammenbleiben?»

«Ich versuche nicht in der Zukunft zu leben, ich nehme einen Tag nach dem anderen, wie er kommt.» Michael schaut auf. «Ich hatte gehofft, daß hier mehr Gemeinschaftsgeist wäre. Manchmal meine ich, wir verbringen zuviel Zeit allein in dieser kleinen Hütte.»

«Wir sind alle ziemlich isoliert», sage ich. «Malt Kathy noch?»

«Einmal in der Woche geht sie zum Coop, wenn sie dort ein Modell haben. Vielleicht bauen wir nächsten Sommer noch einen Raum an die Hütte, damit sie ein Atelier haben kann – falls wir nächsten Sommer noch hier sind.»

Bevor ich weiterfragen kann, kommt Sam. Ich weiß nicht, ob Michael herausfinden wollte, was ich zu ihrer längeren Anwesenheit auf unserem Land sagen würde. Vielleicht fragt er sich, ob überhaupt noch einer von uns in einem Jahr hier sein wird. Gespräche wie dieses wirken, als unterhielten wir uns in verschiedenen Dialekten. Weil seine Weltanschauung für mich so unannehmbar ist, fülle ich das unübersetzbare Schweigen häufig mit meiner eigenen. Als Sam kommt, werde ich automatisch zum Außenseiter, obwohl wir zu dritt um den grünen Jeep herumstehen. Sam ist von seiner Motorradfahrt zerzaust, Michael hat sich eine Schweißerbrille aufgesetzt, seine Hände sind schwarz. Ich weiche zum Rasen zurück, als Michael den Schweißbrenner einschaltet.

«Ich kann nicht glauben, daß du immer noch versuchst, dieses Ding zu flicken», sagt Sam. «Du solltest dein Geld besser in ein neues Fahrzeug stecken.»

Sie reden über Preise und Anzeigen, ich gehe zum Haus, wende mich jedoch um, als Sam Thanksgiving erwähnt. Vor seiner «Festnahme» hatten wir ein großes Familientreffen am Leech Pond geplant, aber noch war nichts endgültig, als wir abgelenkt wurden.

«Eigentlich will ich es für meine Großmutter tun», sagt Sam. «Ich möchte, daß sie die Farm sieht, und Thanksgiving ist ein guter Anlaß, sie herzubekommen. Als ich es meiner Mutter sagte, hat sie sich bereit erklärt, die Krautwickel mitzubringen, die sie seit Juli in der Tiefkühltruhe hat.» Michael lacht.

Ich bezweifle, ob meine Eltern kommen. Mutter wird wahrscheinlich

zu depressiv sein. Dennoch kommen wir überein, für alle Zimmer im Motel zu bestellen. Wir können uns nicht vorstellen, daß unsere Eltern auf Matratzenlagern schlafen.
Sam und Michael fahren zu Roy, um den Jeep inspizieren zu lassen und sich über Motoren und gute Gelegenheitskäufe zu informieren. In meinem Kopf plane ich die Choreographie für das bevorstehende Thanksgiving-Fest.

Mit dem Teeglas in der Hand scheint Tania in unserem Morris-Sessel zu versinken. Sie wirkt würdevoll in ihrer schwarzen Spitzenbluse mit der Elfenbeinbrosche am Kragen. Während die Verwandten schwatzen, bleibt sie still und in sich gekehrt, sie reagiert nur, wenn sich jemand neben ihren Sessel kniet. Auf der Sitzbank hält Esther, meine Schwiegermutter, ihren Enkel Markie auf dem Schoß und gibt an mit ihm. Neben ihr sitzt meine Mutter in ihrem eleganten neuen Hosenanzug, sie hat sich die Haare wellen und tönen lassen, ihre Erscheinung wird dem festlichen Anlaß gerecht. Sie hat einen koscheren Truthahn aus Ohio im Flugzeug mitgebracht, obwohl ich protestierte. Ich sagte ihnen, ich könne einen Truthahn von einem Farmer kaufen, der ihn ordnungsgemäß mit einem Schnitt durch die Kehle schlachten werde. Ich beschrieb, wie ich selbst meinem Nachbarn beim Hühnerschlachten half. Obwohl mein Vater fast überzeugt klang, brachten sie, um sicherzugehen, ihren eigenen Truthahn mit. Sie trauen mir nie ganz.
Esther gratuliert meiner Mutter dazu, daß sie gesund genug ist, die Reise in den Osten zu machen, und wiederholt immer wieder: «Wenn du doch nur gesund bleiben würdest.»
Als meine Mutter das Thema wechselt und Esther nach ihrer eigenen Gesundheit befragt, führt meine Schwiegermutter ihre Beschwerden mit gedämpfter Stimme auf, damit Tania sie nicht hört. Meine Schwester und ihr Mann, Lynn und Harold, sind von Wisconsin gekommen und schauen sich nach beruflichen Möglichkeiten um, da Harold in diesem Jahr seine Assistenzarztzeit beendet. Markie drückt die aufblasbare Ente, die Lynn ihm mitgebracht hat, und erzeugt ein freundliches Quaken. Meine Schwägerin Sybil trägt Gläser zwischen Küche und Wohnzimmer hin und her. Sam und ich lehnen ihre Hilfe ab und bestehen darauf, daß niemand die Küche betritt.
Auf geradlehnigen Stühlen sitzen mein Schwiegervater Lou und mein Vater und unterhalten sich mit Michaels Eltern über Politik. Seine Mutter, die kürzlich erfolglos für ein Wahlamt in der Landesjustiz von New York kandidierte, spricht davon, ihr Jurastudium fortzusetzen, obwohl sie sechsundfünfzig ist. Mein Vater, ein Anwalt, warnt

sie; an den Universitäten gehe es heute anders zu als zu seiner Zeit. Die Frauenstimmen heben sich nervös. Michaels Mutter spricht schnell und unterbricht immer wieder die Männer. Michael hat sein gemächliches Sprechtempo mit den langen Pausen zweifellos in den Jahren gelernt, in denen er den Hintergrund für die Auftritte seiner Mutter abgab. Sein Vater, Trainer an einer High School und still wie Michael, unterhält sich mit Sybils Mann David, einem ehemaligen College-Sportler, über Sport.

Ich räume in der Küche eine Ecke für Esther frei, die darauf besteht, allen einen Whisky mit Soda zu mixen. Ich schäle rote Rüben, die mir die Hände verfärben, und bin stolz darauf, daß sie aus unserem eigenen Garten sind.

Als Esther draußen ist, kommt meine Mutter herein, fragt, ob sie etwas helfen kann, und stellt wieder fest: «Ich kann es einfach nicht glauben, daß du mit eigenen Händen Hühner schlachten konntest.»

«Ich wette, vieles von dem, was sie kann, würde dich überraschen», sagt Sam, der gerade Brotfülle mischt.

Meine Mutter beugt sich zu mir und flüstert mir ins Ohr, obwohl ich ihr auszuweichen versuche: «Sams Mutter trinkt eine Menge, findest du nicht auch? Glaubst du, sie ist Alkoholikerin? Ich kann überhaupt nichts trinken – es bekommt mir nicht.»

Ich reagiere nicht, aber sie fährt fort: «Deine Schwester sieht mit ihren langen Haaren aus wie ein Hippie. Sag ihr, du findest, sie soll sie abschneiden. Auf dich hört sie.»

«Sag es ihr selbst.»

Aus dem Wohnzimmer kommen die tiefen Stimmen der Männer, die über Politik reden, an die Oberfläche der Geräusche.

«Bei McGovern bin ich mir nicht sicher.» Das ist mein Vater. «Ich mag seine Haltung gegenüber Israel nicht.»

«Aber Nixon kann man nicht unterstützen, oder?» fragt mein Schwiegervater, emotionslos um einen neutralen Kurs bemüht.

Michaels Mutter mischt sich erregt ein. «McGovern ist für Israel. Er findet einfach, daß auch die Palästinenser Rechte haben, und da kann ich ihm nicht widersprechen. Das ist keine antiisraelische Haltung.»

Esther wirft ein: «So ein armes kleines Land, von Feinden umringt. Ich kann da nicht rational bleiben. Israel geht mir zu sehr ans Herz.»

Michael, Sam und ich wechseln in der Küche Blicke wie Eltern, die ihre törichten Kinder gewähren lassen und ihre Unterhaltung genießen, auch wenn sie sie kritisieren.

Eine heimliche pädagogische Absicht verbirgt sich hinter diesem Fest – wir wollen ihnen zeigen, wie man auf dem Lande einfach lebt und wie überlegen unser Lebensstil dem ihrigen ist. Unsere Auseinander-

setzungen mit den Bibern, den Gänsen, den Jägern, der Polizei und miteinander haben unseren missionarischen Drang verstärkt. Mit dieser Mahlzeit haben wir uns alle sehr angestrengt. Kathy hat in ihrer Hütte Kürbisgemüse und Apfelkuchen zubereitet. Michael und Sam haben sich um die Füllung gekümmert, während ich Gemüseplatten arrangierte – Rüben, Karotten, grüne Bohnen aus dem Garten, mit Mandeln garniert, dazu dreierlei selbstgebackenes Brot.
Unser provisorischer Tisch, ein Brett auf Böcken, beherrscht das Wohnzimmer und drängt unsere Gäste in enge Ecken.
Bevor wir uns an den Tisch setzen, knie ich mich neben Tania. «Wie geht es dir?»
«Gut», sagt sie einfach. «Ich sehe, ihr habt hier viel gearbeitet. Sehr schön. Du und Sam, ihr habt euch angestrengt.»
«Esther hat uns erzählt, daß du dich in letzter Zeit nicht sonderlich wohl fühlst.»
«Es sind meine Augen. Ich kann kaum mehr lesen. Ich muß eine Lesebrille benutzen.»
Sam fotografiert mit einem Schwarzweißfilm, während sein Vater Polaroid-Farbbilder macht und sie herumzeigt. Wir beladen den Tisch mit unseren Platten, und die Gruppe nimmt Platz, vom Quaken der Plastikente begleitet. Ich werfe meiner Schwester neben mir einen kameradschaftlichen Blick zu, der sagen soll: Jetzt kann ich mich nicht intensiver um dich kümmern. Auf ihrer anderen Seite gibt Harold Sybil ärztlichen Rat wegen des gutartigen Tumors, der in Markies Nacken wächst.
«Manchmal gehen diese Sachen von selbst wieder weg», sagt er.
Michael, der sein langes, krauses Haar zusammengebunden hat, bringt den Ohio-Truthahn auf einer großen Platte herein und stellt ihn vor Sam. Bevor wir essen, steht Kathy auf. Sie trägt saubere Arbeitshosen, eine bestickte Bluse und hat ihr Haar zu zwei dicken Zöpfen geflochten, die ihr auf die Brust fallen. So gepflegt habe ich sie noch nie gesehen. Sie liest aus dem *I Ging*, dem Buch der Wandlungen:
«Die zähmende Kraft des Geringen. Der Wind kann tatsächlich die Wolken am Himmel zusammentreiben; doch bringt er nichts als Luft, ohne festen Körper, dann erzeugt er keine großen oder dauerhaften Wirkungen. So kann auch ein Individuum in Zeiten, in denen es keine große Wirkung in der äußeren Welt erzeugt, nichts tun als den Ausdruck seiner Natur im Geringen zu verfeinern.»
Ich beobachte, wie mein Vater reagiert. Er hört höflich zu. Lou bringt einen Toast aus:
«Und wir danken, daß wir alle so zusammen sein können.»

Esther fügt mit weinerlicher Stimme hinzu: «Auf unsere prächtigen Kinder, die all das möglich gemacht haben.»
«L'chaim», sagt mein Vater. «Auch wenn wir manchmal anderer Meinung sind als ihr, lieben und achten wir euch doch aufrichtig.»
Ungeschickte Worte, Gefühle, in steife Förmlichkeit verkleidet. Wir stoßen mit unseren Weingläsern an, die nicht zusammen passen, und das Essen wird herumgereicht. Michael, Sam und Kathy nehmen keinen Truthahn. Ich bemerke es und nehme noch eine Scheibe weißes Fleisch auf meinen Teller.
Obwohl meine Mutter seit Jahren miterlebt, daß Sam Fleisch ablehnt, fragt sie ihn wieder, warum er keinen Truthahn ißt. «Wie verhinderst du es, unterernährt zu sein?» Wir diskutieren darüber, ob man ein gesunder Vegetarier sein könne. Meine Mutter zitiert einen Artikel aus *Reader's Digest,* wonach jemand durch eine makrobiotische Diät gestorben ist. Michael und Kathy führen Beweise dafür an, daß Arthritis, Herzkrankheiten und Krebs mit dem Fleischverzehr zusammenhängen.
Als ich die Preiselbeeren weiterreiche, versuche ich mit Tania ins Gespräch zu kommen, die mir gegenübersitzt.
«Die Zeitschriften stapeln sich bei mir. Ich kann sie nicht mehr lesen. Ich sollte sie dir und Sam schicken.»
«Er ist solch ein guter Esser», sagt Esther und gibt Markie noch eine Portion Füllung.
«Dieser Junge ist ein prächtiges Kind», sagt Tania zu mir und lächelt zum erstenmal seit ihrer Ankunft.
Sam erzählt von den Bibern, den Gänsen, den Entenjägern und seiner irrtümlichen Festnahme. Die Einzelheiten werden immer farbiger und übertriebener.
«Ich fürchte, nach dieser Verhaftung wirst du nie mehr eine Anstellung als Lehrer bekommen», sagt Esther.
«Mutter, sie haben mich nicht verhaftet, und außerdem sind wir bei Demonstrationen für die Wehrdienstverweigerer wiederholt verhaftet worden. Eines Tages hilft uns das vielleicht sogar, Jobs zu bekommen.»
«Ich habe nicht gewußt, daß ihr so radikal seid», sagt meine Mutter. Ihre Reisen in die Depression und zurück haben unsere neuere Geschichte ausgelöscht. Die Jahre, in denen Sam und ich politisch engagiert waren, hat sie überhaupt nicht mitbekommen.
«Glaubst du nicht, sie hätten es leichter, wenn sie anderswo leben würden?» fragt meine Mutter Esther.
«Man kann seinen Kindern nie befehlen, was sie tun sollen. Das habe ich schon längst gelernt. Frag meine Mutter.»

«Es gefällt ihnen hier», sagt Tania einfach. Ihr Gesicht wird wieder ausdruckslos wie zuvor. Sie streut ihre Worte nur sparsam ein, als verlöre sie Kraft, wenn sie zuviel sprechen würde.
Der Tisch ist mit leeren Tellern und Essenresten bedeckt, für die Kuchen in der Küche ist kein Platz. Ich flehe Sam mit Blicken an, sich aus dem Gespräch zurückzuziehen und zu helfen. Statt dessen gehen fünf Frauen vom Wohnzimmer in die Küche und zurück, tragen schmutziges Geschirr und stoßen aneinander.
«Bitte, Mutter, Sybil, setzt euch, wir vier kümmern uns schon darum.»
«Sag mir nur, wenn ich dir helfen kann», drängt Sybil.
Ich kämpfe mit schmutzigen Tellern und Knochen und leere Abfälle in Plastikbeutel, die rasch voll werden. Schmutziges Besteck gebe ich an Michael weiter, der es für den Nachtisch spült.
«Verrückt», sagt er. «Warum haben wir das bloß gemacht?»
«Ich habe überhaupt nicht daran gedacht, was wir in den nächsten beiden Tagen tun, ich war ganz mit dem Essen beschäftigt. Was jetzt?»
«Ich hoffe, ich kann meiner Großmutter das Land zeigen», sagt Sam.
Es fällt immer mehr Schnee.
«Was ist das bloß für ein Haus, Sam?» fragt David wieder. «Kein Fernseher! Man kann noch nicht einmal das Footballspiel sehen! Wie kommt man in die nächste Kneipe?»
Nach dem Essen gehen die Gäste auseinander, aber in diesem Haus ist nicht genug Platz, um sich zurückzuziehen. In einer Ecke zeigt Sam Tania Fotos von unserem Land im Sommer. Er beugt sich über sie, seine blonden Locken hängen neben ihrem weißen Kopf.
«Wir wollen bald zurück ins Motel, Lou», sagt Esther. «Großmutter braucht Ruhe, und ich habe Angst, im Schnee zu fahren.»
«Morgen laden wir euch zum Abendessen ein», schlägt mein Vater vor. Sie brechen zum Motel auf, einem Gebäude, das während der sommerlichen Überschwemmung in den Fluß stürzte, jetzt aber repariert ist.
«Ich verstehe nicht, wie ihr so leben könnt», sagt meine Mutter und schaut auf die schneebedeckte Straße hinaus.
«Uns gefällt es», sagt Sam.
Sie schaut ihn mit gespielter Verzweiflung an.
Obwohl sie weg sind, ist das Haus noch voll mit Menschen unserer Generation. Unsere Schwestern und deren Männer sind oben untergebracht. Ruhiger räumen wir die Küche auf. Lynn und ich vergleichen Beobachtungen über unsere Eltern und sind erleichtert, daß sie es diesmal geschafft haben. Wir erinnern uns an Feste, an denen wir

nicht mit Mutters Anwesenheit rechnen konnten, an seltene manische Parties, die uns in Verlegenheit brachten. Als Sam und ich uns vor unserer Europareise verabschieden wollten, fanden wir uns plötzlich in einem gemieteten Lokal voller Verwandter und Geschenke wie Reisebügeleisen, Reisewecker und ein ledergebundenes Tagebuch, in das ich meine Erinnerungen eintragen sollte. Mutters Unberechenbarkeit überrascht uns immer noch.
«Ich glaube, meiner Großmutter geht es nicht gut», sagt Sam später. «Ich mache mir Sorgen um sie.»
«Hier in dem Lärm und dem Durcheinander kommt sie mir verloren vor. Ich wollte, wir könnten sie allein besuchen», sage ich.
«Wir werden bald zu ihr nach New York fahren», beschließt Sam.

Die Müllgrube oben an der Straße, eine Meile von uns entfernt, wurde geschlossen, und die Ratten sind heimatlos geworden. Auf der Heimfahrt im Schnee habe ich ein halbes Dutzend überrollt. Sie verirrten sich in dem Labyrinth aus Schnee und Reifenspuren und waren deutlich sichtbar und leicht zu erwischen, obwohl der Gedanke an die pelzigen Körper unter meinen Reifen mich wünschen ließ, ich sei schon zu Hause. In derselben Nacht fand eine Ratte durch ein Loch im Badezimmerboden den Weg ins Haus. Wir jagten sie zum Loch hinaus und verstopften es, doch die Belagerung hat begonnen, diese Ratte war nur die Vorhut. Am nächsten Tag sind zwei Ratten im Haus. Sam sitzt mit der geladenen Waffe da und wartet auf eine freie Schußbahn, während ich versuche, sie zu entdecken. Eine Ratte erschießt Sam oben auf der Treppe, die andere jagen wir hinter ein Bücherregal, und Sam schlägt sie mit dem Wagenheber tot. Wir glauben, alles sei vorbei, und fangen an, das Blut aufzuwischen, die leeren Hülsen aufzusammeln und Gift im Keller auszustreuen, da hören wir Quieken unter dem Kühlschrank. Langsam heben wir ihn weg, und drei Ratten springen aus einem großen Loch im Boden, das vom Kühlschrank verdeckt war. Je heftiger unsere Wut wird, um so größer werden die Ratten. Im Gegensatz zu ihren schüchternen, feigen Vorgängern ist die neue Invasion kühner. Eine will, in die Enge getrieben, Sam angreifen, bevor eine Kugel sie niederstreckt. Nachdem die Schlacht vorbei ist, bleiben wir tagelang wachsam, horchen auf Geräusche, greifen bei jedem eingebildeten Quieken zu einer Waffe. Wir beschweren uns bei Clyde wegen der Müllgrube. Warum hat man die Ratten nicht vernichtet? Was sollen wir tun? Clyde findet unsere Sorgen komisch und sagt, er wird uns Rattengift bringen. «Warum veranstaltet ihr keinen Rattenzirkus?» schlägt er grinsend vor. Am Wochenende gibt es eine Rattenjagd. Obwohl wir die Schüsse hören, bleiben wir zu Hause. Am Ende des Gemetzels liegen Haufen von Rattenleichen in der alten Müllgrube. Seither bleiben wir von Ratten verschont.

Das Vieh weidet wenige Meter neben der Autobahn. Die Wagen fahren mit fünfzig Meilen in der Stunde vorbei, um die Paarung nicht zu stören. Ein Bulle besteigt inmitten der Gruppe eine Kuh. Lust und Tod sind zur Besichtigung freigegeben. Auf dem Asphalt liegt ein überfahrenes Stinktier, die Eingeweide quellen heraus. Sein Gestank breitet sich im Wagen aus, als hätte jemand eine Stinkbombe geworfen. Wir sind daran gewöhnt, die Opfer der vergangenen Nacht auf der Straße zu finden, und beachten sie nicht weiter, während die Rinder und Schweine sich paaren.
Es ist Zeit, den Kamin zu reinigen. Angesammelter Ruß von grünem Holz fing Feuer. Das Ofenrohr wurde rot, dann durchsichtig. Flammen schossen durch den Kamin bis aufs Dach. Aus den Nahtstellen zog der Rauch durchs ganze Haus. Ich schloß den Abzug, damit das Feuer niederbrennen konnte. Sam stand draußen und beobachtete das Dach, ob auch nichts Feuer fing.
Jetzt steigt er mit einer schweren Kette hinauf und läßt sie durch den Kamin herunter, wobei er versucht, sie hin- und herzuschwingen wie ein Pendel. Ruß fällt in schwarzen Brocken herunter. Ich halte unten die Hand auf und versuche ihn zu fangen. Als nächstes nehmen wir das Rohr auseinander. Ich bürste es sauber. Ein Knierohr zerbricht mir unter den Händen. Sam ersetzt es durch ein anderes Stück, dann fügt er das Rohr wieder zusammen. Jetzt ist es bereit für neuen Rauch. Wir sind rußbedeckt und riechen nach Brand.
Frisch gesägte, über zwei Meter hohe Äste werden die Straße entlang aufgestellt, damit der Fahrer des Schneepflugs weiß, wo ein Zaun oder ein Kanal verborgen ist. Gegenstände beginnen zu verschwinden – Schaufeln, Eimer, Rechen, die draußen vergessen wurden, sind plötzlich weg, es wird Platz gemacht für den Winter.
Autobatterien frieren ein, Wagen bleiben stecken, werden aus dem Schnee gezogen, bleiben wieder stecken. Es ist schwer, draußen durchzukommen, doch Stunde um Stunde fällt wunderschön der Schnee. Als ich am Abend nach Hause fahre, ist Neuschnee wie Scheuerpulver über die Straße gestäubt. Mein Gurt umfängt mich; ich fahre in die Kurven, die ich mir gemerkt habe, als müßte ich eine Prüfung ablegen. Wenn mich jemand überholt, blende ich die Scheinwerfer ab, doch die Mittellinie verschwindet, und ich bin verwirrt. Ich packe das Lenkrad fester, und plötzlich taucht die Kirche auf, ein weißer Verbündeter. Oben wartet mein Dorf, das durch den Schnee

schwer zu erreichen ist. Als ich die ungepflasterte Straße erreiche, denke ich daran, langsam weiterzukriechen, doch der Kies wirkt sicherer als der glatte Asphalt, und ich beschleunige. Vor Leech Pond fahre ich in eine Abwärtskurve und komme viel zu schnell die Straße herunter. Die Bremsen greifen zu spät, ich komme rutschend zum Stehen, meine Vorderräder hängen über den Rand des Teiches. Wie ein Unfallzeuge berechne ich die Wassertiefe, riskiere es, zurückzustoßen, und steuere den Wagen nach Hause.

IV
Winter

Das war die vorhergewußte Welt,
obwohl ich irgendwie gedacht,
wahrscheinlich angesteckt vom Wahn
dieses Irren Thoreau,
daß Notwendigkeit uns erspart bliebe
durch die Tatsachen, die wir haben.
Concerning Necessity von Hayden Carruth

«1. Dezember, ein schlechtes Datum. Das bedeutet, daß es schneien wird», sagt Roy, als er meinen Wagen inspiziert. «Mir wäre es recht, wenn es nie mehr schneien würde, und ich habe mein Leben lang hier gewohnt.»
Im Dezember kommen die Stürme und treiben den Schnee vor sich her. Der Pfad ist trügerisch; jede Nacht, wenn Schnee fällt, wird er höher, am Morgen gehen wir auf einer neuen Oberfläche. Die Küche scheint zu sinken, während Schnee, den wir vom Dach geschaufelt haben, eine eisige Barriere vor dem Fenster bildet. Im Januar wird der harte Frost kommen. Wenn die Neuheit des Schnees und die Vorfreude auf die Feiertage ihren Glanz verloren haben, steht nichts bevor als hartnäckige Kälte.

Wir fahren nach New York und besuchen Tania, die im Krankenhaus liegt. Ein jugendlicher Räuber hat sie überfallen und ihr am hellen Tage die Tasche entrissen, als sie im Park gegenüber ihrem Haus spazierenging.
«Könnt ihr euch vorstellen, daß man einer alten Frau so etwas wegen ihrer paar Groschen antut! Es bricht einem das Herz. Sie lag mit ihren gebrochenen Rippen stundenlang auf der Intensivstation und wartete darauf, daß man sich um sie kümmert», erzählt uns Esther.
Wir halten zuerst bei Tanias Haus in der Bronx, um die Post hereinzuholen und die Zeitungen aufzusammeln, die sich auf der Treppe stapeln.
In Tanias dunklen Räumen hängen Elefantenzähne und afrikanische Schnitzereien, die ihr Sohn von seiner Militärzeit mitgebracht hat, an den Wänden. Gehäkelte Spitzendeckchen liegen auf den Arm- und Rückenlehnen der dunklen Polstersessel. Sam trägt den Müll hinunter. Als wir allein sind, frage ich meine Schwiegermutter, was es mit dem Klavier in der Ecke auf sich hat.
«Ich dachte, du wüßtest, daß mein Bruder Konzertpianist werden wollte. Er hatte viel Talent, doch nachdem mein Vater uns verlassen hatte, rührte er kein Klavier mehr an. Er wurde ein sehr schlechter Mensch. Ich spreche nicht gern über diese Dinge. Er war richtig gemein, terrorisierte alle anderen Kinder in der Straße. Jetzt lebt er ganz allein. Er ist Junggeselle und ein sehr unglücklicher alter Mann.»
Esther nimmt Tanias Vergrößerungsglas von einem Stapel neuer Zeitschriften.
«Es ist kein Honigschlecken, ohne Vater aufzuwachsen. Ich bin immer dankbar, daß meine eigenen Kinder so etwas nicht erleben mußten.»
Familien können auch auf andere Weise zerbrechen, sage ich, mit

schlechten Ehen und abwesenden Vätern sind die Möglichkeiten noch nicht erschöpft. Esther hat es lieber, wenn ich zuhöre, ich soll nicht über meine eigene Vergangenheit klagen. Sie drängt darauf, daß wir Tania überreden, zu ihr zu ziehen.

«Sie kann nicht allein hierher zurückkommen. Sagt ihr, daß ihr mit mir einer Meinung seid.»

Im Krankenhaus wirkt Tania zwischen all den weißen Tüchern geisterhaft und zerbrechlich, doch sie liest *The Nation*.

«Großmutter, du solltest dir eine Pistole zulegen», scherzt Sam, «oder Karate lernen.»

«Wahrscheinlich sollte ich nicht mehr allein im Park spazierengehen», sagt Tania langsam. «Das Viertel hat sich verändert.»

«Du mußt sehr stark sein», sage ich.

«Nicht mehr. Wenn du alt bist, heilen die Knochen nicht so schnell, und ich habe viele Schmerzen. Die Ärzte und Schwestern meinen es gut, aber sie helfen mir nicht viel.»

Mit einer Handbewegung wischt sie Sams Vorschlag, zu Esther zu ziehen, weg. Dann legt sie den Arm langsam aufs Bett, als hätte die Bewegung sie erschöpft.

«Was soll dann aus meinem Haus werden?»

«Du könntest es verkaufen oder vorübergehend vermieten», schlage ich vor.

«Nein», sagt Esther, «ihr habt mich nicht überzeugen können. Ich werde bei ihr bleiben, bis ich mich erholt habe, dann gehe ich zurück in die Bronx.» Sie preßt den Mund zu einem dünnen Strich zusammen, der blaß ist ohne den gewohnten Lippenstift.

«Wie geht es euch in Vermont?» fragt sie.

«Es ist kalt.»

«Aber schön», fügt Sam hinzu. «Der Schnee liegt meterhoch. Alles wirkt gemütlicher. Man bleibt mehr daheim am Ofen sitzen.»

Esther kommt und drängt uns zum Gehen.

«Nur zwei Besucher zugleich», wiederholt sie.

Ich küsse Tania und versuche, mich an meine eigene Großmutter mütterlicherseits zu erinnern: ihr langes Haar, das sie in Zöpfen um den Kopf gewunden hatte, ihr russischer Akzent, ihre Stimme, die immer an der Grenze zum Weinen war, die Synagoge, wo die alten Leute jiddisch sprachen und die Frauen, von den Männern getrennt, beim Gottesdienst von ihrem Balkon herunterschauten, der mit Sägemehl bedeckte Boden der Metzgerei, wo Bubbe auf jiddisch Hähnchen für den Schabbes bestellte. Es fallen mir keine Bilder mehr ein, ich konnte nicht genug aufnehmen, bevor ich fünf war. Dann starb sie, und wir zogen in ein anderes Viertel. Obwohl ich versuche, Tania zu meiner Großmutter zu machen, besteht zwischen uns eine Distanz. Ich hüte mich, ihr zu nahezukommen. Sie stammt aus einer anderen Welt und wird nicht mehr lange bei uns sein. Unter meinen Lippen fühlt sich ihre Wange substanzlos an, als würde sie sich schon auflösen.

Bei Esther teilen Sam und ich dasselbe Einzelbett, in dem er in jeder Nacht seiner Kindheit geschlafen hat. Sam und seine Mutter streiten sich wegen Tania. Wir sitzen in ihrem perfekten Wohnzimmer, wo sich die Vorhangbordüre an den Kissenbezüge wiederholt. Pflanzen, Nippes, Statuen stehen genau am richtigen Platz. Getrocknete Blumenarrangements halten jede stille Ecke besetzt. Es ist unmöglich, einen Gegenstand genau anzuschauen, es gibt zu viele.

Esthers Sammlung von Keramikeulen hängt von der Decke, steht auf Regalen und Simsen. Letzten Sommer hat sie einen Springbrunnen im Garten installieren lassen.

«Es ist mir egal, was du dazu sagst. Es ist mir egal, wenn alle darüber lachen. Ich höre einfach gern das Wasser in meinem Garten», sagte sie zu Sam.

Als wir nach Vermont aufbrechen, ist Tanias Zukunft immer noch ungeklärt. Der Mond folgt uns über die Autobahn. Sam fährt. Ich döse vor mich hin zum rhythmischen Geräusch der Scheibenwischer, die den fallenden Schnee zur Seite schieben. Ich erinnere mich an andere Winterfahrten. Vor einem Jahr beendeten wir einen Streit, indem wir den Wagen vollpackten und nach Florida fuhren. Ich wollte den langen Winter mit einem Strandurlaub unterbrechen, doch Sam erhob Einspruch.

«Strände sind langweilig. Reisen ist sinnlos, wenn man nichts dabei lernt.»

Sam wollte das Leben kennenlernen, wie es einmal gewesen war, bevor die letzten Spuren verschwanden. Er hatte die Sufis gelesen, die Buddhisten, und alles wieder verworfen. Er suchte etwas, was er berühren konnte, die direkte Erfahrung, die in Büchern nicht zu finden war.

In Florida würden wir den Nachkommen Osceolas begegnen, des Indianerhäuptlings vom Stamm der Seminolen, der 1935 für sein Volk den angebotenen Regierungsvertrag abgelehnt hatte. Sam zeigte mir ein Bild des Indianers, auf dem er mit dem Dolch das Vertragspapier durchbohrt. «Dieses Land gehört uns. So will ich euren Vertrag unterzeichnen», hieß die Legende.

Obwohl ich Sams Leidenschaft respektierte, konnte ich sie nicht teilen. Ich wünschte, er wäre damit zufrieden, eine Woche mit mir am Meer zu sitzen, auszuruhen, zu lieben, laut vorzulesen, Buchten zu erkunden und Muscheln zu sammeln. Seine Ruhelosigkeit, seine verzweifelte Suche schwächten mich. Zu Beginn unserer Ehe war ich ihm gern an entlegene Stellen gefolgt und hatte im Wagen gewartet, während er mit der Kamera Bilder festhielt.

Jetzt fühlte ich mich durch meine Unfähigkeit, sein Interesse aufzugreifen, herabgesetzt. Ich nahm ihm mein eigenes offenkundiges Unvermögen übel. Was er verfolgte, stellte ich in Frage, Rebellion wurde meine Form der Selbstdefinition, ich verstärkte unsere Gegensätzlichkeiten statt das, was wir gemeinsam hatten. Diese Reise nach Florida war ein Kompromiß. Ich würde meinen Sonnenschein bekommen, er seine Indianer.

Am Tor zur Seminolen-Reservation ignorierten wir das Schild mit der Aufschrift «Durchfahrt verboten» und folgten einer Straße, die durch fünfzigtausend Morgen Sumpfland schnitt. Zypressengruppen bildeten unerwartete Inseln. Reiher saßen wie weiße Früchte auf den Ästen; plötzlich flogen sie auf – Kürbisse, denen Flügel gewachsen waren. Truthahngeier machten unserem Wagen Platz, dann kehrten sie zu dem Hundekadaver zurück, mit dem sie beschäftigt gewesen waren.

Ein hellblauer Lastwagen mit der Aufschrift «Büro für indianische Angelegenheiten» parkte, ein Weißer und ein Indianer stiegen aus. Der Weiße stellte sich redselig vor, er sprach den Dialekt des Südens und war Förster im Staatsdienst.

«Wir sind Lehrer aus dem Norden», erklärte Sam, «und möchten gern möglichst viel über die Seminolen erfahren.»

«Das ist Billy. Er könnte euch eine Menge erzählen, sein Vater war Häuptling.»

Billy nickte. Er hatte einen Spitzbart und lange Koteletten, trug eine Sonnenbrille mit Horngestell und zerknitterte Kleidung, die aussah, als komme sie aus einem Einkaufszentrum.

Billy lud uns in seinen Wohnwagen ein, der im Holiday Inn-Stil eingerichtet war. Doch überall lagen Kleidungsstücke und Geschirr herum wie in einem Indianerlager. Billys Frau Rae war sichtbar schwanger. Sie unterhielt sich leise mit mir. Sie arbeitete für den Stamm, besorgte Lebensmittelgutscheine für die Alten und fuhr sie zu Küchen, wo sie warme Mahlzeiten bekamen. Ich sprach sie mit lauter Stimme an, als hätte ich es mit einer Zurückgebliebenen oder Schwerhörigen zu tun.

Lächelnd deutete Rae auf ihren Bauch und sagte: «Diesmal hätte ich gern ein Mädchen. Wir haben drei Jungen, aber ich weiß, daß Billy lieber Jungen hat.»

Langes Schweigen. Ich schaute mich im Wohnwagen um und be-

merkte eine drei Zentner schwere Frau in Indianerkleidung, die neben einer auf dem Rücken liegenden Gestalt in der Ecke saß.
«Hast du Kinder?» fragte Rae.
«Nein.»
Sie schaute mich mitleidig an, sagte aber nichts.
Ich dachte an die langen Gespräche mit Frauen, in denen wir vor kurzem über die Verdienste des Androgens, die Entwicklungsfähigkeit der Ehe, den Tod der Familie diskutiert hatten, Gespräche, die Sam als «intellektuellen Quatsch» bezeichnete.
«Nähst du?»
Beschämt wurde mir klar, daß Rae die Frage dreimal wiederholen mußte, bevor ich sie verstand. Ja, ich nähe, also sprachen wir über Schnittmuster. Ich versuchte Billys Antworten auf Sams Fragen über Medizinmänner mitzubekommen.
«Sie machen nicht sehr viel», sagte Billy. «Mein Vater war der erste Baptistenprediger hier. Damals erlaubten sie noch keine Baptistenkirche auf der Reservation, nur Indianerkirchen, deshalb kaufte mein Vater Land, das an die Reservation grenzte. Jetzt gibt es hier drei christliche Kirchen, doch die anderen Pfarrer sind nicht wie mein Vater. Sie sagen, einer von ihnen hat sogar eine Geliebte.»
Stille. Dann sagte Sam: «Machen sie noch den Tanz des grünen Maises?»
«Manche gehen noch hin, aber es ist vorwiegend eine große Sauferei.»
Billy zog ein Manuskript hervor, ein Interview über historische Fragen, das ein Student der University of Florida mit Billys Vater geführt hatte. Er reichte es Sam.
«Ich wollte, ich könnte gut schreiben», sagte Billy, «damit ich über meinen Vater schreiben könnte. Er ist erst vor wenigen Monaten gestorben, noch nicht mal Ende Fünfzig, doch man hatte ihm ein Bein amputiert, weil er Zucker hatte. Ich hätte ihn noch zehn oder zwanzig Jahre brauchen können.»
Billys Mutter, die dicke Frau in der dunklen Ecke, sprach in einem Dialekt zu dem Mann, der auf dem Boden lag. Er versuchte sich aufzurichten und fiel wieder zurück.
«Wenn sie wollen, daß ich mich als Häuptlingskandidat aufstellen lasse, dann werde ich das wohl machen», fuhr Billy fort. «Aber ich habe schon jetzt so viel zu tun, daß ich nicht viel Zeit dafür aufwenden kann. Ich habe mein Vieh, und mein Bruder und ich, wir verkaufen Palmen für diese neuen Bungalows. Wir verdienen dreitausend Dollar pro Woche. Verstehst du, die Kokosnußpalmen haben irgendeine Krankheit, aber die Art, die wir hier auf der Reservation haben, ist in Ordnung.»

Wir hatten die kranken Palmen bemerkt; die überlebenden wirkten, als trauerten sie um die toten.
Billy deutete mit dem Kinn auf den Mann am Boden. «Mein Bruder ist krank geworden und konnte nicht mehr arbeiten. Früher wog er zweihundert Pfund. Kokain hat ihn kaputtgemacht. Er hat angefangen, unsere Geräte zu verkaufen, damit er das Kokain bezahlen konnte. Er hat sogar eine alte Waffensammlung verkauft, die meinem Vater gehörte.»
Der Bruder stand zitternd auf, seine Haut hing lose über den Knochen.
In der Nacht beobachteten Sam und ich an unserem Lagerplatz, wie die Silberreiher aufflogen und landeten und in der Dunkelheit wiederkamen wie weißes Leuchtfeuer. Nachtblühende Kakteen verschönten die Kohlpalmen. Am Rande des Sumpfes bildeten die Ableger der roten Mangroven Inseln und schnitten damit die Mutterpflanze vom nährenden Salzwasser ab. Von ihren Nachkommen zerstört, wurden sie durch weiße Mangroven ersetzt, und der Sumpf an dieser Stelle wurde fest und trocken, toter. Am Rande des Sumpfes berührten wir einander zum erstenmal seit Wochen, wir tauten auf nach langem Frost.
«Vielleicht sollten wir ein Kind haben», sagte ich.
«Ich dachte, das hätten wir ausdiskutiert.»
«Wir können unsere Meinung ändern, oder? Vielleicht sind Kinder der einzige Grund, um jetzt zusammenzubleiben.»
«Wenn wir ein Kind haben müssen, um unsere Beziehung zu festigen, dann ist sie nicht viel wert.»
In einem Schlafsack kuschelten wir uns aneinander und lauschten den Geräuschen vom Sumpf.
«Wir haben zu lange gewartet. Es wäre nicht gut», sagte Sam. Halb erleichtert, halb bedauernd ließ ich das Thema fallen.

«Jetzt ist die Zeit der Brände», erklärte Ralph, der Förster. «Gestern nacht gab es ein Feuer. Heute müssen wir wieder hin und uns überzeugen, daß es aus ist. Im vergangenen Jahr waren die Sumpfbrände so schlimm, daß viele Menschen evakuiert werden mußten. Willst du wirklich nicht mitkommen?» fragte er mich.
«Nur wenn ihr Platz genug habt», sagte ich.
Wir zwängten uns auf den Vordersitz neben Genesis, Ralphs Assistenten. Eine silbrige Reiherfeder steckte am Rand seines indianischen Strohhuts. Sein langer Pferdeschwanz hing auf sein gelbes T-Shirt herab. Als Genesis sich nach mir umwandte, sah ich mein eigenes Gesicht in seinen Augen, ein Trick seiner reflektierenden

Sonnenbrille. «Weedies, das Frühstück der Champions» stand in orangefarbenen Buchstaben auf seinem T-Shirt.
Ein Aufruf kam in Cow-Creek-Sprache durch das Autoradio. Genesis übersetzte: «Das Feuer an der Nordgrenze hat sich erneut entzündet.» Wir fuhren los, querfeldein, rollten über verborgene Baumstümpfe in dem ausgetrockneten Land, das noch vor ein paar Monaten Sumpf gewesen war.
Plötzlich hielt der Wagen. Ein paar Meter vor uns hingen Feuerbälle wie Weihnachtskugeln von Luftwurzeln herunter. Hohes Gras knisterte. Flammen rasten auf uns zu. Ich spürte, wie die Hitzefront näher kam, und unterdrücke einen Impuls davonzulaufen, doch die Männer waren ruhig, fast heiter. Ich schaute mich nach Sam um, doch der war mit Ralph beschäftigt.
«Kannst du einen Laster fahren?»
«Natürlich», sagte Sam.
«Gut. Dann kannst du helfen.»
Ohne auf mich zu achten, stieg Sam in die Fahrerkabine. Allein und ohne Aufgabe wich ich vor der Hitze zurück und schaute zu. Ich hoffte, Sam käme bald zurück, damit ich ihn fragen konnte, was ich tun sollte.
Aus dem silbrigen Wald, wo die Asche wie Festdekoration auf den Ästen glitzerte, kam ein alter Lastwagen mit einer Handpumpe. Genesis, immer noch den Hut mit der kecken Feder auf dem Kopf, sprang vom Fahrersitz und setzte die Pumpe in Betrieb. In seiner Sonnenbrille spiegelte sich der rauchende Wald.
«Genesis, bring rasch den Flammenwerfer», rief Ralph zwischen den Bäumen.
Genesis verschwand mit seinen Geräten im Rauch. Der Wind drehte. Die Männer hasteten hin und her, um durch ein neues Feuer das alte zu löschen. Es gab keinen Platz, an den man fliehen konnte. Sam und der blaue Laster waren immer noch nicht zurück. Am Rande des Feuers hob ein Bulldozer einen Graben aus und schlug dabei wahllos Bäume um. In diesen Graben rettete ich mich, suchte den Boden nach Schlangen ab und lief weiter, um die Distanz zwischen mir und dem nahenden Feuer zu halten. Durch den Rauch sah ich Fetzen des blauen Himmels, unter dem wir noch vor kurzem gewesen waren. Ich hockte mich nieder und schaute mich um, ich war die einzige Frau in einem alten, brennenden Sumpf. Während das Feuer die Pflanzen zerstörte und zugleich den Boden fruchtbar machte, gingen nur die Männer mit ihren Geräten durch den Wald.
Genesis tauchte mit seinem Flammenwerfer auf. Mit dem Rücken zu mir blieb er stehen, öffnete seinen Reißverschluß und schickte einen

Urinstrom in die Flammen. Ungesehen beobachtete ich ihn und bemerkte die gezackte Wunde in seinem Nacken. Ein plötzliches Geräusch erschreckte uns beide. Aus dem Unterholz kam ein verängstigtes Reh auf der Flucht vor dem Rauch. Genesis nahm sein Gewehr vom Wagen und schoß. Hätte er das Reh einen Augenblick früher gesehen, hätte er mich getroffen. Mit dem Gewehr in der Hand verfolgte Genesis das Tier. Ich winkte heftig und schrie, damit ich nicht unabsichtlich sein Ziel wurde. Im Laufen wandte Genesis sich um, stolperte über einen Baumstumpf und fiel, wobei er seinen Hut verlor. Böse funkelte er mich an, dann rannte er ohne Hut und wehrloser wirkend weiter. Langsam hob ich den Hut mit der jetzt geknickten Reiherfeder auf. Als er ohne das Reh zurückkam, reichte ich ihm das Strohgeflecht. Er nahm es, ohne meinen Blick zu erwidern.

Er wußte, daß ich lieber Schläuche schleppen und Bäume fällen würde, als am Rande zu dienen wie die Indianerfrauen mit ihren dicken Bäuchen, daß ich hier nicht herpaßte, durch meine Unerfahrenheit und ihre Erwartungen auch von den Männern getrennt.

Ich stellte mir vor, ich würde Genesis im Dickicht treffen und mit meinen Fingern zart das wuchernde Fleisch an seiner Narbe berühren, seine glatten schwarzen Haare streicheln, die länger als meine über seinen Rücken fielen. Die Sprache des Fleisches war die einzige, durch die ich mit ihm in Kontakt kommen konnte, aber mir war sie so fremd wie die Cow-Creek-Sprache. Er würde mich nicht verstehen können.

Billy lud uns zum *roundup* ein, zum Zusammentreiben der Herde.

Lieferwagen, die an Planwagen erinnerten, bildeten den Ring. Genesis galoppierte in die Mitte, fing mit dem Lasso ein Kalb und zog es auf dem Boden hinter sich her. Die Kuh wollte sich auf ihr Junges stürzen, wurde von anderen Männern vertrieben. Ein Indianer spreizte dem Kalb die Beine und schlitzte ihm das Ohr, während ein anderer mit einem schärferen Messer ihm unter die Lenden griff und rasch die Hoden abtrennte. Verwirrt lief das Kalb zur Herde zurück; jetzt war es ein Ochse.

«Genesis ist ein Rodeo-Star», sagte Billy. «Wenn ihr aufpaßt, könnt ihr seine Seiltricks sehen. Er gibt gern an.»

Fasziniert sah ich beim Kastrieren der Kälber zu und wartete darauf, daß Blut fließen würde. Der Mann mit dem scharfen Messer legte die abgeschnittenen Hoden in eine braune Papiertüte, die jedesmal, wenn er sie öffnete, feuchter war. Ein Stier bestieg eine Kuh, und die Männer lachten.

Allmählich wurde es etwas langweilig zuzuschauen, wie aus Kälbern

Eunuchen wurden, die einmal Steaks sein würden. Ich suchte Sam; er verfolgte die Kälber mit seiner Kamera.
Ich wandte mich von den galoppierenden Männern, Jungen und Kälbern ab und versuchte die Frauen zu finden. Beschützt, verborgen und wartend saßen sie in den Fahrerkabinen der Lastwagen. Nur eine Großmutter saß in einer Hängematte und verscheuchte umherirrende Rinder mit einem riesigen Palmenblatt. Ihre bunten Röcke schwangen, während sie im Dialekt auf die Kühe einbrüllte. Ich hätte mich gern den Frauen genähert, aber ich wußte nicht wie. Offenbar war es unpassend, in die Fahrerkabinen einzudringen. Statt dessen freundete ich mich mit einem kleinen Mädchen an, das auf der Ladefläche eines Lasters mit Limonadedosen und Orangen spielte.
Das winzige Mädchen starrte mich aus schwarzen, ruhigen Augen an, aber meine Fragen beantwortete es nicht. Ich begann ein Spiel, indem ich ein loses Metallstück auf sie zuschlittern ließ. Sie schob es zurück. Wortlos machten wir weiter, hin und her, bis ein Pferd in einer Staubwolke herankam. Ohne abzusteigen, packte Genesis das Kind. Es quietschte vor Vergnügen und hüpfte auf dem Sattel auf und ab. Ich fragte mich, ob es sein Kind war. Billy hatte uns erzählt, daß Genesis von einem Mädchen, mit dem er jedoch nicht lebte, zwei Kinder hatte.
«Mein Vater hat sich aufgeregt, wenn die Leute, die er verheiratet hatte, nicht zusammenblieben. Er dachte, er mache irgend etwas falsch, deshalb hat er aufgehört, Leute zu trauen», sagte Billy.
Wie auf ein Zeichen kamen Frauen aus dem Wagen mit Platten voll gebratenen Hähnchen, Makkaroni, gegrilltem Fleisch, Kuchen, Brot und einer Art grünem Schleim, der «Sofki» genannt wurde. Billy drängte mich, meinen Teller zu füllen, bevor alles weg war. Ich setzte mich als einzige essende Frau zu den Männern.
Genesis sprach rasch in Cow-Creek-Sprache auf Billy ein und schaute dabei immer wieder zu mir her. Ich nahm eine tiefgefrorene Schwarte von meinem Teller und biß hinein. Merkwürdig. Schweinefleisch? Weißes Fleisch von eigenartigem Geschmack.
«Rocky Mountain-Austern», sagte lachend ein Indianer neben mir.
«Kalbshoden», flüsterte Sam. Ich versuchte ohne Würgen zu schlucken.
Auf der Rückfahrt fragte ich Billy: «Hat sich Genesis geärgert, weil wir dort waren?»
«O nein. Genesis tut sich gern wichtig, das ist alles.»
Billy erzählte: «In letzter Zeit hat es eine ganze Anzahl Selbstmorde gegeben. Ich weiß nicht, ob Drogen daran schuld sind oder was. Der letzte war gerade aus Vietnam zurückgekommen. Manche sagen, er

starb, weil er den Zauber nicht gemacht hat, bevor er nach Vietnam ging. Alle Seminolen, die in Vietnam waren, sind gesund zurückgekommen. Manche sagen, das verdanken sie dem Zauber. Ihr wißt, er gibt Schutz. Ich glaube allerdings nicht daran.»
«Der Zauber wird also immer noch gemacht?» fragte Sam.
«Manche tun es. Nicht viele. Ich werde euch zu Charlie Josie bringen, dem einzigen echten Medizinmann, der noch am Leben ist. Er wird allerdings nichts darüber sagen.»
In einem quadratischen Betonhaus, einem Sozialbau, schüttelten wir einem dünnen alten Mann die Hand. Seine Augen waren vom grauen Star überzogen und hatten die gleiche Farbe wie sein Haar. Er posierte vor seinem Haus, als Sam Aufnahmen machen wollte. Drinnen war ein Durcheinander von Töpfen, Pfannen, Kleidern und Tellern. Eine alte Frau nagte an einem Hähnchenknochen. Sie schaute nicht auf, doch sie murmelte böse in ihrem unverständlichen Dialekt vor sich hin.
«Sie will, daß wir gehen», übersetzte Billy.
Wir wollten uns zurückziehen, doch der alte Mann beachtete seine Frau nicht und winkte uns. Er zeigte auf sich, dann auf die Kamera. Sam knipste, bis er keinen Film mehr hatte.
«Das ist ein echter Medizinmann», sagte Billy, als wir wieder im Laster saßen. «Sein Verstand ist nicht mehr so klar, er ist alt.»
Beim Handelsplatz gab es schlechte Nachrichten. Ausdruckslos erklärte uns Billy: «Sie sagen, ein Junge ist gerade vom Wasserturm gesprungen, er ist tot. Ich muß hin und helfen.»
Wir fuhren allein weiter, am Wasserturm vorbei. Auf dem flachen Dach waren Flecken, die braun wurden, doch niemand war zu sehen. Von unserem Zelt aus beobachteten wir, wie es Nacht wurde über dem Sumpf.
«Ich meine, wir sollten abfahren», sagte ich.
«Wenn ich nur noch zum Tanz des grünen Maises eingeladen würde!»
«Frauen dürfen nicht hin. Was sollte ich dann tun?»
«Du mußt nicht mitkommen. Ich finde, es ist wichtig, das kennenzulernen. Bald wird es keinen mehr geben, der davon erzählen kann.»
«Du bist ein Eindringling. Es ist nicht deine Kultur. Warum studierst du nicht die Kabbala? Zumindest hat das mit deinen eigenen Vorfahren zu tun.»
«Du verstehst das nicht. Das hier geht verloren, wird zerstört. Das kann ich nicht ertragen.»
Kalt wandte ich mich ab und ließ zu, daß sich die Kluft zwischen uns weiter dehnte. Ich fragte mich, warum auch daraus ein Schlachtfeld

werden mußte. Warum ließ ich ihm nicht sein Interesse, ohne ihn zu kritisieren? Warum bestand ich darauf, recht zu haben, wenn ich mich dadurch nur noch mehr von ihm isolierte?

«Ihr könnt zur Beerdigung kommen», sagte Billy. «Das ist wirklich eine Ehre. Außenseiter werden im allgemeinen nicht eingeladen, aber ich habe ihnen gesagt, ihr seid o. k. Es war ein Teenager, der vom Turm gesprungen ist. Sie sagen, er war drogensüchtig.»

Bei der Beerdigung traten Frauen mehr in Erscheinung als irgendwo sonst, wo wir gewesen waren. Ich kam mir in meinen Jeans unpassend vor und bewunderte ihre durchsichtigen Schals, ihre langen, dreifarbigen Röcke. Die Haare hatten sie zu einer Krone aufgesteckt, und um den Hals trugen sie Perlen. An der Zahl der Perlenstränge konnte man das Alter jeder Frau erkennen. Nach der Pubertät wurde jedes Jahr ein Strang hinzugefügt, nach dem Klimakterium jedes Jahr einer entfernt bis auf einen letzten, mit dem die Frau starb.

Die Leiche war an einen geheimen Grabplatz gebracht worden. Über einem offenen Feuer kochte ein Topf mit Blättern vor sich hin. Die Großmutter, die mir beim Viehtreiben aufgefallen war, rührte darin. Als die Leichenträger zurückkehrten, tauchte die alte Frau ihre Hände in den Kessel und rieb den braunen Saft über ihre Arme, wobei sie leise vor sich hin sang. Langsam hob sie ihre Röcke und rieb die Beine ein. Die Männer wandten sich ab. Trauer und Geburt waren Frauensache, Geburt und Tod, dazwischen die Ernährung.

Als die alte Frau fertig war, wuschen sich alle Männer, zuerst die Leichenträger, dann die anderen.

«Sie waschen sich die Geister des Toten ab», sagte Billy. «Für mich wäre eine heiße Dusche genausogut.»

Als Genesis an der Reihe war, beobachtete ich ihn. Obwohl ich herauszufinden versuchte, welche Frau zu ihm gehörte, fand ich keine Anhaltspunkte. Er war nackt bis zu den Hüften, seine Unterarme waren von Narben bedeckt. Ich machte Sam darauf aufmerksam. Die anderen Männer hatten die gleichen Narben.

«Oh», sagte Billy, als wir danach fragten, «diese Wunden bringen sie sich beim Tanz des grünen Maises bei, sie deinen der Reinigung, wie bei den Frauen die monatliche Blutung. Sie machen es einmal im Jahr.»

Die aktiven Männer taten es also rituell ihren passiven Frauen nach, vielleicht, weil sie eine Erneuerung der mütterlichen Bindung brauchten? Ich merkte mir die Fragen, die ich Billy stellen wollte, doch nach der Beerdigung erzählte er nicht mehr viel.

«Es ist nur ein großes Besäufnis», wiederholte er. Sam bekam zu

seiner Enttäuschung keine Einladung zum Tanz des grünen Maises. Wir bedanken uns bei Billy, tauschten Adressen aus und fuhren nach Norden.
«Vielleicht sind wir schwieriger zu interpretieren als der Tanz des grünen Maises, aber unser Leben ist nicht weniger wirklich», sagte ich zu Sam und hoffte, die Übereinstimmung würde uns einen. Er fuhr schweigend weiter und lehnte mein Angebot ab.
«Ich bin gespannt, wie die Fotos werden», sagte er schließlich.
Ich setzte mich zurück. Ich kapselte mich ab, entfernte mich noch weiter von Sam und bereitete mich auf zu Hause vor. Für ihn war es einfach, zu Bränden zu fahren, Kälber zu jagen, von einer Welt in die andere überzuwechseln, von Büchern zum Holzfällen, vom Schnee zum Sumpf. Ich war verloren zwischen dickbäuchigen Frauen, ein Ungeheuer mit einem mageren Körper, ich trug weder Babies noch Nahrung in meinen Armen, doch ich bin nicht das Chamäleon, das Sam versucht zu sein. Es tröstet mich zu wissen, was ich nicht bin.

Nachdem wir die Grenze zu Vermont hinter uns haben, verändert sich die mondbeschienene Autobahn. Schneeflecken verwandeln sich in Hügel, die Landschaft wird arktisch, Autos begegnen uns immer seltener. Die Nadel unseres Benzinanzeigers sinkt, und wir fürchten, in dieser Wildnis keine geöffnete Tankstelle zu finden.
Sam hat seine Suche nach exotischen Eingeborenenkulturen vorübergehend für Vermont aufgegeben. Er versucht hier zum Eingeborenen zu werden, er heizt mit Holz und ahmt unsere armen Nachbarn nach, die aus Notwendigkeit, nicht aus freier Wahl so leben, wie es ihre Vorfahren taten. Dabei kommt er zufällig auf die Lebensweise unserer eigenen europäischen Bauernvorfahren zurück, obwohl wir davon nichts mehr wissen. Als Sam Tania nach dem Leben in ihrem russischen Dorf fragte, beschloß sie, sich nicht zu erinnern. Meine Eltern kennen die Namen der litauischen Städte nicht, wo ihre Großeltern ihre Geschäfte hatten und ihre Kinder großzogen. Obwohl wir in New York und Cincinnati geboren wurden, sind diese Städte für uns nur vorübergehende Unterkünfte, die unsere Eltern zufällig wählten. Ich bin Sam nach Vermont gefolgt, aber je größer die Distanz zwischen uns wird, um so mehr frage ich mich, ob diese kalte, abgelegene Farm, die wir uns ausgesucht haben, jemals wirklich eine Heimat für mich werden kann.
Der Platz, den wir für den Wagen freigeschaufelt haben, ist mit Schnee bedeckt, der Pfad von der Straße zu unserem Haus ist verschwunden. Durch kniehohen Schnee stapfen wir zu unserer Haustür.

Die Post stapelt sich und enthält wenig Gutes, viele Rechnungen. Sam entdeckt im Fenster ein Kugelloch und in der Badezimmerwand einen Einschlag, auf dem Boden liegen Gipsbrocken. War die Kugel für uns bestimmt? Ein überlegter Angriff oder nur der Fehlschuß eines betrunkenen Jägers? Sam geht darüber hinweg. Er wird nicht die Polizei verständigen.
«Ein Zufall, kein Grund zur Aufregung.»
Jedesmal wenn ich an den Fenstern vorbeigehe, würde ich mich am liebsten ducken.
Ein scharfer Wind schlägt gegen die Schindeln und schüttelt die elektrischen Leitungen wie zur Strafe. Wofür? Wenn es so bläst, müssen sich irgendwo Blauhäher verstecken. Selbst Herkules, unser zäher Kater, miaut und will ins Haus. Die Öfen zischen, aber sie können die Kälte kaum mildern. Sobald die Ölheizung eingeschaltet ist, bläst der Ventilator heiße Luft durchs Haus, die Haut und Schleimhäute austrocknet. Die Heizung macht einen Lärm wie eine Untergrundbahn, die unter unseren Füßen durchrast.

Der Keller ist ein Ort, den ich möglichst meide, aber manchmal zwingt mich Notwendigkeit die zerfallende Leiter hinunter. Der Boden besteht aus Lehm; die Grundmauern des Hauses sind deutlich zu sehen, die Träger und Balken, die seit über hundert Jahren standhalten, zeigen ihre Risse und Brüche. In dem schmutzigen Loch sammeln alte Flaschen und Lumpen den Staub. Gläser mit Eingemachtem sind seit Jahren hier aufgereiht. Noch habe ich nicht die Energie gefunden, sie wegzuwerfen. Durch den Schimmel kann ich ungefähr Gurken oder Mais erkennen. Manche Gläser wurden von Ratten oder Eichhörnchen umgeworfen und zerbrochen, ihr Inhalt ist im Lehmboden halb vergraben. Ein unerträglicher Ort, ein Kerker, in den ich Dinge verbanne, die ich nie mehr sehen will. Doch im Keller ist auch die Heizung, hier laufen die Rohre ins Haus. Sie müssen untersucht, mit Isolierband umwickelt und wieder aufgerichtet werden, wenn ihre provisorischen, zerbrechlichen Halterungen nachgeben.
Ein Rohrknie bricht, und Eiswasser strömt heraus – ein kalter Strahl durchnäßt mich und verwandelt den Boden in Matsch. Ich muß meinen Daumen auf das Rohr pressen und den Strom zurückhalten, muß Wache stehen, während Sam die Reparatur ausführt. Ich versuche, die Schrecken um mich herum nicht zu genau zu sehen und mich von der Feuchtigkeit nicht durchdringen zu lassen. Aber ich bin naß und kalt und elend. Ein Keller, der an Poe erinnert, wo Ratten einkehren und für Quälereien rekrutiert werden. Im Frühling, wenn der Schnee schmilzt und neben den Steinen versickert, wird aus dem

Boden eine schleimige Pfütze, die wochenlang stehenbleibt. Auch dieses Haus mit seinen goldenen Böden, seinen behauenen Balken und strukturierten Wänden, seiner Trauerweide, den Wintervögeln und den sonnigen Morgenstunden hat seine Unterseite.

An Weihnachten kommen unerwartete Besucher. Ein etwa zwanzigjähriger Fremder steht vor der Tür. Er wirkt zerlumpt, der Schnee hängt an seinem Bart, als er die Schneeschuhe auszieht und seinen schweren Rucksack abstellt.
«Ich habe gehört, ihr hättet eine leere Hütte, und ich suche eine Unterkunft. Könnte ich die Hütte mieten?»
Er meint eine verlassene Bruchbude, die Buck als Jagdhütte benutzte. Wir sagen ihm: «Sie liegt eine viertel Meile den Berg hinauf, weder Straße noch Pfad führen dahin, und es gibt dort kein Brennmaterial.»
«Ich würde es trotzdem gern versuchen», antwortet er. «Ich kann Holz auf meinem Rücken hinauftragen, und da ich bisher in einem Indianerzelt gewohnt habe, wäre es schon ein Fortschritt.»
Wir zögern. Sam hält es für eine Vergeudung, daß die Hütte leer steht, während der Junge sie dringend braucht. Also sagen wir ihm, er soll es für eine Nacht versuchen. Zuerst geben wir ihm genaue Anweisungen, wie er den Ofen heizen soll und wie er die Aladinlampe anmacht, und nachdem er losgezogen ist, machen wir uns Sorgen um ihn. Halb erfroren kommt er am Morgen wieder, er hat die Temperatur im Raum nicht über null Grad gebracht, trotzdem würde er gern bleiben. Er erzählt uns, daß er sein Studium in Yale gerade abgebrochen habe. Er hat gehört, Vermont sei eine gute Gegend, um einen klaren Kopf zu bekommen. Wir sagen ihm, daß er noch eine Nacht bleiben kann, doch dann muß er weiterziehen.
Bevor er abreist, klopft er und bietet uns bescheiden einen Viertelliter Eierlikör in einer braunen Tüte an, mit dem wir an Neujahr auf unsere Gesundheit anstoßen sollen. Nur mit Schneeschuhen und Visionen ausgerüstet, setzt er seine Odyssee durch die Wälder des Nordens fort.
Dann kommt ein magerer blonder Bursche in drei zerrissenen Hemden unter einem geflickten Overall, den er kaum zusammenhalten kann. Er trägt keine Jacke, nur einen schweren Rucksack. Ob er zwanzig oder dreißig ist, kann man schwer sagen, er sieht aus, als käme er von einer Straßenecke in Greenwich Village, hätte die falsche Richtung eingeschlagen und wäre vor unserer Tür gelandet. Per Anhalter ist er von Kansas City gekommen, um Michael und Kathy zu besuchen, doch die sind über Weihnachten weggefahren. Jetzt weiß er nicht wohin, er könnte höchstens einen gewissen Daff aus

Quebec aufsuchen. Wir sagen ihm, daß Quebec nur eine Stunde von hier entfernt ist, und bieten ihm an, dort anzurufen. Er bringt drei Fremde herein, die ihn mitgenommen haben, weil er ihnen am Ziel eine gemütliche Behausung voller Leute versprochen hat, die zusammen auf dem Lande leben. Als sie sehen, wie es wirklich ist, werden sie ärgerlich. In ihren Mänteln sitzen sie da, trommeln mit den Fingern und schauen sich in der Küche um, während er seinen Rucksack nach der Telefonnummer seines Freundes in Quebec durchsucht. Er fördert schmutzige Socken, eine zerbrochene Maiskolbenpfeife, zerrissene Hemden zutage, doch die Telefonnummer findet er nicht. Sie brechen schließlich auf und wollen zur Grenze, und als wir fragen, wer er ist, damit wir unseren Freunden Bescheid sagen können, antwortet er: «Sagt ihnen nur, Pinball war hier.»

Wir sind nicht überrascht, als am nächsten Tag Pinball wieder vor der Tür steht, diesmal ohne Begleitung. Er ist nicht über die Grenze gekommen. Zu Fuß und ohne Geld wurde er zweimal abgewiesen. Er landete in einer Kommune, in der zwanzig Menschen in einem Raum lebten. Laut Pinball hatten sie kein Feuerholz und wärmten sich mit LSD und Haschisch. Selbst er fragt sich, wie sie den Winter überstehen. Pinball will seinen Freund in Quebec veranlassen, ihm zwanzig Dollar zu schicken, damit er über die Grenze kommt. Offenbar wird er eine Zeitlang hierbleiben. Während er Brot und Käse ißt, erzählt er Geschichten. In Marokko war das Marihuana Spitze. Im Frühling will er nach Mexiko, wenn er ein bißchen Kleingeld auftreibt. Eine Weile war er verheiratet, doch sie hat ihn verlassen. Er hat einen wirklich guten Film gemacht, aber damit kann man nichts verdienen. Wahrscheinlich wird er zunächst mal reisen. Er wurde in einer Kleinstadt in Kansas geboren und von dem psychedelischen High gepackt, das er Ende der sechziger Jahre entdeckte, jetzt hofft er verzweifelt, daß es anhält. Pinball wird der nächste Bewohner der Hütte, während er auf den Scheck wartet. Er trifft ein mit Anweisungen, beim Überschreiten der Grenze «einen möglichst ordentlichen Eindruck» zu machen. Wenn er gefragt wird, soll er sagen, er sei ein Polizist oder Bankangestellter, der Urlaub machen wolle.

Einen Monat später erfahren wir, daß er wieder in Kansas ist, nach Quebec ist er nie gekommen.

Ein rostiger, klappriger Chevrolet hält vor unserem Haus, der Motor stottert und stirbt ab. Unsicher kommt der Fahrer an die Tür. Ich bin allein und habe Angst. Der Mann ist zwischen fünfzig und sechzig, faltig und verbraucht, er hat sich verirrt und ist verstört. Eigentlich wollte er auf die Autobahn, doch dann war er plötzlich auf einer Landstraße. Einen Unfall hatte er heute schon. Jetzt will er nur nach

Hause, aber er hat Schwierigkeiten mit dem Wagen. Wahrscheinlich muß er nur angeschoben werden. Ich biete ihm Kaffee an. Während das Wasser heiß wird, verschwinde ich nach oben. Ich frage mich, ob er wohl gefährlich ist, und versuche mich zu erinnern, wo Sam die Waffe aufbewahrt. Beim Reden zittern ihm die Hände. Ich weiß, daß er lieber einen Schnaps hätte, doch ich gebe ihm Kaffee und bitte telefonisch einen Nachbarn, zu kommen und zu helfen. Während wir warten, erzählt er mir von seinem Unfall im Steinbruch. Seine Finger hingen nur noch an einem Faden. Sie wurden wieder angenäht, aber seither hat er Schmerzen und kann nicht mehr arbeiten. Während er redet, weint er und wiederholt immer wieder die gleichen Worte: die Schmerzen, jetzt kann er nicht mehr arbeiten, das Elend. Er erzählt eine Ballade von sich selbst. Er wohnt etwa fünfzehn Meilen von hier und will nur die Straße finden und nach Hause fahren. Der Nachbar kommt, schiebt ihn an und zeigt ihm die Richtung. Während ich dem Mann fröhliche Weihnachten wünsche, nehme ich mir vor, die Pistole in der Nähe der Tür aufzubewahren. Er war harmlos, aber der nächste Besucher könnte anders sein.

Sam bringt den gefrorenen Wasserschlauch zum Tauen herein, viele Meter Plastikschlauch werden um das Küchengebälk gewunden. Er kämpft damit wie mit einer Riesenschlange. Dann taut er auf, wohlgeformte Eisstücke fallen heraus. Ich schüttle daran, um das Schmelzen zu beschleunigen. Wir lachen, als das Eis herausschießt, bald werden wir wieder Wasser haben. Als der Schlauch aufgetaut ist, nehmen wir ein Bad. Unser Tank hält nicht genug Wasser für zwei Bäder, also gehe ich zuerst in die Wanne und hinterlasse Sam mein Badewasser. Er sitzt in der lauen Brühe, mein Schmutz und meine Hautschuppen treiben intim um ihn herum und bringen uns einander näher, als wir seit Tagen oder Wochen gewesen waren.

Weil die geheizte Luft so trocken ist, wird das Atmen zu einem bewußten Vorgang. Ich sitze neben dem Holzofen. Mein Baumwollzeug wird heiß und wärmt die Schichten meiner Unterwäsche. Meine Handflächen sind voller Falten und Runzeln, viel älter als mein Gesicht. Ich betrachte die Muster und wünsche mir, jemand würde hinter mir sitzen und mir den Nacken massieren, die Verkrampfung lösen, die Knoten lockern.

Kirk sitzt zu meinen Füßen und lehnt sich an den Ofen. Zufällig berührt er mein Bein, seine Hände falten sich, kreuzen, entfalten sich. Ich starre meine eigenen Hände an und stelle mir seine Finger in meinem Nacken vor, an der verkrampften Stelle, doch ich bleibe unberührt und erkunde meine eigenen Hände. Kirk schlägt vor, daß wir zu dritt hier eine Silvesterparty geben. Er will mit uns Gastgeber sein, weil seine Wohnung zu klein ist. Gemeinsam stellen Sam, Kirk und ich eine Gästeliste auf.

Die Temperatur bleibt über dem Gefrierpunkt, mal steht in den Pfützen Wasser, mal haben wir Eis. Nixon beendet zwei Wochen schwersten Bombardements im Vietnam-Krieg. Wir haben dafür bezahlt, daß der Schneepflug unsere Einfahrt säubert, viel Geld für Alkohol ausgegeben und jeden eingeladen, den wir kennen. Ich vertiefe mich in gebackene Eierrollen, Sam schlägt Sahnemassen für Egg Nog. Kirk kommt mit Wein und einer neuen Frau. Die Gäste ziehen ihre schweren Mäntel aus, bleiben in der Küche stehen und unterhalten sich beim Holzofen. Langsam finden sie ins Wohnzimmer.

Mein grünes Kleid mit der Kapuze liegt eng am Körper. Obwohl ich absichtlich versucht habe, verführerisch auszusehen, komme ich mir in dem koketten Gewand vor wie eine Schwindlerin. Kann bei Parties irgendwas passieren? Ich wünsche mir irgendeinen Märchenzauber, der uns für eine Nacht verwandelt. Ich träume davon, mit einem Fremden in einer dunklen Ecke im Obergeschoß meine lang geübte Zurückhaltung leidenschaftlich über Bord zu werfen. Statt dessen hole ich Eierrollen aus dem Herd, reiche Tabletts herum, wechsle Platten und rede kaum ein paar Worte, dann lenkt der Herd mich wieder ab, eine Entschuldigung, mich zurückzuziehen.

Sam ist ins Gespräch vertieft und vergißt, den Gastgeber zu spielen. Unsere Gäste diskutieren die Politik in Vermont, nicht den Krieg. Kirk sitzt da, pafft seine Pfeife und wartet darauf, daß sich Frauen neben ihn setzen. Obwohl ich mein Glas immer wieder mit Egg Nog fülle, werde ich nicht betrunken. Die Party scheint ein Reinfall zu werden. Niemand tanzt.

Um Mitternacht erscheint Basil zu unserer Überraschung in einem bodenlangen Pelzmantel und einem Wikingerhelm mit Hörnern. Seine blonde Riesenhaftigkeit macht ihn einen Augenblick lang zu einer mythischen Gestalt. Wir hören auf zu reden und gehen aufeinander zu. Kirk küßt mich. «Ein glückliches neues Jahr. Ich hoffe, es wird ein gutes für dich.» Er drückt meine Hand, der einzige Kontakt, den wir an diesem Abend bis jetzt hatten. Ich verliere ihn, als er sich in die Gruppe zurückzieht.

Neue Gäste kommen, Ruth und Stephen, Roy und Sarah. Ruth legt die Rolling Stones-Platte weg und ersetzt sie durch Helen Reddy, die laut erklärt: «Ich bin eine Frau.»

Das Gespräch verebbt. «Was, zum Teufel, ist das für eine scheußliche Musik?» fragt Sam aus dem Nebenraum. Ruth und Sarah tanzen mit auffallenden, übertriebenen Bewegungen; ihre Arme streicheln die

Luft, ihre Hüften schaukeln. Ich trete zu ihnen und versuche sie nachzuahmen, ein Glück, daß es dunkel im Raum ist. Sicher wirke ich töricht. Neben uns werden kritisch geflüsterte Kommentare laut, ich sehe hochgezogene Augenbrauen. Als die Platte zu Ende ist, stolpert Basil auf Ruth zu.
«Früher hatte ich Angst vor dir, aber jetzt nicht mehr.»
«Angst vor mir, dabei bist du dreimal so groß wie ich!»
Sarah läßt die Platte wieder laufen und versucht, Roy zum Tanzen zu bringen, doch er hält sich zurück und bewegt nur die Hüften.
«Was ist los?» fragt mich Basil. «Warum tanzt ihr so?»
«Frauen tanzen oft zusammen», sage ich. «Daran ist nichts Besonderes.»
«Sie versuchen etwas zu beweisen, und das gefällt mir nicht.»
Ich verteidige Ruth zwar, doch ihr Befreiungstanz wird peinlich. Stephen steht an der Wand, er hält Sherry, ihr Kind, auf dem Arm. Basil und Phoebe ziehen ihre Mäntel an, andere folgen.
«Ich muß jemanden nach Hause fahren», sagt Kirk zu mir. «Ich komme nachher wieder.»
Ich weiß, daß sein Interesse weder mir noch der Party gilt, sondern dem Mädchen, das jetzt in ihrem Mantel auf ihn wartet. Gott, was bin ich wütend, wie töricht kommt mir meine verführerische Maskerade jetzt vor! Alles, was ich provoziert habe, war Basils betrunkenes Geständnis, als er linkisch versuchte, mich zu der Musik der Rolling Stones herumzuschieben.
«Du bist so schön, und ich liebe dich», sagte er und erklärte, daß er in der Oberschule nie getanzt habe, weil er so groß sei.
Ruth bemerkt, wie leer das Zimmer geworden ist. «Ich glaube, wir haben eure Party platzen lassen.» Obwohl sie sich entschuldigt, weiß ich, daß sie triumphiert. Sarah redet in einer Ecke mit Sam. Roy ist heute beschäftigt, er muß Wagen abschleppen, zu Silvester läuft bei ihm das Geschäft immer gut. Ich räume die halbleeren Gläser weg, Tassen mit Sahnekruste, abgenagte Kotelettknochen. Sam verschwindet mit Sarah. Kirk kommt nicht zurück. Draußen ist aus dem Nieselregen dicht fallender Schnee geworden. Ich brauche frische Luft.
Langsam fahre ich über die Landstraßen und biege um Ecken, ohne auf den Weg zu achten. Tränen des Selbstmitleids nehmen mir die Sicht. Ich trauere um die versäumten Offenbarungen – wofür all diese Energie? Ich fahre einen Berg hinauf, rutsche, versuche den Rückwärtsgang einzulegen und lande in einem Schneehaufen. Halb betäubt erwäge ich, im Wagen sitzen zu bleiben, bis Hilfe kommt, doch statt dessen gehe ich los, es könnte Stunden dauern, bis je-

mand vorbeifährt. Ich schlittere auf der vereisten Straße, der Saum meines grünen Kleides schleppt hinter mir her. Ich hebe den Rock und gehe schneller, die scharfe Kälte stärkt meine Aufmerksamkeit, doch ich erkenne keine bekannten Stellen in der Landschaft. Kann ich in der Nähe meines Hauses sein, wenn die Gegend so fremdartig wirkt?

Kein Mond beleuchtet den Weg. Über dem Schnee bildet sich eine dünne Eiskruste. Ich nähere mich einem erleuchteten Haus. Durch das Fenster sehe ich einen alten Mann, der vor dem Fernsehapparat sitzt und seine Schenkel kratzt. Ich klopfe nicht. Ein Lastwagen fährt langsam vorbei, aber ich winke nicht, ich tue, als mache ich einen Spaziergang. Der Wagen fährt weiter, er rutscht holprig die Straße entlang, ich höre die Mitfahrenden lachen. Wenn ich weitergehe, werde ich bestimmt bald auf etwas Bekanntes stoßen, ein Haus oder eine Wegbiegung. Nach einer Kurve sehe ich ein freundliches Haus neben einem gefrorenen Teich.

Einen Augenblick lang glaube ich, zu Haus zu sein, doch beim Näherkommen sehe ich, daß ich hier nie zuvor gewesen bin. Ich gehe weiter, bis ich Lichter vor mir sehe. Ein Abschleppwagen zieht ein Auto aus einem Graben. Roy! Erleichtert warte ich, bis er fertig ist, dann setze ich mich zu ihm in die Fahrerkabine. Wir fahren zurück zu meinem liegengebliebenen Wagen.

«Ich wußte nicht mehr, wo ich war.»

«Zuviel getrunken, wie?»

«Nein, ich habe nur ein bißchen frische Luft gebraucht. Zufällig muß ich falsch abgebogen sein. Bei dem vielen Schnee sieht alles anders aus.»

«Hübsch bist du in diesem Kleid.»

Verlegen danke ich ihm. Er schiebt meinen Wagen leicht mit dem seinen an, und schon steht er frei. Roy steigt aus und setzt sich neben mich. Hinter uns blitzt das Blinklicht des Abschleppwagens.

«Bist du sicher, daß du jetzt nach Hause findest?» Er zögert.

«Ich glaube schon.» In hantiere an meinem Heizungsschalter.

«Vielleicht willst du dich zuerst ein bißchen aufwärmen? Ein Freund von mir hat hier in der Nähe eine Hütte, dort bleibe ich heute nacht, damit ich nicht den ganzen Weg nach Hause fahren muß. Du kannst hinter mir herfahren, ich verspreche, daß du dich diesmal nicht verirren wirst.»

Ich nehme die Einladung an. Die Hütte ist klein und gemütlich. Die ausrangierten Sessel fallen zwar beinah auseinander, doch der Ofen strahlt bald Hitze aus. In einer Ecke steht ein altes Eisenbett. Roy schenkt uns Whisky ein. Ich behalte meinen Mantel an.

«Habt ihr Schwierigkeiten miteinander, Sam und du?» Er trinkt einen Schluck.
«Das kann man wohl sagen.»
«Warum, eine andere Frau?»
«Nein, so einfach ist es nicht.» Es ist unmöglich, sieben Jahre zusammenzufassen, die guten wie die schlechten, unmöglich, die neuen Spannungen und die Unzufriedenheit zu erklären, die noch stärker geworden ist, seit wir die Farm haben. Jeder von uns ist unerreichbar, nicht wegen eines anderen Partners. Es ist vielmehr so, als wäre jeder von uns seit sieben Jahren von fremden Truppen besetzt, und als käme unsere erzwungene Zusammenarbeit zu einem Abschluß. Im Licht der nackten Glühbirne wirken Roys sanfte Augen sehr tief, seine faltige, von Wind und Wetter gezeichnete Haut sieht warm aus. Als er sein Glas geleert hat, liegt eine neue Lockerheit in seinen Bewegungen.
«Komm, ich helf dir aus dem Mantel, so langsam wird es hier warm.» Dann fügt er hinzu: «Zwischen meiner Frau und mir läuft nicht mehr viel. Es ist Jahre her, daß wir einander berührt haben. Ich habe versucht, sie zu verlassen, aber dann komme ich mir ihretwegen so schlecht vor, daß ich immer wieder zurückgehe. Ich gebe nicht mehr vor, ihr treu zu sein. Wahrscheinlich weiß jeder von der Geschichte zwischen Sarah und mir. Aber Sarah treibt mich zu sehr, sie erinnert mich an meinen eigenen Sohn, der versucht, mich wild zu machen. In meinem Alter sollte ich wohl klüger sein, aber ich bin es nicht.» Er lacht.
Ich weiß nicht mehr, wann ich angefangen habe zu weinen.
Roy stellt sein Whiskyglas weg und nimmt mich in die Arme, bis ich aufhöre, in seine Wolljacke zu weinen, die noch feucht ist vom Schnee.
Er sagt noch einmal: «Glückliches neues Jahr», küßt zart mein Ohr und führt mich zu der vertrauten Straßenbiegung.
Sam und Sarah finde ich schlafend vor dem Ofen. Ich wecke sie nicht, sondern werfe mich im Bett herum bis zum Morgengrauen und warte auf Sam. Bevor sich aufstehe, ist Sarah schon gegangen. Unter einer neuen Eisschicht glitzern alle Äste und Zweige. Abgestorbene Wolfsmilchstengel ragen vereist aus dem Schnee, als Sam und ich zusammen spazierengehen.
«Wo bist du gewesen?» fragt er.
«Ich bin ein bißchen herumgefahren und steckengeblieben. Roy hat mir geholfen, er war sehr nett.» Ich überlege, ob ich mehr sagen soll.
«Sarah findet das nicht.»
«Habt ihr euch gut amüsiert, Sarah und du?»
«Sarah hat Probleme, sie brauchte jemanden, der ihr zuhörte. Wenn

du dagewesen wärst, wäre sie nicht geblieben. Ich hätte dich fast gesucht, aber dann dachte ich mir, du seist einfach wütend, wie gewöhnlich.»

Ich warte auf mehr.

«Eine Zeitlang war es seltsam. Sarah und ich sind fast in etwas hineingeraten, aber ich habe rechtzeitig aufgehört. Ich sagte ihr, weiter wolle ich nicht gehen, und sie hat zugestimmt.»

Sam wirkt wie neu aufgeladen, Sarah war das Tonikum. Obwohl mich seine Erregung entnervt, bin ich mir darüber klar, daß seine Treue erneut erprobt und bestätigt wurde. Aber es freut mich weniger, als es sollte.

Ein paar Tage lang steigt die Temperatur nicht über den Gefrierpunkt – die strahlende Sonne auf dem Schnee bewirkt einige Stunden mit intensivem, seltenem Licht, das uns trotz der Kälte hinauszieht. Michael kommt allein von New York zurück und erklärt, daß Kathy eine alte Freundin von der Kunstschule getroffen und beschlossen hat, länger zu bleiben.

«Ich konnte es kaum erwarten, wieder hier zu sein. Nach kurzer Zeit wird die Stadt unausstehlich, diese Massen, für alles muß man anstehen, und eine Kinokarte kostet inzwischen drei fünfzig.»

Wir reinigen unsere Ski mit einer Fackel, tragen Kiefernteer auf und reiben sie dann mit grünem Wachs ein, bis sie glatt sind. Nach diesem Ritual gehen wir zu dritt hinaus. Beim Aufstieg haften die Ski, doch ich rutsche und bleibe hinter den Männern zurück. Ich falle im Schnee und verschränke die Ski. Um sie auseinander zu bekommen, lege ich mich auf den Rücken und hebe die Beine in die Luft.

«Wartet bitte.»

Sam geht vor mir schräg einen Berg hinauf. «Ich schaffe es nicht, meine Ski rutschen», rufe ich.

«Laß dir Zeit.»

Ich kämpfe mich den Abhang hoch und schwitze schon mehr, als es vor dem Ofen möglich wäre. Zugleich ist meine Haut von der scharfen Kälte so gefühllos, daß ich keine Anstrengung spüre. Oben schauen wir über die Hügel ringsum. Der Pfad des Schneemobils vor uns sieht fest aus. Unsere Ski bewegen sich und drohen von allein loszufahren. Sam fährt den Berg hinunter, Michael folgt. Zögernd betrachte ich die steile Abfahrt, dann atme ich tief ein, nehme allen Mut zusammen und starte. Immer schneller geht die Fahrt, ich habe keine Kontrolle mehr über die Ski und hoffe nur, daß der Boden weich sein wird.

«Achtung, ein Loch», ruft Sam, bevor er stolpert. Ich beuge die Knie, um das Gleichgewicht besser zu halten, doch das Eis beschleunigt die Fahrt so, daß ich nur bremsen kann, indem ich absichtlich falle. Ich werfe mich seitlich in den Schnee und fühle den Sturz kaum durch die vielen Kleidungsschichten. Lachend stehe ich auf, der Schnee klebt an mir wie ein Netz. Von jetzt an ist es leichter.
«Diesmal warst du großartig», sagt Sam.
Begeistert könnte ich immer weitermachen. Die nächste Abfahrt werde ich auf den Beinen durchstehen. Sam führt den Weg durch den Wald, er folgt der Spur des Schneemobils. Auf beiden Seiten stehen Bäume; der schmale Pfad ist trügerisch, es ist schwer, in der Mitte zu bleiben und die Baumstümpfe zu umfahren. Wieder werden Stürze meine Notbremse. Durch die Stille des Waldes dröhnen Motoren. Obwohl sie weit entfernt klingen, sind sie plötzlich vor uns. Wir drücken uns gegen die Bäume und machen den Schneemobilen Platz. Die Fahrer in Weltraumanzügen und Schneebrillen winken. Der Lärm ihrer motorisierten Ungeheuer übertönt die menschlichen Stimmen und scheucht die Tiere aus den Wäldern.
«Warum sollen wir uns mit ihnen um diesen Pfad streiten?» frage ich. Weil Sam darauf besteht, fahren wir weiter, hügelauf und hügelab. Ich verliere einen Ski und kann ihn nicht mehr festmachen, meine Hände sind zu steif. Sam beugt sich vor, um mir zu helfen, und zieht seinen Handschuh aus. Das nackte Fleisch wirkt verletzlich und fehl am Platz. Wie Riesen betreten wir eine Welt, die ohne Schnee für uns unzugänglich wäre, den Zauberteppich.
«Friert jemand?» fragt Sam.
«Ein bißchen.» Michael fällt über ein verstecktes Loch. Sein Ski verfängt sich und zersplittert unter ihm.
«Verdammt, das ist der zweite Ski, den ich in diesem Winter zerbrochen habe. Wahrscheinlich sind sie nicht für solche Wege gemacht.»
Als wir schwitzend wieder zu Hause sind, ziehen wir uns aus und trinken in unserer langen Unterwäsche am Ofen heiße Schokolade. Wir spüren die Feuchtigkeit erst, als wir nicht mehr schwitzen; dann frösteln wir.
«Zu schade, daß Kathy all das versäumt», sagt Michael. «Das ist viel besser als Museen.»
Ein paar Tage später kommt Michael mit seiner Post herein. «Kathy hat beschlossen, in New York zu bleiben. Sie schreibt, ich kann sie gern in der Stadt besuchen.» Er klingt verbittert, verständnislos, verraten, obwohl ihre Unzufriedenheit für mich vorhersehbar war. Kann er so naiv sein? Ich verstehe ihre Flucht, ihre Unfähigkeit, die Konsequenzen einer falschen Entscheidung auf sich zu nehmen. Ihr

Wunsch, zur Welt der Kunst und der Künstler zu gehören, hat sie nach New York zurückgezogen. Diese Kathy kann ich besser verstehen als die tüchtige Amazone, die fröhlich auf dem Berg arbeitete.
«Na, ich bin schon früher allein gewesen», sagt Michael. «Ich kann es wieder sein. Nachdem Polly mich verlassen hatte, habe ich mich ganz isoliert. Ich habe kaum mehr jemanden gesehen. Hoffentlich tu ich das nicht wieder.»
Ich wünschte, er würde schreien oder weinen. Sarkasmus ist seine einzige Reaktion. Ich würde ihn gern umarmen und trösten, doch das würde den Schmerz dramatisieren, den er verleugnet, also bleibe ich distanziert und erinnere ihn nicht an die Ähnlichkeiten zwischen Kathy und Polly. Die zweite Frau hat ihn verlassen. Er muß sich entschlossen haben, ein Opfer zu sein.
Als Sam kommt, erzähle ich ihm von Kathys Entschluß. Michael steht schweigend da, den Brief in der Hand.
«Einfach so? Wie kann jemand so einfach weggehen? Gibt es nicht so etwas wie eine Verpflichtung?» Sam kritisiert Kathy heftig, er ist weniger großzügig als Michael oder ich. Daß sie weggegangen ist, beweist ihm ihren schlechten Charakter. Nach dem Abendessen geht Michael allein zu seiner Hütte; seine Schneeschuhe treten einen Pfad. Daß er jetzt wieder zur Verfügung steht, daß eine größere Intimität zwischen uns möglich sein könnte, freut mich insgeheim.

Ich fahre zu Kirk, um die Lyrikbände abzuholen, die ich auf sein Drängen lesen soll. Es gibt lange Redepausen zwischen uns, doch die Spannung ist immer noch da, trotz der Entfernung und dem seltenen Kontakt. Wenn er sich so um mich bemüht, denke ich, daß seine letzte Liebelei wohl zu Ende ist und er jemanden braucht, doch ich frage ihn nicht. Er gibt mir einen Band mit Gedichten eines Freundes. Wir reden über das Wetter, über Michael und Kathy.
«Wie steht es mit dir und Sam?»
«Es gibt vieles, was uns trennt. Wir reden kaum miteinander. Zu Silvester hat er beinah mit Sarah geschlafen. Wir gehen nur noch selten miteinander ins Bett.» Ich schaue zu Boden, es wird mir bewußt, daß ich eine Einladung ausspreche. Immer noch trage ich meine Daunenjacke, ich bemühe mich, den Reißverschluß aufzubekommen. Er beugt sich vor und hilft mir, ohne daß ich ihn darum bitte. Seine Finger berühren meine unter dicken Kleidern versteckte Brust. Ich atme seinen Duft nach Zigaretten und Holzfeuer ein, seine Augen sind auf gleicher Höhe wie meine. Einen Augenblick hält er inne, seine Hand liegt auf meinem Nacken.
«Was können wir dagegen tun?»

«Ich weiß es nicht.» Ich hoffe, er wird mich umarmen und mein Zögern überwinden.
Er begleitet mich zum Wagen. Wir reden über den Straßenzustand.
«Wir sollten bald miteinander zu Mittag essen», sagt er.
Ich bin einverstanden, doch wir setzen kein Datum fest. Er greift durchs Fenster und küßt mich brüderlich auf die Wange.
«Ich wäre gern dein Liebhaber, wenn du das willst.»
«Ich bin noch nicht soweit», sage ich. Langsam fahre ich einen Umweg, lasse mir Zeit, meine Träume auszukosten. Was ich seit Monaten ersehnt habe, ist jetzt möglich, doch ich lehne es ab.
Als ich nach Hause komme, ist es ein Uhr fünfzehn auf der Küchenuhr. Kann es so spät sein? Sam ruft von oben.
«Ich hatte schon Angst, du hättest Schwierigkeiten mit dem Auto. Was ist passiert?»
Ich setze mich ans Fußende des Bettes. Sam ist nackt unter den Decken, er legt die Zeitung weg. Er ist sichtlich unglücklich, seine verzweifelten Augen wirken verweint, seine Stimme ist unsicher. «Ich hätte dich fast bei Kirk angerufen, doch dann habe ich mich zurückgehalten. Ich dachte, du bleibst vielleicht die ganze Nacht bei ihm und rufst noch nicht mal an.»
Was mache ich? Langsam ziehe ich mich aus und lege mich unter die Decken. «Nein, das würde ich nicht tun.»
Kalt und unfreundlich berührt das Leinen meinen Körper. Wo Sam liegt ist das Bett warm. Ich rutsche zu ihm, um etwas von seiner Körperwärme abzubekommen.
Er umarmt mich. «Du kannst nicht ahnen, wie erleichtert ich bin, daß du wieder da bist. Es war schrecklich, hier zu liegen und mir vorzustellen, daß du mit ihm zusammen bist. Gott, ich bin so froh, daß du da bist.»
«Das würde ich nie tun.» Als die Vorstellung eines Liebhabers nur eine Abstraktion war, tat er unbekümmert. Jetzt, wo eine wirkliche Person mich beschäftigt, ernüchtert mich sein spürbares Entsetzen. Obwohl ich da liege und ihn berühre, bleibt mein Körper privat, abwehrend. Ich möchte nicht, daß er in meine Sphäre eindringt. Ich will in meinen Hüllen einschlafen und langsam meinen geheimen Film abspulen. Sam schlummert ein, seine Arme halten mich immer noch, dann werden sie schlaff, und ich befreie mich. Ich bin wach und lebendiger als seit Monaten, ich spüre, wie prickelnde Energie durch meine Beine strömt. Ich werfe mich herum und verändere meine Lage, damit sie aufhören zu zittern. Mein konzentrierter Hunger verwandelt meinen Körper in einen bloßgelegten, verdrehten Nervenstrang. Sams Bein berührt das meine, und ich ziehe mich zusam-

men, als wäre ich gestochen worden. Meine Unruhe überträgt sich, auch er bewegt sich im Schlaf. Der Deckel der Büchse, der nur etwas schräg lag, ist jetzt weggestoßen worden, Pandoras zweifelhafte Schätze sind frei. Kirk und ich, das war nur eine Idee, jetzt ist es Wirklichkeit. Ich liege auf dem Bauch, greife mit den Händen zwischen meine Beine und versuche, mich nicht zu sehr zu bewegen, damit Sam nicht aufwacht.

«Weißt du, wer Dächer repariert?» fragt Ruth am Telefon. «Mein Dach ist so undicht, daß das halbe Wohnzimmer unter Wasser steht, alle meine Sachen gehen kaputt.»
«Hast du den Schnee vom Dach geschippt?»
«Ich habe es versucht, aber ich kann das Eis nicht wegbekommen. Es ist zu schwer für mich.»
Sie klingt gehetzt. Wenn die Dächer im Winter nicht freigeschippt werden, bilden sich Eisdämme in den Abflußrinnen, und das Schmelzwasser kann nicht abfließen. Die Wärme, die vom Haus aufsteigt, schmilzt den Schnee. Wasser dringt herein und bahnt sich Ritzen im Dach, es sickert in die Wände. Bei Neuschnee geht Sam täglich hinauf und schippt. Wenn wir länger als einen Tag weg sind, finden wir bei unserer Rückkehr feuchte Wände vor. Er hackt das Eis mit einem Vorschlaghammer weg. Die dicken Brocken sperren sich und halten das Wasser zurück wie der Biberdamm.
Michael, Sam und ich fahren den Berg hinauf, um Ruth zu helfen. Eine Wand, von der alle Bilder genommen wurden, färbt sich durchs Wasser langsam dunkel. Ein feuchter Sessel in der Ecke riecht moderig.
«Ich bin zweimal vom Dach gefallen», sagt Ruth. «Jetzt habe ich Angst.»
Die Männer gehen hinauf, um das Eis zu entfernen. Ruth und ich bleiben im Haus.
«Ich habe schon überlegt, ob ich nicht irgendwo hinfahren soll, wo es warm ist, auf die Virgin Islands zum Beispiel. Hier wird es wirklich deprimierend. Ich schaffe es nicht zu schreiben. Ich komme mir so isoliert vor.»
Ruth reibt sich die Augen, und ich gieße ihr Tee ein.
«Ich habe auch daran gedacht, wieder mit Stephen zu leben. Zumindest könnte es für Sherry gut sein. Sie sollte eine Zeitlang beide Eltern haben. Als ich es ihm sagte, wollte er nichts davon wissen. Er hat eine neue Freundin.» Sie verbirgt ihr Gesicht in den Armen. Ich streichle sie, während sie weint.
Michael fällt, einen Eiszapfen in der Hand, am Küchenfenster vorbei

und landet weich im Schnee. Ruth bekommt die Slapstick-Szene nicht mit.
«Zu den buddhistischen Exerzitien kann ich erst im Frühjahr. Sie haben gesagt, ich sei noch nicht soweit. So deprimiert bin ich noch nie gewesen.» Sie starrt ihre Teetasse an, ohne zu trinken.
«Willst du eine Zeitlang bei uns bleiben?»
«Sam hätte wahrscheinlich etwas dagegen.»
«Zumindest wärst du nicht allein. Ich werde mit ihm darüber reden.»
Als die Männer zurückkommen, sagt Sam tadelnd zu Ruth: «Du mußt regelmäßig Schnee schippen, sonst sind dein Dach und die Wände hinüber.»
Sie hört demütig zu wie ein Kind, ihre Kühnheit von Silvester ist verschwunden.
Auf dem Rückweg prophezeit Sam: «Sie wird den Winter hier nicht überstehen.»
Als ich vorschlage, daß Ruth eine Zeitlang zu uns zieht, ist er einverstanden. «Von mir aus gern, aber jemand muß sich um ihr Haus kümmern.»
Ein Hindernis verstellt uns den Weg. Bucks alter Chevrolet steckt mit der vorderen Hälfte in einer Schneewehe, die hintere blockiert die Straße.
Humorvoll fragt Sam, wo das Problem liegt.
«Das geht dich nichts an», schreit Buck, er ist betrunken und wütend.
Sam zuckt die Schultern. «Da ich nicht rückwärts den Berg hinauffahren kann, weil es zu rutschig ist, und nicht vorankomme, weil dein Wagen im Weg steht, geht es mich wohl doch etwas an.» Sam versucht es weiter auf die scherzhafte Art, doch Buck reagiert nicht.
Wir bieten Buck an, zu dritt schieben zu helfen, aber der Wagen steckt so tief im Schnee, daß unsere Anstrengungen wirkungslos sind.
Buck macht sich unter der Motorhaube zu schaffen und achtet nicht auf uns. Dann setzt er sich in den Wagen und versucht wieder anzufahren, doch es gelingt nicht. Wir schaukeln den Wagen, während Buck Gas gibt, aber ohne Erfolg.
«Ich werde mir einen Traktor leihen und das verdammte Ding rausziehen.» Buck geht die Straße entlang und läßt uns mit zwei festgefahrenen Wagen allein.
«Ihr könnt nach Hause gehen, wenn ihr wollt, ich lasse das Auto nicht allein», sagt Sam.
Ich gehe zurück zu unserem Wagen, schalte die Heizung ein und warte gespannt, wie sich die Sache klären wird.
Buck kommt auf einem alten Traktor den Berg herunter. Er fährt hinter seinen Wagen, dessen Stoßstange nicht ganz vom Schnee

bedeckt ist. Gerade als er Gas gibt, um mit dem Traktor den Wagen anzuschieben, stirbt der Motor ab.
«Warum nimmst du nicht ein Seil und ziehst ihn von vorn heraus?» ruft Michael.
«Kümmere dich um deinen Kram, die verdammte Batterie taugt nichts.»
Sam und Michael stellen sich zu Buck, der den Traktorenmotor untersucht. Trotz ihrer Hilfsbereitschaft können sie nichts tun. Er beachtet sie nicht, geht zu seinem Chevrolet und holt die Batterie heraus, offensichtlich will er sie in den Traktor einbauen. Mitten auf der Straße steht sein Werkzeugkasten, Buck kniet sich davor und sucht in der Dunkelheit nach dem richtigen Schraubenschlüssel. Bis Sam unsere Taschenlampe geholt hat und ihm damit leuchtet, wirft er Werkzeuge in den Schnee. Sam und Michael schauen sich an.
Buck gerät immer mehr außer sich und wirft mit Werkzeugen, als wären es Schneebälle. «Der verdammte Schraubenschlüssel hat sowieso nie was getaugt, fünfzig Dollar habe ich dafür bezahlt.» Je mehr wir lachen, um so hysterischer gebärdet er sich. Schließlich reißt er die Batterie aus dem Wagen und zerbricht dabei die Halterung, seine Clownerie wirkt jetzt mitleiderregend. Er wird den Wagen nicht mehr nach Hause fahren können.
«Wir müssen versuchen, den Berg hinaufzukommen. Das kann hier die ganze Nacht dauern», sagt Sam und geht zurück zu unserem Wagen. Die Reifen fassen nicht, wir versuchen es immer wieder und rutschen jedesmal zurück, fast kommen wir von der Straße ab. Unser Wagen schlittert wie eine Billardkugel, aber wir stecken nicht tief. Während ich lenke, schieben Sam und Michael das Auto einen halben Meter von Bucks steckengebliebenem Wagen weg.
«In Vermont war es schön, bevor ihr Hippies gekommen seid und alles ruiniert habt. Arschlöcher wie euch brauchen wir hier am wenigsten.» Buck schaut hoch von seinen Bemühungen, die Batterie des Chevrolets im Traktor zu befestigen.
Zu unserer Überraschung startet der Traktor wieder. Sam erklärt sich bereit, den Chevrolet zu steuern. Obwohl der Wagen abgeschleppt werden muß, kann er wenigstens von der Straße geschoben werden. Ich beobachte, wie der Traktor auf den Wagen zufährt. Bucks Flüche übertönen das Motorengeräusch. Wie ein wütender Stier schießt er auf das hintere Ende seines Chevrolets los. Ich sehe, wie Sam nach vorn fällt. Der Traktor setzt zurück und hinterläßt eine Beule in der Stoßstange des Chevrolets. Bevor Buck erneut auf seinen Wagen losgehen kann, springt Sam heraus und läuft zu uns, er hat keine Lust mehr, Ziel und Opfer zu sein.

Verblüfft beobachten wir, wie Buck völlig sinnlos seinen eigenen Wagen von hinten zu Schrott fährt. Immer wieder stößt er in selbstzerstörerischer Wut auf ihn los. Der Chevrolet, dessen Karosserie eben noch ganz war, sieht schon aus wie ein Wrack. Zwischen Gelächter und Verzweiflung gelingt es uns nicht, ihm Einhalt zu gebieten. Zu Fuß laufen wir den Berg hinunter nach Hause. Als wir uns umschauen, sehen wir, daß Buck von seinem Wagen abgelassen hat und langsam auf dem Traktor den Berg hinauffährt. Wir rufen Roy an und bitten ihn zu kommen und das Autowrack abzuholen.

Auf Ski fahre ich zu unserer zweiten Wiese. Die Spitzen meiner Bretter verschwinden im Pulverschnee, dann tauchen sie ein paar Schritte vor mir wieder auf, als gehörten sie zu einem anderen Geschöpf. Bei den Bäumen sehe ich eine Rehfährte, sie führt über einen Hügel und verschwindet. Ein Kreis von Kiefern umschließt die Wiese, sie tragen ihre Schneehüllen wie schwere Brokatgewänder, ein Kranz von Hofdamen. Sie halten den Wind ab, die Fläche zwischen ihnen ist glatt und jungfräulich. Ich bleibe stehen und betrachte die Muster, die das Nachmittagslicht auf den Schnee wirft; die Dunkelheit wird sie ausradieren. Zu dieser Wiese kam ich im Sommer allein, um mich auf meiner Decke ins hohe Gras zu legen und in den Himmel zu schauen. Ich las oder träumte, genoß es, versteckt zu sein, gab mich meinen sexuellen Phantasien hin und amüsierte mich über meine Angst, jemand könnte kommen, oder über den Wunsch, jemand würde es tun. Einmal fanden Sam und ich hier im Gras eine zerwühlte Stelle, wo die Hirschkuh aus dem Wald gelegen hatte. Der Fleck war noch warm von ihr, und dort liebten wir uns, während ich wieder fürchtete, jemand könne uns unterbrechen.

Im Ofen verbrennt das letzte Holz zu Asche. Im Almanach steht: «An Lichtmeß am 2. Februar sind die Hälfte vom Heu und die Hälfte vom Holz noch da.» Unser Holzstapel ist fast abgetragen. Sam macht mich dafür verantwortlich, weil ich sagte, er solle seine Zeit nicht mit Holzhacken vergeuden, wenn wir Ahornabfälle für 36 Dollar pro Ladung von der Spulenfabrik kaufen können. Ist seine Zeit nicht mehr wert? Ich schlage vor, daß wir mehr Holz bestellen, doch er erklärt, wir hätten keinen Platz, es zu stapeln. Es wäre grünes Holz, das man nicht gleich verbrennen kann. Also tragen wir unseren Stapel weiter ab, keiner gibt nach, eher verzichten wir auf den Ofen.
Gefühle, die in der Frühlings- und Sommerluft diffus gewesen sind, werden im Februar konzentriert, intensiviert. Es gibt weniger zu tun, mehr Worte, mehr Streit. Wir holen alles ins Haus, schließen und

versperren Fenster und Türen, verbrennen Holz und beobachten die Vögel, die sich am Fenster ihr Futter holen. Eichelhäher sind laut und gierig und verscheuchen die anderen Vögel. Die Meisen sind winzig und schnell, schwarze und weiße Spechte stürzen sich aufs Nierenfett, Kleiber und Finken kommen seltener.

Ruth schläft fast den ganzen Tag, ihre düstere Stimmung wird nur durch nervöses Kichern unterbrochen. Sie schleicht sich hinaus und herein wie ein Straßenbengel, schläft auf ihren Decken, nicht unter ihnen, und ißt Abfälle, weil sie, wie sie erklärt, uns nicht zur Last fallen will. Zu dritt sitzen wir beim Abendessen. Sie starrt auf ihren Teller und rührt das Essen nicht an. Wenn sie aufschaut, hängen Tränen in ihren Augenwinkeln, sie bleiben dort und tropfen nicht herunter. Sam macht Witze. Sie kichert, bevor er bei der Pointe ist.

«Du magst mich nicht», beschuldigt Ruth Sam.

«Das stimmt nicht», sagt er.

«Du denkst, ich habe einen schlechten Einfluß auf deine Frau.»

«Ich glaube, sie kann auf sich selbst aufpassen.» Sam versucht, die Stimmung aufzuheitern. «Du bist nicht gefährlich, oder?»

«Ich habe alle meine Freunde verloren», fährt Ruth fort, «einschließlich Stephen, der vielleicht mein bester Freund war. Er hält mich für eine schreckliche Mutter. Er hat recht.»

Sam und ich versuchen Ruth durch Reden zu ermuntern, die mir so vertraut sind – und so nutzlos. Jahrelang versuchte ich meiner Mutter während ihrer Depressionen beizustehen und ihr durch Reden herauszuhelfen – es war eine Falle. Sie brauchte Zuhörer, Menschen, an die sie sich hängen und die sie beherrschen konnte. Ihr Zustand verschlechterte sich, damit ich blieb, bis meine eigene Frustration mich überwältigte. Nach stundenlangen Überredungsversuchen – «Zieh dich an, du wirst dich dann besser fühlen» – behandelte ich sie dann grob wie ein dickköpfiges Kind, schob ihre schlaffen Arme durch die Ärmel und zwang sie, sich anzuziehen. Weil es mich beruhigte, etwas zu tun, kämmte ich ihr das Haar und versuchte uns glauben zu machen, diese einfache Pflegegeste würde sie heilen. Ruth ist eine Freundin, nicht meine Mutter, doch vor wenigen Wochen noch war sie tüchtig, kühn, ein Vorbild, das ich bewunderte. Jetzt ist sie hilflos, verzweifelt, abhängig, sie läßt mich im Stich, wie meine Mutter es tat.

Ich fahre weg und tanke bei Roy. Er fragt nach Sam und mir. Ich sage nicht viel, und keiner von uns erwähnt Silvester. Er erzählt von einem alten Mann auf dem East Hill, der trank, bis er bewußtlos war, und erfror, als sein Ofen ausging.

«Ich glaube, du mußt auf Ruth aufpassen. Sie sieht nicht gut aus. Als ich sie das letzte Mal sah, sagte sie: ‹Vermont ist kein guter Ort für mich, weil man hier so leicht Pistolen bekommt.›»

Die Tage werden länger, sie versprechen mehr Licht und mehr Zeit, Fenster und Türen können geöffnet werden, aber immer noch liegt Schnee. Nach einer kurzen Tauperiode kehrt die intensive Kälte zurück und macht uns bewußt, daß unsere Hoffnungen verfrüht gewesen sind. Die Schönheit ist vergangen. Schmelzender Schnee hinterläßt überall schmutzige Rückstände, verborgene Abfälle tauchen wieder auf, Schmutz und Matsch sind unausbleiblich. Wir hakken Eis los, tragen Holz herein, diese Pflichten hören nie auf.
Ich fahre zum Waschsalon, die ständige Wiederholung von Beschmutzen und Waschen kommt mir sinnlos vor. Ich beobachte die Frau, die den Waschsalon putzt. Sie wischt die Maschinen aus, damit wir unsere Sachen waschen können. Zwei Zehnjährige stopfen trokkene Wäsche in einen Pappkarton. Ein Ehepaar unter zwanzig mit einem Baby wartet auf den Trockner. Während ich die Wäsche von uns beiden wasche, starre ich die winzigen Overalls an, die eine Mutter zusammenlegt, und denke, ein Kind wäre ein Grund, mit diesem Kreislauf von Säubern und Beschmutzen weiterzumachen.
Der Winter drängt uns in Häuser, drängt Fremde näher zueinander, macht öffentliche Räume weniger anonym. Waschsalonbenutzer, die im Sommer hinausgelaufen wären, bleiben jetzt da und unterhalten sich. Eine magere, ängstlich wirkende Frau, nicht älter als vierzig, bietet mir an, ihre Zeitung zu lesen, während ich auf meine Wäsche warte. Nervös, fast verzweifelt schaut sie zum Fenster, als erwarte sie jemanden, vor dem sie sich fürchtet. «Haben Sie einen Mann gesehen, einen Mann in einer grünen Jacke?» fragt sie. «Kennen Sie ihn, haben Sie ihn schon einmal gesehen?» Ich habe niemanden gesehen, ich versuche weiterzulesen, ich verstehe ihre Signale und flüchte mich in die Zurückhaltung des Städters.
Als ich meine Wäsche zusammenlege, erzählt sie mir ihre Geschichte. Nach zwanzig Jahren läßt sie sich scheiden. Bis heute morgen dachte sie, alles sei geregelt, doch dann rief ihr Anwalt an und sagte ihr, es gebe eine Verhandlung.
«Ich besitze ein bißchen Land. Es ist bezahlt, und ich lasse ihn dort in einer Hütte wohnen. Ich verlange nur, daß er es meinen Kindern vererbt, aber er will es seiner neuen Frau und ihren Kindern hinterlassen.»
Sie erzählt mir, daß sie sechs Kinder von diesem Mann hat, das jüngste ist elf, die Älteste ist verheiratet und hat schon ein Baby.
«Ich habe Glück, daß ich arbeiten kann», versichert sie grimmig.

«Jetzt sind es meine Nerven. Ich habe mir gerade eine Geschwulst entfernen lassen, ich weiß nicht, was ich getan hätte, wenn es Krebs gewesen wäre. Der Arzt sagt, durch die Operation und all den Kummer wegen der Scheidung habe ich es jetzt an den Nerven.»

Während ich Leintücher zusammenlege, schaut sie dauernd hinaus auf die Straße und nickt, während sie spricht.

«Mein Mann ist Alkoholiker, schon zweimal hat er die Kinder und mich mit einer Pistole bedroht. Es gibt eine einstweilige Verfügung, daß er nicht in meine Nähe darf. Ich darf nicht über abgelegene Straßen fahren. Ich mußte in ein Haus mit vielen Wohnungen ziehen, damit ich nicht allein bin.»

Sie sagt, der Mann vor dem Waschsalon werde von ihrem Mann dafür bezahlt, daß er ihr folgt, um Beweismaterial gegen sie zu sammeln. Ihr Mann sollte wissen, daß sie ihm keine Beweise liefern würde.

«Ich bedaure nur», sagt sie, «daß ich so lange mit der Scheidung gewartet habe. Selbst die Kinder sagen, ‹Mutter, du hättest es früher machen sollen›.» An einem Sonntag hat sie die jüngeren Kinder zu ihm gebracht. Er und seine Freundin waren beide blau. «Sie haben nur an den Kindern herumgemeckert, und als sie nach Hause kamen, hat die Kleinste geweint und gesagt, sie will ihren Daddy nie mehr sehen.»

Ihr ältester Sohn geht zur Polizeischule, aber er kommt jedes Wochenende nach Hause. Der jüngere Sohn wohnt bei ihrer Tochter. «Es sind gute Kinder. Ich zwinge sie nicht, in die Kirche zu gehen.»

Ich schaue die Straße hinauf und hinunter und sehe keinen Mann in einer grünen Jacke. Als meine Wäsche fertig ist, verabschiede ich mich erleichtert.

Auf dem Heimweg sehe ich das alles in Bildern vor mir: die Hütte, der betrunkene Ehemann, der mit seiner Pistole herumstolpert, die verängstigte Frau, umgeben von Ärzten, Anwälten, Richtern, die versuchen, juristische und medizinische Mittel gegen Probleme zu finden, für die es keine Lösung gibt.

Ich fahre an zwei abgebrannten Kirchen vorbei; die Wände sind von den Schindeln entblößt, der Himmel ist ihr Dach. Leute halten an und betrachten die Ruinen. Jetzt haben sie keinen Ort, wo sie Sonntag morgens beten können. Vor der katholischen Kirche steht die Madonna in einer Plastikhülle, die an ihren Beinen zusammengebunden ist.

«Zwei sind abgebrannt, und eine stürzt bald ein. Es war ein schlechtes Jahr für Kirchen», hat Ainsley gesagt.

Als ich zu Hause ankomme, ist Ruth fort. Sam hat sie den ganzen Tag nicht gesehen. Ich telefoniere herum, um sie zu finden, und alarmiere Stephen.

«Sie hat gewußt, daß du sie eigentlich hier nicht haben willst», sagt Sam. «Deshalb ist sie weggegangen.»
«Was hätte ich tun sollen? Willst du damit sagen, daß ich schuld bin, wenn sie sich umbringt? Das ist eine Wiederholung des Alptraums mit meiner Mutter. Ich halte das nicht aus.»
«Natürlich hältst du es aus. Du bist viel stärker, als du denkst. Werde nur nicht hysterisch. Ich sage nicht, daß du jetzt irgendwas tun kannst. Ich komme mir genauso hilflos vor. Sie hat noch nicht einmal mit mir geredet. Entweder ist man wirklich für einen anderen da oder gar nicht. Man kann das nicht vortäuschen.»
Ich lasse den ganzen Tag das Feuer im Ofen brennen, lege jede halbe Stunde nach und hole Holz von der Veranda, wenn der Kasten leer ist. Vorbeifahrende Wagen erschüttern das Haus, und jedesmal schaue ich auf, wer es sein könnte. Ich lese die Titel der Bücher an den Wänden, erinnere mich an manche, die ich seit meinem Studium besitze, und frage mich, warum ich nie welche weggebe, warum so viele da stehen, die ich nie gelesen habe. Obwohl der Tag kurz ist, kommt er mir lang vor, und ich gebe den Ängsten nach, stelle mir vor, daß ein Schmerz eine tödliche Krankheit bedeutet, daß fremde Autos Böses vorhaben, und dann beneide ich wieder die Leute, die das Geld oder die Zeit haben, ein paar Wochen lang an irgendeinen warmen Ort zu verschwinden.
Graue Stunden verstreichen. Ich gehe von der Küche zu den Fenstern und komme mir nutzlos vor. Herkules, der Kater mit der Lungenentzündung, den ich so sorgsam gepflegt habe, ist zu einer Katze in einen Stall gelaufen, er sucht Wärme bei den Kühen. Die Babies, die meiner Generation geboren wurden, entwachsen jetzt den Kindergärten. Meine Fürsorge braucht niemand. Ich habe die Freundin im Stich gelassen, die sich an mich wandte. Die Frauen, die Blut von meinem Blut waren, die Schwestern meiner Mutter, sind alle tot. Es ist zu schwierig, als daß ich es verstehen könnte. Als Opfer ihrer Krankheit lehrten sie mich, wie launisch das Leben ist. Ich habe die Furcht gelernt. An die älteste kann ich mich kaum erinnern. Ich weiß nicht, an welchem Krebs sie starb. Ich habe Angst zu fragen. Sie brachte spät ein hirngeschädigtes Kind zur Welt. Ein Wärter in irgendeinem Heim wechselt seine Windeln, falls er noch lebt. Er wäre so alt wie ich. Die nächste Schwester lebte noch sieben Jahre, nachdem man ihr die Brust abgenommen hatte. Ihr Mann war Arzt und konnte sie nicht beschützen. Sie starb in jenem Februar, in dem ich mich zum erstenmal verliebte, durch sie erlebte ich das erste Begräbnis. Danach kam eine jüngere Tante mit drei schwierigen Kindern. Sie verlor eine Brust und starb drei Jahre später. Ich betaste meine Brüste nach Knoten und

finde immer welche. Die Versicherungen des Arztes beseitigen meine Ängste nicht.

Ich wartete vor dem Krankenhauszimmer und hörte sie stöhnen, während sich die Ärzte über sie beugten und sich an ihr zu schaffen machten, als wäre sie ein Stück Fleisch, das mariniert werden muß. Ihren Tod hielten wir vor meiner Mutter geheim, die wegen ihrer Depression gerade selbst im Krankenhaus war. Die jüngste Schwester war strahlend schön, sie duftete nach französischem Parfum, trug modische Kleider, Lederröcke, lackierte ihre Fingernägel und färbte sich die Haare. Sie ließ mich ihre Kleider tragen und streichelte meine Hände, wenn sie mich zu Matinees mitnahm. Da sie keine Kinder hatte, schenkte sie mir ihre Zuneigung. Ich idealisierte ihr romantisches Leben mit Männern und Parties. Sie ging zu keinem Arzt, sie hatte keine Lust, sich dem gleichen Alptraum auszusetzen, den ihre Schwestern erlebt hatten. Statt dessen nahm sie Mittel gegen die Schmerzen, zum Schluß Morphium. Meine Mutter strickte ihr zwischen Depressionen eine Wolldecke, die sie über ihren mageren, zerfallenden Körper legen konnte.

Diese Frauen begegnen mir in meinen Träumen. Sie reden mit mir. Wenn ich erwache, sind sie fort, mein Verständnis ist abgeschnitten, die Geschichte bleibt unvollendet. Alle Familien leiden. Ich weiß, daß diese Liste nicht einmalig ist, auch andere kennen diese Schrecken. Ich denke an Ruth. Der Einband des Buches in meiner Hand ist wie Blei. Ich kann es nicht öffnen. Ich starre die Ritze im Boden an. Probe ich meinen eigenen Tod, um die Intensität zu erzeugen, die mir im Leben fehlt?

Am Abend ist es Zeit, neu einzuheizen, eine Mahlzeit zu bereiten, die Stunde hinter sich zu lassen, in der die Mitte zu zerbrechen drohte, Trost in einfachen Pflichten zu finden, die Dunkelheit diese Wintervisionen verhüllen zu lassen. Stephen ruft an und sagt, Ruth ist im Krankenhaus. «Sie hat eine Menge Tabletten genommen, aber nicht genug, um sich zu töten. Sie wird durchkommen», versichert er.

Ich besuche Ruth in Burlington. Der freundliche Raum ist voll von Besuchern, die plaudernd auf ihrem Bett sitzen. Sie grinst wieder das verlegene, unfreiwillige Lächeln, die Maske, an die ich gewöhnt bin. Sie entschuldigt sich für die Sorgen, die sie uns gemacht hat. «Ich bin bestimmt nicht verrückt», sagt sie lachend, «und ich werde hier so bald wie möglich herauskommen.»

Ich würde sie gern anschreien: «Ich habe genauso viele Probleme wie du, und ich versuche nicht, mich umzubringen.» Meine ermunternden Worte klingen hohl. Es wäre ehrlicher, Beschwerden zu vergleichen und festzustellen, wer den Wettbewerb des Leidens gewinnt.

Bring dich doch um, wenn du so gottverdammt davon überzeugt bist, daß du das willst, denke ich.

Am Tag bevor sie entlassen werden soll, zieht Ruth ihre Jeans an und geht zur Autobahnbrücke, sie klettert übers Geländer und hängt an ihren Fingern vom Rand, sie wartet auf einen Wagen, diesmal soll der Tod ihr sicher sein. Die Polizei kommt und hält den Verkehr an. Als sie losläßt, stürzt sie, doch sie überlebt mit zwei gebrochenen Beinen und einer Rückenverletzung. Im Krankenhaus bekommt sie Briefe von Fremden, manche wollen ihr Hoffnung machen, andere schlagen bessere Methoden für den nächsten Selbstmordversuch vor. Der Gouverneur besucht sie, und ein Bild von ihm an Ruths Bett erscheint in der Zeitung. Ihr Körper wird heilen. Sie wird wieder mit Stephen leben, bis sie ganz hergestellt ist, doch ich frage mich, was im nächsten März sein wird.

Nachts liege ich wach. Sam schläft neben mir. Ich horche auf die Geräusche von Mäusen oder Ratten oder Eichhörnchen, die durch die Wände flüchten, auf unserer Seite von den Menschen beschützt. Sie nagen am Isoliermaterial, bauen sich warme Nester und machen Löcher, die uns frieren lassen, leben lieber in den engen Gängen zwischen den Wänden als in geräumigen Ställen und Kellern. Vielleicht tun sie das nicht aus freier Entscheidung, sondern eines Irrtums wegen. Sie haben sich verirrt und rennen endlos durch das Labyrinth der Wände. Wenn sie den Keller wiederfinden, werden sie das Gift fressen, das wir gestreut haben, unerträglichen Durst bekommen und hinauslaufen, um an Schnee oder Eis zu lecken. Sobald sie trinken, werden sie am Gift sterben.

Ich sitze da in meinem roten Nachthemd, das ich mir während des letzten Besuchs bei meinen Eltern gekauft habe. Zwischen Krankenhausbesuchen gingen wir einkaufen. Mutter war gerade entlassen und in ihrer manischen Phase. Wir waren unterwegs, um Daddy zu besuchen, wir warteten auf das Ergebnis einer Prostata-Biopsie. Mutter betastete Morgenröcke und Nachthemden und bestand darauf, daß ich eines kaufte. Verärgert versuchte ich sie umzustimmen, bis mir klarwurde, wie gern ich das rote Nachthemd haben wollte. Ich kaufte es und trug es bei ihr, weil ich vergessen hatte, eines mitzubringen. Ich wälzte mich im Bett und schwitzte und wartete auf das Resultat von Daddys Untersuchungen – gutartig, hieß es endlich. Jetzt liege ich hier und stelle mir vor, Kirk begehre mich in meinem roten Nachthemd.

«Ich dachte, du würdest nicht kommen», sagt Kirk. An einem grauen Märznachmittag sitzen wir in seiner Hütte. Er zeichnet, während ich Briefe schreibe. Die Intimität ist friedlich, weniger spannungsgeladen als die Nachmittage mit Sam. Daß Sam und ich tagsüber im selben Raum sind, in Reichweite voneinander, kommt selten vor. Der Schnee weicht zurück. Regen verwandelt ihn in Kristalle, Pfützen sammeln sich in Vertiefungen zwischen schmelzendem Schnee. Gestern abend haben Kirk und ich wieder davon geredet, miteinander zu schlafen. Heute bin ich gekommen, gebadet und parfümiert, voller Erwartung. Zögernd verharren wir am Rande der Erfüllung, unsere Blicke begegnen sich nicht.

Ich lehne mich auf der Couch gegen ihn. Zart und vorsichtig berührt er meine Finger, dann mein Gesicht. «Weißt du genau, daß du das willst? Es wird unsere Freundschaft verändern.»

Ich habe mich ihm bereits geöffnet, habe ihn in mich aufgenommen. Auch wenn wir körperlich noch getrennt sind, ist ein Rückzug unmöglich.

«Warum muß es die Dinge verändern?»

Ich sitze auf seinem Schoß. Seine schlanke Gestalt ist so leicht zu umarmen. Ich strecke mich auf der Couch aus. Er beugt sich vor und küßt mich zögernd. Ich reagiere voll Energie, doch er hält sich zurück. Wo ist die leidenschaftliche Hingabe, nach der ich mich gesehnt habe? Sein Zögern verstärkt meine Befangenheit, es zwingt mich, unser Vorhaben mit einem gewissen Abstand zu betrachten.

«Komm ins Schlafzimmer», sagt er.

Ich liege angekleidet da, während er sich auszieht. Der nackte Körper eines anderen Mannes ist mir ungewohnt, ich fürchte mich, ihn anzuschauen. Ohne meine Brille sehe ich ihn nur verschwommen. Obwohl er zart ist, fühlen sich seine Muskeln hart und ausgeprägt an. Seine Erektion scheint ungewöhnlich groß an seinem Bauch hochzukriechen. Er fängt an, mich auszuziehen, und ich helfe ihm mit linkischen Bewegungen. Sanft und sinnlich streichelt er meinen Bauch und meine Beine, er gibt mir das Gefühl, als wäre ich nie zuvor berührt worden. Seine Fingerspitzen fühlen sich auf meiner Haut so anders an. Passiv liege ich da und komme mir weniger schuldbewußt vor, während ich ihm die Führung überlasse. Er spreizt meine Beine und erkundet mich geschickt mit geübten Fingern. Da ich nicht weiß, was ich tun soll, streichle ich ihn, wo ich ihn erreichen kann. Leicht wandern meine Finger über seine Schultern, über Rücken und Nakken, seinen Penis vermeide ich, bis seine Finger in mir zupacken, daß ich mich winde. Er umfaßt meine Brüste und küßt sie. Er fühlt sich so leicht auf mir an. Wieder streichle ich ihn, meine Hände verweilen

nicht in seinem Schoß, sie gleiten um die Schenkel, über seinen Bauch. Er drängt sich in mich, es tut wohl. Ich biege mich ihm entgegen, doch zu bald kommen mir meine Bewegungen ungeschickt vor, meine Erregung schwindet. Ich weiß, daß ich vom Höhepunkt noch weit entfernt bin, doch ich versuche zu reagieren. Wie aus großer Höhe beobachte ich, was wir tun. Er seufzt, fertig. Wir haben es gemacht. Obwohl er unsicher lächelt, reden wir nicht. Er rollt sich herum und schließt die Augen. Ich gehe ins Badezimmer und bin mir dabei meines Körpers, seines Samens in mir bewußt. Ich bin in der Mitte meines Zyklus, ein Eisprung ist möglich, also führe ich mehr Gelee ein.
Kirk schläft. Ich bin unbefriedigt, mein geweckter Appetit kommt wieder, doch ich werde nicht mehr verlangen. Ich leugne den physischen Ursprung dieses Bedürfnisses. Daß unsere Körper sich begegneten, hat meinen intellektuellen Hunger nach diesem Erlebnis gestillt. Meine physischen Wünsche sind zwar nicht erfüllt, doch ich kann sie leicht zur Seite schieben. Kirk erwacht und fängt wieder an, mich zu streicheln. Diesmal sind wir vertrauter. Zu bald fragt er: «Darf ich kommen?» – «Ja», sage ich. Es ist seltsam, gefragt zu werden – aus Höflichkeit oder aus Mangel an Begierde?
Später ziehen wir uns an, kochen Kaffee und reden, reden über Kunst und Politik und ignorieren die Veränderung, die stattgefunden hat. Schon werde ich besitzergreifend. Ich umarme ihn vor dem Ofen. Überrascht weicht er zurück, als wolle er unseren Kontakt auf das Schlafzimmer beschränkt wissen.
Bevor ich gehe, frage ich ihn, wann er zu seiner geplanten Reise in den Süden aufbricht.
«In etwa zwei Wochen», sagt er. «Ich sehe dich noch vorher.»
Mein Gott, das hoffe ich. In zwei Wochen gibt es viele Nachmittage.
Im Nebel fahre ich nach Hause. Beim Zusammentreffen von warmer Luft und kaltem Schnee entsteht ein Dunst, der in den nackten Zweigen hängt und verhüllt, was hinter der Straßenbiegung liegt.

Die Katzen jagen über den Boden wie Miniaturpferde, die ins Haus gesperrt sind. Die brünstige kleine Katze hetzt atemlos den Kater Herkules, der sie anknurrt. Mitten im Satz hält sie an und schlittert über den Boden, als würde ein Gewicht ihr Hinterteil niederdrücken. Sie reibt sich an ihrer Schüssel und versucht sich zwischen dem Fressen zu massieren. Neuer Schnee treibt über die Straße und verbirgt sie. Vor den Fenstern bilden sich Schneeskulpturen, die das Zimmer verdunkeln. Flocken fliegen chaotisch und bizarr umher.
«Du weißt, daß du alles dadurch verändert hast», sagt Sam. «Wenn

man einmal eine solche Entscheidung getroffen hat, kann man nicht mehr zurück. Alles verändert sich. Das ist kein Spiel. Du kannst nicht beides haben. Vergiß nur nie – du hast es getan. Das waren deine Einfälle.»
«Es gibt Empfindungsstärken, die du und Sam zusammen nie erreichen.» Kirk hat das gesagt.
«Wir schaffen es einfach nicht als Paar. Seit einem Jahr leben wir so aneinander vorbei.»
«Es wäre besser geworden», sagt Sam, «wenn du mehr Geduld gehabt hättest.»
Was will ich von Kirk? Will ich nur Sam dafür bestrafen, daß er mich im Stich gelassen hat, daß er mir nicht gibt, was ich verlange? Suche ich nur einen neuen Bewunderer, schaffe ich mir einen Liebhaber, um meine Märchensehnsüchte nach etwas Außerordentlichem zu befriedigen? Ist Kirk meine Möglichkeit der Selbstbestätigung? Durch die Verbindung mit einem Mann, der fraulicher ist und weniger als Sam im Gegensatz zu mir steht, kann ich erfüllter sein, sage ich mir.
Kirk kommt und verabschiedet sich, bevor er für einen Monat in den Süden fährt. Er bringt mir eine Zeichnung mit: Winzige schwarze Linien füllen das Blatt, geordnet, aber überschäumend. Als Witz gibt er mir einen Artikel aus dem *National Enquirer* über «Die offene Ehe». Schweigend sitze ich ihm gegenüber, wir beide sind allein in meinem Haus, trotz der Kühle sind meine Achselhöhlen feucht.
«Was meinst du, wie steht es jetzt mit uns?» frage ich.
«Nicht gut», antwortet er. «Wir sind voreilig zusammen ins Bett gegangen, und es hat nicht richtig geklappt.» Er versteckt sich hinter der Illusion einer Freundschaft, die nie freundschaftlich war. «Wir waren intime schöpferische Freunde», sagt er, «das hätten wir nicht mit Sex verwechseln sollen.»
Ich frage mich, was er meint. Empfand er meinen Körper als häßlich? War es mein Fehler, nicht rasch zu einem rauschhaften Orgasmus zu kommen? Machen andere Frauen das? Was erwartet er von einer, die so viele Jahre lang einem Mann treu gewesen ist? Weiß er, welche Risiken ich auf mich genommen habe, um mit ihm zusammen zu sein?
«Wenn man miteinander schläft, merkt man, wie wenig man wirklich übereinander weiß», sagt er. «Vielleicht könnten wir im Bett besser werden.» Er läßt mir noch Hoffnung.
«Vielleicht, aber ich glaube, wir bleiben lieber Freunde.»
Er geht zur Tür – ein kalter und peinlicher Augenblick. Das Licht, das er brachte, ist verschwunden, als er mich flüchtig küßt, doch der Mut, den er bestärkte, hat mich verändert, und ich kann nicht mehr zurück. Er ist weder stark noch klardenkend genug, um seine Fragmente

zusammenzufügen, zu akzeptieren, was durch seine Hilfe entstand. Wütend, ohne Vertrauen, mit falsch eingesetztem Risiko sitze ich jetzt vor den Ruinen, die ich zu verantworten habe.

Im Waschsalon habe ich jemanden sagen hören: «Ich pflanze jedes Jahr meine Tomaten am Tag der Bürgerversammlung, egal wie.»
Die Versammlung findet am ersten Dienstag nach dem ersten Montag im März im alten Rathaus statt, und wie gewöhnlich stürmt es. Die rosa gemusterte Tapete löst sich von der Wand, nackte Glühbirnen hängen von neu installierten Anschlüssen, Heizungsrohre werden von dünnen Drähten zusammengehalten, die unbeabsichtigte Plastiken bilden. An eine Tür wurde hastig eine Papierserviette mit der Aufschrift «Damen» geheftet, hier geht es zur Toilette. Ein Holzofen versucht den Raum zu heizen, die meisten Leute behalten ihre Mäntel an. Das ist nicht das malerische Neuengland der Ansichtskarten oder der Soziologie-Lehrbücher, an die ich mich erinnere, sondern fröstelnde, stolze Armut.
Mack, der Briefträger, Gemeindeschreiber und Moderator, macht darauf aufmerksam, daß sein Name sechsmal auf der Liste der Wahlbeamten auftaucht. Er ist der einzige in Anzug und Krawatte und sieht merkwürdig deplaciert aus zwischen den Holzfällerjacken und Winterparkas. Manche Einheimische tragen ihre Schneemobil-Uniformen und wirken wie Weltraumbewohner zu Besuch auf der Erde. Die neuen Vermonter fallen auf durch ihre Jugend und ihre langen Haare. Doch auch die adretten, gepflegten Landbesitzer, die ihren ersten Wohnsitz in anderen Staaten haben und eigens für die Versammlung hergefahren sind, sehen fremdartig aus. In ihren Gesichtern ist eine gewisse Schläue und Glätte. Auf der Ehrentafel für die Gefallenen des Zweiten Weltkriegs stehen Namen, die jetzt hier vertreten sind: Ainsley, Baker, Bliss, Nachkommen der ersten Siedler, die immer noch das ererbte Land besitzen und sich mühen, die steigenden Steuern zu zahlen.
Mack liest laut die Berichte über das Gemeindeleben. Alles läuft nach Tradition und Tagesordnung ab. Er fragt: «Was steht zu Diensten nach Artikel eins?» Bei diesem Bericht ging es um die Bevölkerungsstatistik: zehn Geburten, fünf Todesfälle, sieben Eheschließungen. Eine Frau schlägt vor, daß eine Dame für das Amt eines Immobilienprotokollanten nominiert werde. Sie erklärt, daß dabei viel Sekretariatsarbeit anfällt, und eine Frau mit entsprechender Erfahrung könnte nützlich sein. Der Vorschlag wird diskutiert.
«Die Leute gehen mitten in der Nacht zum Protokollanten und beschweren sich. Soll eine Frau den Ärger haben?»

«Könnt ihr euch vorstellen, daß eine Frau draußen im Baudreck rumläuft? Die meisten Frauen, die ich kenne, haben dazu keine Lust.»
Ainsley wird nominiert, weil er die Stadt so gut kennt.
«Er ist ein guter Kerl, der tut keiner Frau was», sagt jemand.
Gelächter und Einspruch.
«Hört auf mit diesem Quatsch von männlich und weiblich und laßt uns jemanden wählen», fordert Roy.
Eine jüngere Frau, Vermonterin von Geburt, doch durch unsere Generation radikalisiert, ruft ärgerlich: «Ein Mann kann Sekretariatsarbeiten ebensogut erledigen wie eine Frau, und eine Frau kann genausogut im Baudreck herumlaufen wie ein Mann.»
Vereinzelter Applaus, Gejohle und Geschmunzel. Wir gehen vor, um unsere Stimmen abzugeben, und werfen einer nach dem anderen Zettel durch den Schlitz eines Holzkastens.
Dann kommt die Mittagspause, in der Kirche gibt es belegte Brote.
«Frag mich nicht», höre ich im Vorbeigehen Buck zu einem Nachbarn sagen. «Diese bärtigen Gesichter sehen alle gleich aus.»
Manche Posten, die besetzt werden müssen, sind so altertümlich, daß die Neuankömmlinge nicht verstehen, was damit gemeint ist, doch Mack erklärt nichts.
«Was macht der Konstabler?»
Mack wendet sich grinsend an Clyde und bittet ihn, den Leuten zu sagen, was er tut. Clyde lächelt und murmelt undeutlich: «Ich mache die Konstablerarbeit in der Stadt, kümmere mich um streunende Hunde und so.»
Wieder Gelächter der Einheimischen.
Jemand, der für das Amt des Ombudsmannes nominiert wurde, lehnt ab. Als wieder ein Neubürger fragt, was das für ein Amt ist, wendet sich Mack an den Mann, der gerade abgelehnt hat. «Weißt du, was der Ombudsmann macht?»
«Nein», gibt der zurück. «Deshalb habe ich abgelehnt.»
«Du weißt, daß du wegen der Ablehnung mit zehn Dollar Bußgeld belegt werden kannst», sagt Ainsley.
Die Antwort von Roy kommt genauso schnell: «Wer das gerade gesagt hat, sollte zwölf zahlen.»
Mack versucht die Aufgabe des Ombudsmannes zu erklären. Er schlichtet Streitigkeiten innerhalb der Stadt, aber seit hundert Jahren ist es dazu nicht mehr gekommen. «Falls du gewählt wirst», sagt Mack, «kommst du am besten ins Büro und liest ein Buch.»
Als die Bürgerversammlung geschlossen ist, beginnt die Sitzung der Schulkommission. Ein Kindergarten wird wie jedes Jahr abgelehnt.

Die beiden Neubürger, die sich in die Kommission wählen lassen wollten, bekommen nicht genügend Stimmen.
«Warum sollen wir die wählen, wer weiß, wo sie nächstes Jahr sind?» kommentiert Buck im Hintergrund des Saals.

Ich gehe den Berg hinauf und suche Anzeichen von neuem Leben: ein Blatt, das grün wird, eine Zwiebel, die ich im Herbst gepflanzt habe und die jetzt sproßt. Die Schnee schmilzt, Wasser fließt den Hang hinunter. Bei dem täglichen Sonnenschein und dem nächtlichen Frost steigt der Saft im Ahorn und schießt klar in die Auffangbehälter. Im März, dieser Zeit des Zögerns vor der Konzeption, dem Moment vor der Erneuerung des Lebens, scheint alles fraglich. Ich habe wenig Glaube daran, daß die Ordnung wiederhergestellt wird, daß alles neu beginnt.
Art ruft an und sagt, bei Jenny beginnen die Wehen. Die Hebammen seien schon unterwegs. Er lädt mich ein, zur Geburt zu kommen. Obwohl ich Jenny im Herbst darum bat, glaubte ich nicht, daß sie sich daran erinnern würde. Über verschlammte, schlechte Straßen fahre ich zu ihrem abgelegenen Haus. Jenny liegt auf dem Doppelbett in dem unfertigen Speicher. Ich bewege mich vorsichtig und gebe mir Mühe, niemandem im Weg zu sein. Jennys Gesicht scheint sich in Feuchtigkeit aufzulösen. Jemand, den ich nicht erkenne, massiert ihr den Rücken, als die Wehen kommen.
«Herzlich willkommen», sagt Jenny zu mir.
Sie wird steif und fängt an, heftig zu atmen. Eine der Hebammen hält ihr die Hand und atmet mit ihr. Ich stelle fest, daß ich mich dem Rhythmus anpasse, Luft in mich hineinpumpe und leicht schwindlig werde. Eine andere Frau horcht durch ein Stethoskop den Herzschlag des Embryos ab.
«Großartig», sagt sie.
Während immer mehr Menschen kommen, weiche ich zur Tür zurück. Unten sitzt Art am Ofen und spricht mit seinem dreijährigen Sohn Jesse.
«Soll ich hineingehen?» fragt er mich unsicher. Ich bleibe bei Jesse, damit Art zu Jenny kann. Ich streichle seinen Kopf und erkläre ihm, daß seine Mutter das Baby aus sich herausstößt. «Meinst du so?» er stößt mich mit beiden Armen weg. Durch das Ofenrohrloch in der Decke kann ich hören, wie Jennys Stöhnen lauter wird. «Das war eine schlimme Wehe», sagt die Hebamme. Sie feuern Jenny an: «Stoß, stoß, stoß – o. k., jetzt nicht mehr.»
Mit Jesse an der Hand gehe ich hinauf. Von der Treppe aus sehe ich Jenny auf dem Bett, Gestalten um sie herum, jemand hält einen

Spiegel. Ich strecke mich und sehe im Spiegel die schleimigen Glieder und die Haut des Säuglings zwischen dem Fleisch seiner Mutter.
«Hier ist er – ein Junge.» Das Baby gleitet heraus, glänzend und von Schleim bedeckt. Tränen und Feuchtigkeit umgeben ihn. Meine Augen sind feucht von Gefühlen und von der Hitze im Raum.
Jesse und ich gehen zum Bett und bewundern den Säugling, den die Hebamme auf den Bauch der Mutter gelegt hat.
«Mami, warum blutest du?» fragt Jesse.
«Das ist die Nachgeburt», beginnt Art zu erklären, doch das Blut fließt zu stark, die Leintücher rund um Jenny färben sich rot. Ich trete zurück und ziehe Jesse mit.
«Sie hat Blutungen.» Die Hebamme geht zum Telefon. «Haltet einen Wagen bereit.» Ich lasse Jesses Hand los. Ohne zu überlegen, gehe ich rasch zu meinem Wagen und lasse den Motor laufen.
Art trägt Jenny, in Decken und Tücher verpackt, heraus. Die Hebamme folgt mit einem zweiten Bündel, dem Kind. Ein anderer Erwachsener hält Jesse an der Hand. Weinend steht er an der Tür, als ich über die holprige Einfahrt fahre und versuche, den Löchern auszuweichen.
«Es ist ein prächtiges Baby», sagt die Hebamme und streichelt Jenny auf dem Rücksitz. «Wir müssen nur zusehen, daß diese Blutungen aufhören. Es wird alles gut.»
«Laß mich fahren.» Art beugt sich vor, will über den Sitz steigen und mich zur Seite schieben.
«Keinen Fahrerwechsel», befiehlt die Hebamme. «Nichts wie weiter.»
Meine Reifen geraten auf den gefrorenen Abfluß, der Wagen schleudert über die Straße. Ich konzentriere mich aufs Fahren, nur noch eine kleine Strecke, und wir sind auf der Asphaltstraße. Ängste, Blutgeruch und die Schreie des Säuglings füllen meinen kleinen Wagen. Auf der Autobahn gebe ich Gas und habe die fünfzehn Meilen bald hinter mir. Auf der steilen Anfahrt zum Krankenhaus fahre ich langsamer, die Kurve ist zu gefährlich.
Jenny hat aufgehört zu weinen. «Die Blutungen lassen nach», sagt die Hebamme. «Alles wird gut.»
In der Notaufnahme verlangen kurz angebundene, sachliche Krankenschwestern, daß Art Formulare ausfüllt. Sie fahren Jenny auf einer Bahre weg und sagen: «Daran sind Sie selbst schuld.» Sie behandeln uns, als hätten wir gegen ein Gesetz verstoßen.
Es dauert nicht lange, bis die Hebamme wiederkommt und sagt, Jenny gehe es gut, die Blutung habe aufgehört. «Es war ein Blutgefäß», sagt sie. «Das geschieht selten. Alles lief fabelhaft. Mir ist das noch nie zuvor passiert.»
Erleichtert faßt sie mich am Arm. Mir wird klar, daß sie mehr Angst

hatte als ich. «Sie haben uns rasch hergebracht, das war sehr gut, danke.»
Obwohl ich anbiete zu warten, schickt Art mich nach Hause. Er wird bei Jenny bleiben. Ich fahre die Hebamme zurück zu Jennys Haus. Alles hat sich beruhigt, die Kinder schlafen, die Erwachsenen sind Herr der Lage. Es gibt keinen Grund zu bleiben. Wieder allein, fahre ich zurück nach Leech Pond.
Obwohl Art und Jenny sich gemeinsam um das Kind bemühten, wurde es allein in die Welt ausgestoßen. Von der Mutter getrennt, mußte es auf ihren Bauch gelegt, ihr zurückgegeben werden. Unsere unwiderstehlichen Sehnsüchte nach Eltern, Gefährten, Liebhabern sind so stark, doch die Bindungen können so zerbrechlich, so von den Umständen abhängig sein. Allein, doch weniger einsam kehre ich nach Hause zurück und bin mir erneut der unvermeidbaren Vereinzelung menschlicher Körper bewußt.

V

Zweiter Frühling

Vor allem muß man sich weigern, ein Opfer zu sein. Wenn ich das nicht kann, dann kann ich nichts ... Die Spiele um Worte, die Spiele um Sieg und Niederlage sind zu Ende; im Augenblick gibt es keine anderen, aber sie müssen erfunden werden, Rückzug ist nicht mehr möglich, und die Alternative ist der Tod.

Surfacing von Margaret Atwood

Schlammzeit; die Bäume verlieren ihre Schneelast und scheinen zu schrumpfen. Schmelzende Kristalle sammeln sich um ihre Stämme und sinken langsam bis zu den Wurzeln. Täglich weicht der Schnee mehr zurück, zögernd und unwillig, seinen eisigen Griff zu lockern. Die vorzeitig entblößte Erde ohne grüne oder weiße Decke sieht tot aus. Der Schnee, den die Pflüge den ganzen Winter wie Abfall an den Straßenrand geschoben haben, ist jetzt mit einem rußigen Film bedeckt und kaum mehr zu erkennen. Das schmelzende Eis vor unserem Haus friert jede Nacht wieder und macht den Zugang gefährlich.

Auf dem Teich schmilzt das Eis langsam, täglich wird das Wasser mehr befreit. Noch gibt es keine Frösche, kein Leben außer der Schnappschildkröte. Sie kriecht aus dem Teich und kommt auf der Suche nach Nahrung zum Haus. Wenn wir noch Hühner hätten, wären sie ihr Opfer. Wenn die Enten zum Teich zurückkehren, wird sie sie mit ihren fallenartigen Kiefern unter Wasser ziehen. Wir beschließen, die Schildkröte zu töten. Wir haben erwogen, sie am Leben zu lassen und in den Kampf der Natur nicht einzugreifen, doch wir brauchen die Ablenkung, die diese Schildkrötenjagd bietet. Bald wird sie ihre Eier legen und den Teich mit ihren Nachkommen füllen. Fische und Geflügel haben dann keine Chance mehr. Diesmal bin ich fürs Töten.

Wir treiben sie in eine schmale Rinne. Sam gibt mir zuerst die Waffe, doch als es darum geht, den Abzug zu ziehen, zögere ich. Ich kann die Schildkröte nicht richtig ausmachen. Sam nimmt mir die Waffe aus der Hand und schießt das Tier in den Kopf. Wir ziehen den Kadaver heraus, ein urtümlich aussehendes Ungeheuer mit zäher, dorniger Haut, die das Tier scheinbar so lose umhüllt wie ein Pullover. Die riesigen Klauen wirken wie Requisiten für einen Monsterfilm; als wir sie antippen, ziehen sie sich zusammen. Roy fährt am Teich vorbei und hält, als er uns sieht.

«Seit ich vor drei Jahren eine erwischt habe, sehne ich mich danach, wieder eine Schildkrötensuppe zu kochen.»

Mit einem scharfen Fischermesser macht er durch die dicken Schichten einen Einschnitt. Ihr Kopf fällt ab, die geschwollene Zunge streckt sich heraus, die Eidechsenaugen sind geschlossen. Ihr Panzer wiegt mindestens fünfzig Pfund. Nachdem ein Seil ihn nicht halten kann, hängen wir ihn an Draht auf, damit der Körper ausblutet. Er ist fast trocken, geduldig warten wir auf ein paar Tropfen. Pervers hängen wir den Kopf an einen Pfahl, machen aus dem Leichnam eine Vogelscheuche und lachen darüber. Wenn wir Nägel durch ihre harten Klauen treiben könnten, würden wir sie kreuzigen – eine Möglichkeit, mit dem Töten fertig zu werden.

Es gießt tagelang; im Keller steht das Wasser über einen Meter hoch und überflutet den Ölkessel. Die Heizung geht aus, und wir müssen uns auf die Reste unseres Holzstapels verlassen, sie sind jetzt unser einziges Heizmaterial. Obwohl zwei Pumpen ständig in Betrieb sind, bekommen wir den Keller nicht trocken. Solange der Teich schmilzt, dringt neues Wasser herein.

Mein Wagen wird zu meinem privaten Zufluchtsort. Darin fühle ich mich geborgen und warm, durch die Lautsprecher beruhigen mich Stimmen und Melodien, während ich allein über eisbegrenzte Bergstraßen fahre. Die Straßenoberfläche ist uneben und glatt, meine Reifen rutschen, der Wagen kommt ins Schleudern. Die richtige Spur findet man ebensowenig wie den Ausweg aus einem Labyrinth. Die Sonne verwandelt die gefrorenen Erhebungen in schlüpfrige Fallen. Meine Räder versinken bis zur Achse, der Wagen neigt sich zur Seite. Ich jage den Motor hoch und fahre mich nur noch tiefer in den Schlamm.

Ainsley und Seth halten. Zu dritt schieben wir, aber der Wagen läßt sich nicht bewegen. Wir halten das nächste Auto an, und die drei Männer schieben, während ich lenke, bis ich den Wagen wieder frei habe. Ainsley ist schlammbespritzt und sieht aus, als käme er gerade aus einem Kohlebergwerk. Ich biete ihm an, seinen Pullover zu waschen. «Nicht so wichtig, es ist nur ein alter Stallpullover», sagt er. Sie gehen wieder an ihre Arbeit. Sonne am Tag und Frost in der Nacht lassen den Ahornsaft steigen. An Ainsleys Bäumen hängen Metalldosen, die den jährlichen Segen sammeln. Bei unserem Haus taut der Schnee zuletzt, als würden wir ihn zur späteren Verwendung horten. Im Dorf ist die Erde schon frei, doch vor unserem Haus bleibt ein Schneeberg, den Sam im Laufe des Winters vom Dach geschaufelt hat. Junge Kälber kämpfen sich auf wackeligen Beinen durch den Schlamm. Bei Ainsley beobachte ich ein Kalb wenige Stunden nach der Geburt, wie es auf eigenen Füßen steht und gesäugt wird.

Ich erinnere mich, daß meine Mutter mir erzählt hat, ich sei nach der Geburt von ihr getrennt worden, weil ich zu ersticken drohte. Vierundzwanzig Stunden lang war ich im Brutkasten, sie konnte nicht zu mir. Als ich zur Welt kam, bedeutete das Trennung, nicht Vereinigung. Sam erklärt mir, meine Einstellung sei unerträglich. Er hätte mich vor sechs Monaten verlassen sollen, ohne auf meine Klagen zu achten. Das alles, sagt er, sei meine Idee gewesen, dieses Gerede von Trennung, diese Absonderung. Ich hätte zerstört, woran er einst glaubte. Sein Wunsch nach Nähe habe sich nie geändert, sagt er. Ich habe ihn geändert. Ja, ich habe eine Distanz zwischen uns geschaffen, weil sie Unabhängigkeit, Eigenständigkeit bedeutete. Ich mußte das

umschlingende symbiotische Band leugnen, das mich an ihn fesselte, um eine Bindung loszuwerden, die so mächtig war, daß sie den Verlust meines eigenen Ich bedeutete.
Am Morgen wartet er darauf, daß ich das Anfeuerholz hereinbringe, obwohl er als erster wach ist. Es gehört zu meinen Pflichten, das Anfeuerholz zu holen, er kümmert sich nicht darum, auch wenn das Haus kalt bleibt. Er beachtet die Sämlinge nicht, die ich gepflanzt habe, obwohl sie Wasser brauchen. Sie welken. Sam holt sein Motorrad aus dem Schuppen, wo es den Winter über stand, und schiebt es über Schneeflecken auf die freie Straße. Er fährt zu dem blonden Mädchen, das er im Dorf kennengelernt hat. Daran läßt sich nichts ändern, sagt er mir. Mir bleibt keine Wahl, als seine Untreue zu akzeptieren. Ich habe damit angefangen.
Im Badezimmer starre ich die Schnipsel von seinem Haar und Bart im Abfallbehälter an. Abends sitzt er in seinem zerschlissenen blauen Bademantel vor dem kaputten Fernsehgerät und raucht und trinkt Bourbon. Er redet nicht mit mir. Ich möchte ihn nach dem Mädchen fragen. Er gibt mir keine Möglichkeit dazu. Sein Schweigen verstärkt die Gefahr; Intrigen umgeben mich. Ich weiß nichts über das Mädchen, nur daß sie mein Gegenstück ist, so blond, wie ich dunkel bin, jung genug, meine Schülerin zu sein.
In der Nacht streichelt mich Sam im Schlaf. Überrascht wecke ich ihn, sicher bin nicht ich es, nach der er im Traum greift. Im Dunkeln vereinigen wir uns. Mein Körper tut schweigend, was Worte nicht können. Ich bin sinnlicher, lebendiger als je zuvor. Wir gebrauchen unsere Münder, hungrig und leise liebkosen wir einander in der Dunkelheit. Am Morgen sind wir wieder Gegner, unfähig, Bedürfnis oder Zärtlichkeit zu zeigen. Wir kämpfen mit Worten. «Heute nacht haben wir miteinander geschlafen, erinnerst du dich?» Er antwortet nicht. Ich würde gern die Entfernung auslöschen, die ich in diesen vielen Monaten zwischen uns geschaffen habe, doch er flieht mich, als wollte ich ihn verschlingen. Er versteckt sich, nähert sich mir wie einem Feind. Stimmt es, daß ich ihn bis an den Rand getrieben, ihn hinübergestoßen habe? Ich war die Visionärin, die dieses Durcheinander erzeugt hat. Jetzt muß ich den Schmerz akzeptieren.
«Laß es nicht an mir aus, daß du wegen Kirk unglücklich bist», sagt er. «Ich habe damit nichts zu tun. Ich habe dich gewarnt. Du wolltest nicht hören.»
Ich weiß, daß Kirk zurück ist. Ich habe seinen Wagen gesehen. Er fährt vorbei, wird einen Augenblick langsamer, aber er hält nicht. Ich schreibe ihm kleine Briefchen, die ich zerreiße und wegwerfe.
Sam spiegelt mich, er gibt mir zurück, was ich ihm gegeben habe. Er

ist geheimnisvoll, wie ich es war. Er trennt mich sauber von sich und fängt an, ganz anders zu klingen: «Das ist zu unserem Besten. Wir haben einen Tritt in den Hintern gebraucht. Die Veränderungen sind positiv.» Er ist bereit, unsere Ehe aufzugeben. Warum bin ich so eifersüchtig? «Wir müssen Risiken eingehen», sagt er zu mir und benutzt meine eigenen Argumente. Wegen dieses Mädchens ist er anders, weniger negativ, fröhlicher, lebendiger. Ich bitte ihn: «Bleib zu Hause, geh diesmal nicht zu ihr.» – «Nein», sagt er. «Das ist mir zu wichtig. Ich werde es nicht aufgeben. Jetzt ist es zu spät umzukehren. Wovor hast du Angst? Möchtest du es nicht wissen, wenn es jemanden gibt, der besser für mich ist, oder ist dir eine beruhigende Lüge lieber?» Sätze, die ich gesagt haben könnte. Ich ziehe mich in mein Studio zurück und lege mich auf die schmale orangefarbene Matratze ohne Leintuch unter die zerrissene Patchworkdecke, die ich gemacht habe. Als ich Sam nach Hause kommen höre, stelle ich mich schlafend. Ich möchte ihn nicht in der Nähe haben, nicht seinen Geruch einatmen, wenn er von diesem Mädchen kommt. Er klopft und steckt den Kopf herein. Ich gebe keine Antwort. Die Vorstellung, daß er tiefe Empfindungen für eine andere Frau hat, erregt in mir physisches Unbehagen, Übelkeit. Ich wollte die Freiheit ohne Preis, ohne Steuer. Ich wollte die Möglichkeit haben, in Sicherheit und Zuneigung zurückzukehren, ich dachte, er würde meine Abenteuer im Namen eines abstrakten Fortschrittsideals unterstützen. Jetzt kommt mir seine Verbindung zu mir wie eine Art Nabelschnur vor, die mich am Leben hält. Wenn er sich von mir trennt, werde ich es nicht überwinden. Ich liege im Bett und habe Angst vor körperlicher Krankheit, vor Zerfall. Meine Drüsen schmerzen, ich taste unter meinen Armen und am Hals nach Knoten. Physischer Tod – im Vergleich zu dieser Angst verliert der Tod unserer Ehe an Bedeutung.

Ich höre Flügelschläge und schalte das Licht an. Eine Amsel, die sich im Schornstein verfangen hat, ist durch das Ofenrohr gefallen und fliegt jetzt verwirrt durch mein Studio. Sie läßt sich nieder, dann fliegt sie wieder auf, stößt an die Wand, wirft die Lampe um, bekleckert die Briefe und Papiere auf meinem Schreibtisch. Ich versuche, den Vogel zu fangen, doch er verschwindet wieder im Schornsteinloch. Ich überlege, ob ich ein Feuer machen soll, um ihn auszuräuchern, doch ich warte und bin erleichtert, als das Flügelschlagen aufhört.

Ich rufe meine Eltern an und erfahre, daß meine Mutter wieder im Krankenhaus ist. Seit zwölf Jahren ist sie nun depressiv oder manisch. Ein Dämon schleicht sich ins Haus und nimmt von ihr Besitz; sie kann sich nicht wehren. Ich habe gelernt, ein Opfer zu sein. In ihrer

manischen Phase zerbeult sie fremde Wagen auf Parkplätzen, macht Einkaufsbummel, um ihren Hunger zu stillen, setzt Stühle in Brand, um die Versicherungsgelder einzustreichen, reißt endlos Artikel aus Zeitschriften, die mir gute Ratschläge geben sollen: über die Gefahren der Pille, wieso makrobiotische Ernährungsweise zum Tod führen kann, wie man einen treuen Ehemann behält.
In der Depression schrumpft sie. Über Nacht verwandelt sie sich aus einer schönen Frau in ein hageres Scheusal. Sie kann weder essen noch schlafen, ihr Mund zuckt, wenn sie zu sprechen versucht, sie ringt die Hände und schaukelt hin und her.
«Jemand hat all das Puddingpulver im Schrank gegen Gelatine vertauscht», sagt sie. Fremde flüstern über sie auf der Straße. Auch ich habe Halluzinationen, ich stelle mir vor, daß der Holzstapel Feuer fängt und das Haus abbrennt, während wir schlafen. Vorbeifahrende Polizeiwagen haben es auf uns abgesehen, obwohl wir unschuldig sind. Durchs Telefon will ich sie anschreien: «Mutter, weigere dich, ein Opfer zu sein. Spucke auf die Ärzte, die dir Tabletten aufzwingen . . . Verlasse den Mann, der dir nie gegeben hat, was du brauchtest, vergiß den Geist deiner Mutter, die dir beigebracht hat, dich wertlos zu fühlen.» Doch diese Rede halte ich mir selbst. Ich habe die Krankheit in mir. Ich werde den Kreislauf unterbrechen, indem ich keine Kinder zur Welt bringe, die als Opfer aufwachsen.
«Sie sagt immer wieder: ‹Ich würde mich umbringen, wenn ich den Mut dazu hätte›», berichtet mein Vater. Ich schlucke Valium und bemitleide mich, doch ich giere nach Leben.

Verängstigt gehe ich zum Arzt, um herauszufinden, warum ich abnehme, warum meine Drüsen geschwollen sind und schmerzen. In seinem dunklen, düsteren Wartezimmer liegen vier Jahre alte Zeitschriften auf den Tischen. Eine alte Frau mit blaugefärbtem Haar und rauher Stimme sagt mir, ich könne jetzt ins Sprechzimmer. Der Arzt ist ein verkrümmter Mann so um die Siebzig, er trägt einen Gipskragen um den Hals und kann sich kaum bewegen. Seine Frau hilft ihm, mich zu untersuchen.
«Der Doktor ist gerade selbst operiert worden», erklärt sie. «Sie sind seine erste Patientin, seit er wieder zu Hause ist.»
Ich bemühe mich, ohne zu würgen den Mund aufzusperren, während die beiden sich über mich beugen und einen Abstrich von meiner Kehle machen. Die Untersuchung wird zur Farce, wir sollten die Rollen tauschen, ich sollte ihm helfen. Langsam und angestrengt befühlt er meine Drüsen. Am Schreibtisch spielt er unsicher mit einem Rezeptblock.

«Haben Sie Kinder?» fragt er, als er mein Alter hört. «Warum nicht?»
«Ich habe noch keine gewollt.»
«Treffen Sie regelmäßig Vorkehrungen?»
«Ja.»
Seine Fragen tun nichts zur Sache, senil folgt er einem Ritual, an das er sich erinnert.
«Der Doktor hatte immer sehr viel zu tun», erklärt seine Frau. «Erst im vergangenen Sommer hat er den Arm eines Jungen gerettet. Er war ganz durchgeschnitten, hing nur noch an einem Faden. Der Doktor kam rechtzeitig und hat ihn wieder angenäht. Der Vater des Jungen ruft ständig an und bedankt sich bei uns.»
«Holen Sie sich das», sagt er. Ich versuche die Schrift auf dem Rezept zu entziffern.
«Was ist das?» frage ich.
«Elevil», sagt er. «Ein Antidepressivum. Ihre Symptome sind die klassischen Anzeichen der Depression.» Ich stecke das Rezept ein, es ist für die gleiche Arznei, die meine Mutter genommen hat. Ich streite nicht mit dem Arzt, aber als ich gehe, weiß ich, daß ich dieses Medikament nicht nehmen werde. Erleichtert weiß ich, daß ich jetzt von medizinischen Tröstungen genug habe.

Gegenüber der Granitfabrik warte ich auf die Hausbesitzerin, die mir eine Wohnung zeigen will. Laut quietschend fahren Wagen vorbei. Eine schwangere junge Frau schimpft mit ihrem schreienden Baby. Während es dunkler wird, starre ich die Fabrik an und stelle mir vor, daß das in den kommenden Monaten meine Aussicht sein wird – ein Stadtslum an Stelle von Leech Pond. Ich folge der Frau eine Treppe hoch zu drei Räumen. Nackte Glühbirnen hängen von der Decke, die Farbe löst sich von den Wänden, das Eisenbett hat am Kopfende eine Art Gefängnisgitter. Das sind einfach Räume, sage ich mir. Ein neuer Anstrich würde sie verändern. Sie sind nicht viel schlimmer als die Räume in unserem Haus im vergangenen Frühjahr. Doch als die Frau mich um eine Anzahlung bittet, kann ich die Wohnung nicht mieten. Sam und ich sind übereingekommen, uns diesen Sommer zu trennen. Ich werde allein nach Kalifornien gehen, vorübergehend, sagen wir beide. Im Herbst werden wir uns treffen und feststellen, wie die Situation dann ist, aber jetzt haben wir April, und wir können nicht bis Juni im selben Haus bleiben. Als ich heimkomme, beschreibe ich die elende Wohnung und mache das Fehlen einer neuen Bleibe dafür verantwortlich, daß ich hier nicht ausziehe. Ich lasse Sam wissen, daß es mir nicht am Willen fehlt wegzugehen, nur an den Möglichkeiten.
«Ich sehe keinen Grund, warum du jetzt ausziehen solltest. Wir haben

uns auf Juni geeinigt. Warum wartest du nicht einfach bis Juni? Ich dachte, das hätten wir entschieden.»
Ich versuche zu erklären, daß ich meinen eigenen Freiraum brauche, die Atmosphäre hier ist in den letzten Monaten so vergiftet worden, daß sie sich nicht reinigen läßt. Mitten in meinem Satz schläft er ein und wiederholt so das vertraute Ritual, einer Sache auszuweichen.

Ich gehe durch den Wald zum Bach. Als ich über einen Schneehaufen stolpere, rutsche ich mit einem Fuß aus und versinke bis zum Schenkel im Schnee. Ich kann nichts packen, um mich herauszuziehen. Mit dem Fuß rutsche ich hin und her, um freizukommen, und schließlich falle ich durchnäßt zurück. Ich schluchze, weil niemand mich hören kann. Die Geräusche scheinen sich um die dünnen Bäume zu wickeln. Der Bach sprudelt mit seiner schweren Frühlingslast von Schmelzwasser dahin, er läßt sich nicht niederdrücken. Das Rauschen übertönt alle anderen Laute. Ich gehe näher an den Wasserfall und hoffe, daß das Wasser die Stimmen in meinem Kopf verdrängt. Jetzt, da ich den Trost eines Freundes am nötigsten hätte, ist Kirk weg, Ruth lebt mit Stephen in einer anderen Stadt. Ich habe meinen Stolz unterdrückt und Kirk angerufen, habe ihm von Sams Liebschaft erzählt.
«Es ist dazu gekommen, weil ich mich mit dir eingelassen habe», füge ich hinzu.
«Das dachte ich mir», sagt er. «Hör zu, ich habe im Moment viel Ärger. Martha, die Frau, die ich seit einiger Zeit kenne, ist schwanger, und wir versuchen zu entscheiden, was wir tun sollen. Es ist auch für mich eine schwierige Zeit.»
Auch ich könnte dein Kind tragen, denke ich und bin erleichtert und dankbar, daß mich jetzt kein Embryo mit ihm verbindet.
«Ich rufe dich an, sobald diese Sache geklärt ist. Es tut mir leid, daß du es schwer hast. Weißt du, was ich tun würde, wenn ich du wäre? Ich würde mehrere Affären anfangen. Warum haust du nicht auf die Pauke? Vielleicht ist es das, was du tun solltest.»
«Hast du jemand Bestimmten im Sinn?»
«Da hast du bestimmt keine Schwierigkeiten. Du bist sehr anziehend. Wahrscheinlich gibt es viele Männer, die gewünscht haben, du wärst frei.»
«Du bist der einzige, für den ich mich interessiert habe, Kirk», sage ich und lege auf.
In hohen Gummistiefeln wate ich durch den Biberstau und gehe den Berg hinauf zu der leerstehenden Hütte. Wenn ich außer Atem bin, bleibe ich stehen und betrachte den klaren Vollmond. Obwohl ich wütend bin auf Kirk, tut es mir auch leid, daß er solche Schwierigkei-

ten hat. Ich denke an all das Gute, das er getan hat, all seine ermunternden Worte in Herbst und Winter, wie er geholfen hat, mich unter meinem Stein vorzustoßen. Ich kann ihm verzeihen, seine Schwäche akzeptieren und meine eigene Stärke erkennen.

Ich arrangiere es, einen Mann näher kennenzulernen, der mir seit Monaten auffällt; es ist leicht, einen Vorwand zu finden. Ich mache ein paar Korrekturen in seiner Coop-Lebensmittelliste und lade ihn dann ein, mit mir in der Stadt eine Kleinigkeit zu essen. Beim Bier reden wir über Beziehungen, während die Musikbox spielt: «I'm proud to be an oakie from Muscogee.» Er erzählt mir, daß er nicht mehr trinkt und nicht mehr raucht. Seit sechs Wochen war er mit keiner Frau mehr zusammen. Ich finde ihn anziehend, er ist blond und bärtig. Hat es damit zu tun, daß er Sam gleicht? Während wir miteinander sprechen, denke ich weniger an Kirk.
«Alle diese Schwierigkeiten zwischen Männern und Frauen sind vielleicht des Universums neue Form der Geburtenkontrolle», sagt er.
Ich erzähle ihm, daß mein Mann eine Freundin hat und daß mein möglicher Liebhaber verschwunden ist. «Wahrscheinlich ist es unmöglich, mit einem Mann befreundet zu sein», füge ich hinzu.
Er malt ein romantisches Bild von sich. Einmal hat er auf einer spanischen Insel gelebt und geschrieben. Als wir zu meinem Wagen zurückfahren, singt er mir sentimentale Verse aus einem alten irischen Volkslied vor. Ein Stinktier huscht über die Autobahn, der weiße Streifen in seinem Fell leuchtet im Mondlicht. Er behauptet, er sei ein bißchen verrückt, ich bin bezaubert. Ohne mich zu berühren, sagt er: «Was du brauchst, ist ein guter Liebhaber.»
Ich verhalte mich zögernd. «Warum willst du dich mit einer verheirateten Frau einlassen?» frage ich.
«Was kann ich verlieren? Was kann so schlimm daran sein? Schlimmstenfalls ein paar traurige Stunden. Davor habe ich keine Angst.» Jetzt umarmen wir uns. Mit neuer Energie und wachsender Erwartung fahre ich nach Hause und singe mir dieses Volkslied vor.
Zu Hause trinke ich allein Sherry und höre melancholische Musik. Draußen taut der Schnee. Die dünnen, nackten Äste der Sumpfbüsche warten verlegen auf Knospen, ihre Umrisse bilden ein Gewirr hinter dem Fenster. Topfpflanzen und Statuen sind durch zwei Glasscheiben von dem feuchten Keimen auf der anderen Seite getrennt. In der Nacht liege ich schlaflos wach. Neben mir schreit Sam. Verängstigt wecke ich ihn, das hat er noch nie zuvor getan. Als er wach ist, beharrt er darauf, es sei ein Traum gewesen, an den er sich nicht erinnern

kann. Ist es möglich, daß wir weiter unter dieser Nervenanspannung leben? Wie bei einem Sturm muß die Intensität abflauen.
Beim Bach springt ein grüngefleckter Frosch. Von welken Blättern getarnt, zögert er, als würde er meditieren. Seine weiche Kehle vibriert. Nach einigem Warten läßt er sich ins Wasser. Ich schaue ihm zu und wünsche mir einen Froschkönig. Dann hocke ich mich hin, schiebe meine Jeans zur Seite, um Urinflecken zu vermeiden, und lasse mein Wasser fließen. Der Bach ist laut und geschwollen, angefüllt mit geschmolzenem Schnee und Eis. Ich sehe weder Ende noch Anfang, aber das veränderte Licht erinnert mich daran, daß die Zeit vergeht. Ich versuche mich, von Sehnsucht zu Einsamkeit zu wenden, mein Verlangen durch Hinkehr zu mir selbst zu stillen, doch es treibt mich vom Haus auf die Wiese zum Bach, ich kann nicht innehalten und warten wie der Frosch.
Ich halte die zweite Verabredung ein. Wir treffen uns beim General Store, dann folge ich ihm über fremde, kurvenreiche Straßen zu einem Haus an einer Kreuzung, einem Haus, das verlassen wirkt. Im Hof davor liegen Autowracks, alte Blechdosen, vergessene, rostende Farmgeräte.
«Die Leute, die zuletzt hier wohnten, hielten Ziegen im Keller», erzählt er mir. «Beim Einzug fand ich einen Kadaver.» Die Farbe löst sich von den Wänden, die gefleckt sind, als würden böse Jungen hier urinieren.
«Es ist billig», sagt er, «und die Aussicht von meinem Schlafzimmer ist schön.» Landkarten bedecken die fleckigen Wände seines Zimmers, Landkarten, mit deren Hilfe er sein Leben plant. Auf einer von ihnen markiere ich mein Haus durch eine Stecknadel. Hier könnte ich nicht leben. Während wir Wein trinken, erzähle ich ihm von meiner kranken Mutter, doch er unterbricht mich und bittet mich, ihm etwas vorzulesen, während er ein Bad nimmt. Ich lehne ab. Statt dessen gehe ich allein ins Freie und betrachte die fünf runden Hügel in der Ferne, deren Erd- und Gesteinsschichten sichtbar sind, sie warten auf ihre grüne Decke. Drinnen lege ich eine Platte auf, doch sein Badewannengesang lenkt mich ab. Ich rette mich ins Träumen und denke an die Zärtlichkeiten, die kommen werden. Nach dem Bad trägt er einen Tisch vors Haus und findet wenige Meter vom Schrotthaufen einen freien Platz zwischen tauendem Schnee. Ich schaue ihm zu, während er Weingläser und einen Kerzenständer auf den nackten Tisch stellt. «Wir werden bei Sonnenuntergang dinieren», sagt er mit einer Verbeugung und bringt mich zum Lachen. Leute in vorbeifahrenden Wagen starren uns an, als die Sonne untergeht und wir am Tisch sitzen. Blitze tanzen über den Himmel, doch wir warten so lange

wie möglich auf das nahende Gewitter, dann tragen wir unsere Teller hinein und lassen den Tisch stehen, noch ein Stück Abfall.
Als ich nach dem Geschirr greifen will, umarmt er mich, hebt mich hoch und trägt mich die Treppe hinauf. Von seinem Bett aus betrachten wir den Himmel. Ohne meine Brille kann ich nicht viel sehen, und er bittet mich, lauter zu reden, weil er, wie er sagt, ein bißchen schwerhörig ist.
Unsere Leidenschaft verliert sich in Ungeschick; zwei Versuche sind nötig, bis er in mich eindringt. «Über Damen muß ich noch viel lernen», sagt er. «Wie man sie glücklich macht.» Ich bin zu schüchtern, um über Sexualtechniken zu reden, statt dessen frage ich nach seiner Vergangenheit. Er erzählt mir Geschichten von dem Haus. «Einmal habe ich aus diesem Fenster geschaut und eine Kuhherde vor dem Haus gesehen. Ich dachte, ich träumte. Die nächste Farm ist über eine Meile entfernt. Als ich wieder hinschaute, waren die Tiere fort. Niemand in der Nachbarschaft wußte, wem sie gehörten. Ich nehme an, es waren Geister von Kühen, die vor dreißig Jahren auf dieser Farm gelebt haben.»
Als ich mich anziehe, spricht er am Telefon offenbar mit einer Frau. Ich komme früh nach Hause und bin zufrieden mit meinem Abenteuer. Sam, der weiß, daß ich einen Mann getroffen habe, fragt, ob ich mich gut amüsiert habe. «Ja», sage ich und schlafe dann in meinem Studio; ich verbringe eine ruhelose Nacht.

Michael stellt uns seine neue Freundin vor, eine hiesige Lehrerin, die er bei einer Tagung von Filmemachern kennenlernte. Sie ist groß, kräftig und voller Sommersprossen und trägt Tennisschuhe und eine Turnhose. Nachdem sie eine Woche mit Michael zusammen war, hat sie ihren Mann verlassen und auf die Anzahlung für die Farm verzichtet, die sie kaufen wollten. Jetzt werden sie und Michael zusammen auf Reisen gehen. «Wer weiß, was passiert», sagt Michael, als sie gegangen ist. «Ich erwarte nichts. Ich lebe von Tag zu Tag.» Nach seiner Erzählung sind sie wie durch Zauberei zusammengekommen. Er hatte auf sie keinerlei Absichten, er betrachtete sie als verheiratete Frau. Eines Nachts erschien sie vor seinem Zimmer. «Hier bin ich», sagte sie einfach, und er widerstand ihr nicht. Ich denke zynisch über ihre Liebesgeschichte und bin dabei in meine eigenen Fehler verstrickt. Vielleicht ist eine neue leidenschaftliche Bindung möglich. Michaels Beweis einer neuen Liebe entfernt mich weiter von Sam.
Jetzt ist die Hütte wieder leer. Vorübergehend kann ich dem Haus entfliehen. Ich muß nicht hier sein, wenn Sam nach Hause kommt. Ich sage ihm: «Ich werde in der Hütte bleiben.»

«Nur zu. Es wird dir wenig Spaß machen, über den Biberdamm zu steigen. Er wird wieder hoch.»
Die Hütte steht allein auf dem Berg, ein schiefes Häuschen, das aussieht, als wäre es längst verlassen. Ich schließe die Tür auf und taste drinnen nach der Petroleumlampe. Vorsichtig halte ich das Streichholz hin, dann wird mir klar, daß ich das Glas nicht entfernt habe. Als sie schließlich brennt, reguliere ich die Flamme und stelle die Lampe sorgsam auf den Tisch. Der Raum ist wie ein Pulverfaß. Ich schau mich um. Michaels Flanellhemden hängen an ihren Haken, Ansichtskarten und Zeichnungen drängen sich an den Wänden. Bücher über Mystizismus stehen auf den Regalen. Vorsichtig entzünde ich ein Feuer im Ofen, ich bin mir bewußt, wie leicht alles abbrennen kann. Vielleicht wäre es besser, ohne Feuer auszukommen und unter die Decke zu kriechen. Ich achte auf jede Bewegung und höre, wie Tiere über das Dach laufen. Kein Mann ist hier, der sich um das Feuer kümmert oder mich beschützt. Dieser Holzkasten kann plötzlich in Flammen stehen. Hier oben auf dem Berg würde keiner mich retten. Jetzt hängt mein Überleben von niemandem mehr ab. Ich muß mein eigener Vormund sein. Über dem kleinen Feuer wärme ich mir die Hände, dann gehe ich im Schein des Mondlichts hinaus auf die Toilette.
Als ich auf die Galerie steige, wo das Bett ist, bewegen sich meine Füße unsicher auf den runden Balken der Leiter. Neben der Matratze sind ein kleines Fenster, Platz für Bücher, eine gebogene Kerze und ein paar Streichhölzer. Vorsichtig zünde ich die Kerze an und stelle einen Teller für das tropfende Wachs darunter, dann versuche ich, bei dem schwachen Licht zu lesen. Das Wachs tropft in den Teller, die Flamme zittert ein paar Zentimeter neben den Vorhängen, die Kathy genäht hat. Ich blättere eine Seite in dem Gedichtband um und bewege mich unter der Decke; dadurch wird die Kerze erschüttert, und die Flamme züngelt am Vorhang, bevor sie erlöscht. Ich fange die Kerze auf und rieche den verbrannten Stoff. Daraus hätte leicht eine Feuersbrunst entstehen können – Kerzen sind hier gefährlich.
Der Docht schwelt weiter, ein Zeichen dafür, daß das Wetter wieder schlechter wird. Unter der Decke, die Kathy aus Samtabfällen genäht hat, frage ich mich, wo sie jetzt sein mag. Der Bach in der Ferne rauscht lauter als sonst im Jahr. Ich liege im Dunkeln und bedaure, daß ich keine Taschenlampe zum Lesen mitgebracht habe. Seit ich still liege, kommen die Tiergeräusche draußen näher; ich höre huschende Füße, dann Quietschen, das für Mäuse zu laut ist, Kratzen und Klopfen. Versucht ein Tier, hier einzudringen? Ich schaue hinauf zum Fenster in der Decke. Der Mond, den ich durchs Oberlicht sehe, wird

von laufenden Füßen verdeckt. Ich brülle, um die Tiere wissen zu lassen, daß ich hier bin; sie können hier nicht Besitz ergreifen. Meine Stimme verscheucht sie. Ich versuche zu schlafen und denke an das Gedicht von Merwin, das ich gerade gelesen habe: «Nie wäre ich ohne dich bis zur Gegenwart gekommen, denke daran zu jedem Zeitpunkt, an dem es neu beginnen mag . . .»

Sam und ich sind gemeinsam in dieser Situation. Wenn wir das nur erkennen könnten, gütig zueinander wären und verzeihend. Um allein zu sein wie jetzt, muß ich mich nicht von ihm trennen, als wären wir siamesische Zwillinge, die nur durch eine Operation am Leben bleiben können. Obwohl ich allein sein muß, um mich zu erproben, hat das nichts damit zu tun, daß ich ihn ablehne. Beides hängt miteinander zusammen, aber es ist nicht identisch.

Draußen werden die Tiergeräusche lauter. Michaels Stachelschwein muß zurückgekommen sein und nagt jetzt an dem wohlschmeckenden alten Holz der Hütte. Diesmal schreie ich lauter, meine eigene Stimme klingt fremd und bedrohlich in der Stille. Das Tier ist wieder ruhig.

Ich habe beschlossen, keine Mutter zu werden, und kann offenbar keine Ehefrau sein. Etwas ist falsch gelaufen; der Kreislauf zwischen uns war so überlastet, daß es zum Kurzschluß kam. Wir sind noch verheiratet, doch wir sind nicht länger ein Paar. Dennoch will ich ihn nicht verlassen, ihn nicht aufgeben. Es könnte aufregend sein, den anderen nicht mehr nach dem erwünschten Bild formen zu wollen, sondern ihn auf neue Art zu akzeptieren. Dazu wäre ein Selbstbewußtsein nötig, das sich durch unsere Unterschiede nicht beeinträchtigen läßt. Dieses Ziel könnten wir anstreben, weg von der pubertären Umschlingung. Warum beharrt Sam darauf: «Mir hat es gefallen, wie es war; diese Umschlingung, wie du es nennst, war in Ordnung. Jetzt habe ich verloren, was wirklich wichtig war. Du hast dieses Gefühl mit all deinen Worten und Analysen zerstört.» Wie können wir weiterkommen, wenn er tatsächlich glaubt, die Vergangenheit sei besser gewesen?

Es gefällt mir, mich unter dieser Decke allein auszustrecken und den Platz im Doppelbett mit meinem Körper zu füllen. Wieder das verdammte Stachelschwein! Warum soll ich es an diesem Haus nagen lassen, das es beschädigt wegen einer Mahlzeit? Ich klettere von der Galerie hinunter und gehe leise zur Tür. Ein kalter Luftzug treibt mich zurück. Trotz des Mondlichts kann ich das Tier, das ich höre, nicht sehen. Ich suche weiter, bis ich es direkt unter der Hütte erkenne: eine dunkle, runde Gestalt, die Spitzen der Stacheln leuchten im Mondschein. Impulsiv werfe ich einen Stiefel nach ihm und

weiche dann zurück, aus Furcht, es könnte sich mit seinen Stacheln rächen.
Sams Waffe lehnt unter aufgehängten Hemden an der Wand. Michael muß sie wegen des Stachelschweins heraufgebracht haben. Könnte ich es im Mondlicht treffen? Wäre der Versuch zu gefährlich und töricht? Ich nehme das Gewehr und untersuche, ob es geladen ist. Das Stachelschwein sitzt ganz nah unter dem Haus, mit seiner Mahlzeit beschäftigt, ein leichtes Opfer. Barfuß und in langer weißer Unterwäsche gehe ich hinaus. Nach ein paar Augenblicken habe ich mich an das schwache Licht gewöhnt. Ich hebe das Gewehr, suche die dunkle Gestalt im Visier, dann drücke ich ab. Das Stachelschwein flieht. Ich schieße noch einmal, dann verschwindet es zwischen den Bäumen.
Obwohl der Lärm mich irritiert, bin ich zufrieden: Ich habe das Tier verjagt, auch wenn ich es nicht getötet habe. Ich gehe wieder hinauf und versuche zu schlafen. Bis auf das vertraute Geraschel der Mäuse ist nichts mehr zu hören.
Fröstelnd erwache ich um sieben. Die Sonne erreicht diesen Fleck erst spät am Morgen. Rasch mache ich ein Feuer und koche Wasser, dann trinke ich Tee und warte auf die Sonne. Ich werfe Münzen, um eine Stelle im *I Ging* auszuwählen. «Jugendliche Torheit» heißt meine Botschaft heute morgen: «Am Rande eines gefährlichen Abgrunds muß man bestürzt stehenbleiben und einen Lehrer suchen.» Ich muß mein eigener Lehrer sein, das weiß ich jetzt.
Ich gehe auf die Terrasse und bin dankbar, daß die Sonne endlich gekommen ist, kein menschlicher Besucher wäre mir so willkommen. Ich sehe Sam den Berg heraufsteigen.
«Im Wald liegt ein totes Stachelschwein. Hast du es gesehen?» fragt er.
«Ich habe es heute nacht erschossen. Es hat an der Hütte genagt.»
Sam betrachtet mich skeptisch. «Darüber wird sich Miachel freuen, wenn er zurückkommt.»
Er setzt sich zu mir in die Sonne.
«Deine Mutter hat vom Krankenhaus angerufen. Sie möchte, daß du zurückrufst. Sie klingt sehr schlecht.»
Der vertraute Zustand packt mich wieder: Angst durch Bindung, Verzweiflung durch Assoziation.
«Ich war gern allein hier oben.» Noch versuche ich mich vor seiner Nachricht zu schützen.
«Weißt du noch, wie du im vergangenen Jahr über die Hütte gedacht hast? Damals warst du nicht so begeistert. Eines Tages werde ich hierherziehen», sagt Sam. «Wenn ich das Haus verkaufe und hier lebe, ohne Hypotheken, könnte ich ohne Geld auskommen.» Er macht

Pläne für sich, nicht für uns beide. Genau wie ich probt er für die Einsamkeit. Wir gehen den Berg hinunter. Ich bleibe stehen, um das Stachelschwein zu betrachten. Es hebt sich kaum von den graubraunen Steinen und Blättern ab. Ich bedaure es nicht.
«Das Wetter schlägt um», sagt Sam. «Im Radio hieß es, wir bekommen wieder Schnee. Das ist Vermont – Schnee im April.»
Ich rufe meine Mutter an.
«Ich bin sehr krank», sagt sie. Ihre Worte klingen mühsam, dazwischen schluchzt sie kaum hörbar. «Ich fürchte, diesmal schaffe ich es nicht mehr.»
«Du schaffst es immer, Mutter, du findest immer wieder heraus. Sei nur geduldig, es wird vorübergehen.»
«Mit dem Arzt kann ich nicht reden, ich wollte mir dir reden.»
Über Meilen hinweg versuche ich ihr zu sagen, daß ich sie verstehe.
«Niemand weiß, wie einem zumute ist», sagt sie. Obwohl ich nichts verspreche, beschließe ich, zu ihr zu fliegen. Nachdem ich aufgelegt habe, bekomme ich Angst vor dem Besuch und der telepathischen Bindung, durch die mein eigener Zustand nur wie eine schwächere Form ihrer Krankheit wirkt.
«Warum willst du hin?» fragt Sam. «Du hast das schon Dutzende Male mitgemacht. Du fühlst dich dann nur noch elender. Wahrscheinlich leidest du gern. Ich weiß nicht, warum du dir das antust.»
«Sie ist ganz allein. Mein Vater verliert die Geduld. Die Ärzte behandeln sie wie eine Last.»
«Ich glaube nicht, daß du in der richtigen Verfassung bist, ihr zu helfen.»
«Glaube nur nicht, daß du so gut weißt, wie mir zumute ist», sage ich und versuche mich von seinem Klischee zu befreien. Ich bin nicht hilflos und verstört. «Es befriedigt dich, mich schwach zu halten.»
«Du irrst dich, deine Stärke ist mir lieber. Dann fühle ich mich weniger verantwortlich. Du bist viel stärker als ich, und du weißt es gar nicht.»

«Habt ihr bemerkt, daß die Krähen zurück sind?» sagte Jim.
Er kam am Tag, bevor ich abflog, nachdem er in seinem alten De Soto mit vierzig Meilen in der Stunde von Quebec hergefahren war. Vor einem Jahr war er mit seiner Frau Bonny und ihren drei Söhnen nach Kanada gezogen. Sie haben sich eine Hütte gebaut und halten Tiere. Da sie sonst kein Einkommen hat, macht Bonny Patchworkdecken. Als Einwanderer mit Landbesitz bekommen sie dreißig Dollar im Monat Kindergeld für jeden Sohn. Jim sagt, er ist darüber enttäuscht, daß die Exilamerikaner in seinem Tal nicht den versprochenen Ge-

meinschaftsgeist aufbringen. Die Nachbarn ziehen sich in ihr Privatleben zurück und stellen den individuellen Erfolg über gemeinschaftliche Anstrengungen.
«Ich habe versehentlich Holz auf dem Land eines Nachbarn geschlagen, und er verlangt, daß ich es ihm bezahle. Nur ein paar Bäume, er braucht sie gar nicht.»
Todd, ein Töpfer, der mit Jim gekommen ist, sitzt still daneben. Es ist Todds erste Reise über die Grenze seit sieben Jahren. Jim erzählt uns, daß er 1967 die Vereinigten Staaten verlassen hat, um der Einberufung zum Militär zu entgehen. Vor kurzem engagierte seine Schwester einen Anwalt, der einen bürokratischen Fehler entdeckte, Todds Einberufungsbefehl wurde nie ernsthaft verfolgt, er war die ganzen Jahre unnötigerweise im Exil. Er lacht. «Ich habe keine Sehnsucht nach den Staaten, ich habe nicht vor zurückzukommen.» Er wirkt sehr passiv angesichts des Unrechts, das ihm zugefügt wurde. Ich glaube ihm nicht.
Für Jim und Bonny war der Grenzübertritt anders: ein harter Verzicht, der mit Würde geleistet wurde. Sie wollten keinem ungerechten Militärsystem ausweichen, sie waren Flüchtlinge vor etwas Abstrakterem, vor Kräften, die langsam ihre Familie entzweiten. Als Jim mich zum Abschied umarmt, sagt er: «Ich weiß, wie schwierig die Situation im Moment für euch beide ist. Ich wollte, ich könnte mehr sagen.»
Auf dem Weg zum Flughafen sage ich zu Sam: «Vielleicht sollten wir Leech Pond verkaufen und nach Kanada ziehen. Wir könnten noch einmal von vorn beginnen.»
«Du kannst uns nicht mit Jim und Bonny vergleichen», antwortet er. «Sie haben fast ihr ganzes Leben in Vermont verbracht, wir sind erst hier angekommen. Viel nördlicher können wir nicht mehr gehen.»
«Ich dachte daran, etwas aufzugeben, um zusammenzubleiben. Die Geographie ist dabei nicht so wichtig!»
«Daran hättest du früher denken sollen. Jetzt ist es zu spät.» Sam trägt meine Taschen, während wir zum Abflugschalter laufen. «Ich hoffe, deiner Mutter geht es nicht allzu schlecht», sagt Sam, bevor ich zum Flugzeug gehe.

Im Krankenhaus drücke ich meine Mutter an mich, als wäre sie ein Kind. Schlaff und passiv liegt sie in meinen Armen, ihr Mund ist trocken von den Medikamenten, die sie einnimmt, ihre Haut ist faltig und grau. Ich könnte sie hochheben wie ein Baby.
«Sie glauben, ich bin ein Verbrecher», sagt sie. «Die Polizei wird dich holen. Sie meinen, ich hätte verbotene Drogen genommen.» Sie sieht sich hastig um und schaut dann wieder in ihren Schoß.

Ich versuche, ihren Halluzinationen zu folgen, die Realität darin zu erkennen und sie nicht abzuschieben, indem ich sie für verrückt erkläre.
«Die Drogen waren Medikamente, die dir verschrieben worden sind.» Ich versichere ihr, daß keinerlei Gefahr besteht, doch sie beharrt darauf.
«Du verstehst das nicht. Sie halten mich für verantwortlich.»
«Du bist verantwortlich dafür, daß du wieder gesund wirst, Mutter.»
Sie beugt sich auf ihrer Bank vor, schaut in ihren Schoß und wiegt sich hin und her.
Obwohl der Arzt und mein Vater sie drängen, die Einwilligung für Schockbehandlungen zu unterschreiben, weigert sie sich.
«Ich habe eine Frau nach dieser Behandlung gesehen. Sie ist ständig gefallen, sie konnte nicht mehr gehen.»
«Du hast schon einmal Schocks bekommen, und sie haben dir geholfen, Mutter.»
Ich teile die Verzweiflung mit meinem Vater und dem Arzt. Etwas muß geschehen, um sie aus diesem Zustand herauszuholen, etwas für uns, die wir es nicht ertragen können, sie so zu sehen. Vielleicht sollten wir die Schocks bekommen.
«Versuch es wenigstens, Mutter. Erkläre dich mit einer Behandlung einverstanden. Danach kannst du wieder aufhören.»
Schweigend sitzt sie da und weigert sich, mit uns zu reden. «Auch ich habe Probleme, Mutter.»
«Es tut mir leid», sagt sie. «Es tut mir leid, daß ich ein Problem bin.»
Es läutet zum Mittagessen, aber sie will nicht aufstehen. «Ich kann nichts essen», sagt sie, «ich muß mich sofort übergeben.»
«Du mußt bei Kräften bleiben. Wenn du nicht gehst und dir dein Essen holst, gehe ich weg.» Sie rührt sich nicht, obwohl ich sie hinzusteuern versuche.
«Ich gehe», sage ich. «Ich liebe dich, aber ich kann dir nicht helfen. Du mußt dir selber helfen.»
Sie packt meinen Ärmel, doch ich mache mich frei und gehe zur Tür. Sie folgt mir und ruft: «Bitte, komm zurück», ihre Stimme klingt kräftiger als vor einem Augenblick. Die schwere Tür fällt hinter mir ins Schloß, ich halte meine Tränen zurück, bis ich auf dem Parkplatz bin. Ich werde ihr nicht gestatten, mich zu manipulieren.
Am Samstagmorgen gehe ich mit meinem Vater zur Synagoge. Die scharfgezeichneten Gesichter sowjetrussischer Juden auf Plakaten im Foyer sehen aus wie die Mitpatienten meiner Mutter. Mein Vater wird von anderen Gemeindemitgliedern freundlich begrüßt. Er begegnet seinem Leid, indem er wöchentlich Kaddisch für tote Angehö-

rige darbringt. Inzwischen ist eine lange Liste zusammengekommen.
«Dein Vater ist ein guter Jude. Er bewältigt seine Sorgen durch das Gebet.» Der alte Mann spricht mit starkem europäischem Akzent. Er nickt mir verschwörerisch zu, als wären wir zwei Erwachsene, die einen Jungen für seine Leistung beim Bar-Mizwa loben.
Soweit ich mich erinnere, sind mein Vater und ich zum erstenmal allein zwischen den schief aufgehängten Bildern und Familienfotos meiner Mutter. Ich erzähle ihm von Sam und mir.
«Ist es wegen einer anderen Frau?» fragt er.
«Nicht unbedingt.» Genauer kann ich es nicht erklären. «Wahrscheinlich wollen wir verschiedene Dinge.»
«Ich dachte mir, daß dieses Leben auf dem Lande nicht dein Einfall war. Ich dachte, du wolltest damit versuchen, ihn glücklich zu machen.»
«So einfach ist es nicht.»
«Wir haben alle unsere Sorgen, nicht wahr?» Er gibt mir einen juristischen Rat. «Warte sechs Monate, und wenn sich dann nichts geändert hat, beantrage die Scheidung.» Obwohl ich einen solchen Rat nicht gesucht habe, ist die Vorstellung einer bestimmten Zeit, einer Anzahl von Tagen und Monaten, die man abhaken kann, etwas Konkretes, und ich bin ihm für seinen Vorschlag dankbar.
Als er davon spricht, meine Mutter in ein Landeskrankenhaus einweisen zu lassen, brause ich auf. «Warum läßt du dich nicht von ihr scheiden, wenn du sie loswerden willst?»
Verletzt erklärt er, wie sein Leben aussieht, und wiederholt dabei die Einzelheiten, die ich so häufig gehört habe.
Er führt all die irrationalen Einkäufe an, die sie in ihrer letzten manischen Phase getätigt hat, darunter ein Kleid für eine Zweijährige, die meine Schwester oder ich nach ihren Hoffnungen eines Tages haben werden. Er hat alles zurückgebracht und Gutschriften für über fünfhundert Dollar bekommen, sagt er.
«Geschichten waren das, bei denen sich dir die Haare sträuben.» Ich höre zu. Durch jahrelanges Training bleiben meine Haare liegen.
«Sie fuhr mit dem Wagen weg und verirrte sich auf dem Land. Dann rief sie an und bat mich, sie zu holen, und als ich das nicht tat, nahm sie ein Taxi nach Hause.»
Wie Mutter habe auch ich mich einmal mit meinem eigenen Wagen verirrt. Ich rief Sam an, und er kam und brachte mich nach Hause. Ich fuhr hinter ihm her, und selbst als ich wieder wußte, wo ich war, wartete er am Straßenrand, wenn er mich aus den Augen verloren hatte.
«Vielleicht ist das nicht so verrückt», sage ich.

«Du kennst die Situation nicht so wie ich. Du mußt damit nicht leben wie ich. Auch ich werde nicht jünger. Einmal muß ich an mich zuerst denken, sonst bekomme ich einen Herzanfall oder einen zweiten Schlaganfall. Ich bin fast zweiundsechzig Jahre alt. Viel mehr halte ich nicht aus. Wenn ich dasein soll, um ihr zu helfen, muß ich mich selber schützen.»

Ich denke daran, für meine Mutter zu sorgen. Ich werde es nicht zulassen, daß sie in ein Landeskrankenhaus eingewiesen wird und dort bleibt. Ich habe keine Kinder, jetzt auch keinen Mann mehr, es gibt keine Ausrede außer meiner Selbstsucht. Ich werde ihr die beste Pflege angedeihen lassen, eine Vitaminkur mit ihr machen. Könnte ich sie durchs halbe Land schleppen, damit sie bei mir lebt? In Wirklichkeit bin ich dankbar, daß mein Vater als Puffer zwischen uns steht und ich meine von Schuldgefühlen diktierten Phantasien nicht verwirklichen muß. Statt dessen schneide ich Artikel über neueste Untersuchungen von Depressionen und Gemütskrankheiten aus. Es besteht Grund zur Hoffnung. Da ich meine Mutter nicht heilen kann, beschäftige ich mich mit meinem Vater.

«Vitamin B wird deinen Cholesterinspiegel senken», erkläre ich ihm, «und dadurch sinkt auch dein hoher Blutdruck.»

«Ich habe ihm das Buch *Let's Get Well* von Adele Davis geschickt und, über ein Versandhaus, Vitamine für geriatrische Zwecke, doch jetzt sehe ich, daß die Packungen noch voll sind.

«Sie werden sich nicht mit den anderen Medikamenten vertragen, die ich nehmen muß», sagt er.

«Vitamine sind keine Arznei, es sind natürliche Substanzen», erkläre ich.

Schließlich versucht er eine Tablette. «Ich hatte den ganzen Tag lang den Geschmack im Mund», sagt er.

Bevor wir den Fernseher ausschalten und ins Bett gehen, trinken wir noch ein Glas.

«Wenn es deiner Mutter gutgeht, nennt sie mich einen Alkoholiker, weil ich vor dem Schlafengehen ein Glas trinke. Ich sage ihr, das ist meine Schlaftablette. Sie beschwert sich immer. Wenn es ihr gutgeht, bin ich ihr schlimmster Feind. Dann erinnert sie sich noch nicht einmal, wie schlimm sie dran war.»

Ich überrede ihn zu warten, ihr noch eine Chance zu geben, sie nicht einweisen zu lassen. Er gibt zu, daß die Landeskrankenhäuser heutzutage die Patienten nach etwa dreißig Tagen entlassen, dann wäre sie also bald wieder zu Hause, und der ganze Kreislauf begänne von neuem.

Ich liege wach auf dem Klappbett und stelle mir Sam und die Blondine

in unserem alten Holzbett vor, ihre Sachen in meinem Schrank, ihr Kamm mit blonden Haaren auf der Kommode mit der Marmorplatte, die ich bei einer Versteigerung erwarb. Wenn ich nicht Sam vor mir sehe, dann ist es meine Mutter, wie sie benommen in ihrem Krankenzimmer sitzt und Stimmen neue Katastrophen wiederholen hört. Um die Vorstellungen loszuwerden, stehe ich auf und gehe ins Badezimmer. Vor dem Zimmer meines Vaters bleibe ich stehen und horche auf sein Schnarchen. Ich beobachte seinen Schlaf unter dem vergrößerten Postkartenbild von einem jungen Paar, das sich umarmt. Meine Mutter hat diesen Wandschmuck für ihr Schlafzimmer ausgewählt. Die Geräusche sind beruhigend. Er ist nicht im Schlaf gestorben.
Ich muß die Verantwortung für mich übernehmen. Dieser Besuch macht mir wieder bewußt, warum ich mich von ihrem Modell befreien will, warum es so tödlich für mich ist, Teil eines Paares zu sein. Die geheime Lektion der Verweigerung, die meine Mutter mir beigebracht hat, fällt mir wieder ein. Ihre Verweigerung hat sie krank gemacht, ein Opfer. Ich werde nicht in die Falle gehen wie meine Mutter.

«Wenn es im April schneit, werden viele Leute aus dem Fenster springen», hörte ich eine Frau auf dem Postamt sagen. Bei meiner Rückkehr liegen zwanzig Zentimeter Neuschnee. Der Fliederbaum vor meinem Fenster, der fast abgestorben war, fand noch die Kraft für ein paar Knospen. Sie begannen zu schwellen, als das Gewicht des Schnees den Baum zu Boden warf. Schnee liegt auf den Telefondrähten, die Verbindungen sind unterbrochen. Die Sämlinge, die vor meiner Abfahrt sproßten, warten in Fensterkästen auf die Sonne, statt dessen bekommen sie zwanzig Zentimeter nassen Schnee.
Sam und ich sitzen einander in verwitterten Ahornstühlen in dem Wohnzimmer gegenüber, das wir gebaut haben, jeder von uns hat eine Tasse Kaffee vor sich. Während ich meine Mutter besuchte, war er bei Tanias Beerdigung.
«Ich habe versucht, dich anzurufen», sagt er, «aber ich konnte dich nie erreichen. Dann war es zu spät, du wärst nicht rechtzeitig zurückgekommen. Ich dachte mir, du hast genug Sorgen mit deiner eigenen Familie.»
Wenn ich von Tania gewußt hätte, wäre ich nach New York gefahren statt nach Ohio. Meine Mutter hätte warten können.
«Sie war allein zu Hause», erzählt Sam. «Sie hatte innere Blutungen. Bis meine Mutter kam, war sie schon fast tot. Meine Mutter sagt, sie hat sie in den Armen gehalten und mit ihr gewartet. Als der Notarztwagen kam, war sie gestorben. Sie wollte eingeäschert werden, doch

mein Onkel bestand auf einem offenen Sarg. Meine Mutter war zu verstört, um mit ihm zu streiten. Ein Glück, daß du sie nicht gesehen hast. Sie haben sie wie eine Puppe zurechtgemacht.»

Tanias Tod löst den Schmerz aus, der sich von all den Todesfällen angesammelt hat, über die ich nicht trauern konnte; dazu kommen die metaphorischen Todesfälle: meine Mutter, meine Ehe. Sam folgt mir in den Wald. Wir gehen zum Bach, unsere Stiefel verfangen sich in Schneelöchern, es ist mühsam. Nebeneinander sitzen wir auf einem Baumstamm. Ich weine leise. Er starrt ins Wasser, bis ich mich beruhigt habe.

«Ainsley ist im Krankenhaus», sagt Sam. «Vergangene Woche hatte er einen Schlaganfall. Wenn wir Zeit haben, sollten wir hinübergehen und schauen, wie Seth zurechtkommt.»

Weil wir nichts mehr füreinander tun können, fahren wir hinauf zu der vollkommenen Farm auf dem Berg. Die großen Ahornbäume begrenzen den Besitz, als wären sie zur Wache aufgestellt. Ainsleys gefleckte Kühe liegen friedlich darunter, sie bemerken keine Veränderungen. Das Feuerholz auf der Veranda ist ordentlich gestapelt.

«Ich weiß nicht, was mit dieser Farm geschieht, wenn er nicht gesund wird», klagt Seth. «Sein Sohn wäre bereit, sie an Spekulanten zu verkaufen. Sie zahlen jetzt über tausend Dollar pro Morgen. Das ist nicht, was Ainsley will, aber allein kann ich mich nicht um alles kümmern.»

Sam schlägt vor, daß wir eine Gruppe Nachbarn um Hilfe bitten und den Besitz dem Sohn abkaufen, damit die Farm bleiben kann, wie sie ist.

«Meine Großmutter hat mir etwas Geld hinterlassen», sagt er auf der Heimfahrt. «Es würde ihr gefallen, daß ich es in Vermonter Erde investiere.» Er lacht. «Ich glaube, es ist nicht viel mehr als fünfhundert Dollar für meine Schwester und für mich. Damit könnte ich einen halben Morgen kaufen.»

Sein Wunsch, inmitten all des Wandels Ainsleys Farm zu erhalten, hat nur gefühlsmäßige Gründe, das gibt er zu. Wir versuchen Ainsley im Krankenhaus zu besuchen, aber sie lassen uns nicht zu ihm. Nur Angehörige dürfen ihn sehen. Ich gebe der Krankenschwester die Pflanze, die ich mitgebracht habe, und bin erleichtert, aus diesem Krankenhaus davonzukommen.

Vor unserem Haus steht ein fremder Lastwagen. Ich fürchte weitere Besucher, die Anstrengung ist mir zuviel. Chris umarmt mich, dann Sam. Er hat seine blonden Locken abrasiert, und seine Ohren stehen merkwürdig von dem kahlen Kopf ab, als seien sie gerade erst gewachsen.

«Ich beschäftige mich mit Hirnsteuerung», erklärt er. «Das ist eine Technik zur Steuerung der Gehirnwellen, mit der man den ganzen Stoffwechsel beeinflussen kann. Es ist sehr wissenschaftlich.»
Wir sitzen zu dritt am Küchentisch.
«Tust du sonst noch was, außer deine Gehirnströme zu steuern?» fragt Sam. Er ist dankbar für die Ablenkung, die Chris uns bietet.
«Ein bißchen Schreinerei, ein bißchen Musik.» Seine Gitarre lehnt an seinem Rucksack. Ich erkenne die Stiefel wieder, die er im vergangenen Herbst gekauft hat. Befangen sitzen wir da, reden Unwesentliches und vermeiden Enthüllungen, bis Sam zusammenfaßt: «Es war ein schwerer Winter mit vielen Todesfällen.»

Chris fragt nach der Hütte.
«Ich habe dort gewohnt», sage ich.
«Ich wäre gern den Sommer über hiergeblieben, aber wenn es Schwierigkeiten gibt, kann ich mir eine andere Unterkunft suchen.»
«Hier ist Platz», sagt Sam. «Sie geht weg.»

Später macht Chris mit mir einen Spaziergang. Der meiste Schnee von der vergangenen Woche ist schon verschwunden. Wir kommen an die Stelle, wo wir im Sommer gebadet haben. Der Wasserfall mit seinen schmelzenden Eisbrocken rauscht jetzt sehr viel heftiger.
«Erstaunlich», flüstert Chris. «Kaum zu glauben, daß das die gleiche Stelle ist. Der Frühling ist hier so herrlich mit seinen drastischen Veränderungen. Man kann fast spüren, wie die Erde explodiert. Es ist ganz anders als in Florida.»
Er wendet sich mir zu. «Bedeutet das, daß ihr euch trennt, Sam und du?»
«Eine Zeitlang. Ich muß allein sein. Ich hatte immer das Gefühl, daß dieses Land und dieses Haus mehr Sam gehören als mir.»
«Ich nicht. Ich wußte, daß du unglücklich warst, aber für mich gehört das alles sehr euch beiden. Es wird seltsam hier sein ohne dich.»
«Ich nehme an, ich komme wieder. Ich lasse meine Sachen hier.» Unsere Schultern berühren sich, unsere Blicke kehren zum Wasser zurück.
«Bist du traurig?» fragt er mich, als wir uns auf den Heimweg machen.
«Schick mir ein paar gute Gehirnwellen. Vielleicht hilft das», versuche ich schwach zu scherzen. Ungeschickt legt er mir die Hand auf die Schulter. Fast möchte ich mich in seinen Armen verkriechen und dort Trost suchen, doch ich halte mich zurück, aus Furcht, dann nie mehr

zurückfinden zu können, wenn ich erst einmal meine Schwäche gezeigt habe. Wir begnügen uns mit einer geschwisterlichen Umarmung. Dann gehen wir zum Haus zurück, springen über nasse Schneehaufen und reden über das Wild, das auf der hinteren Wiese lebt.
«Pst!» Gerade als wir aus dem Wald treten, hebt die Hirschkuh ihren Kopf vom Gras, erstarrt eine Sekunde lang und springt dann in die Büsche. Lächelnd schauen wir ihr nach. «Sie wird bald ein Kitz haben», sage ich.

Ich bereite meine Reise vor. Da es mich nicht drängt, abzufahren, dehne ich meine Abschiedsgespräche mit Phoebe und eine Fahrt zu Ruth aus.
«Vielleicht kommst du allein besser zurecht als ich», sagt Ruth, die immer noch bei Stephen ist. «Sobald ich mich kräftig genug fühle, werde ich hier auch weggehen. Wenn du im Herbst zurückkommst, bin ich wahrscheinlich fort.»
Zum Schluß besuche ich Lucia. Ich habe meine sieben Fragen aufgeschrieben, wie sie es mir am Telefon erklärte. Über den Küchentisch mit seinem bedruckten Wachstuch hinweg greift sie nach meinen beiden Händen und betrachtet die Handflächen. Mit ihrem kurzen grauen Haar und der Schürze sieht sie alles andere als mystisch aus.
«Ich glaube, du machst eine Reise nach Kalifornien», sagt sie. «Magst du das Meer?» Ihre hohe, zwitschernde Stimme gibt mir das Gefühl, alles komme wieder in die gleiche Ordnung, in der diese Küche aus der Zeit um die Jahrhundertwende sich befindet, egal, wie heftig das Chaos jetzt auch erscheinen mag.
«In letzter Zeit hast du Familienschwierigkeiten gehabt, nicht wahr? Du mußt sehr müde sein von allen diesen Belastungen. Eine Zeitlang wirst du dich ausruhen können. Ich glaube, es gibt da etwas, was du tun möchtest, irgendein Vorhaben willst du beenden. Weißt du, was das sein könnte? Da ist ein blonder Mann, vielleicht hat es etwas mit ihm zu tun. Ich sehe auch einen kleinen Jungen. Du hast keine Kinder, nicht wahr? Nun, das könnte bedeuten, daß du welche haben wirst. Oh, du wirst nach Vermont zurückkommen, davon bin ich überzeugt.» Ich lasse sie reden und bemühe mich, keine Hinweise zu geben.
«Fahr vorsichtig auf der langen Reise», sagt sie, als ich meine drei Dollar bezahlt habe. Die Katze unter dem Tisch steht auf und streckt sich. Als ich zur Tür gehe, hebt Lucia das klingelnde Telefon ab. «Wie lange ist der Hund verschwunden?» fragt sie.

Obwohl ich meine eigenen Fragen genausogut hätte beantworten können wie Lucia, ist das Ritual befriedigend, auch wenn ich selbst eine Mutterfigur erschaffen mußte, die ich dann manipulieren konnte. Ich ging in ihre Küche wie auf eine Bühne, die ich mir für meine Rolle gewählt hatte.

Mein offener Koffer liegt oben im Flur. Sam schaut zu, wie ich ihn langsam fülle.

«Holst du deine Freundin hierher, wenn ich weg bin?»

«Das haben wir nicht vor», sagt er.

«Willst du mich bestimmt nicht in Kalifornien treffen?» frage ich ihn.

Nein, bestimmt nicht, seine Verpflichtungen sind hier, das Haus, das Land, all die unbeendete Arbeit. «Wir tun das Richtige. Es wird in Ordnung kommen», sagt er.

Die Abreise ist nichts, was mir aufgezwungen wird, sondern eine Entscheidung, die ich so überlegt treffe, wie ich die Auswahl meines Kofferinhalts bestimme; eine Entscheidung, die ich bewußter treffe als frühere Entscheidungen.

Bevor ich fahre, verbringen Sam und ich zusammen einen Nachmittag auf der hinteren Weide. Es ist Vorsommer – fünfzehn Grad, doch wir sind umgeben vom Unkraut des vergangenen Sommers und von Flecken tauenden Schnees. Ich schaue die nackten Bäume an, die bald ausschlagen, die flachen Wiesen, die bald üppig und grün sind. Dünne Schneespuren liegen noch auf den Bergen wie vergessene Schmutzwäsche. Jetzt herrschen Kargheit, harte Linien; doch die dünnen weißen Birken werden hinter Laub verschwinden, die schiefe Mauer zwischen unserer Wiese und der des Nachbarn wird unter Blättern und Gestrüpp nicht mehr zu sehen sein, die Grenzen werden sich verwischen. Jetzt liegt alles bloß, nackte Knochen, Leere da, wo der Garten des vergangenen Jahres wuchs.

In der Sonne ziehen wir uns aus, legen uns nackt hin, trinken Bier, essen Käse und Brot. Wenige Meter von unserer Decke entfernt sickert der Schnee langsam in die Erde. Liebevoll berühren wir uns; von Gefahr und Verlust bedroht, ist unsere Vereinigung intensiver. Dieser Augenblick wird sich nie wiederholen, das weiß ich, als ich mich Sam öffne. Baumschatten strecken sich über die Wiese. Als die Sonne untergeht, scheinen sie uns schützend anzurühren.

Ainsleys Kühe werden verkauft, er ist nicht mehr aus dem Krankenhaus gekommen. Im Hof wächst kein Gras. Unkraut bemächtigt sich des Rasens. Die Mülleimer können den Abfall nicht mehr fassen. In diesem Jahr wird kein Garten aus der Scheunenasche wachsen. Die geflickten Schindeln altern und taugen immer weniger als Schutz, der das Drinnen vom Draußen trennt. Ein Türrahmen bleibt unvollendet, eine Erinnerung an alles, was nicht getan ist. In der Nacht vor meiner Abreise quaken wieder die Frösche im Teich. In Vermont sagt man: Was du tust, wenn du die ersten Frösche hörst, verrät dir, wie du das kommende Jahr verbringst.

914/2

Gabriele Wohmann
Ein unwiderstehlicher Mann
Erzählungen

Gabriele Wohmann erzählt böse und schöne Idyllen des bürgerlichen Lebens, von Allerweltsmenschen in alltäglichen Situationen und von Frauen Ende Dreißig, die von der Gier nach Neuem erfüllt sind.
Diese fünfzehn ausgewählten Geschichten gehören zu den großen Ereignissen der modernen deutschen Literatur.

rororo Band 1906

Abschied für länger

Die Autorin läßt hier eine junge Frau über ihre unter tragischen Umständen gescheiterte Liebe berichten. Aus Gesprächen und Erinnerungen, aus Erdachtem, Erträumtem, Erhofftem ergibt sich ein Bild unserer heutigen Gesellschaft, in der die menschlichen Beziehungen zermürbenden Belastungen unterworfen sind.

rororo Band 1178

Habgier
Erzählungen

Mit diesen bitterbösen Kurzszenen aus dem Familienleben erweist sich Gabriele Wohmann erneut als einer der scharfsinnigsten Beobachterinnen der modernen deutschen Literatur.

rororo Band 4213